U0671792

魏 饴 原名魏怡，1958年生，湖南省石门县人，博士，教授，诗人，知名文艺鉴赏学家，1993年起享受国务院特殊津贴专家。现任湖南文理学院校长，国家级精品课程"文艺鉴赏学"主持人；"文艺学系列课程国家级教学团队"主持人；教育部普通高校中国语言类专业教学指导委员会副主任；教育部普通高校第二届素质教育指导委员会委员；教育部高等学校本科教学评估专家；国家大学生文化素质教育基地建设专家组负责人；国家级特色专业点"汉语言文学"专业带头人；湖南省新世纪121人才工程第一层次人选；湖南省教学名师。

主要致力于"文艺学"以及"高等教育管理"两个领域的研究与实践。近年来，主持国家教育科学规划课题1项；获国家级教学成果奖1项；主编《文艺鉴赏学》《大学语文新编》《教师职业技能训练》等国家级"十五""十一五""十二五"规划教材3种；在《人民日报》《光明日报》《高等教育研究》等报刊上发表著述150余篇，其中有多篇被《新华文摘》《2001中国文学年鉴》等转载。创作的十四行诗被收录于人民文学出版社出版的《中国十四行诗选》和安徽人民出版社出版的《中国百家名诗赏析》中。

国家哲学社会科学基金全国教育科学"十二五"规划课题（BAA110011）结题成果

魏饴 等◎著

中国文艺美学教学发展论纲

社会科学文献出版社

SOCIAL SCIENCES ACADEMIC PRESS (CHINA)

目　录

绪　论

人类需要文艺，需要美，对文艺美的追求应该说是人类的一种永恒追求。这一切，为文艺美学学科的形成和发展提供了很好的实践基础。大凡一个学科的建立，总是以大量的实践为前提并在此基础上加以抽象、概括的结果，文艺美学学科亦不例外。文艺美学是从属于艺术学理论范畴的一个新兴二级学科，它的发生、发展有我国美学及文艺学自身的因素，也受国外的影响，因此决定了它既有中国特色，又有西方元素。

我们把艺术学理论二级学科定位为文艺社会学、文艺心理学、文艺美学三个方面。文艺美学研究的是整个文艺交际系统，它包括作者美学、作品美学、鉴赏美学三个子系统，文艺美学即是围绕文学艺术这样一个独特系统展开的。然而，中国文艺美学的发展从一开始就与教学紧密相关。"中国"、"文艺美学"及"教学发展"，无疑是本书的关键词。中国高等教育文艺美学教学发展，既包括文艺美学在高校的发生与发展及它在所有相关学科中的地位变化，也包括文艺美学师资队伍建设及其教学名师的培育，教学内容与教学方法的变化等。

概而言之，"文艺美学"是一门以文学艺术作为自己的研究对象，以揭示文艺活动基本规律，提升人的审美品格为目的的学科，重点研究文艺的性质与特点、作者的冲动与表现、接受者的审美及其发生发展规律的科学；其"教学发展"当然是指文艺美学学科借助大学教学平台的研究历史和教学历史。

一 曲折发展的中国文艺美学教学

中国文艺美学自孔子诗教以来，就是从教学开始并相互促进、共同发展的。

杜书瀛在《文艺美学诞生在中国》一文中指出："就二十世纪以来百年左右的人文学科而言，如果说俄国学者贡献了'俄国形式主义'，英美学者贡献了'新批评'，法国学者贡献了'结构主义'以及之后的'解构主义'，德国学者贡献了'接受美学'……那么，中国学者呢？我认为，中国学者贡献了'文艺美学'。"① 我们知道，文艺美学最初是由胡经之提出的，据他自己事后回忆，1980年春，中华全国美学学会成立，"在会上，我提出，艺术院校和文学系科，应该开设文艺美学课程，发展文艺美学这一学科，使美学和文艺学结合起来。我这想法，引起了艺术院校从事理论教学的教师的共鸣，也得到了美学前辈王朝闻、朱光潜、伍蠡甫的支持"②。此后，北京大学率先招收文艺美学研究生，经过多年发展，文艺美学在我国高校的学科影响逐渐扩大。

问题是，文艺美学的学科地位是否成立？它又是否起始于20世纪80年代？

1988年，杜书瀛访苏时，曾与苏联科学院高尔基世界文学研究所高级研究员、著名美学家鲍列夫谈过文艺美学问题，鲍列

---

① 杜书瀛：《文艺美学诞生在中国》，《求索》2002年第3期。
② 胡经之：《文艺美学论·自序》，华中师范大学出版社，2000，第5页。

夫说:"我认为'文艺美学',还有什么'音乐美学',其他什么什么美学,这种提法不科学。苏联也有人提什么什么美学,但我认为并不科学。正像(他指着桌子)说'桌子的哲学'、(指着头上的电灯)'电灯的哲学'等等不科学一样,这样可以有无数种'哲学'。同样,如果有'文艺美学'、'音乐美学',那么也可以提出无数种'美学',这就把美学泛化了、庸俗化了。事实上美学就是美学。可以有文学理论、音乐理论、绘画理论……它们涉及到的都是统一的美学问题。"① 当时的中国也有不少与鲍列夫类似的声音。

在一次"文艺美学学科建设与发展"研讨会上,学者们对文艺美学学科性质的发言大体上包括以下三派:一派认为文艺美学是一门交叉学科,它处于一般美学和文艺学之间的交叉地带;另一派认为文艺美学是一门分支学科,是一种应用美学,即把美学的一般原理用于对文艺作品的解读和分析;第三种意见认为文艺美学作为一门学科是不成熟的,学科成立需要具备两个条件,"第一,就是对象问题,文艺美学还不能成为一门学科,就是因为对象的模糊和重叠……第二,这个学科到现在为止,有哪些比较稳定的、固定的术语、概念和概念群呢?……这也说明这个学科的不成熟性。"②

以上文艺美学从属美学学科说,实际上如果从发展眼光看也不无道理,但鲍列夫的观点有其合理因素,值得我们注意,因为美学本就是从属于哲学的一个二级学科,如再有从属,就只能叫学科方向了。所以,文艺美学从属美学的观点就等于否定了文艺

---

① 杜书瀛:《文艺美学的教父》,《南方文坛》2002 年第 5 期。
② 《"文艺美学学科建设与发展"研讨会综述》,《文艺研究》2001 年第 5 期。

美学作为一个独立二级学科的存在。至于文艺美学学科尚不成熟说，当然没有问题，因为每一个我们认为已经成熟的学科，都有一个不断发展的过程，成熟总是相对的，但如果用文艺美学还没有自己比较稳定的、固定的术语、概念和概念群来否定它的存在，这并不恰当。关于学科交叉说，我们以为比较符合学科发展实际，也符合现今《国家中长期教育改革和发展规划纲要（2010～2020年）》要求根据学科发展需要，建立学科动态调整机制的原则。教育部办公厅《授予博士、硕士学位和培养研究生的二级学科自主设置实施细则》（教研厅〔2010〕1号）明确规定："学位授予单位在具有硕士学位授权的一级学科下，自主设置与调整授予硕士学位的二级学科"；"二级学科的自主设置与调整，应遵循学科发展规律，要有利于人才培养，有利于学科特色的形成，与国家经济建设和社会发展对高层次人才的需求相适应"。不过，文艺美学作为新兴学科，所交叉的学科就不只是美学，因为它所横跨的一级学科就有多个，所属二级学科交叉自然比较复杂。

文艺美学作为新兴二级学科，因为横跨了哲学、中国语言文学、外国语言文学、艺术学理论、音乐与舞蹈学、戏剧与影视学、美术学等多个一级学科，按照国务院学位委员会、教育部有关学位授予和人才培养文件相近挂靠原则，文艺美学归属在一级学科艺术学理论门下比较合适，联系更为紧密。文艺美学所要研究的对象是整个文艺交际系统，它包括文艺创作（作者美学）、文艺作品（作品美学）、文艺鉴赏（鉴赏美学）三个子系统。文艺创作的研究主要探讨艺术家在创作过程中是如何"按照美的规律"创作的；文艺作品的研究重在揭示艺术家创作的结果——作品（本体）的特殊价值、特殊功能和特殊结构；"文艺鉴赏"则侧重研究文艺作品如何被读者、听众或观众所接受①。以上三者既相互独立、各有侧重，又互相联系。三者归一，无不涉及美的标准与美的判断。

文艺美学学科既然存在，那么它又是从何时开始的呢？曾繁仁认为："文艺美学是中国80年代改革开放以来，在特有的历史文化背景下产生的一门新兴边缘交叉学科。它来源于美学、文艺学、艺术学，吸取了以上三门学科的重要内容，在一定意义上可以说是以上三门学科在新时期交叉融合的产物。但它又是一门独立的新兴学科，有着自己特有的内涵。"② 这里，从学科发展的眼光看，曾繁仁的观点明显需要修正。文艺作为人类情感的一种存在形式，几乎是伴随着人类的产生而产生的，而文艺之被确认，又只能借助于良好的接受者的审美反应，不能成为接受者的审美对象的文艺不可能存在，所以，从这个意义而言，文艺美学应当是很早就存在了。而且，从孔子《诗》教以来人们对文艺美学的研究并没有间断，这一点中外相同，只是过去长期以来人们并没有系统地去加以总结。更重要的是，按照国务院学位委员会、教育部近年新公布的学科目录（学位〔2011〕11号），艺术学已上升为第十三类，因而也不能再与美学、文艺学二级学科相提并论。

比较自觉系统的文艺美学学科研究始于国内公认的美学泰斗朱光潜。1933年以来，朱光潜在北京大学讲授爱克曼的《歌德谈话录》、莱辛的《拉奥孔》、德拉库瓦的《艺术心理学》等，把美学和文艺审美融入教学，极大地影响了当时高等教育的文艺学教学。其后，艾青、沈从文等也有一些文艺美学论著问世。到

① 魏饴：《文艺鉴赏概论》（第二版），高等教育出版社，2004，第1页。
② 曾繁仁：《中国文艺美学学科的产生及其发展》，《文学评论》2001年第5期。

20世纪80年代早期,《朱光潜美学文集》第一卷、第二卷公开出版,便是文艺美学比较成熟的标志。朱氏的文艺美学教学内容,就是研究文艺的活动过程、活动规律及审美方法,学科的内涵定位实际上已开始清晰,有没有"文艺美学"这个术语倒不是主要的了。文艺美学学科研究因此自然还可以往前追溯。

中国文艺美学教学的曲折发展,除了上面谈到的学科研究从不自觉到自觉经历了一个漫长过程以外,再就是不同时代的政治对文艺美学教学与研究的影响。

人类很早就认识到了文艺审美对于自身健康发展乃至兴邦治国的重要价值,孔子在《礼记》中说过:"其为人也,温柔敦厚,《诗》教也。"也就是说,人的德行端庄在于自身的文艺审美修养,且文艺美学教学正是为了人的,旨在提升人的审美素质,但如果统治者没有以人为本的治国理念,没有树立"声音之道,与政通矣"①的思想,文艺美学教学就不可能得到顺利健康的发展。

虽然文艺美学教学自孔子之后也一直在断断续续向前发展,但过去人本治国理念长期并未得到张扬,从而严重影响了文艺美学教学的实施。特别是新中国成立后的头十七年以及随后的"文革"时期,人们"谈美色变",文艺美学及其教学几乎空白。由于忽略或者排斥了文艺美学学科的建立,也就忽略了文艺美学教学,因而造成了极大的祛魅悲剧。新中国成立后头十七年,受苏联文艺理论影响,加上20世纪五六十年代进行的对朱光潜"资产阶级美学思想"全面而深入批判的美学大讨论,结果非常明确的政治目的切断了可能产生的文艺美学"溪流",政治化的"崇高"教化方式替代了文艺美学希冀的"世俗生活"、"现世关

---

① 郭绍虞:《中国历代文论选》(第1册),上海古籍出版社,1979,第61页。

怀"和"个体生命价值"。"文革"十年则把具体的审美和艺术完全割裂开来。进入新时期，文艺美学课程设置逐渐遍及我国高校，包括"作家作品""写作""文艺鉴赏"等，随后高等教育文艺美学教学进入自觉有序阶段。作为文艺美学的三个方向：作者美学、作品美学和鉴赏美学的建设也已形成体系。随着文艺美学的建立与发展，胡经之、叶朗、杜书瀛、周来祥、陆贵山、钱中文、张少康、曾繁仁、王岳川、周宪、温儒敏、朱立元、董学文、王元骧、王一川、蒋述卓等学者在文艺美学理论和教学上做出了突出贡献。笔者在 20 世纪 90 年代末撰文《构建具有中国学派特色的文艺鉴赏美学》，载 2001 年 1 月 9 日《文艺报》，随后被人大复印资料 2001 年第 5 期《文艺理论》、2001 年第 4 期《新华文摘》全文转载，开创了文艺鉴赏美学。

二　我们需要怎样的文艺美学教学

自 20 世纪 90 年代中期开始，中国高校从加强大学生文化素质教育入手推进大学素质教育。1999 年 6 月召开的第三次全教会发布《中共中央国务院关于深化教育改革全面推进素质教育的决定》，明确提出全面推进素质教育。至此，素质教育在中国高校也得到了前所未有的重视。然而，高等学校推行素质教育十多年来效果并不明显。一方面，大家对加强大学生素质教育不持异议；另一方面，鉴于社会对高校毕业生的具体职业能力的要求越来越高，素质教育在很多高校被日益膨胀的工具理性挤到边缘也是不争的事实，再加上 1999 年开始实施《中华人民共和国高等教育法》，明确规定高等学校"自主制订教学计划、选编教材、组织实施教学活动"，因而各地高校对素质教育的理解与做法相去甚远。政府管理、市场调节与高校自主办学如何协调正是当下很多有识之士所思考的问题。

古今中外高等教育的历史经验表明，加强大学生素质教育不仅要尽快达成明确共识，更重要的还应出台高等学校素质教育国家标准，以此引导各高校根据实际制定科学的人才培养方案。

关于高校专业教学和素质教育国家标准，教育部新一届（2013～2017）各专业教学指导委员会根据《教育部关于提高高等学校教育质量的若干意见》（教高〔2012〕4号）正在拟定之中。我们以为，素质教育国家标准有以下两点需要统一：一是高校素质教育必然具有素质教育的共同内涵，内容范围应包括生理素质和心理素质两大方面，再往下则又可分为体能健全、文化基础扎实、道德品质优良、思维情志纯正四个领域；二是四个领域的内容要求还须通过相应课程来实施，而且每个领域的课程设置应当是既有选修课程也有必修的核心课程。

以上四个领域的课程具体如何设置？这是一个比较系统的庞大工程，这里仅就核心课程谈点看法：第一，高校思想政治理论课（或曰"健全人格教育课"）现行课程设置是在"05方案"和"08方案"的基础上完善的，与原"98方案"比，本科生必修课由原来文科7门、理科6门减为一律4门。同时，开设"形势与政策"必选课和"当代世界经济与政治"选修课。实际上，从思政课的有效性和思想政治教育应贯穿到学校教育的方方面面来看，课程门数还可以减少，比如哈佛大学相关核心课程就是两门（"道德思考"和"社会分析"）。第二，增设"文艺美学"或者"文艺鉴赏"作为道德品质优良领域的核心课程和公共必修课程。"文艺美学"（"文艺鉴赏"）作为审美教育的一个部分，它不同于德育、智育和体育教学，因为它所施教的材料是美的对象，完全是一种形象化和情感化的交流。德国著名教育家福禄培尔说过，人的一切欲求不外三个方面，一是生命的欲求；二是自然观察的欲求；三是自我发展的欲求。"这第三种表现，即表现人的内心的一面，表现人本身，便是艺术。"① 这就是说，人的教育不能没有"文艺美学"（"文艺鉴赏"）课程。我国先秦一直强调以"礼、乐、射、御、书、数"为学校教育的基本科目，另外孔子又有"不学诗，无以言"② 的教诲。哈佛大学早在 1994 年即规定，哈佛大学大学部学生都得修习 8～10 个科目的核心课程（通识教育），其中文学与艺术就包括 A、B、C 三个科目，分量相当重。哥伦比亚大学是美国大学推动通识教育的先行者之一，哥伦比亚大学要求学生的必修课为两门，一是当代文明，二就是文学。第三，文艺鉴赏（读者美学）与文艺创作（作者美学）、文艺作品（作品美学）属于文艺美学的三个子系统，它们所要研究的对象是从作品问世到作品被接受的整个文艺交际过程。从教育部所公布的"十一五""十二五"普通高校本科国家级规划教材看，以上三个子系统均有规划教材，高校可以根据不同专业和国家质量标准自行研究分类分层开设相关课程③。

那么，我们究竟需要怎样的文艺美学教学呢？国内许多高校及教学名师摸索出了一些可资借鉴的方法，积累了不少经验，本研究有关章节对此进行了分析和概括。本书编写成员所在的湖南文理学院，文艺学系列课程教学团队于 2008 年被确定为国家级教学团队，教学团队带头人所主持的"文艺鉴赏学"2005 年被

---

① 〔德〕福禄培尔：《人的教育》，人民教育出版社，2001，第 182 页。
② 《论语·季氏第十六》第十三章。
③ 魏饴：《略论中国高校"文艺鉴赏"人本中心课程建设》，《中国大学教育》2013 年第 11 期。

确定为国家级精品课程。下面，我们结合自身的教学活动谈谈对文艺美学课程等相关问题的思考和尝试。

（一）关于"文艺美学"的课程性质与定位

"文艺美学"是挂靠在艺术学理论一级学科门下的分支学科，侧重在鉴赏实践，也可称之为"文艺鉴赏学"。本课程应是面向高等院校文、理、工各专业本科学生开设的一门基础课、公共课、必修课，它是为了贯彻落实大学生文化素质教育、现代教育方针而设置的一门具有开创性、现实性和应用性的重要课程。湖南文理学院在文科专业开设"文艺鉴赏学"，理工专业开设"大学语文"兼带"文艺鉴赏学"的部分内容。

（二）关于"文艺美学"的课程任务和要求

本课程的根本任务不是培养文学艺术家，而是培养大学生的文艺审美能力，增强文艺修养，提高精神品格和人文素质；重在让大学生掌握文艺鉴赏的原理、特性和方法，从而使受教育者获得一把从事文艺鉴赏的钥匙，以便能自由地进入文学艺术殿堂吸取精神营养。

本课程的基本要求是：第一，体系完整，知识准确，灵活生动，应体现文艺美学课程的特征；第二，注意"四结合"的教学方法，即课外与课内结合，理论与实践结合，讲作品与讲方法结合，文学作品与其他艺术作品结合；第三，坚持以马克思主义艺术学思想为指导，通过大量的文艺鉴赏实例来理解并掌握文艺鉴赏理论和方法。

（三）关于"文艺美学"课程与其他课程的关系

文学艺术本身所具有的丰富性、广泛性、综合性、交叉性，决定了该门课程与其他课程有着或疏或密的关系。其中，关系较密切的课程有文学概论、艺术概论、哲学、美学、写作以及人类文化学等，但我们又不能因为本课程的综合性而使其失去特色，要深刻认识本课程作为本科学生的一门公共基础课和必修课的性质。

（四）"文艺美学"或"文艺鉴赏学"课程的内容与学时（见表1）

表1　课程内容及学时

章节	教学内容	课时	课外
第1讲	导言	2	2
第2讲	"腹有诗书气自华"（上）——文艺鉴赏的学科理论	2	2
第3讲	"腹有诗书气自华"（下）——文艺鉴赏的通用方法	2	2
第4讲	从创作者到接受者——文艺鉴赏的"文外功"	2	2
第5讲	从创作者到接受者——"不学诗，无以言"	2	2
第6讲	诗歌鉴赏方法	4	2
第7讲	小说鉴赏方法	2	2
第8讲	鉴赏实践——讨论颇具影响力的几部中国作品	2	8
第9讲	中国文艺的现状与未来	2	4
第10讲	戏剧鉴赏方法	2	2
第11讲	书法鉴赏方法	2	2
第12讲	影视鉴赏方法	4	2
第13讲	诺贝尔奖与中国文学：宏愿与反思	2	2
第14讲	鉴赏实践——讨论几部世界级当代经典作品	2	8
第15讲	走向本真——休闲、文艺及其鉴赏	2	4
	课堂考核	2	
课时合计		36	46

以上课程设计，与现今其他相关艺术学课程设计显然不同，第一，突出与中学接轨的特色，剔除了一般文艺美学课程都要讲授的各艺术门类的体裁知识，集中精力与时间讲中外文艺鉴赏基本规律与人本理想化倾向。第二，突出文艺鉴赏"授人以渔"的教学目的，紧密结合大学生的文艺鉴赏实践，训练学生的审美

思维，强化对学生鉴赏能力的培养。第三，突出人文素质教育，对"大学语文"课进行根本性改造，改变原"大学语文"重在作品和选文单一的状况，坚持作品选与鉴赏方法、文学作品与其他艺术作品并重的原则，努力提高大学生的综合审美素质。第四，突出教学内容的先进性，紧密跟踪我国及世界文艺教学与鉴赏的新趋势，注意文艺作品的前沿性和文艺美学综合性。

从课程结构看，第1、2、3讲，属鉴赏理论与方法；第4、5讲，是创作学鉴赏；第6、7、8、9讲，属语言艺术的鉴赏；第10、11、12讲，属造型艺术的鉴赏；最后3讲，是要讨论普通大众在进行文艺鉴赏时普遍关注的几个倾向性问题。

我们还注意到，当下中国高校文艺美学教学以其人本价值取向正全速向前发展，但有几个问题仍有待引起足够的重视。

1. 注意从道德教化、灵魂净化的角度进一步提高大学生文艺审美教育认识

在我国古代教育中，文艺审美教育一直为历代思想家和教育家看重，并视为道德教化、兴邦治国的重要手段。孔子所谓"兴于诗，立于礼，成于乐"，就是主张以诗乐艺术作为文艺审美教育的内容去陶冶人的性情，培养人才，孔子的思想进而成为我国几千年来学校文艺审美教育的主导思想。在西方，人们普遍认为文艺审美教育可以净化灵魂，柏拉图在其《理想国》中说，教育的主要内容是身体教育和心灵教育，即体育和美育，并认为音乐"有强烈的力量浸入人心深处，如果教育方式适合，它们就会拿美来浸润心灵……"[①] 亚里士多德则认为整个艺术都可以净化人的灵魂；贺拉斯还明确提出了"寓教于乐"的著名论断等。

---

① 《西方美学家论美和美感》，商务印书馆，1981，第44页。

　　文艺审美教育固然重要，古今中外皆然，但当下中国大学的课程设置中却一直没有其相应的位置，大学素质教育虽然喊了十多年，但却大都没有得到切实有效的推进。从道德教化、灵魂净化的角度而言，我们为什么不能将"文艺美学"或"文艺鉴赏学"作为思想政治理论课①的一个有机部分予以强化安排呢？看来，这里仍还是认识问题。

　　2. 真正把文艺美学看成是大学生素质教育的一部分

　　本研究既然把文艺美学教学界定为素质教育，就得处理好素质基础和专业基础的关系，并认真把握以下三个基本点：素质是基础，专业是主题，审美第一。换言之，必须把审美放在人才培养的第一位，或者说将文艺美学教育看成是德育的一个有机部分，坚持德育为首、审美为首；审美自然包括文艺审美，又必须以素质为基础，同时审美以及创造美又离不开人的专业水平，故强化专业培养又总是大学教学的主题。文艺美学、素质教育和专业水平实际上都是人的全面发展之必需，它们之间是可以互为补充的，但恰恰相反，我们在实践中却往往把它们割裂开了。

　　3. 切实坚持"一个目标"，明确大学生文艺美学教学体系

　　既然文艺美学是素质教育的一部分，这里就还存在一个文艺美学教学体系的问题。对此，我们可简要将它概括"1234"："1"即"一个目标"，就是为了培养德智体美全面发展的人，在当前尤其需要整体推进；"2"即围绕"两大方面"科学安排，

---

　　① 根据《中共中央宣传部教育部关于进一步加强和改进高等学校思想政治理论课的意见》（教社政〔2005〕5号）以及相关文件，思政课包括以下5门："思想道德修养与法律基础"、"中国近现代史纲要"、"马克思主义基本原理"、"毛泽东思想和中国特色社会主义理论体系概论"及"形式与政策"。均为必修，且有课时要求。

包括文艺美学理论与文艺美学实践；"3"即强化"三个课堂"，包括校内第一课堂、第二课堂，以及校外实践第三课堂；"4"即注意利用"四类资源"，即课程资源、活动资源、社会实践资源和网络教育资源，换言之，高等学校校园内外都应是大学生接受文艺美学教学的场所，应是全时空的。

大学生文艺美学教学的这个"1234"体系，重在坚持"一个目标"。培养德智体美全面发展的人之所以重要，又正是因为我们在平常工作中并没有做到"全面"，比如现在不少大学提出要培养适销对路的具有市场竞争性的应用型专门人才，突出以科学技术教育为主导，忽视德育、美育和人文修养，这会将学生培养成为"经济人""工具人"，由此所引发的社会问题值得我们特别关注。

4. 审美自律论与审美教育协同的矛盾

在改革开放初期，何其芳曾首次披露毛泽东关于"共同美"问题的论述："各个阶级有各个阶级的美，各个阶级也有共同的美。'口之于味，有同嗜焉'。"① 随后，文艺美学便开始排斥工具论，要求建立审美自律的论调日渐被很多人所接受，甚至至今仍有市场。可以说，在那种特定的历史背景下，文艺美学自律论自然有其存在价值，但文艺这座"审美城堡"真的能够封闭起来、完全与外部世界相隔绝吗？不能！常言道，美不自美。美的对象之所以美，正是社会人所赋予其的一种独特意味；更何况，学生接受文艺作品又总是各怡其情以自得，即所谓"一千个读者就有一千个哈姆雷特"，因而仅仅通过"自律论"的"深层结构"、"审美意蕴"等去把握文艺作品的美显然不合适。也正是

---

① 何其芳：《毛泽东之歌》，《人民文学》1977 年第 9 期。

因为这样，我们强调文艺美学教学的协同，强调审美主体（创作者和接受者）对现实某种新人文精神追求的客观性和合理性，既反对文艺审美教育与道德无涉，当然也反对文艺作品是道德教化的工具，主张把美与善、审美与伦理统一起来。

5. 大学生文艺美学教学东西方之比较及其发展趋势

先秦和古希腊是东西方文艺美学教学的发祥地。就学校教育的整体而言，东西方都很早看到了文艺审美活动的社会效用。孔子所谓文艺可以"兴、观、群、怨"；席勒看到文艺对人的"人性复归"；毕达哥拉斯学派提出美即和谐，与我国先秦时期所形成的"中和"之美，也可谓异曲同工……因此，东西方学校教育从来都是把文艺作为大中小学生的基本课程。所不同者，东方文艺审美教育强调"内省"，主张"吾日三省吾身"①，进而通过鉴赏文艺而达到"入世"；而西方文艺审美教育则强调"原罪"，即自我在现实中发生了异化，与上帝原本设计的自我（"本我"）有了疏离感，这就需要通过文艺来"忏悔"，来"抗争"，从而实现向"本我"的回归。

可以说，东方的"内省"审美意识是具有一种偏重于伦理情感的审美制约机制——以德性化人格情操、德性化艺术境界，达到一种宁静、恬适、优雅的审美愉悦；反观"原罪"意识观照下的西方文艺美学，则侧重讲究心灵的冲突、分裂、对抗，在文艺审美形态上，呈现"真"与"美"的结合，具有浓厚的合规律性的表现倾向和推重崇高的审美趣味。

事实上，不论是"内省"，还是"原罪"，都是为了人，不过是前者寄希望于"王道"，后者寄希望于"上帝"，同时"王

---

① 《论语》，中华书局，1980，第3页。

道"、"上帝",最终又都是人的解释,都属于人的力量的对象化。

通过以上比较,特别是改革开放以来,我国高校文艺美学教学的价值取向几乎是惊人的一致。复旦大学把美学或文艺美学课作为通识教育和素质教育的重要方式;山东师范大学在美学或文艺美学教学中,注意通过课堂内外的审美实践和个人体会来增强对文艺美学基本问题的领会,在直接的审美体验的基础上升华出有关人的独特的美学认识;四川师范大学以中国传统审美思想培养崇高人格,突出文艺美学课程的"中国性";首都师范大学文艺美学课程又以日常审美活动、文艺作品为材料,十分注重对学生问题意识的引导和理解能力的培养,务求使学生站在理解人生、把握人生、探讨人生的基点上,理性地指导自己按照美的规律来进行生活的塑造;等等。综上所述,人本思想就是我国大学生文艺美学教学的一个基本内核。正是因为有了这种人本思想,可以预期,我国高校的文艺美学教学将会获得更加健康的发展。

三 本研究概要及文艺美学教学如何发展

本研究是一个全新的命题。在新中国成立以来的六十多年里,由于文艺美学学科意识形成较晚,尤其在前三十年,起初是博雅退出,强调专业,然后则是政治挂帅,文艺美学及其教学基本上处于停滞状态。本研究坚持以"人本"为红线,既研究文艺美学教学规律与教学名师,也研究文艺美学的演进发展史,力求展示文艺美学教学在传播和接受过程中的作用。

应该说,本研究不仅对我国高等教育文艺美学教学,也对文艺美学学科发展具有一定启迪作用,甚至也可作为所有的学科教学史研究的范式。首先，对文艺美学教学史研究，有助于总结文艺美学的特点、意义、作用，将文艺美学学科教学历史真实科学地展示给后人，这对我国高等教育史的研究具有不可低估的价值；其次，在历史情境中，可以培养师生的人文思考能力和创新意识，让教师成为"专家型"名师，让学生成为"创新型"人才；最后，还可以将文艺美学研究与公共领域、社会现实以及审美活动紧密联系在一起。

本研究以 20 世纪 80 年代中后期"北京大学文艺美学丛书"出版为学科成熟标志，从时间分段入手，以"学科发展"、"教学问题"和"教学名师"研究为着力点，力求在文艺创作、文艺作品与学生接受之间寻求若干连接点，并讨论这些连接点是如何通过教师来促进人的全面发展的。具体研究目标包括以下三个方面：一是"量"的梳理。搜集、整理我国高等教育文艺美学教学史料，围绕特定问题重组史料。理清文艺美学产生、成熟、发展的轨迹，梳理高等教育本学科教学专家的表达和教材特点，并研究文艺作家对其教学的态度变化、学生的接受态度以及接受方式等。二是"质"的挖掘。在"量"的梳理的基础上，分清"问题"与"专题"的区别，挖掘"真"问题而非抱守"伪"问题；揭示我国高等教育文艺美学教学规律。必须说明的是，研究"问题"须从"质"上挖掘，讨论文艺问题就是研究教学、接受和审美；"专题"则指对方法、课程、教材、名师以及文艺现象在教学中的视觉转换研究等。三是"史"的研究。在"质"和"量"的基础上，完成撰写我国文艺美学在高校的教学发展史。其中，朱光潜与我国高等教育文艺美学教学的源起、我国高等教育文艺美学教学源起与发展的人本轨迹、我国文艺美学教学东西方之比较、以某一作家（作家群）或文艺美学教学名师为例讨论"左"的影响与"人本"问题、我国高等教育文艺美学教学与相邻学科的互补等，都是本研究的重点研究领域或核心观点。

一般而言，中国文艺美学的基本成熟是在 20 世纪 80 年代中后期。我们的研究假设也是从这里开始，认定文艺美学教学本就是人的教育的一部分。为什么我国前三十年不可能有文艺美学及其教学？一个国家缺少文艺美学教学会给其人民会带来什么后果？如果我们重视人的教育或素质教育，就得重视文艺美学教学。

文艺美学教学到底该走向何方？回顾中外文艺美学的教学发展，有三点倾向性的共识值得一提：一个重要的倾向性的共识不可忽视，那就是文艺美学教学是人的教育的一部分，属"绿色教育"（杨叔子语），以人为本将是中西文艺美学教学的共同走向，这是其一；其二，培养具有文艺审美素养的一代新人，须通过对上品文艺作品的体验、感悟和审美分析，进而才能进入上品文艺鉴赏活动，引导和培养文艺鉴赏主体①；其三，文艺美学教学也应确立 KAQ 的人才培养目标（以浙江大学中国现当代文学课题组为代表），K 即知识（Knowledge），A 即能力（Ability），Q 即素质（Quality），应注重"守正创新"（以北京大学中文系为代表），"守正"就是学生修读文艺课程须以大量的阅读积累为基础，"守正"是前提。然而，高等教育文艺美学教学规律与经验仍显稚嫩，仍须总结。

社会任何发展的终极目标，归根到底，都是为了人本身。坚持以人为本，是我党十六届三中全会第一次提出科学发展观的核

---

① 魏饴：《引导和培养文艺鉴赏主体》，《文艺报》2013 年 10 月 14 日。

心内容之一。教育以人为本，当下已成为中国学界集中深入研讨的热点话题。问题也正在这里，所谓"比土地广阔的是海洋，比海洋广阔的是天空，比天空广阔的是胸怀"，人作为教育的对象，其自我主体性是无比丰富的精神世界，我们试图按照美的规律塑造其实非常不易。

人本教育之所以成为热点，在某种程度上即在于此前的教育是偏离人本的。多年来，我们在教育目的与教育方针的关系方面一直存在一个误区，即教育目的是教育方针的属概念，或者说教育方针决定教育目的。陈祖福说："高等教育的总体培养目标，是由党和国家的教育方针确定的，即'培养德智体全面发展的社会主义建设者和接班人'。"① 这个说法颇具代表性，而教育目的与教育方针的关系错位，又正是我国长期存在的"社会本位"思想有时还可能是"官本位"思想的反映。从根本上讲，我们认为应是目的决定方针，因为"方针"是为实现一定目的而制定的比较具体的行为准则与路线。比较而言，教育目的相对恒定，教育方针则常常具有阶段性和政党性的特点。教育目的的相对恒定性，即在于人的发展是古今中外永远的共同渴求，我们没有理由以其他目的取而代之；而且，既然方针又是依据于目的、服从于目的的，那么，如果教育方针背离了人本思想，不是为了人的发展，我们就同样完全有理由对它提出异议。当然，如果教育目的本身出了问题，就更是不可想象的教育灾难。

《周易》："观乎天文以察时变，观乎人文以化成天下。"② 这里的"人文"就是以人为本，功用不可小视。马克思有个观

---

① 陈祖福：《迎接时代挑战　更新教育思想和观念》，《教学与教材研究》1997年第 3 期。

② 《周易》"贲"卦的卦辞。

点多被人忽视，他说："人双重地存在着，主观上作为他自身而存在着，客观上又存在于自己生存的这些自然无机条件之中。"①即在告诉我们，人不仅仅是客观存在的直接自然物，同时人又具有自己的内心世界，又是在创造性活动中自觉自由地提升自我的真正意义上的人。因此，文艺美学教学正好满足了人的这种不断提升自我的内心需求，这一点古今中外没有异议。比如荀子说："夫声乐之入人也深，其化人也速"，"移风易俗，天下皆宁，美善相乐"②；席勒看到了文艺对人的"人性复归"功能；蔡元培提出"以美育代宗教"③；等等。

全美教育协会（NEA）20 世纪发表调查报告《70 年代的课程》④ 指出，人本中心课程和学问中心课程不同，它的重点不是关注学生的智力发展，而是服务于人的情智健康及其全面发展。相反，世界各国过去很长时间都是以学问为中心来设置学校的课程，培根"知识就是力量"⑤ 的名言无人不晓，对学校教育影响深远；但时至今日，教育目的必须调整了。我们主张在高校所有专业开设"文艺鉴赏学"或"文艺美学"，所强调的也就是课程设置要从学问中心向人本中心转变。如前所述，不论是教育目的还是教育方针，其旨归均在于人，这也是千百年来世界各国的教育理想，但现在的问题还不在于有没有正确的理想，是否具体落

---

① 《马克思恩格斯全集》第 46 卷（上），人民出版社，1979，第 491 页。

② 《荀子·乐论》。

③ 蔡元培：《以美育代宗教说》，《新青年》第 3 卷第 6 号（1917 年 8 月）。

④ 《七十年代课程》是福谢伊（A. W. Foshay）的代表作，该书作为"七十年代学校"研究课题报告的一部分，由全美教育协会教学研究中心于 1970 年出版，尚无中译本。

⑤ 培根的《沉思录》（*Meditations Sacrae*）的片段中留下了这句话，它的拉丁文是："ipsa scientia protestas est"（"知识就是力量"）。《沉思录》没有公开发表，多见于学者引用。

实这种理想、是否有明晰的措施予以贯彻倒是问题的关键。例如，心理素质方面"健全人格教育课"究竟如何设置？如何科学地整合思想政治理论课与文艺美学课程及其他相关课程？这都有待大家深入研究。我们深信，人的品质决定于人文素质教育的品质①。

不同的经济形态，呼唤不同的文艺美学教学内涵。传统农耕经济时代侧重于以探索真理、追求知识为合理内核的人文善性思想；现代工业经济则强调以实用主义、服务社会为主要特质的工具理性思想；而知识经济时代则呼唤善性和与工具理性交融的"绿色教育"。

"绿色教育"是中国科学院院士、原华中科技大学校长杨叔子先生一次在广州的一个全国音乐教师培训班上提出的，"绿色教育"是指科学教育与人文教育的交融。杨先生的讲话，是针对理工科研究者总体上一味搞自然科学研究而忽略人文素质熏陶的实际情况而提出的，细细品味其中的精髓，反观古今中外文艺美学研究大家和文艺美学教学名师的知识结构，追溯他们的理论及其理论构成，我们发现，科学教育与人文教育的交融，的确是文艺美学教学与研究奋进的方向，也是可以大有作为的一片领地。

之所以说文艺美学属"绿色教育"，且大有可为，一者人文与科学交融，善性与理性结合，必将充满生机，它应是人类快速发展的必由之路；二者人文教育、科学教育，最后都应归结到人的教育，这当是所有教育的本来意义，所以喻指为"绿色"，强调文艺美学教学的根本性功能。

① 魏饴：《略论中国高校"文艺鉴赏"人本中心课程建设》，《中国大学教育》2013 年第 11 期。

社会的发展势必引起文艺美学的发展，同时也会促进文艺美学的教学。以往的文艺美学教学注重概念的讲析和知识的传授，教学主体的积极性和创造性没有得到彰显，学习主体的智力因素、审美能力、实践技能和人文素养等没有得到足够的重视。胡经之在《文艺美学》一书中强调：文艺美学关乎人生价值之处在于，通过艺术审美体验和美学理论反思，使人不断认识自己和超越自我。文艺美学始终将目光凝定在人的审美生成上，通过对艺术美的阐释和塑造，去丰富审美主体的人格心灵层次，去充分调动其审美的潜在可能性。[①] 这里，胡经之的人本思想当是文艺美学教学最具代表性的观点，它就像一条红线贯穿了中国文艺美学的整个过程，或提高学生的审美素养和审美能力，或注重培养学生高尚的人格和健康的情感，或注重全面提升学生的人文素养等。正是因为有了这种人本教学思想，中国文艺美学教学才凸显出"绿色教育"的勃勃生机。

从国外文艺美学教学来看，英国、德国、法国、美国、韩国、日本等有关文艺美学教学历史比较久远，与这些国家重视人本密切相关。当然，作为文艺美学学科的建立，国外是空白的，但是，莱辛、德拉库瓦、车尔尼雪夫斯基、鲍列夫、洛奇（英）、詹姆斯（美）以及新批评理论家韦勒克和沃伦等都是文艺美学教学与研究的名师。另外，我们还想以世界大奖之一——诺贝尔文学奖——的审美实践为案例，来再次印证文艺美学作为"绿色教育"的人本价值取向所具有的普遍意义。按照阿尔弗雷德·伯哈德·诺贝尔（1833～1896）的遗嘱，基金的利息每年"颁给在文学上能创造出具有理想倾向的良好作品的文学家"。

---

① 胡经之：《文艺美学》，北京大学出版社，1999。

这里的"理想倾向"究竟是什么？诺贝尔并没有说，但我们从每年瑞典皇家学院的授奖辞中却并不难看出。1913 年，诺贝尔文学奖颁给印度作家泰戈尔，瑞典皇家学院授奖辞指出："泰戈尔写出了'具有理想主义倾向'的最精美的诗篇……这种诗歌决不是异国情调的，而是具有真正的普遍人类品格。"① 1971 年，诺贝尔文学奖颁给智利作家聂鲁达，瑞典皇家学院的授奖辞又说："如果把诺贝尔所期待的事同他的遗嘱中表达的思想进行比较，我们会更清楚地意识到，获奖作品应该有助于人类的幸福。"② 诺贝尔文学奖从 1901 年开始设立至今已经走过了一个多世纪，已有一百多位作家获文学奖，遍及世界 5 大洲 30 多个国家，但其评价标准完全一致，那就是人本主义的文学理想倾向，以及作品应具有世界文学的普遍性（超越国家与政治）。这一价值取向，难道不是作为"绿色教育"的文艺美学应当坚守和倡导的吗？

---

① 吴岳添主编《诺贝尔文学奖辞典》，敦煌文艺出版社，1993，第 496、497 页。
② 吴岳添主编《诺贝尔文学奖辞典》，敦煌文艺出版社，1993，第 691 页。

第一章　中国文艺美学教研之舶来影响

第一节　中国译介西方文艺美学概略

一　新中国成立前国内对于西方文艺美学的译介

20 世纪以前，中国对于西方文艺学美学的译介是非常有限的。在 19 世纪中后期开始的大规模的"西学东渐"浪潮中，在一些哲学、心理学、教育学等人文科学的著述中偶尔涉及有关西方文艺美学思想的些许片段，但都不成体系。中国基督教圣公会早期的华人牧师、上海圣约翰书院的早期创始人之一颜永京于 1889 年将美国学者约瑟·海文的心理学著作《心灵学》译成中文，该著在论述"直觉能力"（颜氏译为"理才"）的部分，有专章译述西方美学中有关美的观念和审美认知的见解，将美学翻译为"艳丽之学"，审美能力为"识知艳丽才"。该专章分为两节，约 7000 字，总题为"论艳丽之意绪及识知物之艳丽"（论美的观念与审美）①。

---

① 黄兴涛：《"美学"一词及西方美学在中国的最早传播——近代中国新名词源流漫考之三》，《文史知识》2000 年第 1 期。此外，2010 年在北京召开的第十八届世界美学大会上，在介绍中国现代美学的源起时，也提及颜永京所翻译的《心灵学》这本著作中的某些观念是西方美学在中国的最早正式传播。

颜永京之后，在译介西方文艺美学方面有突出贡献的是王国维。1903 年到 1904 年的两年间，王国维发表了《论教育之宗旨》《论叔本华之哲学及其教育思想》《叔本华与尼采》等论文，介绍席勒、叔本华和尼采的哲学和美学思想。他还以叔本华哲学和美学思想为指导，研究中国古代哲学史和《红楼梦》，发表了《孔子之美育主义》《国朝汉学派戴阮二家之哲学说》《论性》《释理》《红楼梦评论》等论文。从 1905 年开始，王国维重新研读康德的著作，重点是《纯粹理性批判》，并兼及他的伦理学和美学著作。到 1907 年，王国维对康德哲学和美学思想前后进行了四次研究，并涉猎了其他西方哲学家和美学家的论著。在这段时间里，王国维没有发表系统介绍康德哲学和美学思想的文章，只有《古雅之在美学上之位置》一文的基本美学观点来自康德。王国维根据康德和其他西方哲学家和美学家的思想，研究中国古代文学，总结学术思想和文学发展的历史经验，发表了《论近年之学术界》《论新学语之输入》《论哲学家及美术家之天职》《奏定经学科大学文学科大学章程书后》《文学小言》《屈子文学之精神》等文章。在美学和文学理论方面，王国维 1903 年到 1907 年所发表的论文具有多方面的意义和价值。其具体表现为：首先，王国维是西方美学思想的热情介绍者。席勒的美学思想、叔本华的美学思想和康德的美学思想都是通过王国维的介绍而为中国学术界所了解的。在当时，这些思想学说既是离经叛道的，又是惊世骇俗的。他的介绍包括美的本质、美的分类、美的创造、审美教育和艺术价值等方面。其次，王国维以西方美学和文学思想为武器，尖锐地批评居于统治地位的传统文学观念和腐朽没落的封建文学。从康德、叔本华美学思想出发，王国维提倡文学超功利、超政治，具有独立地位和不朽价值的论调。最后，王国维以西方文艺美学思想为指导重新估价中国古代作家作品，从而得出迥异于前人的新结论，以《红楼梦评论》和《屈子文学之精神》为代表。王国维在热情地介绍西方文艺美学思想、批判腐朽没落的传统思想观念的同时，也对西方文艺美学思想进行冷静的分析和评估，体现了在学术研究上严肃认真和可贵的探索精神①。

20 世纪早期，蔡元培作为介绍西方美学的先行者之一，其重要的贡献主要体现在对西方美育思想的消化吸收和融会贯通方面。他的美育思想批判地继承了中国传统文化中的合理内容，并吸收了康德、席勒等西方近代美学思想，对中国现代美学产生了积极而深远的影响。1907 年蔡元培在驻德公使孙宝琦的帮助下前往德国柏林，入莱比锡大学学习，研究心理学、美学、哲学诸学科。虽然蔡元培并没有系统的文艺美学专著，但是专门谈及美学、美育和艺术的文章、讲稿倒不在少数。他在《美学的进化》一文中，对西方美学从古希腊到近代的发展所做的概述，对各个时期的代表性人物和流派所做的评论，都是比较精到的。他对当时德国实验心理学家摩曼抱有很大希望，对其《现代美学绪论》的小册子给予了极高评价，认为它对美学的发展是很重要的贡献。蔡元培不仅评述了西方的美学发展史，而且也比较注意研究西方艺术发展史，论述了艺术的起源、进化，评述了文艺复兴时期的重要人物拉斐尔。这在人们还不了解西方美学和艺术发展情况的 20 世纪 20 年代的中国，是难能可贵的。在美学的理解上，蔡元培受康德的影响最深。他认为在近代西方正是康德才真正把审美判断即 "快与不快" 的感情判断，从认识判断和实践理性

---

① 滕咸惠：《王国维与西方美学》，《文史哲》1991 年第 1 期。

判断中严格地区别出来；康德的这种区分，虽然具有形而上学的片面性，但对于认识美学的特殊规律却具有重要意义，使美学的独立地位得到了进一步的确定和巩固。蔡元培对美学的解释，完全是对康德基本观点的发挥。他认为美学观念的真正价值，就在于能弥补理性活动和各种必要的劳动所造成的精神上的枯索无味、单调疲惫的不足，丰富精神生活，提高人生情趣。关于美的特点，蔡元培提出了普遍性和超越性两点，前者属于人的生理功能，在物质直接刺激下的生理反应，是一种个体的感觉，不具有普遍性。后者属于人的心理功能，是由对象的形象引起的心理反应，是普遍的、共同的。在蔡元培看来，美作为一种精神产品，具有普遍性的特点，也是合乎人们对审美追求的"进化公例"的，美的目的是使私美变成公美，让全社会的人共同欣赏。蔡元培的这一美育思想，是以庄禅的审美人生观在康德美学中寻找"接点"之后，为近代的"自由、民主、博爱"新型伦理观创作的一种具有超越意义的理论。正是由于蔡元培有着深厚的美学理论基础，他的美育理论也成为近代中国第一个比较完整的美育理论体系。蔡元培以他深厚的美学理论和美学素养为根基，构建了他的理论和实践相结合的美育理论体系，作为中国近代最早接受西方美学思想的学者之一，蔡元培以其一系列美学理论、美学史、艺术史方面的介绍性和研究性的著作和文章，非常全面地讨论了美学问题尤其是美育问题，其主要观点在今天的文化素质教育中仍然有着深远的影响力①。此外，梁启超的美学思想近些年来也受到学界的关注，并已有系列研究成果。同一时期，鲁迅在《摩罗诗力说》等著述中也介

① 聂振斌：《蔡元培及其美学思想》，天津人民出版社，1984，第 232～278 页。

绍过西方文艺美学思想。

值得一提的是，有关现代美学的理念最初大多是经由早期的现代知识分子群体借助译介之笔或著书立说，通过诸如"为感性正名"、"艺术取代宗教，行使救赎功能"和"让人生态度审美化"等话语进入到近代中国的社会历史文化语境中的。有学者认为，蔡元培、早期的梁启超、王国维的美学思想及学说，分别代表了在"五四"前后中国接受现代美学理念过程中的三种典型态度①。值得注意的是，这些原本囿于欧美知识社会学范畴的一些反思话语，在近代中国产生了程度不一的"过滤效应"②。由蔡、梁、王所开创的这三股理路，在中国美学现代性实践的历史演进和逻辑内涵中被不断充实、改造乃至变异，体现为近代中国审美现代性内部的历史落差和逻辑转折，这种历史落差和逻辑转折更多地与中国古典哲学中"经世"或"事功"的传统相契合，形成了一种既非刻板演绎西方审美现代性概念，亦非简单延续中国古典美学传统的新生的美学传统。这个新生的美学传统，

① 蔡元培的美学（育）观注重用现代美育思想培养全面发展的人，注重美学对文化启蒙的重要意义；早期梁启超的"小说工具论"思想和"新民说"，突出美学的功利主义价值，希冀用美学去直接促成社会进步；王国维的美学观侧重于美学的超越层面，是一种超越功利主义的美学观，强调艺术的自律原则。这三家的美学思想，构成了近代中国审美现代性问题初构阶段的三种基本模式。参见张法《回望中国现代美学起源三大家》，《文艺争鸣·理论》2008年第1期。

② 所谓"过滤效应"，是指现代西方美学理论对于社会现代性的那种反叛和抵抗的精神，对工业文明发展中人的生存状态的叩问和质疑，在近代中国特别是"五四"以来的历史语境中，表现得并不明显甚至很不明显，现代主义文学（包括许多具有浪漫色彩和唯美倾向的文艺）在近代中国发展的坎坷经历及备受冷遇即为典型实例。启蒙现代性的话语成为时代的最强音，许多在美学上具有创新意味的文艺形式，其背后如果缺少了启蒙现代性话语的有力支撑，也会沦为一种虚妄浮华的摆设。

汇聚了近代中国社会各阶层的审美现代性创造，诉诸近代中国完整而全面意义上的"人的精神现代性"的探求。

20 世纪 20 年代以后，一批负笈海外的学者如邓以蛰、宗白华、滕固、朱光潜相继完成学业后回国①，他们在一个较高的起点上引进了在海外所学的西方文艺美学知识，作为其科研成果的呈现，一方面致力于对西方文艺美学原著的翻译介绍，另一方面则将所学与在本土的文艺美学实践不断地融会贯通，逐渐构筑起具有鲜明个性色彩的美学理论体系或框架。

邓以蛰在西方学习期间，广泛涉猎过西方文化，深受黑格尔、克罗齐等美学大师的影响，他的艺术美学思想既有对中国传统书画理论的系统阐发，又体现了对近代西方哲学美学思想的融会继承。他以跨文化的视野，用近代西方哲学美学作为参照，特别是以黑格尔的"绝对理念说"和克罗齐的"表现说"作为其理论的基点，系统清理了中国传统艺术理论，尤其是中国传统书画艺术理论，阐发了对中国古代书画艺术的见解，他的艺术美学思想深刻而敏锐地抓住了中国艺术发展的内在规律。和朱光潜与宗白华不同，邓以蛰站在中国传统艺术的基础上，吸收西方哲学美学思想并加以融会贯通，因此在邓以蛰的艺术美学思想中很难清晰地捕捉黑格尔等人西方美学思想影响的脉络，邓以蛰美学理论中的西学影响是潜在的。如邓以蛰吸收并内化了黑格尔的艺术发展史观和辩证观，紧密结合中国传统书画艺术创作和鉴赏的实际，采取以史见论、史论结合的方法，从总体上深刻揭示了中国传统书画艺术的本质规律。如果说，黑格尔对邓以蛰产生的影响

①　邓以蛰 1923 年回国、宗白华 1925 年回国、滕固 1932 年回国、朱光潜 1933 年回国。

主要体现在他的艺术本体观上的话，那么在具体的艺术创作和鉴赏方面，意大利美学家克罗齐的"直觉即表现亦即艺术"的理论对他产生的影响就比较突出了。邓以蛰在书画创作上接受了克罗齐"直觉即表现亦即艺术"的观点，在论述书法创作时，他指出，中国的书法艺术创作就是表现，表现的是性灵，而意境出自性灵，美为性灵之表现，意境美是表现的最直接者等。邓以蛰的艺术美学思想还受到康德、叔本华、柏格森及席勒等人的影响①。

作为中国现代美学和美术史学的先行者和奠基人之一的滕固，虽然主要从事中国绘画和美术史方面的研究，但他不忽视对其他艺术形式，如文学、雕塑、建筑、书法、音乐等领域的研究，他还涉猎考古学、人类学等诸多学科，兼有艺术家与理论家的双重身份。他立足具体的艺术实践，借鉴西方美学的基本方法，为中国现代的美学研究奠定了基础。他两次出国留学，分别赴日本和德国学习美术和美术史，在柏林大学哲学系获得了博士学位。在柏林大学期间，滕固学习了哲学、美学和人类学等方法。他还深受瑞士著名美学家和美术史家、《抽象与移情》的作者沃林格的影响，用风格学的方法研究中国艺术，取得了卓越的成就。其他如倡导"移情说"的利普斯、美术考古学家蒙德留斯等人，均对滕固的美学方法论产生了重要影响。他借鉴西方的艺术观念，以西方艺术批评的视野来审视和反思中国艺术理论。在1926年发表的《气韵生动略辨》中，滕固借鉴利普斯的"移情说"阐发了中国古代的画论思想，以中国的"心物合一"与

① 张伟：《邓以蛰艺术美学思想的西学归宗》，《北京工业大学学报》（社会科学版）2010年第4期。

"移情说"相比照，以"气韵生动"和西方的节奏观念相参证，时间上要早于朱光潜，在当时具有探索性和先锋性。滕固还高度重视西方学者对中国艺术的看法，重视他者的眼光。他的《中国美术小史》也常常以西方艺术史作参照，并在一定程度上借鉴了日本学者和德国学者的成果①。

　　作为我国最早系统介绍西方文艺美学的学者之一，朱光潜先生以其精湛的研究，沟通了西方美学和中国传统美学及现当代美学，成为中国现代美学史上一座极其重要的"桥梁"。根据朱光潜自己的回顾，在新中国成立前对他美学思想影响最大的是意大利学者克罗齐，他通过克罗齐的影响而从心理学、文艺批评转向美学，然后又从研究克罗齐开始，经过多年的探求而逐步形成自己的美学思想。朱光潜把克罗齐视为自己的老师和知己，成为克罗齐的崇拜者和追随者。朱光潜在《文艺心理学》中，按照自己的理解，诠释了克罗齐的直觉形象说，形成了朱光潜"形象直觉"的基本思想。在他看来，凡是美都起源于"形象的直觉"，不过朱光潜当时也意识到克罗齐的美学思想不能完全自圆其说，于是在肯定克罗齐美学"大体上较近于真理"的前提下，也对其提出了某些怀疑和批评。《克罗齐哲学述评》是1949年以前反映朱光潜与克罗齐美学关系的一部较为集中的和有代表性的论著，也是朱光潜对自己与克罗齐整个思想体系关系的一次较为彻底的清理。在该书的"序言"中，朱光潜表示自己曾一向醉心于唯心派哲学，但是经过多年的探寻后终于发现唯心主义的缺陷而深感惋惜和怅惘。这些反思，也为朱光潜在新中国成立后较快地接受马克思主义理论为美学研究的指导做了准备。

---

　　①　朱志荣：《滕固美学研究方法论》，《文艺研究》2010年第9期。

我们从朱光潜的《悲剧心理学》等著作中，似乎还可以更多地发现尼采和叔本华美学影响的痕迹。在朱光潜看来，尼采和叔本华的全部美学理论可以归结为两点：其一，艺术是人生的反映，是以具体的形象表现内心不可捉摸的感性和情绪的；其二，艺术是对人生的逃避，是以对形象的观照使人们忘记伴随着人们感情和情绪的痛苦。朱光潜肯定这两点都是正确的，并且指出，尼采和叔本华美学的最大不同，在于尼采驳斥了叔本华弃绝人世的悲观主义思想。对尼采来说，悲剧人物的毁灭，可以揭示出酒神式的智慧，因而能给人以"玄思的安慰"。尼采坚持对人生的审美解释，坚持存在和世界只有作为审美现象才是永远合理的。朱光潜认为尼采的《悲剧的诞生》尽管有一些自相矛盾的地方，但它把握了真理的两面性，是出自哲学家笔下的论悲剧最为成功的一部著作。从这个意义上来说，尼采在朱光潜心目中的地位并不亚于克罗齐。对于尼采和叔本华美学中的一些弊病，朱光潜也予以了揭示：他们的美学也像康德和黑格尔那样，是从哲学体系中演绎出来的，而不是从具体的艺术作品的研究中归纳出来的。

从以上的分析中可以得出一个初步结论：即从克罗齐的美学思想移植而来的"形象直觉说"，受尼采的日神精神和酒神精神影响使其更加坚定的"人生艺术化"理想，是朱光潜在1949年以前译介学习西方文艺美学的总支柱。朱光潜当时确乎真诚地认为，人们通过美感活动和艺术创造，可以使自己冲破自然对人的限制而获得自由。在此基础上，朱光潜也特别强调审美教育的重要性，要求通过审美教育促使人生艺术化，使人从自然的限制中解放出来，充分地感受人的尊严。在新中国成立前，除了克罗齐、尼采和叔本华等人以外，全部西方美学，特别是西方近现代美学，都对朱光潜的美学思想产生过程度不同的影响，朱光潜也通过对西方各派美学思想的评述和消化，来对给自己影响最大的克罗齐和尼采美学做必要的"查漏补缺"，其中比较突出的如运用布洛的"心理距离说"和利普斯的"移情说"来补充和发挥"形象直觉说"，用弗洛伊德的心理学来解释艺术创造的动因等。此外，朱光潜还汲取了西方美学中的一些其他思想来论述艺术的起源、刚性美和柔性美、悲剧和喜剧等美学问题，并最终把它们归结为"形象直觉"，或者用"形象直觉"的观点做出解释。概言之，围绕"形象直觉"展开的美学讨论，并用其检验现代西方美学中各家各派的主张，从而决定其取舍，成为朱光潜在新中国成立前译介、学习和研究西方文艺美学的关键所在①。

作为中国现代美学另一位巨擘的宗白华先生，在新中国成立前的学术生涯中，其美学思想的形成和发展主要受到歌德、席勒、康德、叔本华和自己的德国老师德索等人的影响。无论在他的个人著述上，还是编辑《学灯》杂志对撰稿者的评点中，都鲜明地体现出这些哲学家、美学家的思想对自己的深刻影响。宗先生 1918 年毕业于同济医工专门学校，毕业时因成绩优秀，获赠康德的《纯粹理性批判》一书。不久，参加"少年中国学会"的筹备工作，在"少年中国学会"筹备的学术谈话会上，做《歌德与浮士德》的演讲。1919 年 3 月，在学术谈话会上做《略述康德唯心主义哲学大意》的演讲，刊载于上海出版的《少年中国学会会务报告》第 1 期，同年 5 月，在北京《晨报》副刊上连刊两篇论述康德哲学的文章。同年 10 月，在《学灯》连载发表《欧洲哲学的派别》。同年 11 月，在《学灯》上发表署名

---

① 叶朗：《美学的双峰——朱光潜、宗白华与中国现代美学》，安徽教育出版社，1999，第 155～172 页。

"樾"的文章《读柏格森〈创化论〉杂感》。1920年3月，在
《学灯》上，发表《美学与艺术略谈》，介绍了德国美学家梅伊
曼的经验主义美学，这是宗白华发表的第一篇美学文章，在该文
中他提出了对美学与艺术的研究和表现内容的区别等问题。1920
年5月，宗白华离沪赴德，在法兰克福大学哲学系学习哲学。
1921年春，转至柏林大学学习美学与历史哲学，受业于德国著名
美学家德索、Bolschman，哲学家Riehl。1921年3月，《学灯》上
发表了宗白华1920年冬所作的《看了罗丹雕刻以后》，提出艺术
表现"动"的美学原理。1925年，从柏林归国，途中游历欧洲名
胜古迹，同年被聘至东南大学哲学系任教，受到导师德索教授的
艺术美学思想的启发，开始写作《美学》和《艺术学》。1928年
任南京中央大学哲学系教授。1930年，宗白华著《形上学——中
西哲学之比较》《形而上学提纲》，从中西哲学路线的异点、中
西法象之不同、西洋的概念世界与中国的象征世界等方面，论述
中西哲学的特点。1932年在天津《大公报》文学副刊上发表译
作《歌德论》，同年10月，译《席勒和歌德的三封通讯》。1933
年1月，在《新中华》创刊号上发表《哲学与艺术——希腊哲
学家的艺术理论》。1935年1月在《中央日报》上发表《席勒
的人文思想》一文，指出通过"美的教育"，使人生不复为种种
目的的劳作，而失去生活的意义和兴趣，能够将种种"目的"
收归自心兴趣以内的"游戏"，使一切事业成就于"美"，而人
生亦不失去中心与和谐，生活将变为艺术。不为物役，不为心
役，心物和谐地成于"美"，而"善"也就在其中了。1935年，
在上海《文学》月刊第5卷第1期，发表译作《单纯的自然描
摹·式样·风格》（歌德著）。1937年"卢沟桥事变"以后，随
校西迁重庆，同年8月，在《戏剧时代》第1卷第3期，发表

《莎士比亚的艺术》，指出："莎氏的艺术是不朽的，永远有他的生命。"1938年，宗白华又在《学灯》上设"国立戏剧学校介绍莎士比亚名剧《奥赛罗》专页"，发表了余上沅和王曾思的文章，并为之写"编辑后语"，指出莎士比亚的名剧具有超越时代的永久价值，表现了永久的人性。1938年9月，在《学灯》杂志上为田津生等人《亚里士多德及其文学批评》等论文所写的"编辑后语"中，高度赞扬亚里士多德的哲学和文艺理论的成就。1939年10月，在《学灯》上发表李长之《〈柏拉图对话集〉的汉译》，并写"编后语"。同年11月，在《学灯》杂志上为《黑格尔及其辩证法》一文撰写"编辑后语"，高度评价黑格尔及其辩证法的精神。1940年1月，在《学灯》上发表何兆清《西洋人文化之理智精神》，并作"编辑后语"予以评论。同月，在《学灯》上发表梁宗岱译作——莎士比亚的《商籁》，并写"编辑后语"。1944年，宗白华先生在中国哲学第四届年会上和全增嘏、方东美、金岳霖、胡适、贺麟、冯友兰等人一起被选为理事，又出任西洋哲学名著编辑委员会委员。20世纪40年代后期，宗白华在中西美学比较方面写了一些有分量的文章，如《论中西画法的渊源与基础》等①。

此外，在新中国成立以前中国出现的首批美学原理著作中就有三本同名的《美学概论》，它们的作者分别是吕澂、范寿康和陈望道。这几本《美学概论》通过对其外表即结构框架的比较，表现出很大的相似性，都是以日本等外国美学家的美学理论和框架为参照来构筑自己的美学理论，而其内在的性格都属于美学本体论，都是使用利普斯的"移情说"来解说审美心理的，它们

---

① 《宗白华全集》第四卷，安徽教育出版社，1994，第687~758页。

在当时具有很大的开创性，为后代美学教材的写作留下了范本与模式。其中范寿康本人没有把美学作为自己的主要研究领域，故而多为介绍和移植，并无多少创见，但他能及时地引进外国的美学理论，并编成教材，出版发行，对我国早期文艺美学的开创与成长做出了不可忽略的贡献。

二 新中国成立后国内对西方文艺美学的译介

1952 年，全国高校院系调整，当时全国所有大学的哲学系都合并到北大，北大哲学系成了全国唯一的哲学系。除了邓以蛰、朱光潜在北大任教以外，宗白华先生也从南京来到了北大哲学系。当时，邓以蛰、朱光潜、宗白华三位著名的美学家都集中到了北大，北大在美学上的学术力量达到了历史上前所未有的顶峰。1960 年，北京大学哲学系正式建立了美学教研室，这也是全国高校中最早建立的一个美学教研室。北京大学哲学系美学教研室为美学学科的建设奠定了基础。从 1957 年开始，学术界进入长达 6 年的美学大讨论，在这次大讨论中，基于当时特定的历史环境和政治背景，参与讨论的学者大多对西方文艺美学表现出了明显的批判态度和抵触情绪，即便在这样的情势下，北京大学哲学系美学教研室以朱光潜、宗白华为代表的美学学者仍然为译介西方文艺美学做出了突出的贡献。

朱光潜自新中国成立初至去世以前，30 余年间翻译出版了大量的西方美学和文艺理论作品，从柏拉图到马克思，其涉猎之广、涵盖之丰，几可看作是一部西方美学史的缩影。这些译著有柏拉图的《文艺对话集》、莱辛的《拉奥孔》、维柯的《新科学》、爱克曼的《歌德谈话录》、黑格尔的《美学》、克罗齐的《美学原理》等，这些厚重博大的翻译著作，也构成了中国现代翻译史上的不朽丰碑。与新中国成立以前以克罗齐的"直觉说"等学说为主要理论来源，综合"心理距离说"与"移情说"等各种当时最新的理论成果，形成了中国第一个唯心主义美学体系不同，新中国成立以后，朱光潜主要致力于马克思主义美学与西方美学的联系，翻译引进了一大批美学经典与哲学经典著作，其个性化的美学研究成果以序、跋或前言的形式出现，服务于翻译。这种研究内容与研究方式的转换，也是特定历史时期和意识形态标准下的一种选择。①

1960 年，北京大学在哲学系设立了美学教研室，朱光潜由西语系暂时调到哲学系，负责培养青年教师和开设"西方美学史"课。随着政治经济待遇的恢复，朱光潜西方美学的研究与翻译事业也迎来新中国成立后第一个高潮。同年召开的高教部文科教材会议，指定他编一部《西方美学史》。在编写的过程中，他译了莱辛的《拉奥孔》、柏拉图的《文艺对话集》、黑格尔的《美学》以及普洛丁的《九部书》第六卷、圣托马斯·阿奎那的《神学大全》中有关美学的部分、但丁的《论俗语》和《给斯卡拉大公的献词》、达·芬奇的《语录》等西方重要美学著作。这两年是新中国成立后朱光潜最为繁忙的时期。《歌德谈话录》的翻译是朱光潜 1976 年接受人民文学出版社与北大西语系的安排而进行的。"文革"结束以后，朱光潜在垂暮之年不顾年老体衰，以常人难以想象的毅力从事维柯《新科学》的翻译与研究工作。晚年倾尽心力的《新科学》则由人民文学出版社 1986 年 7 月作为"外国文艺理论丛书"的一种翻译出版。

---

① 高金岭：《翻译与政治：1949 年以后朱光潜西方美学的翻译与政治关系初探》，《上海翻译》2008 年第 2 期。

朱光潜新中国成立后最重要的著作《西方美学史》是直接受高教部文科教材会议委托编写，由人民文学出版社印行的。朱光潜在西方文论的译介中更有一种整合与建构意识，他治西方美学，走的是翻译和研究互补并重的路子。《西方美学史》被公认为是 20 世纪我国学者研究西方美学史的第一部力作。该书全面深入地评述了从古希腊至近现代西方美学的历史发展和各派代表人物的美学思想，可以说这是朱光潜对自己与西方美学关系的一次全面系统总结。这部著作具有世界眼光与历史意识。《西方美学史》以人物为纲，以问题为纲，按历史顺序，以有代表性的美学家及其美学著作为中心，次第叙述。在《西方美学史》中，朱光潜抓住了西方美学的传统与发展、继承与革新的线索，着重说明每个时代美学思想的总貌和派别源流、关系，以揭示从古希腊时期到 20 世纪初期的历史进程。朱光潜通过对各种美学思想的渊源剖析和影响研究，让读者看到的是一个千头万绪、错综复杂，然而脉络清晰、井然有序的美学思想的谱系。

宗白华 1957 年在《学习译丛》上发表译作——德国菲·巴生格的《黑格尔的美学和普遍人性》。同年 5 月，在《文汇报》上发表《荷马史诗中突罗亚城的发现者希里曼对中国长城的惊赞》，主张我们应该用巨人的眼光来衡量一切，用巨人的双手来改造世界，我们要拿长城的壮美作为我们美的标准。此番评论，带有鲜明的时代印迹，也从一个侧面开启了中国当代美学关于"崇高美"的长期讨论。1959～1960 年，宗白华先生存有《美学史》手稿，论及古希腊柏拉图、亚里士多德以及文艺复兴时期古典主义的美学，资产阶级启蒙时期的莱辛、温克尔曼德国唯心主义的美学观点；又存有《文艺复兴的美学思想》手稿以及《德国唯理主义的美学》《英国经验主义的心理分析的美学》等文章初稿。康德原著也于这个时候开始试译，第一篇《美的分析》译文，已刊于《文艺理论译丛》1958年第1期。现又收在商务印书馆出版的《19世纪末至20世纪初德国哲学》一书里面。这篇文章指出，"康德的美学"同其哲学一样，有着明显的两重性，在一定程度上表明他企图调和唯物主义和唯心主义。同时，康德的美学，又是他在以前的唯理主义美学（继承着莱布尼茨、沃尔夫哲学系统的鲍姆伽通）和英国经验主义的美学（以布尔克为代表）的争论中发展和建立起来的，因此是一个极为复杂的体系。1963年，在《光明日报》上发表《形与影》（罗丹作品学习札记）。1964年，宗白华译作《判断力批判》（上卷），由商务印书馆出版。1974～1976年，根据手稿整理，存有《萨特》和《伯尔特朗·罗素的哲学发展》，1975年与洪谦等合译的奥地利哲学家马赫的著作《感觉的分析》，由商务印书馆出版。1980年，译著德国瓦尔特·赫斯的《欧洲现代画派画论选》，由人民美术出版社出版。同年，译作德国海伦·娜丝蒂兹的《罗丹在谈话和信札中》，由上海文艺出版社发表于《文艺论丛》第10辑。1982年，译文选集《宗白华美学文学译文选》由北京大学出版社出版①。

　　大陆其他高校中对于西方文艺美学的原著翻译和教材建设成就最为突出的是复旦大学的蒋孔阳、伍蠡甫和中国人民大学的缪朗山。

　　蒋孔阳从1961年起开始在复旦大学开设"西方美学"课程，参与伍蠡甫主持的《西方文论选》的编译工作。1962年开设"美学"课程，成为我国大学中最早开设美学课程的学者。

---

　　① 宗白华：《宗白华全集》第四卷，安徽教育出版社，1994，第758～772页。

同年开始撰写《德国古典美学》一书，之前已有部分论文刊发。1964 年完成该书的初稿。同年，受教育部委托开始翻译李斯托威尔的《近代美学史评述》一书，另有译作《简论分析哲学与美学》（斯托尔尼兹）、《分析哲学与美学》（杰赛普）、《一篇美学专论的序论》（卢卡契）分别刊载于当年的《现代外国哲学社会科学文摘》不同期号上。1965 年，《德国古典美学》完稿，《近代美学史述评》译竣。译作《论艺术象征》（夏普）载当年《现代外国哲学社会科学文摘》第 9 期。

伍蠡甫先生曾任复旦大学外文系外国文学教研室主任、复旦大学西方文论博士研究生导师、上海中国画院画师、中华全国美学学会、全国外国文学学会顾问、中国作家协会上海分会副主席、国际笔会上海中心成员等职。他除了在文学翻译和中国画论方面具有较高造诣以外，也在全国高校之中开西方文论系统研究的先河。早在 20 世纪 60 年代就主编了《西方文论选》，对西方古代和近代著名的文献做了精选和扼要的分析介绍，在一定程度上弥补了当时西方文论研究的空白。80 年代初又主编了《现代西方文论选》，并与胡经之合编《西方文艺理论名著选编》，与朱立人合编《当代外国文艺美学文选》，使国内对西方文论的介绍更见系统。他撰写的《欧洲文论简史》由国家教委确定为全国高校文科教材。

缪朗山（1910～1978），又名缪灵珠，缪灵珠是其发表文艺作品时的笔名。原籍广东中山，著名的西方文学及西方文艺理论的研究学者。20 世纪 60 年代初期，缪朗山到中国人民大学语言文学系任教。中国人民大学停办期间，调往北京师范大学任教授，从事联合国资料的翻译工作。1978 年中国人民大学复校，他又重回中国人民大学语言文学系。在中国人民大学工作期间，他承担了讲授西方文艺理论史的任务，在我国高等学校开辟了第一个西方文艺理论史的课堂。他治学严谨，立足于掌握第一手材料，著述所需文献资料大都根据原文亲自翻译。他注重钻研原著，惯于独立思考，从不随波逐流，而是力求有所创见。他以自己渊博的学识和深厚的功底得到了学生和学界的肯定。1978年在北京逝世。缪朗山先生逝世后，其遗稿经学生章安祺等人整理编订，已由中国人民大学出版社出版；他当年给"文研班"和进修班上课用的讲稿，整理成《西方文艺理论史纲》，由中国人民大学出版社于1985年出版，并于1987年列入首批"中国人民大学丛书"；他译自希腊文、拉丁文、英文、法文、德文和俄文的文献资料，编订为《缪灵珠美学译文集》，分四卷于1987~1991年陆续出版①。

三 新时期以来国内对西方文艺美学的译介

新时期以来，是中国文艺美学学科正式提出、发展并不断走向成熟的阶段。在这个阶段，文艺美学学科意识的全面唤起，在相当大的程度上是和全面而理性地吸收西方文艺美学思想，尤其是20世纪以来的西方文艺美学思想密不可分的。

其一，20世纪以来，西方的美学研究开始向艺术哲学转向，艺术哲学成为西方美学研究的重中之重。美的本质问题被搁置，以致在20世纪西方美学的格局中，只有心理学美学和艺术哲学。张法对20世纪西方美学的这种转变有着详细的论述："从古典美学的三面这一视点来看20世纪美学，可以发现，20世纪美学没有美的本质这一面，由此可以说，20世纪的美学是一座两面

---

① 《中国人民大学文学院前辈学人——缪朗山》，http：//wenxueyuan.ruc.edu.cn/cn/index.php? do=caseview&caseid=11996。

大厦。从三面美学转为两面美学的过程中，较为明显的，可以看到心理学美学对美的本质的拒斥和转换，自然主义美学在现实和艺术中对美和美感的泛化，分析美学对美的本质的致命的打击。"并且他进一步认为分析美学是对"美的本质"命题的最重要的打击。在审美心理学和艺术哲学这两方面中，艺术哲学更是对文艺美学的产生至关重要。因为，在现代美学中，具体的艺术美学更符合美学自身的特点和规律。如 20 世纪前半叶，俄国的形式主义和英美的新批评这两个流派，不约而同地打着不同的旗帜，走向了相同的目标：重视艺术本体的地位和价值。他们把美学的重心从审美转到艺术上来了。所以，艺术哲学成为西方美学研究的重要方面，而文艺美学就是要研究艺术的审美规律和审美特征，这样一来，国际美学研究的艺术学转向，就成为 20 世纪 80 年代文艺美学在中国产生的重要背景之一。

其二，在具体操作方法上，文艺的内部研究成为一种重要的研究方法，这也与 20 世纪西方形式主义美学家把艺术形式提到文学本体的高度是分不开的。他们认为：只有艺术形式才最终构成文学性，构成审美性。这给我们提供了研究文艺美学的又一个视角，即审美形式的视角。形式主义美学开启了文学艺术审美的视角，也为文学艺术的内部研究找到了方法。这种文学艺术的内部研究转向也影响了 20 世纪 80 年代中国文艺美学的产生和发展，也可以说是文艺美学在 20 世纪 80 年代的中国产生的重要原因之一。

其三，19 世纪末以来，西方哲学开始对认识论哲学进行反思，特别是对其主客分离的思维模式做出突破，这种突破也使美学研究走出认识论模式的束缚，使美学研究更加关注艺术的审美经验和审美规律。从叔本华到尼采、柏格森、胡塞尔、海德格尔，非理性的哲学思想一直贯穿了下来。特别是到了 20 世纪以后，非理性哲学思想开始占据哲学领域的重要方面。尼采、叔本华、弗洛伊德等强调感性、直觉、欲望乃至非理性的重要意义，认为只有靠非理性的力量，人类才能认识世界和自身。这种观念使他们的哲学具有审美主义的色彩，使得西方哲学开始重视审美经验和艺术的研究。现象学并没有走向非理性主义，但它反对主客对立的思维方法，强调本质直观在认识中的作用，也对传统的认识论做出了一定超越。现象学哲学和美学的观念对美学和文艺学研究也有着重要影响，它使得研究的重心转向了审美经验。在这个转变过程中，存在主义哲学，特别是海德格尔的哲学对中国的哲学产生了重要影响。20 世纪的西方哲学和美学呈现出一种诗化哲学、美学的倾向。这一系列的变化也成为文艺美学在中国 20 世纪 80 年代产生的重要背景。

此外，20 世纪以来西方哲学美学学术研究中的学科交叉和融合的趋势越来越强烈，这种学术研究的融合也在一定程度上促成了文艺美学在 20 世纪 80 年代中国的基本成熟。可以说，新时期以来对 20 世纪西方文艺美学的大规模译介和教学、研究上的重视也伴随着文艺美学教学的发展而不断发展壮大①。

（一）中国文艺美学学科与教学研究具有里程碑意义的昆明会议

1980 年春，中华美学学会第一次全国会议在昆明召开。胡经之在会上提出应在文学艺术院系发展文艺美学学科，在高校中开设文艺美学课程，发出了建设中国文艺美学学科的第一声。在胡经之先生与其他专家的共同努力下，经过十多年的开拓奋斗，

---

① 杨正华：《中国文艺美学学科生成背景研究》，山东大学，2008 年硕士论文。

文艺美学如今已正式成了文艺学学科下的一个专业方向。对于这门学科的创建，胡经之筚路蓝缕，不仅最早在北京大学招收了文艺美学研究生，开设了文艺美学课程，而且还创办了《文艺美学论丛》，参与发起编辑"北京大学文艺美学丛书"，自己也奉献出了《文艺美学》《文艺美学论》等专著。胡经之的文艺美学研究以人生实践为出发点，并且与艺术实践紧密结合。胡经之有关"文艺美学"的这个命名，20多年来已经得到学界大多数同行的认可和使用，它概括了这个新学科来自双亲（文艺学和美学）的特性，相对而言，叫它文艺美学是符合实际的①。

胡经之提出文艺美学有复归人性和人格提升的重要作用，他从三个方面展开了具体论述。第一，文艺美学在本质上源于美学，与美学一样，探索人在实践中如何遵循美的规律，使自己的理想在客体世界得以实现，同时使主体的自由性最大限度地得到伸张。但文艺美学的对象不是整个世界，而是文艺作品，这就避免了美学所必须面对的琐碎和繁杂，而从浓缩的、典型化了的世界中揭示美的规律，这样对人性复归和人格提升所产生的作用也就更有力度了。第二，文艺美学的终极目标是追求人性的复归和人格提升，而这种追求又在比现实性更具典型性的文艺领域进行，这样，它必将对21世纪建设有中国特色、时代特点的精神文明做出其他学科无法企及的贡献，尤其将对加强人的修养，提高人的素质，培养高尚的道德情操发挥巨大的作用。第三，文艺美学对批判继承中外优秀的文艺遗产，在前人的肩膀上更上一层楼，有十分积极的推动意义。总之，胡经之对中国文艺美学，无论从学科的提出还是学科的规范，都做出了重要的建树。他的文

---

① 杜书瀛：《文艺美学诞生在中国》，《文学评论》2003年第4期。

艺美学理论体系，从实践入手，通过审美活动展开，最后归结到对人的提升、人文关怀的作用，这正是当代审美文化的微观写照①。

（二）在西方文艺学美学教学与教材建设上成就卓著的复旦大学中文系文艺理论教研室

以蒋孔阳、朱立元为代表的复旦大学中文系文艺理论教研室在西方文艺美学教学与教材建设上做出了重大成就。1977～1978年，蒋孔阳对《德国古典美学》书稿进行过较大幅度的修改。复旦大学1978年重新开设"西方美学史"课程，开始招收研究生。1980年，《德国古典美学》由商务印书馆出版，译著《近代美学史评述》（李斯托威尔）由上海译文出版社出版。1993年，由蒋孔阳领衔的"文艺学美学系列配套课程建设"获上海市优秀教学成果一等奖。同年，《美学新论》出版，蒋孔阳领衔的"文艺学美学系列配套课程建设"获国家级优秀教学成果二等奖。朱立元的《现代西方美学史》获得第一届中国高校人文社会科学研究优秀成果二等奖。此外，20世纪80年代以来，由蒋孔阳任主编、朱立元任副主编的《19世纪西方美学名著选》（上下册）、《20世纪西方美学名著选》（上下册），朱立元撰写的《黑格尔美学论稿》《接受美学》，与张德兴合著的《现代西方美学流派述评》等影响甚广，为西方文艺美学的教学积淀了厚实的知识基础②。自20世纪90年代以来，随着复旦大学中文系美学课程的建设与完善，也不断积累了关于西方文艺美学课程教学的丰富经验和大量教学资源，同时继续扩展并加深美学基础知识

---

① 陈伟：《文艺学的新开拓——胡经之的文艺美学研究》，《深圳大学学报》（人文社会科学版）2002年第1期。

② 复旦大学美学课程简介，http://www.aesthetics.jpkc.fudan.edu.cn/index.htm。

方面的探索研究。尤为让人瞩目的是，蒋孔阳与朱立元联合主编的《西方美学通史》（七卷本）荣获第三届中国高校人文社会科学研究优秀成果奖一等奖。

在美学课程中，从有关西方文艺美学的教学与研究来看，蒋孔阳的西方古典美学研究，朱立元等西方现代美学、西方美学史研究，在国内一直享有盛誉；蒋孔阳的《美学新论》，朱立元的《美学》作为复旦美学课程的教材，为国内很多高校所采用，反馈良好。

从素质教育和通识教育课程的角度看，美学课程中将西方文艺美学的相关知识与技能以通俗化、深入浅出的方式体现出来，使文理科低年级学生喜欢听、听得懂、学得进，这样美学课就形成了面向文理科学生的公选课和面向中文系的专业选修课两种不同的课程设计和教学方案，前者较为普及、后者较为专业。在这方面，该课程团队取得了较多的经验，其教学方法也颇令人赞赏。近些年来，他们采用了多媒体教学手段，整理建设了一套系统的影像图片、音乐剪辑等素材库，把素材库中的影像图片、音乐剪辑整合到课件里，课件精致，形象生动，要而不烦，学生反响良好，保证了美学课的吸引力及教学效果。据王纪人介绍，他们的教学方式也很灵活，把美学理论的讲授和中外优秀艺术作品的鉴赏结合在一起，提高学生的兴趣和欣赏力；同时，无论是上课还是考试，都以培养学生的独立思考能力为主，在注重知识传授的同时，鼓励学生发散思维，提出自己的学术识见，考核形式不死板，题型的自由发挥空间很大。特别是由朱立元主编的《美学》（教育部面向 21 世纪课程教材）2001 年由高等教育出版社出版，2007 年又做了较大修改，出了修订版，反响良好，为国内 100 多所大学广泛使用，受到普遍欢迎，是目前国内影响最大的美学教材之一①。

（三）西方文艺美学学科建设的奇葩——中国人民大学文学院国家精品课程"西方文艺理论史"

中国人民大学是全国最早开设"西方文艺理论史"课程的高校，并始终将这门课程作为学科建设的重点。缪朗山嫡传弟子章安祺在20世纪80年代整理相关文献，分别编订了《西方文艺理论史纲》（中国人民大学出版社1982年版）和四卷本《缪灵珠美学译文集》（中国人民大学出版社1998年版），并长期承担西方文艺理论史的主讲工作。现在，西方文艺理论史由中国人民大学副校长杨慧林担任主讲人。西方文艺理论史历经老、中、青几代学者的不懈努力和工作，一直是中国人民大学文学院长期建设的重点项目。本课程以西方文论的发展和演变为历史线索，系统地介绍和分析自古希腊至20世纪的各种学说，梳理其中的基本观念及其不同形态，力图借此帮助学生了解西方文论的经验和规律、探寻可能存在的普遍性问题，进而更深入地把握西方文化的内在精神。

中国人民大学文学院"西方文艺理论史"课程在2009年被评为国家级精品课程。该课程始终坚持由教授和博士生导师为本科生授课，并不断根据学生的课堂反馈、教师的研究成果和最新的原文材料调整教学大纲、更新课程内容，并逐渐形成了比较鲜明的特色。其具体表现为：重点增补了国内教材较少涉及的"古希腊早期的文艺思想"特别是"中世纪"部分的教学内容，同时又以"范式延伸"的考察将古希腊至20世纪的西方文论史打通、将西方文论与人文学的基本问题打通，在西方思想与文化

---

① 复旦大学美学课程简介，http://www.aesthetics.jpkc.fudan.edu.cn/index.htm.

的整体线索中阐述当代西方文论与古典西方文论的逻辑联系；以中英文对照的方式添加了"西方文论关键词"的教学，并将中英文对照的"相关批评术语"及简要释义编为教材附录；先后出版了多种较有影响的教材，如张秉真、章安祺、杨慧林《西方文艺理论史》（中国人民大学出版社 1994 年第 1 版），又如杨慧林《西方文论概要》（中国人民大学出版社 2003 年版），章安祺、黄克剑、杨慧林《西方文艺理论史：从柏拉图到尼采》（中国人民大学出版社 2007 年版）等。其中《西方文艺理论史》曾在 1996 年获得国家教委第三届高等学校优秀教材二等奖。本课程特别强调中英文原典和"缺项"材料的阅读，着力为学生提供配套的参考文献。主要成果如章安祺《西方文艺理论史精读文献》（中国人民大学出版社 1995 年初版、2003 年修订版）、章安祺《西方文论经典选读》（英文本，中国人民大学出版社 2006 年版）等。

在课程重点和难点的处理上，该课程以西方相关理论的发展和演变为历史线索，概括性地介绍和分析了自古希腊至 20 世纪的各种学说，梳理其中的基本观念及其理论形态，借此帮助学生了解西方文艺理论的经验和规律、探寻可能存在的普遍性问题、更深入地把握西方文化的内在精神，为进一步的学术思考建立必要的基础和参照。在教学实践上进行了如下探索：第一，将所述内容上溯到古希腊早期的文艺思想和"前柏拉图美学"，重点增补了中世纪的欧洲文论、"神学美学"的人文学意蕴及其向"意义"问题的延伸，同时还将 20 世纪西方文论归纳为三种主要的范式延伸及其对古典文论的回应，力图寻索当代西方文论与古典西方文论的完整脉络和逻辑联系。第二，打通西方古典文论与现代文论、打通狭义的文学理论与广义的人文学术，以便在有限的篇幅内尽可能追踪西方思想与文化的整体线索，并使"诗性"的价值在这一线索中得以发展。第三，强调详略适当的西方原典和中英文关键词，在课程教材的基础上辅以中外文教学参考材料，使课程内容更具客观性、开放性和可检索性。

该课程教学在方式上有如下特点：备有完整的 PPT 课件，帮助学生对重要引文加深印象并便于摘记；鉴于西方文艺理论史课程内容比较艰深、学生的前期阅读往往较少等具体情况，本课程的授课过程仍以讲授为主，每一章节结束以后，适当安排学生提问和讨论；撰写读书报告是本课程最为重要的互动环节。这也有助于学生真正阅读原典、自主思考，并逐步建立相应的"问题意识"；随着网络系统的普及，近些年本课程已将主要内容制作为网络课件和光盘，拓展为中国人民大学的网络课程之一，并被选用为网上开放课程①。

（四）西方文艺美学学科建设史上值得一提的其他各主要高校

新时期，北京大学哲学系美学教研室以叶朗、章启群、彭锋等学者为代表，并依托教育部重点人文社会科学研究基地北京大学美学与美育研究中心，中文系文艺理论教研室以董学文、王岳川等学者为代表，在西方文艺学美学的教学与教材建设上不断取得新的收获，代表性著述有：《现代美学体系》（叶朗主编，北京大学出版社 1988 年版）、《文艺学美学方法论》（胡经之主编，北京大学出版社 1998 年版）、《西方文学理论史》（董学文主编，北京大学出版社 2005 年版）、《当代西方最新文论教程》（王岳川主编，复旦大学出版社 2008 年版）、《新编西方美学史》（章

---

① 中国人民大学西方文艺理论国家精品课程《西方文论课程简介》，http：//wlt. ruc. edu. cn。

启群著，商务印书馆 2004 年版）、《西方美学与艺术》（彭锋著，北京大学出版社 2005 年版）等①。

2000 年，教育部人文社会科学重点研究基地山东大学文艺美学研究中心正式成立，这是我国第一个以"文艺美学"命名的国家级研究中心。作为该中心负责人的曾繁仁早在 20 世纪 80 年代初，就在国内高校开展西方美学教学和研究。他广泛研究西方美学理论，对柏拉图、亚里士多德、狄德罗、莱辛、康德、席勒、黑格尔、车尔尼雪夫斯基等传统西方美学家的美学思想进行了专题研究，先后撰有《西方美学简论》《西方美学论纲》《现代西方美学思潮》等著作，这些著作运用唯物史观研究西方美学史，纠正了长期以来在西方美学研究中的极"左"思潮，提出了一些独创性的见解，并以美的感性与理性关系为线索，勾勒出了西方美学的发展脉络，积极推动了中国新时期美学理论的现代建构。他参与了 1986 年胡经之先生主持的全国性高校文科教材《西方美学名著教程》的编写，涉及康德与席勒美学与文艺理论部分。近年来，曾繁仁开展的生态美学研究，在相当大的程度上是在其对西方文艺美学熟谙和钻研的基础上，结合现实问题所开辟的文艺美学研究新领域②。

教育部重点人文社会科学研究基地北京师范大学文艺学研究中心，其前身是 1953 年建立的全国第一个文艺理论教研室。在著名文艺理论家黄药眠指导下，制定了全国第一个文学概论教学大纲，开设第一个研究生班，为我国的文艺学建设做了开拓性工作。1983 年该中心又成为全国第一个文艺学博士点。该中心的

---

① 教育部重点人文社科研究基地北京大学美学与美育研究中心网站：http：//www. caae. pku. edu. cn。

② 教育部重点人文社科研究基地山东大学文艺美学中心网站：http：//www. krilta. sdu. cn。

的童庆炳、王一川、曹卫东、马新国等学者在西方文艺美学的教学与教材编写方面成果颇丰，撰有：《西方文论专题十讲》（童庆炳、曹卫东编，高等教育出版社 2005 年版）、《西方文论史教程》（王一川主编，北京大学出版社 2009 年版）、《西方文论史》（马新国主编，第 1 版、第 2 版、第 3 版均由高等教育出版社分别于 1994 年、2002 年、2008 年出版）等①。

　　中国艺术学学会会长，东南大学的凌继尧，先后撰有《西方美学艺术学撷英》（上海人民出版社 1998 年版）和《西方美学史》（北京大学出版社 2004 年版）等。华中师范大学张玉能，撰有《西方文论思潮》（武汉出版社 1999 年版）、《西方文论史》（华中师范大学出版社 2002 年版）、《西方美学思潮》（山西教育出版社 2005 年版）等。南京大学周宪在 20 世纪西方文艺美学研究方面成就也较为突出，其撰写的教材《20 世纪西方美学》（高等教育出版社 2004 年版）被教育部研究生工作办公室推荐为研究生教学用书。直接以"西方文艺美学"为题名的著述有西南大学董小玉的《西方文艺美学导论》（西南师范大学出版社 1997 年版）等。

第二节　朱光潜的《西方美学史》

一　朱光潜在西方文艺美学学科建设上的重要贡献概述

朱光潜（1897 ~ 1986），安徽桐城人，是中国现代最著名的

---

① 教育部重点人文社科研究基地北京师范大学文艺学研究中心网站：http：// wenyixue. bnu. edu. cn。

美学家之一。1922 年毕业于香港大学文科教育系，1930 年获英国爱丁堡大学文科硕士学位，1933 年获法国斯特拉斯堡大学文科博士学位。回国后，先任北京大学教授，再任四川大学教授兼文学院院长、武汉大学教授兼教务长，后于 1946 年再回北京任北京大学教授，直至逝世。改革开放后任中华美学学会第一任会长。

朱光潜是中国现代美学的真正创立者，他于 1930 年写的《谈美》和《文艺心理学》把西方 20 世纪初的审美心理学诸流派结合成了一个完整的体系，具有学科领先地位。1949 年以后，他努力学习马列主义，跟上时代，以"美是主客观的统一"参加到 20 世纪五六十年代关于美的本质的大讨论之中，成为一派。60 年代初，受命编写《西方美学史》。在编写过程中，他翻译了莱辛的《拉奥孔》、柏拉图的《文艺对话集》、爱克曼的《歌德谈话录》、黑格尔的《美学》以及普洛丁的《九部书》第六卷、圣托马斯·阿奎那的《神学大全》中有关美学的部分、但丁的《论俗语》和《给斯卡拉大公的献词》、达·芬奇的《语录》等西方重要的美学著作。改革开放后，他一方面用马克思《1844年经济学哲学手稿》的实践观来重新认识美学，跟上学界的理论话语，一方面继续大力译介西方美学名著，为中国美学放眼世界尽了自己的最大力量。三卷四册的黑格尔《美学》、维柯的《新科学》都是其得力译作。从总体上来看，朱光潜最主要的美学功绩之一是以现代汉语和现代思想来介绍西方美学，如此，这部《西方美学史》对于他的学术和教学生涯就具有很大的代表性[①]。

---

① 张法：《朱光潜与〈西方美学史〉（上下卷）》，哲学在线网站：http://philosophyol.com。

二 《西方美学史》在教学与研究上的贡献

作为中国现代美学的奠基人，朱光潜的《西方美学史》是汉语学界第一本关于西方美学史的著作，对这一学科具有开拓性的作用。《西方美学史》写于20世纪60年代初期，1963年由人民文学出版社初版，1979年出版了修订本，多年以来该书一再重印，不但满足了我国高校文科教学的需要，而且受到整个学术界的重视和好评。曾经在原国家教委组织的全国优秀教材评奖活动中被评为国家级特等优秀教材。

《西方美学史》分为上下两册，上册1963年第1版，下册1964年第1版，1979年上下册同出第2版。全书由序论和三部分组成，第一部分，古希腊罗马时期到文艺复兴；第二部分，十七八世纪和启蒙运动；第三部分，十八世纪末到二十世纪初。在书的在结尾处，附上了简要书目，大多为第一手的美学资料。在写作方式上采用了新中国成立后头十七年高校文科教材常见的体例，即按时代、人物、著作、思想的结构方式，首先是按历史顺序分为几个时代，每一个时代有主要人物，每一人物有主要著作，每一主要著作里有主要思想，如此分类，一个整体性框架就呈现出来：古希腊有毕达哥拉斯学派、赫拉克利特、德谟克利特、苏格拉底，然后是两个大家柏拉图和亚里士多德；罗马有贺拉斯、朗吉弩斯和普罗丁；中世纪是奥古斯丁、圣托马斯·阿奎那和但丁；文艺复兴是薄伽丘、达·芬奇和卡斯特尔维屈罗等；法国古典主义有笛卡尔和布瓦罗；英国经验主义有培根、霍布斯、洛克、夏夫兹博里、哈奇生、休谟和博克；法国启蒙运动有伏尔泰、卢梭和狄德罗；德国启蒙运动有高特雪莱、鲍姆伽通、文克尔曼和莱辛；意大利历史学派有维柯；

德国古典美学有康德、歌德、席勒和黑格尔；俄国革命民主主义和现实主义有别林斯基和车尔尼雪夫斯基；19 世纪末和 20 世纪初的审美移情派有费肖尔、利普斯、谷鲁斯、浮龙·李和以巴希，最后是克罗奇。在结束语部分有关于四个关键问题的历史小结，分别是：美的本质问题、形象思维问题、典型人物性格问题、浪漫主义和现实主义问题。其中前两个问题是纯粹的美学问题，后两个问题则关乎文艺理论的问题。罗列这样一个时代和人物的谱系以及对结束语问题的分析，也就大致勾勒出《西方美学史》的框架。朱光潜的这部著作对于中国大陆高校的文艺美学的教学，对于西方美学知识的普及，对于西方美学的研究，对于当代美学基本理论的建设所产生的影响至今犹在。其贡献主要体现在以下几个方面。

第一，西方美学研究的开创性。美学作为一门科学形成于近代的西方。中国古代的哲学家和艺术家虽有丰富的美学思想，但在古代历史上尚未形成明确的美学学科，直到 20 世纪末和 21 世纪初，经过王国维等人的介绍，美学才由西方传入我国。在旧中国，蔡元培提倡美学，鲁迅、瞿秋白介绍过马克思主义的文艺理论，还有一些留学欧美回国的学者如邓以蛰、宗白华、朱光潜等致力于美学研究。但总的说来，那时研究美学的人屈指可数，大学里除朱光潜短期讲授过"文艺心理学"之外，并没有正式设置系统的美学课，美学在中国仍然是一门十分落后和冷僻的学科。究其根本原因，是当时的西学引进在很大程度上并不完全为了学术本身，而是因为政治上的救亡图存，这就导致了现代中国学术研究的功利性，学术的超越性、积累性和传承性无法实现。新中国成立后，政治救亡的历史使命完成，虽然意识形态的斗争仍对学术研究产生了一定的影响，但纯粹的学术活动毕竟能够得以展开，1960 年北京大学哲学系成立了美学教研室，为了培养青年教师，朱光潜开始在哲学系讲授"西方美学史"；在 20 世纪五六十年代的美学大讨论的背景下，朱光潜作为有着深厚中西学养的中国现代美学的奠基人，对西方美学的大量译介为中国现代美学的发展做出了卓越的贡献。基于美学大讨论中出现的问题，也因为大学教学的需要，撰写体系性的西方美学史著作成为急需，朱光潜接受了全国文科教材会议委托编写美学教材的任务，写出我国第一部《西方美学史》，这套美学史也成为相当长的时期内中国人了解学习西方美学的基本文本①。

第二，收集资料的丰富性和全面性。在撰写《西方美学史》的过程中，朱光潜广搜博采，以马克思主义历史唯物主义为指导，占有大量第一手的资料。从朱先生的学术生涯来看，他毕生从事美学研究工作，早年留学国外多年，研究过文学艺术，研究过心理学和哲学，学过解剖学，学过建筑史等。所有这些，都给他的美学研究工作铺下了坚实的基础。难能可贵的是，在《西方美学史》的撰写过程中，他并不满足于点缀一些马列主义的词句和公式，而是在研究的过程中，力图贯彻马列主义实事求是的科学精神，用大量的材料来证实和丰富马列主义的理论和观点。他不满足于自己对西方美学熟悉的程度，他继续进行认真严肃的探讨。他在编写本书之前，做了大量的资料收集、整理和翻译工作。他翻译过柏拉图的《文艺对话集》、博克的《论崇高与美两种观念的根源》、爱克曼的《歌德谈话录》、莱辛的《拉奥孔》、黑格尔的《美学》、克罗齐的《美学原理》等著作，选译

---

① 李醒尘：《我国第一部西方美学史的特色与成就——评朱光潜著〈西方美学史〉》，《中国电力教育》1988 年第 12 期。

过一些关键性段落的美学著作有：朗吉弩斯的《论崇高》、普罗丁的《论美》、达·芬奇的《笔记》、狄德罗的《谈美》、鲍姆伽通的《美学》、席勒的《审美教育书简》和《论素朴的诗和感伤的诗》、维柯的《新科学》等，还编译过《西方美学家论美和美感》等资料。对第一手资料经过仔细揣摩后，在编写过程中，朱先生又参考了20几种西方美学史、文学艺术批评史和西方美学论著选集的原文版本。正因为他做了如此多的准备工作，花了如此多的功夫，所以他这本书就写得比较扎实，不仅有史有识，有证有论，能够给读者带来丰富的知识，而且对于西方美学史中具有代表性的美学家和美学流派，都能做出比较切合实际的评述和论证，这些工作令人信服地说明，《西方美学史》是朱光潜多年来刻苦治学、锱铢积累的成果。书中援引的原始资料较多，这不仅有助于说明编者所阐述的观点，而且在当时西方美学原著汉语译本很少的情况下，为读者搜集资料和进一步学习提供了诸多方便①。

第三，理论教材的可读性和写作体例的示范性。在《西方美学史》中，朱光潜朴素平实的学风和深入浅出的文风也体现得较为显著。做学问要讲道理，尽力将道理用明白晓畅的语言表达出来，做到通俗易懂，深入浅出。朱先生的特点，就在于既深入，又浅出。美学这门学科，本来是哲学的一个组成部分，从古希腊的柏拉图和亚里士多德开始，便和哲学结有不解之缘。正因为这样，所以美学所探讨的问题，虽然都和人生日用有关，都非常饶有兴味，但因为和哲学的概念混杂在一道，却往往显得不那么好懂。朱先生的《西方美学史》之所以能够受到广大读者的

---

① 凌继尧：《评〈西方美学史〉》，《外国文学研究》1980 年第 1 期。

欢迎，就在于他能够把这些比较艰深的、富有哲理意义的美学问题深入浅出地讲出来，使我们一目了然，不仅不畏难却步，反而愈读愈有兴味。如黑格尔关于美的定义——"美是理念的感性显现"一语，单就字面来看，比较难懂，朱先生为了解决这个困难，先从黑格尔哲学体系出发，说明黑格尔所说的"理念"指的就是绝对精神，就是普遍真理。而"显现"则是"现外形"和"放光辉"的意思，也就是通过具体的形象来表现。因此，"美是理念的感性显现"，无非就是说："在艺术作品中，从一种有限事物的感性形象直接认识到无限的普遍真理。人们常说，艺术寓无限于有限。这一说法其实就是黑格尔的美是理念的感性显理的说法。"类似的例子，在《西方美学史》中还有很多。此外，从教材的角度来看，《西方美学史》也开创了一种写作美学史的体例范式，结构安排上尽量做到了多方兼顾、点面结合，给人以历史的完整性。对于每个美学家，一般都先做总的介绍，说明他的时代背景和思想来源，然后重点评述和介绍他的美学观点，最后加以小结，指出他的成就、局限和影响，做出一定的评价。对于全书，也是先写"序论"，然后按历史顺序——介绍各个美学家和美学流派，最后再加以总结，专设一章"结束语"，对几个关键问题即美的本质问题、形象思维问题、典型问题、现实主义和浪漫主义问题，做出较为全面系统的"历史小结"①。这样有分有合，有点有面，层次分明，条理有序的结构，再加上作者优美流畅、深入浅出的文笔，既便于教师教课，也便于学生掌握知识。特别是"历史小结"中所写的四个问题，都是当时

---

① 蒋孔阳：《西方美学研究中的一项重要成果——评介〈西方美学史〉》，《文学评论》1980 年第 2 期。

我国文艺创作欣赏和审美教育中争论的问题，它不但能帮助读者复习全书，理清历史线索，而且有利于培养独立研究、独立思考的能力以及理论联系实际的学风①。

第四，论述视域的宏观性和史论分析的深刻性。朱光潜在《西方美学史》的撰写中，善于从全局的观点出发来分析和评价具体的美学家和美学问题，总是能从其在宏观中所占的地位和所起的作用，分析其存在的价值和意义。由于朱先生研究西方美学所具有的宏观视野，他在评述每一个美学家和美学问题时，都不是孤立地就事论事，而是以相互联系的视域展开论述。让读者在阅读时不仅知道这些美学家本身有一些什么主张和见解，而且知道这些主张和见解究竟在美学史上占有什么样的地位。例如，罗马时代的贺拉斯在西方美学史中并非十分重要的人物，但是，由于朱先生把他们置于西方美学发展的宏观视域中加以介绍，其重要性就自然彰显出来。如贺拉斯建立了古典主义的美学理论，他的一些主张具有承前启后的作用。对于欧洲文艺界的一个长久争辩的问题——文艺的目的是什么？贺拉斯在柏拉图和亚里士多德的基础上，提出诗有教益和娱乐的两重功用，本来他没有说出什么新的东西，不过他的话说得比前人简洁而明确——"诗人的目的在给人教益，或供人娱乐，或是把愉快的和有益的东西结合在一起"。这就形成了一个公式，后来文艺复兴和新古典主义时代的文艺理论家们反复地援引过、讨论过。就这样，贺拉斯虽然没有提出什么新的东西，但因为他明确地提出了"寓教于乐"的主张，所以也就在西方美学史中产生了

---

① 李醒尘：《我国第一部西方美学史的特色与成就——评朱光潜著〈西方美学史〉》，《中国电力教育》1988 年第 12 期。

深远的影响。朱先生在介绍和分析每一个美学家的美学观点时，总是联系他的思想体系来谈，对于柏拉图、亚里士多德、康德、黑格尔以及其他的一些美学家，无不如此。他总是先介绍他们的思想体系以及当时总的思想情况，然后再以此作为背景，来介绍他们的美学观点。例如谈到悲剧的"净化"作用时，又引了亚里士多德《政治学》中的观点来加以印证。为了介绍波瓦洛的新古典主义，他不仅先介绍了笛卡尔的理性主义，还引了莱辛的《伊斐见尼亚在奥里斯》这一悲剧作品的序文加以补充和说明。谈到英国经验派的美学，他从培根的哲学谈起；谈到德国理性派的美学，他又从莱布尼茨和沃尔夫的哲学谈起。凡此，都说明了朱先生善于从全局出发，以大观小，用宏观的视野将细微之处的重要意义凸显出来。除此之外，朱光潜在撰写《西方美学史》时最难能可贵的，是他能在细微的地方，发现历史上各个美学家和美学流派相互之间的影响。例如拿普丁来说，他不仅看到了他对英国夏夫兹博里的影响，对德国启蒙运动领袖文克尔曼的影响，而且看到了他对康德、克罗齐和黑格尔的影响，对歌德、席勒和施莱格尔等人的影响。再拿贺拉斯来说，他提倡选材最好"谨遵传统"，即是文艺创作虽不妨自己创造，但最好是沿用过去旧的题材，这一讲法，固然为 17 世纪新古典主义的作家所遵循，就是莎士比亚和歌德这样伟大的作家，也没有完全摆脱它的影响。他在笛卡尔的身上，看到了古希腊毕达哥拉斯学派的影子，在培根的身上，看到后来莱辛所要主张的东西；狄德罗所极力主张的"严肃戏剧"，早在但丁论"严肃的诗"时，已经有了萌芽；等等。这些在史论中开掘的深刻之处，让我们感受到在史论的撰写中应当以"史"为纲，体现它的某些必然规律，反映历史和逻辑的内在一致性，而不仅仅是停留在各种史料的堆砌上①。

第五，比较方法运用的灵活性和全面性。朱光潜在撰写《西方美学史》时，善于对不同类型的美学家进行相互对比，从他们的区别与联系中，挖掘出他们各自的价值和意义。在比较方法的运用上，根据对象的具体特点，灵活运用，多角度全方位展开。如贺拉斯和朗吉弩斯都是古典主义者，如何在贺拉斯的《论诗艺》之外，体现朗吉弩斯的《论崇高》的地位和重要性？朱先生把《论诗艺》和《论崇高》进行比较分析，剖析两者之间的异同，发现各自的独创性。发现两者虽然都同样主张向古希腊罗马古典作品学习，但贺拉斯强调的是从古典作品中所抽绎出来的法则和教条，朗吉弩斯则强调具体作品对于文艺趣味的培养。他主张读者从具体作品中体会古人思想的高超、情感的深刻和表现手段的精妙。经过这样的对比，确立了朗吉弩斯在西方美学史中的独立地位。对于某些具体论点，他也是经常采用对比的方法，评价各个美学家的贡献。例如朗吉弩斯和亚里士多德一样，都"把动作或情节看得比人物性格更重要"，但是"亚里士多德侧重动作，是因为以动作为纲，容易见出内在逻辑和达到结构整一，朗吉弩斯侧重动作，是因为最能打动强烈情感的是动作的直接表演而不是人物性格的间接描绘"。这样，两个人的观点表面上看来一致，但经过细微的对比，却又发现了它们之间实质上的差异。不仅如此，作者还善于结合历史发展的趋势，从历史发展的对比中，评论具体美学家的历史地位。例如朱先生不同意对鲍姆伽通的过低评价，通过历史的对比，将鲍姆伽通《美学》

① 蒋孔阳：《西方美学研究中的一项重要成果——评介〈西方美学史〉》，《文学评论》1980 年第 2 期。

一书的重要意义，十分鲜明地凸显出来。这种历史对比的方法，在《西方美学史》还有多处运用，例如谈到席勒关于美是"活的形象"的提法，他就将席勒的观点和英国经验派与形式派相对比，指出席勒的"活的形象"是这两种片面看法的辩证统一。通过这种对比，不仅可以了解他们之间的关系和差别，而且对于席勒的"活的形象"的说法，也有了进一步的理解。其他的对比，如席勒与康德的对比、席勒与歌德的对比、康德与黑格尔的对比，以及黑格尔关于悲剧的理论与车尔尼雪夫斯基关于悲剧的理论的对比等，都是通过对比，既丰富了关于美学的史实，又有意识地训练了读者甄别各家各派是非异同的思辨能力①。

三　《西方美学史》的局限与不足

《西方美学史》初版于 20 世纪 60 年代，修订于 70 年代末。在今天看来，由于其时代的局限性和美学史著述写作体例的某些缺失，使得这一部西方美学史的筚路蓝缕之作，也不可避免地存在一些局限和不足。这些局限和不足中的某些因素，在今天的西方文艺美学教材中还不同程度地存在，通过这种反思，对于我们今天不断完善西方文艺美学教材建设仍然有着积极的启示意义。

第一，在偏颇的历史文明观的影响下，对西方美学史上人物和史实选择的疏漏性。从《西方美学史》撰写的人物和史实选择来看，从黑格尔到克罗齐这段美学史显得还不完整，遗漏了一些重要的代表人物。朱光潜自己也曾表示，他对没能写进自己所熟悉的尼采、叔本华感到遗憾。对于这些疏漏，从表面

① 蒋孔阳：《西方美学研究中的一项重要成果——评介〈西方美学史〉》，《文学评论》1980 年第 2 期。

上看好像是限于写作年代现代西方的美学研究不可能展开，但实际上，根本上是由当时起指导作用的世界文明史观所致。按照当时苏联的唯物史观，对待前人的思想，一是坚持人民性原则，就是看这种思想是否具有人民性，凡是具有人民性的就是好的。二是坚持上升原则。剥削阶级的思想家具备人民性的必要条件就是上升原则，处于上升阶段的剥削阶级的思想家是革命的。这也就是特定时期我们对待西方思想的两条根本原则。按照列宁关于帝国主义的思想，西方现代思想是没落的资产阶级的腐朽思想，苏联则代表了世界文明的新方向，其文艺流派即社会主义现实主义取代了西方现代派文艺成为世界文明的新文艺运动的方向。中国作为社会主义国家，中国文艺的主流即社会主义现实主义也代表了世界文艺的新方向，因此，作为维护资本主义现状的思想，现代西方思想只有糟粕，没有精华，按照朱光潜的说法就是"过去的唯心主义和形而上学的货色的改换新装，它们在敲帝国主义文化的丧钟"。对于这种文艺则自然无须"为它们浪费笔墨"了。西方古代文明有辉煌的传统，现代文明的发展方向则由社会主义取而代之。西方古代文明有精华和糟粕，我们研究的目的就是吸取精华部分为我所用。这就是朱光潜既不书写20世纪西方美学又不引用其研究成果的原因。因此，在特定时期的文明史观的指导下导致了历史书写的错位，使《西方美学史》止步于19世纪。20世纪80年代以后，20世纪西方美学研究成为学界的一个热点，至今方兴未艾，不能不说是对这一历史文明观的一种反拨①。

---

① 章辉：《从朱光潜〈西方美学史〉看西方美学史的写作体例和问题意识》，《中国图书评论》2007年第4期。

　　第二，在特定的意识形态的牵制下，对于历史唯物主义原则贯彻的不彻底性。在《西方美学史》的"序论"部分，朱光潜明确表明"研究美学史，应以历史唯物主义为指南"。但是这里要明确的是，历史唯物主义不仅是历史的，而且也是唯物主义的。所谓唯物主义的，那就是说在历史发展的过程中，社会的物质存在应当是起决定作用的。社会存在决定社会意识。因此，任何理论，包括美学理论在内，都必须到当时的社会物质存在中去找寻最后的解释。应当说，朱光潜是注意到了这一点的，某些方面甚至运用得不错，但总的说来，有很多地方还运用得不够全面，不够彻底，因此在不少地方，常常只是用理论来解释理论。他对各个学派相互之间的联系和影响，看得很多，而且也解释得颇为充分，而对各个学派不同的社会经济基础，则有所忽略或顾及不够。例如柏拉图和亚里士多德、贺拉斯和朗吉弩斯，他们的美学都是奴隶社会的产物，为什么又会有不同的观点和发展方向？产生他们之间的分歧的社会基础在什么地方？朱先生就没有很好地加以说明。罗马时代的古典主义与 17 世纪的新古典主义，相差了一千多年，他们为什么会有那么多相似的地方？朱先生也没有从社会基础上来加以说明。正因为没有说明它们各自的社会基础，所以对于古典主义与新古典主义就过多地看到了它们理论的相似之处，而没有更好地说明它们的相异之处。对于十八九世纪英、法、德各国的资产阶级美学流派，也没有很好地从各国资产阶级的根本特点来说明它们各自美学理论上的差异。而同样产生于经验主义占支配地位的英国，为什么霍布斯和博克会主张唯物主义的美学观点，夏夫兹博里却又会主张唯心主义的美学观点。对于康德美学思想中的矛盾，朱先生分析得很深刻，但为什么会出现这些矛盾，它的社会基础在什么地方，朱先生却又分析得不是那么深刻。通过分析可以发现，朱先生过多地注意意识形态与上层建筑的差别，过多地注意各种意识形态的相互影响，而比较起来，对社会经济基础的决定作用，却注意得不是那么多，因此，对于以上的一些问题，就没有能够做出足够的历史唯物主义的解释①。

对于历史唯物主义原则的理解，除了对经济基础这个层面的相对忽视以外，对于这一原则的标签式和套话式的诠释，也致使在研究中对某些问题的分析和解释流于表层而缺乏说服力。从撰写过程来看，朱先生有意识地应用历史唯物主义方法进行美学史研究，但却将它总纲式地理解为经济基础决定上层建筑，而意识形态作为上层建筑的一部分理应受到经济基础的决定，同时它们也反作用于经济基础。按照这一总纲，美学被理解为一种意识形态，它当然是受到经济基础制约的。但这就可能出现按社会类型贴标签式的研究方法。实际上，朱先生也确实想竭力避免这种研究方法，这就要求从实际出发，重新解释历史唯物主义的基本原则。从回到马、恩原典出发，深刻地认识并领会历史唯物主义的真正含义，朱光潜也援引了几段自认为是"当头棒喝"的马、恩原典中关于唯物主义方法的论述，但是问题的症结在于，在这部美学史的著述中，朱先生没能摆脱这种标签式的研究方法，这部著作对历史唯物主义的应用实际上还仅仅停留在"一次方程式的"层面上，这也是特定时代的意识形态对于学术研究的浸染所造成的无法逆转的事实。这体现在对一系列重要美学问题与美学事件的分析上，如在解说文艺复兴时期的美学时，作者没有

① 蒋孔阳：《西方美学研究中的一项重要成果——评介〈西方美学史〉》，《文学评论》1980 年第 2 期。

关注此时期诸种思潮之间的复杂关系、人们对于基督教的看似矛盾的态度、基督教对于文艺复兴的贡献、古罗马的拉丁文化如何对文艺复兴产生影响等问题。此外，还有路易十四对法国新古典主义的意义、启蒙运动和宗教之间错综复杂的关系、宗教改革与腓特烈大帝对于德国启蒙运动的意义、法国大革命与德国古典哲学的追求之间的关系等，诸如此类的问题也没有被关注，由此显现出朱先生对西方美学史的简单化处置，在对"历史唯物主义"总纲式的简单应用中，没有能够做到对思想史进行历史还原，找到它产生、发展、终结的现实原因。这样，对一个时代的生产力与生产关系、阶级状况的定性和特定时代美学思想的价值之间实际上没能建立起现实的联系，以致这部著作现在看来历史感尚嫌不够。由于缺乏对西方历史的深刻研究从而造成了朱先生自己所说的"历史唯物主义应用的不彻底"[①] 的问题。

第三，美学理论的阐释与艺术实践的联系上的明显的断裂性。这个问题在当今的西方美学教材中仍然是个明显的缺失，这也是今后在西方文艺美学教材建设和教学中应该不断完善和加强的一个地方。朱先生在序言中曾明确指出："从历史发展看，西方美学思想一直在侧重文艺理论，根据文艺创作实践作出结论，又转过来指导创作实践，正是由于美学也要符合从实践到认识又从认识回到实践这条规律，它就必然要侧重社会所迫切需要解决的文艺方面的问题。也就是说，美学必须主要地成为文艺理论或'艺术哲学'，艺术美是美的最高度集中的表现。从方法论的角度来看，文艺也应该是美学的主要对象。"[②] 显然，朱先生意识

---

① 刘旭光：《朱光潜〈西方美学史〉的不足与启示》，《探索与争鸣》2005 年第 10 期。

② 朱光潜：《西方美学史》，人民文学出版社，1979，第 5 页。

到了美学与艺术之间的关系，并要求美学研究必须和艺术研究结合起来，绝不能把美学思想和文艺创作实践割裂开来，而悬空地孤立抽象的理论。在《西方美学史》中，我们看到，除了对歌德与达·芬奇这两位艺术家，朱先生的论述稍微有些眷顾以外，很少提到其他的艺术家。从实际来看，朱先生作为黑格尔《美学》的翻译者，完全有能力以黑格尔的研究方式，把美学史描述为艺术哲学史，也完全可以把时代的美学思想与时代的艺术实践结合起来。但遗憾的是，在《西方美学史》中我们并没有发现这样的尝试。在传统的六大艺术门类：文学、戏剧、雕塑、建筑、音乐、绘画中，建筑和音乐两大艺术门类的探讨在《西方美学史》中竟付阙如。从美学理论和艺术实践相结合的角度来看，讲基督教美学，不能不把它和中世纪的大教堂结合起来；讲古希腊美学也必须把它们的造型艺术与具体的文艺活动结合起来，要把它的美学思想与艺术精神结合起来。文艺复兴的美学精神应当体现在初期三杰与盛期三杰的艺术作品中，体现在威尼斯画派的具体作品中，体现在人文主义者的诗与散文等作品中。纵观整部《西方美学史》，我们发现朱先生没有把时代的美学思潮与时代的艺术思潮结合起来，有时仅仅只能从文学理论的角度来解说某些美学思潮，对其他艺术门类缺乏足够的观照，比如现实主义这个术语和浪漫主义运动，首先都是在视觉艺术与造型艺术中产生和使用的，不对视觉艺术有深刻的理解，就不可能真正理解"现实主义"这个词的内涵①。从逻辑的方面看，美学是研究人类实践文化和精神文化的学科之一，即研究自然美、社会美和

---

① 刘旭光：《朱光潜〈西方美学史〉的不足与启示》，《探索与争鸣》2005 年第 10 期。

艺术美（有人亦认为艺术美隶属于社会美）。艺术属于人类重要的精神文化，艺术实践的每一步前进都为美学理论的丰富发展提供生动的例证。同时，艺术的例证经美学从理论上提炼完善后又反过来推动艺术实践的进一步前进。美学的发展，并不是理论家闭门造车研究的结果，而是不断从艺术和实践中汲取生动的例证进行归纳总结的结果。因此，美学研究忽视艺术实践显然不是正确的方法①。在《西方美学史》中留下的这些和艺术实践的探讨相对疏离的遗憾，也是未来西方文艺学美学著述中应该不断充实和强化的。在操作层面上，不断注重美学理论与艺术实践的结合，运用文艺美学的方法；在美学命题的叙述和论证上，运用理论与实践相结合的方法。唯其如此，才能不断调整西方文艺美学的研究对象和研究方法，既可以纠正以往的偏颇，也可以在对西方文艺美学思想的整体把握上有所突破。

第三节　宗白华的《美学》、《艺术学》和《艺术学》（讲演）

一　宗白华对西方艺术美学思想的吸收与融会

据宗白华生平及其著述年表记载，1921 年春，宗白华在德国柏林大学学习期间，直接受业于德国著名美学家、艺术学家玛克斯·德索。在赴欧之前，宗白华也发表过不少哲学、诗学以及其他方面的评论，关于美学，仅见《美学与艺术略谈》（原刊于 1920 年 3 月 10 日《时事新报·学灯》）一篇。这篇短论只是取

---

① 陈伟：《论西方美学研究的对象与方法》，《社会科学辑刊》2004 年第 5 期。

梅伊曼在《美学的体系》中的一些观点，澄清当时被认为是容易混淆的两个学科概念。初到法兰克福求学时，宗白华在写给国内的两封信中谈到自己的学术志向，是哲学、心理学、生物学或许将来做一个文化批评家，两次都没有提到美学。可以说，正式转学到柏林大学之后，宗白华才在当时任柏林大学教授的德索的指导下系统地学习美学，并由此重新确立此后一生的研究方向。回国在东南大学任教期间，他开设的主要课程便是与德索研究领域相对应的两个学科：美学与艺术学①。

玛克斯·德索教授在 20 世纪初的西方美学界名望颇高。1906 年，他创办了世界第一份美学期刊《美学与一般艺术科学杂志》，1913 年又发起召开第一届国际美学大会，他主编的杂志也成为国际美学协会的机关刊物。第二次世界大战期间，纳粹政府撤销了他的大学教职，禁止他从事任何学术活动，德索才在美学界销声匿迹。除了美学界的领导地位，德索更是当代盛行的美学流派"艺术科学论"的代表人物，体现其自成一派理论思想的《美学与艺术理论》一书，也是西方现代美学史上的经典之作，在这本书中，他将美学与艺术学从学科意义上区分开来，而此前两者在学科历史上始终是相互交叉和杂糅的关系。在《美学与艺术理论前言》中，德索对将艺术与美学等同起来的传统观念提出质疑，主张把艺术科学与美学分开，划定各自的界限与范围，建立一门一般艺术科学。作为策略性的考虑，德索并不排斥美学存在的必要性，也不排斥美学对艺术的关注。在考察和确定艺术科学的性质、范围和任务时，他又指出，艺术科学不同于

---

① 桑农：《宗白华美学与玛克斯·德索之关系》，《安徽师范大学学报》（人文社会科学版）2000 年第 2 期。

具体门类的艺术和艺术史研究，它不包括艺术家关于艺术创作活动以及技巧的具体概括，也不包括具体的艺术欣赏和批评。合而观之，德索事实上是想把一般艺术科学作为具体艺术或艺术门类研究与哲学美学之间的过渡领域①。

《宗白华全集》第一卷收录了他 1925～1928 年在东南大学和中央大学授课的三部讲稿：《美学》、《艺术学》和《艺术学（讲演）》，它们在相当大的程度上受到了德索的艺术学和美学分界思路的影响。在创建自己的美学原理和艺术学原理的时候，宗白华在许多问题上都直接援引了德索的思想，在这些讲稿中，宗白华多次提到玛克斯·德索的名字，并直接或间接引述了他的许多论点。如《艺术学》开宗明义写道："艺术学本为美学之一，不过，其方法和内容，美学有时不能代表之，故近些年乃有艺术学独立之运动，代表之者为德之 Mar Dessoir，著有专书，名 *Aesthet ik and all gemeine Kunst in seenchaft*，颇为著名。"接下来的第二段以"彼之言曰"起始，转述德索的观点。这些构成讲稿第一节"什么是艺术学"的主要内容。可见，宗白华不仅研读过《美学与艺术理论》原著，而且完全赞同德索将美学与艺术科学区别开来的主张。开设"艺术学"这门课程，在相当大的程度上也正是受了德索的影响。对照宗白华《艺术学》讲稿与德索的《美学和艺术理论》，我们会发现，前者很大一部分内容直接取自后者。甚至可以说，前者是以后者为底本经过选择、增删、重新编排加工而成的。讲稿第一节直接引述，自不待言。第三节"艺术起源与进化"与《美学与艺术理论》第六章基本

---

① 桑农：《宗白华美学与玛克斯·德索之关系》，《安徽师范大学学报》（人文社会科学版）2000 年第 2 期。

一致，分标题也一样，关于儿童艺术及原始艺术的文字表述，关于艺术起源的动机列举也一样，宗白华在该节最后还绘出了那个著名的"德索艺术图表"。讲稿的第四至第九节主要讨论艺术形式与内容的诸多问题，也与德索论述的次序正相吻合。第九节末尾处所列德索划分的情感为三种，正是《美学与艺术理论》第三章的提纲。讲稿第十节《美感的主要范畴》绘出德索的一个圆形图示，这便是德索原著第四章中那幅"从美的丑的"附图。该图按逆时针方向标示了六种审美形式，而这正是讲稿第十一到第十六节分别讨论的内容，连先后次序都没有更动。讲稿前原列的第十一节目录，与德索第十章的目录也完全吻合。在《美学》和《艺术学》（讲演）两部讲稿中也有不少取材于德索《美学和艺术理论》中的内容，如前一部介绍了德索的"美感有五阶段"，后一部又一次绘出德索的艺术分类图表等①。

在宗白华以后的教学研究中，除个别篇目以外，他基本不去探讨传统的"美的哲学"的问题。他的中国美学研究、中西美学比较，很大程度上就是中国艺术研究、中西艺术比较。而与具体的艺术研究不同，宗白华总是运用美学的方法，从诗歌、绘画、书法、音乐、舞蹈、园林建筑等门类艺术中提取艺术精神，尤其是各门类间共同的艺术精神，将其研究上升到"艺术哲学"的高度。宗白华美学研究的这一取向，显然是受到德索"艺术科学论"的影响。如同朱光潜早期受费希纳心理学派美学的影响，宗白华受德索"艺术科学派"美学的影响，他们的学术渊源都是近代的、科学的。正如朱立元在《现代西方美学史》中

---

① 〔德〕德索：《美学与艺术理论》，兰金仁译，中国社会科学出版社，1987，第216页。

所指出的："传统美学长期以来局限于美的哲学，不但研究领域过于狭窄，而且远离艺术实践，过于抽象晦涩，越来越缺乏生气。艺术科学论的提出，打破了传统美的哲学一统天下与沉闷局面，使美学（包括艺术科学）同艺术实践和经验建立更密切的联系，也使对艺术的哲学、心理学、社会学的跨学科综合研究得以展开，从而使这两门学科都更有生气，更有活力。"①

二 《美学》、《艺术学》和《艺术学》（讲演）系列讲稿

1925 年，宗白华从德国归国后不久，经由同乡小说家曾朴的介绍，被聘任到南京东南大学哲学系任教。开始写作《美学》提纲，从人生和文化的方面论述美学的研究对象，并就美学的趋势、美感、审美方法、美感分析各学说之评价、美感分析方法和艺术创造之问题等，进行讲解。收录在《宗白华全集》第一卷中的《美学》是根据宗先生 1925～1928 年的讲稿整理的。1925～1949 年，宗先生在中央大学授课时，以此讲稿为底本，在此基础上加以发挥。又在《艺术学》和《艺术学》（讲演）中，就什么是艺术学、艺术的范围、艺术的起源与进化、形式美、美感的主要范畴等问题，进行讲解。其中收录在《宗白华全集》第一卷中的《艺术学》是根据演讲笔记整理的，演讲稿写于 1926～1928 年，后来《宗白华全集》的编者又根据宗白华亲笔修改过的《艺术学》（宗白华演讲）的笔记整理、校注而成《艺术学》（讲演）收录在《艺术学》后面，作为对

---

① 朱立元：《现代西方美学史》，上海文艺出版社，1993，第 26 页。

前者的补充与完善①。

在这些系列讲稿中，宗白华以"艺术研究"为中心，初步勾勒了他的艺术美学思想，从艺术的研究对象和方法、艺术创造理论、艺术形式理论、艺术起源观、美感理论、艺术的本质、艺术的欣赏和部分门类艺术美学等多个方面展开了论述。

在艺术学的研究对象和方法上，宗白华认为如果要探讨艺术，首先要明白美学的活动，因为美学包括艺术品的欣赏和创造，艺术都带有美的性质，美的事物不一定是艺术，但艺术必具有美的特征。宗白华在《艺术学》（讲演）中说："艺术之范围，就实质方面言之，限于较高等之视听，嗅味触三觉不能产生艺术。"② 原因在于这三种感觉与人的"Vital Funcition"（译为：关键作用）太接近，易引起欲望的冲动，让人失掉静观的状态；这三种感觉的刺激太不清楚，不明了，不能在空间、时间上显得有条不紊，而常常现出模糊的状态；这三种感觉还不能让人引起联想和想象。通过分析可以看出，宗白华认为艺术学的研究对象就是美的、超实用的，能给人精神享受的视听艺术。

关于艺术学研究的方法，主要有"哲学方法"和"科学方法"，在艺术学没有独立之前，艺术研究主要混杂在哲学研究中，方法上则是抽象思辨的，自上而下的；直到艺术学要求独立，德索等人才提出了"科学方法"，受到德索的启发，宗白华注重艺术学研究的审美和理论与艺术实践相结合的方法。关于审美的方法，宗白华在《美学》中主要分析了静观论、同感论、实验说、幻想论和批评论。其中静观论和同感论在艺术学研究中

---

① 《宗白华全集》第四卷，安徽教育出版社，1994，第716页。
② 《宗白华全集》第一卷，安徽教育出版社，1994，第499页。

至为重要①。

在艺术创造论上，宗白华对该问题进行了深入剖析，他认为艺术创造就是艺术家生命的表达，艺术创造的过程也就是艺术生命化、生命艺术化的过程，艺术的本质是生命的表现，其中艺术家成为艺术创造的关键因素。宗白华在《艺术学》（讲演）中说："一切艺术创造问题，即在如何将无形式的材料造为有形式的，能表现其心中意境的另一实际。"② 从中可以看出，艺术创造的中心问题是意境的创构。艺术创造离不开形式和表现，宗白华认为形式动机和表现动机是艺术创造最重要的动机。在同文中，宗白华又说："艺术创造之条件：表现或报告的冲动；形式冲动。"表现的冲动又称为情感表现动机，形式冲动又称为形式化动机或创造的动机。宗白华在《美学》中说："表现冲动者，即表现一种有情味色彩的内心生活也。"但表现并不是艺术，"艺术之创造，仍在意志统制之下，故纯粹表现，则非艺术之表现也"③。情感表现与艺术是有区别的：情感的表现随生随灭，艺术较有永久性；情感表现不成方式与形体，而艺术则有形式、节奏、规则④。所以纯粹的情感表现，不是艺术的表现。虽然情感表现不是艺术，但对艺术创造有重要的价值：情感表现的意义，即情感的解脱，可以达到精神界内部的平衡；表现可以增进情感，艺术家在表现时，感情愈加浓烈，直到作品完成，浓烈的感情才会平息；情感之表现，可使情感集中，起到"醇化"作

---

① 时宏宇：《宗白华艺术学思想研究》，山东师范大学，2006 年博士论文，第 66 页。

② 《宗白华全集》第一卷，安徽教育出版社，1994，第 547 页。

③ 《宗白华全集》第一卷，安徽教育出版社，1994，第 548 页。

④ 时宏宇：《宗白华艺术学思想研究》，山东师范大学，2006 年博士论文，第 69～70 页。

用，即突出强调某特点，忽略其他一切琐事；情感表现即报告个人内心的生活。在有关艺术天才的问题上，宗白华认为天才具有三义，他在《美学》中这样论述："用于作品上者，所谓天才的作品是也；用于创造本身上者，谓创造时有天才之特征与否是也；则指艺术家之禀赋而言，是否有天才之禀赋是也。"[1] 天才的作品，必因创造时有天才的特征，艺术家的禀赋，是否为天才，也因其创造时有天才的特征，所以宗白华主要论述了艺术天才，具体而言是艺术家在创造时所具有的天才特征[2]。

在艺术欣赏理论上，宗白华认为艺术品表现作者个性、意境的同时也给予欣赏者一种生命、境界，作者和接受者同样重要，所以艺术欣赏不是被动地接受而是主动地创造，欣赏也是一种创造。宗白华在《艺术学》（讲演）中说："艺术的欣赏乃积极的工作，非消极的领受，乃创造意境，以符合作者心中的意境。"[3] 艺术欣赏也是创造意境，艺术欣赏活动是艺术活动中的第二次创造，它不同于作者的创造，作者的创造是把心中的意境形式化成艺术作品，欣赏活动是以艺术作品为起点，通过体验和想象积极地理解作者所表现的意境，挖掘艺术作品中深层的意蕴，甚至能在艺术作品中独具慧眼地发现不被艺术家所认识的问题，进行创造性的阐释。宗白华认为艺术品除了表现意境外，还要表现艺术家的个性，所以我们在艺术欣赏的过程中，还要注意贯穿在艺术品中的艺术家的生命个性，因为个性能给予人一个新的特殊的世界观，模仿的艺术没有价值，就在于它缺少个性，不能给予欣赏者一个全新的世界。真正欣赏艺术家的个性是很难的，要了解作

---

① 《宗白华全集》第一卷，安徽教育出版社，1994，第484页。

② 时宏宇：《宗白华艺术学思想研究》，山东师范大学，2006年博士论文，第82页。

③ 《宗白华全集》第一卷，安徽教育出版社，1994，第551页。

者的身世和全部作品，宗白华说："普通人欣赏艺术，只了解其命意，而不能有个性之欣赏，但即真正欲了解一作家个性亦难于一诗画中全得之，须将作者之身世及其一生之作品比较之，然后始可得其特殊之个性之全体。"① 艺术家个性的发展完善，逐渐形成艺术家的风格，我们欣赏艺术家的个性在某种意义上说就是要欣赏艺术家的风格。对于风格的自然性，宗白华说："做作与风格相对，盖风格为自然流露的形式，做作系非自然的，故非一种风格。"② 风格从个性而成，也得益于后天的修养，修养虽为第二天性的养成，但仍是自然的流露，而作为完全理知性的工作，不自然。对于风格的独特性。宗白华说："若一切艺术，虽为自然流露的，而无美的形式，则仍不能称为艺术之风格。"③ 宗白华认为具有独创性的形式才是美的形式。艺术风格具有美的形式，就需要具有独特性。从表层来看，艺术风格的独特性与艺术家创造的题材、艺术家的审美观念和艺术技巧的独特运用有关，但是从深层来看，艺术风格其实是艺术家独特生命意识和独特的气质借助这些因素外化出来的结果④。

在艺术形式理论上，宗白华在《艺术学》（讲演）中把艺术"形式"初步界定为："即每一种空间上并立的（空间排列的），或时间上相属的（即组合）一有机的组合成为一致的印象者。"关于艺术形式的特点，在《艺术学》演讲笔记中，宗白华指出了形式的感觉特点："一切艺术品，皆是感觉；一个感觉，不能

---

① 《宗白华全集》第一卷，安徽教育出版社，1994，第552～553页。

② 《宗白华全集》第一卷，安徽教育出版社，1994，第553页。

③ 《宗白华全集》第一卷，安徽教育出版社，1994，第553页。

④ 时宏宇：《宗白华艺术学思想研究》，山东师范大学，2006年博士论文，第85～91页。

成为艺术品，而为几个感觉的组合；不是几个感觉加起来的，乃系有组合的产出一特殊情调。"① 从中我们可以看出，艺术形式首先必须具有可感性，并且这种感觉不只是一个，而是几种感觉组合起来产生一定情调的复杂感觉。宗白华认为："艺术上基本形式之美，即在所谓复杂一致也……集一致于复杂之内，任何艺术品不可离此范围，即便有简单及纯粹复杂，决不能成为艺术也。纯粹复杂于新旧之交替时，或可得一刺激，但有时则昏迷、兴奋、刺激，而不能安恬、愉快、条理，故不能成为艺术品。"不管是形式的可感性还是创新性，其目的都是期待形式美的出现，所以美是形式的最突出特点②。

宗白华在他的艺术学思想体系的构建中，主要阐释了艺术创造、艺术欣赏、艺术形式和艺术价值等问题，但是也论述了艺术起源和艺术分类的问题，这主要体现在《艺术学》讲稿中。宗白华认为艺术起源的问题是艺术史的问题；艺术的起源不确定，也没有圆满解决的方法。宗白华认为艺术分类的问题虽极重要，但分类的标准很难确定，也没有很满意的结果。宗白华认为艺术起源的问题至今仍未能得出明确答案，所以进化论不足以成为艺术分类的标准；艺术的价值也无定，也不能以此作为标准进行分类；从艺术创造本身来分，一种标准仍不能令人满意，所以他从感觉、表现、造型等方面对艺术进行了不同的分类。如从感觉分类：视觉——图画、雕刻、建筑；听觉——音乐；视听两觉——戏剧、跳舞；空想的——文学。从具体实物表现与非具体实物表现分类：图画，雕刻，文学，戏剧；音乐，建筑，装饰艺术，跳

---

① 宗白华：《宗白华全集》第一卷，安徽教育出版社，1994，第513页。

② 时宏宇：《宗白华艺术学思想研究》，山东师范大学，2006年博士论文，第91~97页。

舞。从造形之层次分类：第一层的造形——系直接从材料方面造形，如建筑、图画、雕刻、音乐属之；第二层的造形——从人体本来之形再造一形式或形体，如跳舞、戏剧属之。独立自由的艺术与实用的艺术：庙宇教堂等建筑，皆属于实用方面的；图画、雕刻则属于独立自由方面的。实体物与假相物的：实体物的代表如雕刻；假相物的代表如图画等皆是。宗白华认为以上这些分类仍不十分圆满，而其师德索调和各家之说，所以他的分类较圆满，见表1①：

表1　德索关于艺术的分类

空间艺术（静）	时间艺术（动）	
雕刻	拟容（mimirc）艺术	模仿自然
图画	诗歌	有定联想
建筑	音乐	无定联想

依据表1，从纵向来看，雕刻、图画、建筑为空间艺术，拟容艺术、诗歌、音乐为时间艺术，把艺术分为两组依据的是艺术存在的状态，一组偏重于空间的静，一组偏重于时间的动，时空界限分明，这两组艺术的特征区别也很明显。横向来看，雕刻和拟容艺术为模仿自然的艺术；图画、诗歌为有定联想的艺术；建筑、音乐为无定联想的艺术。把艺术分为这样的三组依据是艺术创造的特点，这样的划分打破了通常的时空界限，把各组艺术的突出特点表现出来。作为纵横交叉点的定位的艺术，其特征就更加明显。比如音乐，它是时间艺术和无定联想的交汇点，它不像雕刻那样要求静穆，模仿自然的巧妙，而要求情感的充分表现和

---

① 《宗白华全集》第一卷，安徽教育出版社，1994，第562页。

给人无尽的联想与想象。通过分类，我们可以更好地体会不同艺术之间的联系和差异①。

三　宗白华的艺术美学研究对文艺美学学科的启发

从新中国成立后 20 世纪五六十年代的美学大讨论来看，学者们热衷探究的主要是美是主观的还是客观的及美的本质、审美的本质自然界中有没有美这样一些抽象的形而上学等问题，是美与丑、崇高与滑稽、悲剧与喜剧这样的一些具有哲学性的美学范畴，是审美关系、审美理想、审美价值等这样的一些宏大的美学命题，而对于具体的文艺现象、文艺实践中所存在的相关问题的关注则相对不足。所以，我国五六十年代的美学探讨，基本上还没有突破哲学美学的范围，属于一种玄虚的纯理论建设，对于现实的文艺实践几乎没有实际的影响。美学研究远离了艺术审美的现实根基，成了令人生畏的空中楼阁。对美学研究状况的反思与认识，促成了我国学术界 70 年代末 80 年代初美学研究由哲学美学向文艺美学的转折。李泽厚先生作为中国当代两次"美学热"的经历者、参与者，在一次访谈当中曾对两次美学热的关注点进行过比较。他指出，与五六十年代的美学热相比，80 年代的"美学热"讨论的范围比较广了，题目也分散了，逐渐转入更为专业化的领域，如书法美学、电影美学、戏剧美学等。80 年代，美的本质、美是客观的还是主观的，不再是人们争论的焦点，尽管还有这方面的文章。扬州大学姚文放指出，在 80 年代初兴起的又一次美学热潮中，尽管有人重提旧话，但不少论者已对像

---

①　时宏宇：《宗白华艺术学思想研究》，山东师范大学，2006 年博士论文，第 102 页。

"美的本质"之类不可究诘的问题感到厌倦，而将研究兴趣转向了文学艺术，主张美学应该依据美学原则对文学艺术进行研究或者说应该研究文学艺术中的美学问题，因为文学艺术作为美的高级形态、优化形态，不仅集中体现了美的规律和特征，而且丰富多彩，层出不穷，实实在在，摸得着看得见，可以为美学提供大量的材料和经验，与以往空泛玄虚的美学讨论相比，恰形成鲜明的对照。正是在这样的一种学术背景之下，1980 年 6 月，全国首届美学学会在昆明召开。在会议上，北京大学胡经之教授基于自己对哲学美学种种缺陷的反思，提出了将美学与文艺学相互结合、发展文艺美学的倡议，获得了王朝闻、朱光潜、伍蠡甫等专家的支持及广大与会学者的响应。从此，文艺美学学科应运而生，并逐步发展壮大。所以，从最直接的意义上说，文艺美学学科的提出与建立是 20 世纪 70 年代末 80 年代初"美学热"所催生的一种文化成果，也是美学研究由哲学美学向艺术美学转向的一种必然结果①。

　　早在新中国成立以前，宗白华汲取和借鉴德国学者德索的成果，结合教学实践，在《美学》及《艺术学》（讲演）等一系列的讲稿和后来的相关著述中，从艺术创造、艺术欣赏、艺术形式、艺术价值等方面建构了他艺术学思想的理论体系。指出艺术创造是生命艺术化和艺术生命化的互动过程；艺术创造的核心是意境的创造；形式动机和表现动机是艺术创造的最重要的动机；天才的艺术家才能成就天才的作品。艺术欣赏也是一种生命意境的创造，不同于作家的第一次创造，艺术欣赏是第二次创造，他

---

① 杜吉刚、王丰玲：《试析中国文艺美学学科产生的国内学术因素》，《鲁东大学学报》（哲学社会科学版）2009 年第 4 期。

是以作品做起点，对作家意境的一次再创造；艺术欣赏也是对艺术家个性和艺术风格的欣赏。艺术形式的深层内涵是生命的节奏，它具有可感性、创新性和审美性等特征，但是积淀在艺术形式中最根本的是其"文化精神"，宗白华还强调了艺术形式的最深最后的作用是引人"由美入真"，深入生命节奏的核心。艺术价值包括审美价值、生命价值、文化价值、认识价值等，宗白华强调了审美价值是艺术区别于科学、哲学、宗教、道德的标志，但是艺术又不只是审美价值，还包括文化价值、生命价值和认识价值等。在生命哲学的影响下，宗白华的艺术学思想自始至终贯穿着生命意识，并对具体的艺术门类理论展开了初步的研究①。而这一切对于我们今天在一个更高的水准上不断发展和完善文艺美学，在文艺美学教学上更好地探索艺术美学的规律，把文艺美学的理论更好地与艺术实践相结合仍然有着积极的参考和借鉴意义。

第四节　文艺美学研究对舶来
方法的借鉴与融合

一　文艺美学研究借鉴与融合概述

中国文艺美学研究方法初步获得自觉是在文人意识觉醒的中古时期。当时，由人的觉醒引发了对人物的品藻，继而引发了对文的品评。于是，风骨、风神、风力、神韵、意境、情致等品评人物的新概念进入文艺批评的视野。纵观中国古代文艺美学的发

---

① 时宏宇：《宗白华艺术学思想研究》，山东师范大学，2006 年博士论文，第64 页。

展历史，可以发现，中国古代文艺美学的方法论是文艺美学经验方法最典型和最完美的一种体现，在形式上大多采取评点式、批注式、序跋式、选本式、诗文评式等方式发表对艺术的见解，而且其基本概念或范畴大多体现为一种体验式、感悟式、直观式的表现形式。即便是一些来自中国哲学中的概念，譬如"气""道"，也并没有一个合乎逻辑的科学界定，对于各种艺术风格的把握也只能凭借艺术经验的直接领悟或体会。以上诸多因素导致中国传统文论成为18世纪以前文艺美学经验方法的一种典型范式①。

进入近代社会以后，伴随着每一次思想解放运动，新观念和新方法都同时输入。王国维在《论近年之学术界》《论新学语之输入》等著述中，对于新观念、新方法、新语言的引进，大加赞誉，并指出其作用为补传统之不足，它的内在驱动力正是时代的召唤。五四运动以后，进入更大规模接受各种新观念新方法的时期。从20世纪20年代初期开始，西方文艺美学的研究方法陆续被介绍进来。1932年《小说月报》连载了英国人海德赛的《研究文学的方法》，并推荐了一批世界文学批评名著，包括亚里士多德的《诗学》、丹纳的《英国文学史》、温彻斯特的《文学批评原理》、圣茨伯雷的《欧洲文学批评史》等著述。其中，圣茨伯雷的《欧洲文学批评史》把文学批评方法分为13种，且不论这种分类是否完全是科学的，但毕竟是在世界范围内的对文学研究方法第一次新的总结，也启发了中国的文学研究，如罗根泽的《中国文学批评史》就引用并借鉴了圣茨伯雷的方法。1932年陆一远翻译了盖尔多耶拉的《文学史方

---

① 陈鸣树：《文艺学方法论》（第二版），复旦大学出版社，2004，前言第2页。

法论》，但是对文学批评方法的研究仅仅停留在知性层次；1933 年宋桂煌译出了英国人汉德生的《文学研究法》，将文学界定为"对人生的一种批评"，把文学研究几乎扩大为对人生的研究，也可算是一种准社会学批评方法。朱光潜在《文艺心理学》中介绍了弗洛伊德、荣格、瑞恰兹等人及格式塔心理学等方法，朱自清在《诗多义举例》中运用"新批评"的方法解读中国古典诗歌。瞿秋白在 1932～1933 年翻译了恩格斯的《致玛·哈克奈斯》及《致保尔·恩斯特》，列宁的《列夫·托尔斯泰是俄国革命的一面镜子》及《列夫·托尔斯泰和他的时代》和普列汉诺夫的《唯物史观的艺术》等，才真正提供了科学形态的马克思主义文艺美学研究的方法论。尽管瞿秋白在具体的文学实践中有偏颇，但是对"唯物论的文学理论"进行"细致"的而不是粗糙的研究，的确是使得文艺美学研究方法趋于科学形态的唯一路径[1]。

20 世纪 50 年代的文艺美学研究方法论是在传统基础上的引申和发挥，不断借鉴了苏联的经验和俄罗斯批评家的传统。60年代，由于中苏政治关系的急剧变化，马克思主义文艺理论中国化的问题在这时候被提出来。但是在当时特定的政治背景下，文艺学美学研究方法的变革更多的是从传统文论中汲取养料。当时周扬引用刘勰的"酌华而不失其真，玩华而不坠其奇"来表达"革命浪漫主义"的文学，成为传颂一时的名句，但事实证明这种文学诉求不过是一种沉湎于幻想的意识形态的乌托邦想象，伴随着极"左"思潮的到来，文艺美学研究方法完全走向辩证唯

---

[1]　陈鸣树：《文艺学方法论》（第二版），复旦大学出版社，2004，前言第 3 页。

物主义和历史唯物主义的反面而趋于消解①。

　　进入新时期以来，在拨乱反正和真理标准大讨论背景下逐渐兴起的"方法论"热潮，是重新走向世界以后对新的文学现象和新的研究方法的渴望和寻觅，也是社会历史发展进步的必然趋势。在20世纪80年代中期的"方法论"讨论热潮中，关于文艺美学方法的大讨论不仅仅是对传统模式的反思，而且以其积极的参与意识展开了"新方法"的批评尝试，不仅在文艺理论界产生了强烈的震动，而且也波及文艺研究的各个领域。从著述来看，有的译介世界上出现的最新的文艺美学方法；有的尝试运用新的方法研究中国的文艺现象；有的则编著有关新方法的教材和专著。具体来看，除了从外文资料直接译介编订国外的文艺美学方法论原著以外，各种新方法的文艺普及类读物层出不穷，如《文艺新学科新方法手册》（上海文艺出版社1987年版）、《当代新方法》（上海人民出版社1990年版）、《当代新术语》（上海人民出版社1988年版），这些成果的出版起到了推广文学研究新方法的作用。运用新方法并结合中国文学实际的研究成果，主要有鲁枢元，他主要运用文艺心理学方法研究文学；林兴宅运用系统论方法，著作有《论艺术的魅力》及《论阿Q的性格系统》；季红真的《文学批评中的系统论方法与结构原则》；黄子平以原型批评的方法著有《同是天涯沦落人——一个"叙事模式"的抽样分析》等。在"方法论热"的大潮中，有不少教材、专著和论文集出版，主要有傅修延等著《文学批评方法论基础》（江西人民出版社1986年版）、陈晋著《文学的批评世界》（上海文艺出版社1989年版）、赵宪章著《文艺学方法通论》（江苏人民

---

① 陈鸣树：《文艺学方法论》（第二版），复旦大学出版社，2004，前言第4页。

出版社 1990 年版）、陈鸣树著《文艺学方法概论》（上海文艺出版社 1991 年版）、胡经之与王岳川著《文艺学美学方法论》（北京大学出版社 1994 版）等，这些著述从不同层面对文艺美学研究的方法论建设做出了贡献①。

从未来的文艺美学方法论发展趋向来看，有这样一些问题值得注意：第一，自然科学在寻求新方法中不断关心自我的发展，这种在对新方法的追寻中所拓展的新视野将以其普泛性与其他门类的学科相联系，也包括作为人文社会科学的文艺美学；第二，从认识论的发展来看，未来的人类认识运动及其方法将倾向于综合研究方法、科际整合方法及微观和宏观组合的方法，方法论的天地将更为广阔；第三，从审美自律的角度来看，未来的研究方法的变化也将基于观念的变化而变化，即从静态的价值判断不断游移至人物性格变化性的动态剖析，从仅仅以必然性为依据向兼顾偶然性的现实客观存在性转变，此外，审美对象自身从宏大叙事、群体叙事转向个体化、微观化、分散化的趋势也必将影响文艺美学方法的多元化②。而科学形态的马克思主义的理性思维将始终作为最高层次的哲学意识（一般方法）指导着文艺美学研究中个别方法和特殊方法。这种最高方法能最大限度地促进思想的增值，促使思想群落不断诞生。正如马克思在《哲学的贫困》里所说的："理性一旦把自己设定为正题，这个正题、这个与自己相对立的思想就会分为两个互相矛盾的思想，即肯定和否定，'是'和'否'。这两个包含在反题中的对抗因素的斗争，形成辩证运动。'是'转化为'否'，'否'转化为'是'。'是'同

---

① 陈鸣树：《文艺学方法论》（第二版），复旦大学出版社，2004，前言第 6 ~ 7 页。

② 陈鸣树：《文艺学方法论》（第二版），复旦大学出版社，2004，前言第 9 页。

时成为'是'和'否','否'同时成为'否'和'是',对立面互相均衡,互相中和,互相抵消。这两个彼此矛盾的思想的融合,就形成一个新的思想,即它们的合题。这个新的思想又分为两个彼此矛盾的思想,而这两个思想又融合成新的合题。从这种生育过程中产生出思想群。同简单的范畴一样,思想群也遵循这个辩证运动,它也有一个矛盾的群作为反题。从这两个思想群中产生出新的思想群,即它们的合题。"① 基于这样一种理论基点,文艺学美学的研究方法将不断在一个开放的理论语境中保持活力,在新的时代,面对层出不穷的新情况、新问题做出自身的调节、选择和适应,并取得不断的发展。

二 《文艺学美学方法论》在学科方法论上的突破

《文艺学美学方法论》是原国家教委"七五"期间高等院校哲学社会科学博士点专项科研基金资助的成果,是一部由北京几所高校教师集体编著而成的学术著作,参编者包括胡经之先生、北京大学王岳川、北京师范大学王一川、人民日报社文艺部张首映、北京师范大学中文系尹鸿、中国人民大学哲学系张法、北京师范大学哲学系方珊等。该书由胡经之、王岳川主编,王一川在初期做过一些组织工作,方珊在后期做过一些具体工作。全书由王岳川修改统稿,最后由胡经之审定。全书除绪论外共十三章,第一章为社会历史研究法,第二章为传记研究法,第三章为象征研究法,第四章为精神分析研究法,第五章为原型研究法,第六章为符号研究法,第七章为形式研究法,第八章为新批评研究

---

① 〔德〕马克思:《哲学的贫困》,《马克思恩格斯全集》第四卷,人民出版社,2008,第158页。

法，第九章为结构研究法，第十章为现象学研究法，第十一章为解释学研究法，第十二章为接受美学研究法，第十三章为解构研究法。具体各章撰稿分工如下：胡经之（深圳大学中文系）、王岳川（北京大学中文系）：绪论；王一川（北京师范大学中文系）：第一章、第二章；张首映（人民日报社文艺部）：第三章、第八章；尹鸿（北京师范大学中文系）：第四章；王岳川（北京大学中文系）：第五章、第十一章、第十二章、第十三章；张法（中国人民大学哲学系）：第六章、第十章；方珊（北京师范大学哲学系）：第七章、第九章。①

在西方，20 世纪被称为"批评的世纪"和"方法更迭的世纪"，如何在文艺美学研究中对 80 年代的"方法论热"加以理论反思、如何应用历史的和美学的观点对西方文艺美学方法论加以清理、分析和吸收，都是摆在当代学者面前的重要课题。编写者广泛吸收和总结了当时学术界的最新成果，从文艺美学的特殊规律和内在特性出发，集中评介和研究了 20 世纪最有影响的 13 种重要的批评方法，并对每一种方法按历史发展的脉络加以准确地展示、分析和评价，进而通过具体的文艺作品的分析揭示每一种方法的独到之处及其局限性所在。作为通达文艺和美学深层结构的路途，文艺学美学方法论与文艺本体论、文艺价值论共同构成当代文艺理论的完整体系。对文艺学美学方法论的研究，将有助于对文艺本体和艺术审美价值的把握，有助于发现艺术话语转型和美学价值定位的潜在规律，从而使我们能够从新的视角来揭示文艺的审美奥秘，并形成一种不断发展和不断完善的现代文艺

---

① 参见胡经之、王岳川《文艺学美学方法论》，北京大学出版社，1994，第 416~417 页。

美学观①。

人们总是把艺术看作对自身生存意义的揭示。当这种意义被遮蔽之时，人们开始重新询问艺术本体和艺术存在的意义，而要抵达艺术本体的深层，就必须有全新的方法。当代西方文论家从各自的角度、领域对艺术进行了多层次、多维度的研究，其哲学方法、心理学方法、原型方法、语言学方法、人类学方法、符号学方法，层出不穷，不断翻新。透过方法翻新的表层，其深层正表露出这样的意向性：人们渴望通过新的方法对不确定的生命过程加以意义确定，从而展示人的本然处境和无限的可能性。方法论与本体论具有价值的同一性。本体是方法的本源，方法是通达本体的中介。一定的本体论或世界观原则在认识实践过程中的运用表现为方法。方法论是有关这些方法的理论。没有和本体理论相脱离、相分裂的孤立的方法论；也没有不具备方法论意义的纯粹的世界观或本体论②。

文学科学的现代发展，使得其他诸如系统论、信息论、控制论以及心理学、人类学、符号学等方法渗入文艺研究方法中，在文艺研究领域内出现了像系统、要素、层次、结构、功能、范式等新概念和新范畴。艺术方法论也从模仿论、功用论、表现论向形式论转化。文学的研究方法告别了作为实现目的方式和途径的狭窄领域，唤醒了新的方法意识论，开始以一种更为清醒、更为自觉的姿态，寻找方法系统的创立。20世纪的文艺理论研究出现的流派纷呈、新说迭出的格局，宣告了以一部亚里士多德的

---

① 参见胡经之、王岳川《文艺学美学方法论》，北京大学出版社，1994，第416页。

② 参见胡经之、王岳川《文艺学美学方法论》，北京大学出版社，1994，第1～2页。

《诗学》雄踞文坛近两千年的时代一去不复返。这种研究方法的创新，展示出意识话语的空前活跃。可以说，艺术研究的创新求变不仅具有鲜明的时代特征，而且直接成为时代艺术精神和审美文化价值取向的重要标志①。

在文艺学美学的方法论的价值取向上，由于文艺研究的方法与文艺研究的对象有着密切的关系，特定的研究对象要求特定的研究方法。从文学研究的历史和现状来看，每种研究方法的成就或局限，不同学派的理论体系和观念的论争和建树，乃至使用概念的歧义和不同的理解，都与确定不同的研究对象相关。因此，研究方法重心的确立与研究对象的确立之间有着一致性。无论是艾布拉姆斯、刘若愚，还是叶维廉，都从研究对象的主客观关系方面来考察文艺研究的重心所在，并将文学整体过程确定为四个主要因素。这四个互相联系的要素研究的侧重不同，形成了当代文艺理论和文艺批评的不同流派。这些林林总总的流派，以其各种不同的研究方法在作家、作品、读者和社会文化四个维度上展开，并取得了令人瞩目的成就。与研究对象的不同维度相对应，文学研究方法也形成了四个方面，即：其一，作家心理和创作过程研究，如文艺社会学研究方法、传记研究法、象征研究法、精神分析研究法原型研究法；其二，作品本体研究，如符号学研究法、形式研究法、新批评研究法、结构与解构研究法；其三，注重读者接受研究，如现象学研究法、解释学研究法、接受美学研究法以及读者反应批评法；其四，注重社会文化研究，如西方马克思主义美学文化评判法、后现代文艺美学研究法、女权主义文

---

① 参见胡经之、王岳川《文艺学美学方法论》，北京大学出版社，1994，第 2 ~ 3 页。

学研究法、解构主义文学研究法、新历史主义研究法等。每种研究方法的价值取向有所侧重，从不同的层面对文艺作品的价值和意义展开解读，体现出文艺作品存在的不同面貌①。

三 由《文艺学美学方法论》引发的对文艺美学研究范式的反思

应该说，《文艺学美学方法论》的推出体现了学界对文艺学和美学各自方法的继承与整合。现代文艺美学研究方法受到各种哲学方法（如现象学、解释学）、心理学方法、符号学方法的影响，因此，现代文艺研究方法不同于传统的研究方法的一个主要特点在于：批评方法不再是单一的、零碎的，而成为吸收融合各门人文科学（乃至自然科学方法论）的一个有机的方法论整体。

回顾文艺学的发展历程，不难发现，在研究重心上，我们长期摇摆于历史政治与文学自律的天平上，甚至一度是执其一端，攻其异也。在研究思路上，过于突出社会历史的维度当然会遮蔽"文学性"等"内部规律"，而自视审美自律为最高准则也同样会过于弱化文艺研究与意识形态的联系，以致造成文艺研究中某些重要的社会历史因素的不恰当的缺席。由是观之，改革开放以来，对各种审美主义、形式主义研究思潮的推介和突出是针对以往文艺研究中单一的社会历史维度的反拨，而近些年来，重新回归，或曰在一个更新的高度上关注文艺研究中的意识形态等社会历史维度，则是对形形色色的"文本至上"、将文艺研究变成孤立无缘的个人审美体验等倾向的纠偏。纵览国际上的各类前沿文

---

① 参见胡经之、王岳川《文艺学美学方法论》，北京大学出版社，1994，第6～17页。

学研究，可以发现，以往被奉为圭臬的文本研究都试图跳出语言学分析的狭小圈子，朝着社会、政治、阶级分析、性别研究、物质文化等方面拓展。而美学研究的范式转换体现为：逐步走出了以往偏重抽象思辨的形而上的套路，更多关注人生与现实生活的层面。从毕达哥拉斯学派、柏拉图、亚里士多德历经中世纪美学到康德、黑格尔，思辨色彩的美学大厦被打造得巍峨而宏富。伴随着马克思主义美学的出场以及 20 世纪 50 年代《1844 年经济学哲学手稿》被译介到中国，实践论品格的美学思潮逐步成为当代中国美学的中坚。而 80 年代中国内地的"美学热"和"方法论热"，一时间使西方近百余年的各类理论学说群集一堂，令人目不暇接。90 年代涌现的后实践美学中某些关注生命、自由、存在的因素值得肯定，进入 21 世纪，"日常生活审美化"和"审美的日常生活化"更是将美学与生活的距离拉近，美学的实践性品格进一步突出①。基于以上回顾和梳理，可以发现，美学与文艺学研究理路的发展轨迹呈现出一种互补与综合的双向建构态势，美学理论研究借鉴文艺学研究成果，从抽象、思辨的象牙之塔中走向更为宽广的社会历史生活领地；文艺学研究在其固有的社会历史研究方法优势的基础上，运用美学研究的视角，对文艺的审美性等内部因素给予更多关注。这样，文艺研究与美学研究范式转型体现为"外—内—外"和"内—外"的复杂、双向、多维的互动互促关系。理解这一趋势，更加有助于理解文艺学美学的研究方法转型的某些特点和规律。

　　时至今日，文艺美学学科在知识结构、研究范式、阐释视野

---

① 参见杨杰《论文艺美学的复合关系结构特征》，《西北师大学报》（社会科学版）2010 年第 6 期。

及理论品格上都较《文艺学美学方法论》出版的 20 世纪 90 年代具有更进一步的拓展性和开放性，多种学术资源价值与思维观念的整合与互动，更加凸显了交流、对话和回归生活实践等人文精神的基本原则在文艺美学学科发展中的重要推动作用。诚如英国文艺理论学者阿拉斯泰尔·福勒认为的，未来文学理论的特征之一是具有更为广阔的视野①。而无论是詹明信所指出的"文化研究"对于传统文艺学美学学科的纠偏补漏，用"混杂"的文化身份来丰富单一的文艺学或美学研究本身，还是伽达默尔索性将美学视为解释学的一部分，其基本要义都趋向在一个更为开放的视界中去观照和发展文艺学美学的方法，强调文艺学美学方法的综合创新维度，并在此基础上不断发展文艺学美学学科。这里所强调的综合创新维度，绝非是弱化甚至抛弃文艺美学的学科意识，而是从文艺美学学科的审美感性特征与宏观文化关联性的特点出发，立足文艺美学学科的人文阐释形态，其核心仍在于人的审美化生存、艺术生产的价值取向以及社会文化生活中审美意识"合法性"与"有效性"等问题。从这个意义上说，文艺美学的研究"是以人的现实存在和感性活动为本体的精神哲学，它既把人类的生命状态、感性经验、心理变化及精神现象作为自身研究和把握的基本对象，从而最大限度地观照与强化人类的生命，指导和促进人类的现实生活进程；又以这种独特的本质规定去建构相应的文艺观念与审美意识，使文艺与审美也能自觉体现人类的存在的变化"②。

第一章　中国文艺美学教研之舶来影响

---

① 参见〔英〕拉尔夫科恩《文学理论的未来》，中国社会科学出版社，1993，第 386 页。

② 李西建：《本体论创新与视界开放》，《陕西师范大学学报》（哲学社会科学版）2004 年第 2 期。

第二章　中国文艺美学的
发生与发展

第一节　胡经之：中国文艺美学
学科的创始人

　　五四新文化运动以来，西方文化广泛传入中国。经过相当长时期的西学引进，一批有觉悟的中国学者有意跳出西学的窠臼，酝酿和着手建设有特色、有实力的中国学派。杜书瀛在《文艺美学诞生在中国》中指出："严肃的学术研究是一种创造性的精神生产活动。某个时代某个民族的学者或学术群体对人类社会的贡献，就在于同前人相比，他或他们在学术活动中是否能拿出具有创新意义的有价值的成果，以促进学术的发展，以利于人类的进步。在历史上，中华民族的优秀学人曾做出过独特贡献。那么现代如何？仅就 20 世纪以来百年左右的人文学科而言，如果说俄国学者贡献了'俄国形式主义'，英美学者贡献了'新批评'，法国学者贡献了'结构主义'以及之后的'解构主义'，德国学者贡献了'接受美学'……那么，中国学者呢？我认为，中国学者贡献了'文艺美学'。"① 在这里，杜书瀛将"文艺美学"

---

① 杜书瀛：《文艺美学诞生在中国》，《求索》2002 年第 3 期。

与众多西方著名学派相提并论。就目前来看，中国文艺美学的成就或许还不能与上述流派相比，尤其是缺乏思想大师和经典论著。但是，"文艺美学"毕竟是由中国学者命名的，这确实是中国人的骄傲。《文艺美学诞生在中国》发表后，陈定家撰文做出回应，他的文章题目就是《中国当代学者对世界学术的贡献》①。尽管目前学术界对文艺美学还有异议，甚至有些学者对它持否定态度，但这并不能阻挡文艺美学学科不断发展壮大的事实。

一　文艺美学学科的提出

"文艺美学"学科的提出有一个漫长的过程。早在20世纪40年代，文学评论家李长之（1910～1978）在一篇接受采访的著作里就提出了"文艺美学"这个名字："……你所谓和大众接近的一部分也仍然是有的，那是'文艺教育'。但是文艺教育须以文艺批评为基础，而文艺批评却根于'文艺美学'。文艺美学的应用是文艺批评，文艺批评的应用才是文艺教育。"② 在这段文字中，李长之不仅提出了"文艺美学"这个词语，而且分析了它和文艺教育以及文学批评的关系。这表明他提出这个词语绝非一时的冲

---

① 陈定家：《中国当代学者对世界学术的贡献》，《江西社会科学》2002年第12期。

② 李长之：《文艺史学与文艺科学》，《苦雾集》，商务印书馆，1943，第6页。胡经之在《中国古典文艺学》（光明日报出版社2006年版）中提及李长之的这个说法："直到前年，才见到李长之的《苦雾集》（1941），其中有《文艺史学与文艺科学》一文，是在翻译了一部书后和记者的对话。依李长之之见，文艺科学应是对文艺作科学研究的'文艺体系学'，并且画龙点睛地说：'文艺体系学也就是文艺美学'。他虽然没有进一步展开论证，但观点十分鲜明。"在我们所见的版本中，未见到胡经之引的这句话，但确有"文艺美学"四个字。不过，我们感觉李长之在这里提出的"文艺美学"其实就是现在所说的文艺学，或者说是文艺理论，至少可以这样置换。

动，因为他把它与文艺教育和文艺批评并置在一起。由此可见，李长之已经把文艺美学提到了学科的高度。可惜的是，他的这个提法一经提出即戛然而止，至少没有再留下书面文字。

1971 年，台湾学者王梦鸥（1907～2002）出版了一本书，名为《文艺美学》。王梦鸥 1907 年生于福建长乐，毕业于福建学院，后入早稻田大学。1939～1945 年任教于厦门大学，兼任萨本栋校长的秘书。抗战胜利后，萨本栋担任南京中央研究院总干事，王梦鸥也随同前往并继续担任秘书职务。1949 年，随中央研究院去台湾，1956 年转任政治大学中文系教授，1979 年退休，后获聘为辅仁大学讲座教授，2002 年去世。其代表作为《礼记今注今译》《古典文学的奥秘：文心雕龙》《文学概论》《文艺美学》，以及历史话剧《燕市风沙录》等。他的《文艺美学》分上下两篇，共十一章，上篇七章论述西方自古希腊至 20 世纪文艺美学思想的历史发展，下篇四章论述文艺美学的几个基本理论问题。在下篇第一章"美的认识"中，他发表了如下看法："倘依此定义来看，则所谓文学也者，不过是服务于特定的'审美目的'下之文字系统或文字的构成物而已。它之不同于其他艺术，在于所用的符号不同，但它所以成为艺术品之一，则因同是服务于审美目的。是故，以文学所具之艺术特质言，重要的即在这审美目的。反之，凡不具备这审美目的，或不合于审美目的，纵使有文字系统或构成，终究不能算作艺术的文学。"[①] 不难看出，王梦鸥强调的是文学的审美性。从这一点来看，它已经超出了普通的文学理论，而上升到了美学的高度。但该书并非专著，不成体系，而且明显缺乏自觉的学科建设意识。

---

① 王梦鸥：《文艺美学》，新风出版社，1971，第 131 页。

1980 年春，中华全国美学学会成立，胡经之（1933～ ）陪同朱光潜赴昆明开会。"在会上，我提出，艺术院校和文学系科，应该开设文艺美学课程，发展文艺美学这一学科，使美学和文艺学结合起来。我这想法，引起了艺术院校从事理论教学的教师的共鸣，也得到了美学前辈王朝闻、朱光潜、伍蠡甫的支持。"① 值得注意的是，胡经之在这里明确把"文艺美学"提升到了学科的高度。1982 年，胡经之在《文艺美学及其他》中写道："文艺学和美学的深入发展，促使一门交错于两者之间的新的学科出现了，我们姑且称它为文艺美学。文艺美学是文艺学和美学相结合的产物，它专门研究文学艺术这种社会现象的审美特性和审美规律。"② 至此，作为一个学科的"文学美学"正式诞生了。

综上所述，从李长之到胡经之，"文艺美学"学科的诞生凝聚了数代中国学者的心血。其中可能存在着复杂的交叉影响关系③。因此，杜书瀛把这些为文艺美学的诞生做出突出贡献的人誉为"文艺美学的教父"：

2003 年底在台湾台北市举行的"回顾两岸五十年文学学术研讨会"（由中国社会科学院文学研究所与台湾中国文

---

① 胡经之：《文艺美学论·自序》，华中师范大学出版社，2000，第 5 页。

② 胡经之：《文艺美学及其他》，《美学向导》，北京大学出版社，1982，第 26 页。

③ 胡经之承认他受了王梦鸥的影响，同时他推测王梦鸥是否受了李长之的影响。胡经之写道："王梦鸥的《文艺美学》是否受到李长之的启发，就不得而知了。我听杜书瀛说起，他在台湾作过调研，发现在王梦鸥之前已有些学者在台湾开设过'文艺美学'课程。我猜测，从大陆到台湾去的学者中在大陆时可能受过老一辈美学家朱光潜、宗白华、李长之等人的影响，而我们这辈人却在上世纪五六十年代反而中断了自己过去的美学传统，一叹！"参见《中国古典文艺学》，光明日报出版社，2006。

化大学中国文学研究所共同主持）上，中国文化大学的金荣华教授在评议我的大会发言时说，王梦鸥先生《文艺美学》并非这一学科出现的最早标志，在1969年，中国文化大学文学系就已开始讲授"文艺美学"，主持此事并讲授此课者，即金荣华教授；差不多同时，台湾的一所师范院校，也开设了文艺美学课。在大陆，较早提出文艺美学名称并竭力倡导建立文艺美学学科的是胡经之教授，那么把他们称为文艺美学的教父，当不为过誉。①

一般来说，"教父"只有一个，而这里的"教父"却是一个集体赞誉。如果"教父"这个说法可以沿用的话，我们认为胡经之才是真正的文艺美学的"教父"。因为他是真正促成"文艺美学"学科诞生并产生重大影响的人物。不过，我们觉得对他们还有更合适的称呼：胡经之是中国文艺美学学科的创始人，李长之以及王梦鸥等人是中国文艺美学学科的先驱。事实上，也正是胡经之提出把文艺美学作为一个学科加以发展以后，文艺美学才开始在全国范围内产生广泛的影响。1986年5月，首届全国文艺美学讨论会在山东泰安召开，与会人员围绕文艺美学的研究对象和范围等问题展开了深入讨论。此后，围绕文艺美学学科有一系列专著出版，大量的文章发表。

二　胡经之的文艺美学思想

胡经之1933年6月30日生于江苏无锡，原籍江苏苏州。早年参加进步学生运动，新中国成立初期任无锡县学联主席，曾在

① 杜书瀛：《文艺美学的教父》，《南方文坛》2002年第5期。

中、小学任教。1952 年考入北京大学中文系，攻读文学专业。毕业后曾入中国人民大学马列主义研究班，不久又回北京大学攻读副博士研究生，师从杨晦学习文艺学，又随朱光潜、宗白华研习美学，此时他就产生了融文艺学和美学为文艺美学的想法。1960 年底，胡经之研究生毕业，留北大任教，讲授文学概论、文艺美学等课程，兼事文艺评论，被《文艺报》聘为特约评论员。1980 年，在首届全国美学学会上提出"文艺美学"的学科建设构想，产生了较大的反响。1982 年，在国内率先招收文艺美学专业的硕士生，先后培养了文艺美学硕士十余人，成为国内文艺美学学科发展的重要力量，其专著《文艺美学》已成为国内不少高校文艺学研究生的教材。

　　1984 年，应深圳大学校长张维院士之邀，胡经之赴深圳大学参与创办中文系，并于 1987 年调入深圳大学。后来该系又发展为国内第一个国际文化系，胡经之任系主任。在此期间，他积极开展国内外学术文化交流，先后参与举办或协办中外比较文学、海外华文文学、中外美学、西方文艺理论等国际学术研讨会。与国内外人文学界有较广泛的联系，先后被推举为中国文艺理论学会副会长、中外文艺理论学会副会长、中华美学学会常务理事、广东省美学学会会长等，受聘为《文艺理论研究》及《中外文论和文化》等学术刊物的编委。后来又在深圳大学创建了特区文化研究所，任所长，举办特区文化研究生班，为深圳培养了一批文化建设人才，成为特区文化建设的重要力量。此外，他还担任深圳大学学术委员会副主任、人文社会科学委员会主任。并受聘为深圳市社会科学院顾问、特区研究中心顾问。学术兼职包括被深圳文化界推举为市作家协会主席、文艺评论家协会主席、文联副主席等。1992 年，国务院获授予他"突出贡献"证书,终身享受国家特殊津贴。1993 年,他和暨南大学饶芃子教授合作,向国家学位委员会申报建立华南地区的第一个文艺学博士点,获得国务院的批准,胡经之成为深圳大学第一个博士生导师。从 1994 年开始,他致力于培养文艺美学博士生,先后招收 10 余人。目前仍在岗培养研究生,继续从事文艺美学的学科建设,并撰写《文艺美学新论》,也写评论、随笔、散文。

改革开放以来,胡经之编著的主要作品如下:《文艺美学》(北京大学出版社 1989 年初版,1999 年增订二版,2002 年修订三版);《文艺美学论》(华中师范大学出版社 2000 年版);《胡经之文丛》(作家出版社 2001 年版);《文艺学美学方法论》(和王岳川共同主编,北京大学出版社 1994 年版);《西方廿世纪文论史》(和张首映合著,中国社会科学出版社 1998 年版);《西方文艺理论名著教程》(北京大学出版社 1986 年初版,1988 年增订二版,2002 年增订三版);《中国古典美学丛编》(中华书局 1988 年版);《中国现代美学丛编》(北京大学出版社 1989 年版);《中国古典文艺学丛编》(北京大学出版社 2001 年版);《文化美学丛书》(和郁沅余共同主编,中国社会科学出版社 2001 年版);《中国古典文艺学》(和李健合著,光明日报出版社 2006 年版)。

胡经之的"文艺美学"思想主要集中在他的专著《文艺美学》中。在《绪论:美学与诗学的融合》中,胡经之首先对文艺美学做了如下界定:"在我看来,文艺美学绝非是美学与诗学的简单相加,也不是仅仅以文学艺术作为自己的研究对象,相反,文艺美学就其本源而言同人的现实处境和灵魂归宿息息相关。可以说,文艺美学是当代美学、诗学在人生意义的寻求上、在人的感性的审美生成上达到的全新统一。"① 众所周知，文艺和美学其实都源于生活。但是随着知识积累的不断丰富，很多理论逐渐脱离了现实生活，变成了从理论到理论的推演，与现实无关，因而也对人无益。20 世纪 80 年代初期，胡经之倾向于认为文艺美学源于文艺学和美学的交叉，试图从两个学科的重合地带做出自己的探索。事实上，当时的胡经之只有一种创新的意识，并未形成具体方向和明确思路。到了 80 年代末，他的思路就比较明晰了，因为他不再把文艺美学定位为学科与学科的结合，而是把它和现实生活以及人的心灵联系起来，用文艺学和美学的共同根源把它们融为一体，因此在文艺美学的定性问题上获得了突破性的进展："只有将文学艺术同人的生命意义追问、人的生命底蕴深拓联系起来，文艺美学的研究才有新的视界，才有新的维度。"② 不难看出，胡经之的这个转向其实是受了朱光潜和宗白华美学的影响，他们都是诗化生活与生命诗学的倡导者。

沿着这个思路，胡经之接着把文艺美学放在活动中加以阐释："文艺美学是将美学与诗学统一到人的诗思根基和人的感性审美生成上，透过艺术的创造、作品、阐释这一活动系，去看人自身审美体验的深拓和心灵境界的超越。"③ 这种观点克服了那种孤立静止地看待文学艺术的方式，究其根源，无疑是受了《镜与灯》的影响。在《镜与灯》中，艾布拉姆斯提出了著名的艺术四要素观点：

　　　　每一件艺术作品总要涉及四个要点，几乎所有力求周密

---

① 胡经之：《文艺美学》，北京大学出版社，1989，第 1 页。
② 胡经之：《文艺美学》，北京大学出版社，1989，第 19 页。
③ 胡经之：《文艺美学》，北京大学出版社，1989，第 2 页。

的理论总会在大体上对这四个要素加以区辨，使人一目了然。第一个要素是作品，即艺术产品本身。由于作品是人为的产品，所以第二个共同要素便是生产者，即艺术家。第三，一般认为作品总得有一个直接或间接地导源于现实事物的主题——总会涉及、表现、反映某种客观状态或者与此有关的东西。这第三个要素便可以认为是由人物和行动、思想和感情、物质和事件或者超越感觉的本质所构成，常常用"自然"这个通用词来表示，我们却不妨换用一个含义更广的中性词——世界。最后一个要素是欣赏者，即听众、观众、读者。作品为他们而写，或至少会引起他们的关注。①

诚如艾布拉姆斯所说的，艺术的四要素包括作品、艺术家、世界和欣赏者。胡经之归结的"艺术的创造、作品、阐释这一活动系"其实就是来自这四个要素的组合。"创造"即艺术家根据世界创作出作品，"阐释"即欣赏者根据自己的生活经验对作品进行解释。但是，胡经之把"社会"这个元素引入艺术活动中，或者说把艺术活动放在整个社会的语境中加以分析，从而使文艺美学获得了更加开阔的视野：

> 不仅艺术生产这个环节同社会沟通，就是艺术享受这个环节也沟通着社会。无论是艺术创造者和艺术欣赏者，都是属于社会的，不是孤立的个人。把艺术活动放到社会系统中，就成了这样的系统：社会—创作—作品—欣赏—社会。

---

① 〔美〕艾布拉姆斯：《镜与灯》，郦稚牛、张照进、童庆生译，北京大学出版社，2004，第4页。

但是，社会与艺术的关系不是单向的，而是双向的，相互作用……作家、艺术家参与社会生活；社会激发作家、艺术家进行创造活动，产生艺术作品，供给读者、听众、观众去欣赏；艺术接受者受艺术享受的激发而付诸实践活动，对社会发生影响。反过来，社会培养了读者、听众、观众的审美需要和审美能力，对艺术作品提出新的要求，影响作家、艺术家的创作，推动作家、艺术家在想象中去改造社会生活。①

综观全书，胡经之的文艺美学就是在上述艺术活动的大框架中建构起来的。其命名分别为文艺创造（体验）的美学、文艺作品的美学和文艺享受（阐释）的美学。大体上，第一章到第四章属于文艺创造的美学，第五章到第九章属于文艺作品的美学，第十章和第十一章为文艺享受的美学。姚文放将全书的结构归纳如下："……全书先从分析审美活动入手，再考察审美体验和艺术审美价值，进而剖析艺术掌握世界的方式，然后再探究艺术真实、艺术美、艺术形象、艺术意境和艺术形态，最后转入对艺术的阐释接受和艺术审美教育的论述，整个内容成为作者'从动态分析走向静态分析'这一立意主导之下的逻辑展开，构成了完整有序的理论构架，而其中所涉及的概念、范畴，也整合为一个富于新意的范畴体系。"② 这个概括并不准确，因为全书的结构分明是从动态分析（创造）到静态分析（作品）再到动态分析（阐释）。姚文放之所以做出这个错误的判断，是因为他受了作者的暗示。"从动态分析走向静态分析"，正是胡经之在

① 胡经之：《文艺美学》，北京大学出版社，1989，第10～11页。
② 姚文放：《与时俱进的文艺美学探索——论胡经之文艺美学思想的发展》，《深圳大学学报》2002年第6期。

《文艺美学》的序言中揭示自己写作思路的一句话①。

尽管胡经之非常重视艺术活动，但他也没有忽视作品这个模块："文艺美学应全面研究艺术活动（不仅是艺术生产，也包括艺术欣赏）中不同层次'美的规律'及其相互联结。相应地，当然也应研究艺术作品中不同层次（普遍、特殊、个别）的审美价值的相互联结。这就不仅需要把文学艺术和非艺术的产物作比较，而且必须将不同形态艺术（文学、绘画、音乐、戏剧、电影等等）作比较，在比较中探索异同，找出普遍、特殊个别的不同层次的性质，作出综合的研究……"② 相对来说，胡经之的文艺美学对不同形态艺术的研究还不够深入，仅在第九章中对书法、建筑、绘画、文学、戏剧、音乐、舞蹈和电影艺术的审美特征做了简要分析。值得注意的是，胡经之的文艺美学已经意识到"语言"的重要意义："艺术通过'语言'而言说"，"艺术活动是一种通过语言而达到的心灵交流活动。"③ 尽管论述不深，而且显然受了海德格尔的影响，却显示了他独到的眼光。在文艺美学的研究方法上，胡经之崇尚多元，并对西方各种批评方法做了梳理。依据的大体上也是艾布拉姆斯的艺术四要素。首先是对创作主体精神、心理的重视：直觉主义和精神分析；其次是对作品本体的关注：俄国形式主义、新批评、结构主义方法；最后是对读者本位的关注：接受美学、读者反应

---

① 胡经之的说法是"从动态分析走向静态考察"。原文如下："于是，我先从分析审美活动着手，剖析艺术掌握世界的方式，进而探究审美体验的特点，寻找艺术的奥秘，然后才转入艺术美、艺术意境等的论述。这是从动态分析走向静态考察的路程。"见《文艺美学·序言》，《文艺美学》，北京大学出版社，1989，第3页。

② 胡经之：《文艺美学》，北京大学出版社，1989，第11页。

③ 胡经之：《文艺美学》，北京大学出版社，1989，第18页。

批评。

进入 21 世纪以后，结合时代的变化，胡经之将文艺美学扩展为文化美学，发表了《走向文化美学》。文中主要提出了三个问题：第一，"人间的文化创造，怎样才能符合美的规律，这是文化美学必须回答的首要问题"；第二，"文化产品的实用价值、交换价值、审美价值应是什么结构关系，这也是文化美学必须回答的问题"；第三，"对文化的审美，和自然审美、艺术审美是怎样的关系，它们之间的联系和区别，这涉及更为复杂的审美标准审美理想等，亦应是文化美学不应回避的问题"。① 在我们看来，文化美学的提出不是对文艺美学的否定，而是对文艺美学的深化，或者说，是把文艺美学放在一个更加宽泛的时代语境里，以增强理论的针对性以及对当前文化现状的阐释力。

三　中外学者对文艺美学的评价

30 年来，"文艺美学"学科从提出以后产生了巨大的影响，甚至可以说，它在一定程度上超越或取代了美学在当代中国的地位。但是，目前学者对文艺美学的看法还不一致，尤其是在文艺美学的学科定位上众说纷纭。

先看胡经之对文艺美学的定位。关于文艺美学与哲学美学的关系，胡经之认为："如果说，哲学美学主要是研究人类审美活动共有的普遍规律，那末，文艺美学就应着重研究艺术活动这一特殊审美活动的特殊规律以及审美活动规律在艺术领域中的特殊表现。"胡经之从历史上找到的依据是黑格尔。他说："从美学的历史发展看，黑格尔的美学研究中心已转移到艺术领域，他把自己

---

① 胡经之：《走向文化美学》，《学术研究》2001 年第 1 期。

的皇皇巨著称为'美的艺术的哲学',使美学拓展了一个新的境界。"① 在美学上,首先值得注意的是鲍姆伽通(Baumgarten,1714~1762)。因为他最早提出了美学这个学科:"美学(自由的艺术的理论,低级知识的逻辑,用美的方式去思维的艺术和类比推理的艺术)是研究感性知识的科学。"② 正是从鲍姆伽通开始,美学从哲学中独立了出来;其次是康德(Kant,1724~1804),他是真正奠定美学大厦的核心人物,其美学思想主要见于《判断力批判》一书。从近处说,这两个人在美学上的建树正是黑格尔(Hegel,1770~1831)出发的前提。在《美学》中,黑格尔做的第一件事就是为美学正名。他否定了鲍姆伽通的"伊斯特惕卡"即"美学"这个命名:

> 由于"伊斯特惕卡"这个名称不恰当,说得更精确一点,很肤浅……我们姑且仍用"伊斯特惕卡"这个名称,因为名称本身对我们并无关宏旨,而且这个名称已为一般语言所采用,就无妨保留。我们的这门科学的正当名称却是"艺术哲学",或则更确切一点,"美的艺术的哲学"。③

黑格尔以"艺术哲学"替代"美学"的思路无疑拉近了艺术与美学的关系。用他的话说,就是把美学的研究范围限定在艺术领域:"这些演讲是讨论美学的;它的对象就是广大的美的领

---

① 胡经之:《文艺美学·序言》,《文艺美学》,北京大学出版社,1989,第2页。
② 〔德〕鲍姆伽通:《美学》,载刘小枫主编《德语美学文选》(上卷),华东师范大学出版社,2006,第1页。
③ 〔德〕黑格尔:《美学》第一卷,见《朱光潜全集》第十三卷,安徽文艺出版社,1990,第3页。

域，说得更精确一点，它的范围就是艺术，或则毋宁说，就是美的艺术。"① 在我们看来，黑格尔这种把美聚焦于艺术的做法本身就包含着"文艺美学"的思想。但是，与亚里士多德的《诗学》不同，黑格尔的文艺美学其实是一种哲学，他对各种艺术门类的分析只不过是为了证明他已经达成的结论而已。尽管如此，黑格尔的《美学》侧重于第三卷，而第三卷正是对各种艺术门类的具体分析。因此，完全可以把这些内容分别概括为建筑美学、雕刻美学、绘画美学、音乐美学、诗歌美学和戏剧美学等。而这些无不属于"文艺美学"的范畴②。

如果说鲍姆伽通的美学和黑格尔的艺术哲学之间存在着修正关系的话，那么，胡经之的文艺美学和黑格尔的艺术哲学确有相似之处，而康德则是哲学美学的代表人物。在胡经之看来，哲学美学研究的是宇宙的普遍规律，而文艺美学研究的是文艺作品的审美规律，因而具有其独特性："任何科学，都要在普遍、特殊、个别的联结中来研究自己的对象。文艺美学也在文学艺术的这三个层次的审美规律的联结中研究自己的对象。文艺美学，既属于整个美学，是美学的一个部门，又有自身的相对独立性，区别于其他美学。"③

---

① 〔德〕黑格尔：《美学》第一卷，见《朱光潜全集》第十三卷，安徽文艺出版社，1990，第3页。

② 1817～1829年，黑格尔在海德堡大学与柏林大学先后六次讲授美学。1817年和1818年夏在海德堡讲过两次，后在柏林讲过四次：1820年第二学期、1823年第一学期、1826年第一学期、1825年第二学期。黑格尔去世后，《美学讲演录》由他的学生霍托编订出版，历时四年（1835～1838）。霍托用的主要是1823年和1826年的听课笔记，还有黑格尔1817年写的讲课提纲（1820年又做了修改）。后来《黑格尔全集》的编辑者拉松（1864～1932）又进行过修订。

③ 胡经之：《文艺美学》，北京大学出版社，1989，第14页。

关于文艺美学和文艺理论的关系，胡经之认为："文艺美学要着重弄清的是，乃是文学艺术这种特殊审美活动的'自律'，'他律'是如何通过'自律'而发生作用的。文艺理论则进而对'他律'和'自律'作综合的、全面的研究。所以，文艺美学只是文艺理论的一个门类，它不能代替文艺理论。"① 从这段话来看，文艺美学只是文艺理论的一个分支，同时，它又是哲学美学的分支，难道哲学美学和文艺理论在一个层面上吗？我们认为这里面就已经蕴藏着关系的混乱。文艺美学是哲学美学有一定道理，但它并非"文艺理论的一个门类"，只能说它与文艺理论有交叉关系。比如文艺理论既研究文艺活动的内部规律（所谓的"自律"），也研究文艺活动与经济、政治、宗教等因素之间的关系（所谓的"他律"）；而文艺美学研究的主要是文艺作品的艺术性和审美性（所谓的"自律"）。文艺美学不仅是"关于文学艺术的美学"，而且是"从美学上来研究文学艺术"的②，比文艺理论更有高度。因而，文艺美学的位置大体上应该介于哲学美学与文艺理论之间，而不是位于文艺理论之下。之所以出现这种混乱，我们认为与文艺学有关。在胡经之看来，文艺理论就是文艺学，而文艺美学比文艺学更具体，于是认为"文艺美学属于文艺学，又可归入美学"。③ 从表面来看，文艺美学和文艺学仅一字之差，其实它们并不属于一个系统，根本不存在种属关系。根据国务院学位委员会、教育部新近颁布的《学位授予和人才培养学科目录（2011 年)》，美学属于一级学科哲学，文艺学属

---

① 胡经之：《文艺美学》，北京大学出版社，1989，第 16 页。
② 胡经之：《文艺美学》，北京大学出版社，1989，第 14 页。
③ 胡经之：《文艺美学及其他》，《美学向导》，北京大学出版社，1982，第 30 页。

于另一一级学科中国语言文学，而原一级学科艺术学则新升为第十三类艺术学，下设艺术学理论、音乐与舞蹈学、戏剧与影视学、美术学、设计学五个一级学科。这样，文艺美学与艺术学类的联系更多，就近挂靠在艺术学理论一级学科门下应更合适。

文艺美学作为一个学科被提出以后，学者们对其内涵做出了不同解释。正如曾繁仁在《中国文艺美学学科的产生及其发展》中所总结的：

> 文艺美学经过二十年的发展历程。近二十年来，从文艺美学学科提出之后，对于这一学科的内涵及其界定即有不同看法。一种认为，文艺美学是一般美学的一个分支，是对艺术美独特规律的探讨。第二种认为，文艺美学是当代美学、诗学的全新统一。第三种认为文艺美学是美学与文艺学的交叉，或是两者的桥梁。第四种认为，文艺美学就是当今的美学。第五种认为，文艺美学就是用哲学—美学的观念和方法研究文学艺术，在学科层次上等同于"艺术哲学"。第六种认为，我们与其说"文艺美学"是一种新的美学或文艺学的分支学科，倒不如说文艺美学研究是中国美学在自身现代化发展之路上所提出的一种可能的原理方式或形态，它从理论层面上明确指向了艺术问题的把握。其他还有诸多学者提出许多精辟见解。这不仅反映了学术界对于文艺美学学科的广泛关注，同时也说明它是一种发展中的学科，还有待于长期而扎实的科研工作和在此基础上的深入讨论，使之逐步丰富成熟。

做了以上综述之后，曾繁仁也对文艺美学提出了自己的看法。他说："但我个人认为，迄至目前为止，如果要给文艺美学学科的内涵以一种界定的话，那就是文艺美学是中国 80 年代改革开放以来，在特有的历史文化背景下产生的一门新兴边缘交叉学科。它来源于美学、文艺学、艺术学，吸取了以上三门学科的重要内容，在一定意义上可以说是以上三门学科在新时期交叉融合的产物。但它又是一门独立的新兴学科，有着自己特有的内涵。正是从这个意义上，我们认为，文艺美学不能取代美学、文艺学、艺术学，同时它也独立于以上三门学科而有着自己的特有的发展规律。"① 曾繁仁这个看法基本上是以上六种观点的高度综合。虽包容性强，但新意不足，也不符合学科发展的最新界定（已在本书"绪论"中提到）。钱中文认为："在文艺现象的阐释中，有纯美学的研究，也有专注于文学理论的研究，同时出于实践的需要，也出现了一种既非纯粹的美学理论研究也非纯粹的文学理论的形态，而是介于两者之间的一个新的学术领域，这就是文艺美学。"② 另一个对文艺美学高度肯定的学者是冯宪光。他说："中国的'文学美学'是 20 世纪中国学者具有世界学术意义的创新之一……我认为，中国的文艺美学的创新性就在于它从对西方美学和文艺学的引进中，在以中国原有的诗文评、画论、乐论的艺术批评传统的对话中，在中西两种不同文化的交流、对话空间中，发现了一种'间性'，提出了一种中国学人进行美学研究的新思路、新规范、新视角。"相对而言，冯宪光的文艺美学观点比较深刻独到。同时，他还提到 2000 年 12 月，教育部批准山东大学文艺美学研究中心为教育部国家人文社科重点研究基地时发生的一个细节：在该机构所挂的牌子上，文艺美学被译成

① 曾繁仁：《中国文艺美学学科的产生及其发展》，《文学评论》2001 年第 5 期。
② 钱中文：《文艺美学：文艺科学新的增长点》，《文史哲》2001 年第 4 期。

了 "Literary Theory and Aesthetics"，它其实是文艺学和美学的并列，并不能体现出交叉意味。冯宪光认为更妥当的译法应该是 "Aesthetic of Literature and Art"。①

综上所述，无论这些解释如何不同，他们毕竟都是认同文艺美学这一学科的，只是在对它的具体理解方面还有分歧而已。对文艺美学发出质疑的也不乏其人。如为胡经之写过赞赏文章的姚文放曾多次撰文对文艺美学提出质疑："我们对于'美学'、'文艺学'以及'文艺美学'、'艺术哲学'的界定就比较麻烦、比较困难，麻烦和困难主要在于，我们的概念使用既取法于西方（如'美学'、'艺术哲学'），又取法于前苏联（如'文艺学'、'文艺理论'），而现在又创造了'文艺美学'这个西方人和前苏联人都不使用的说法，那么势必有一个在已沿用了多年的西方式的概念模式与前苏联式的概念模式之间为之找到一个适当的定位的问题，否则'文艺美学'这一学科就很难成立，因为如果'文艺美学'只是已有的学科名称的另一说法的话，那就没有存在的必要。现在的情况是，上述已有的无论来自西方、还是来自前苏联的概念模式已相沿成习，要完全废止是不现实的，目前看来唯一的办法就是在已有的概念模式中找到'文艺美学'应有的地位，并在此基础上开辟出这一学科的发展空间，也就是在这个意义上，我们对于'文艺美学'的学科定位的讨论才是可行的、有效的。"② 如果说，姚文放的质疑还留有余地的话，王德胜的分析便显得具体而尖锐，也因此更有分量。他认为："'文艺美学'建构所面临的困难，一是作为其学科设计前提的一般

---

① 冯宪光：《文艺美学是一门"兼性"学科》，《深圳大学学报》2003 年第 4 期。
② 姚文放：《论文艺美学的学科定位》，《学术月刊》2000 年第 4 期。

美学和文艺学本身特性仍然不确定，二是其与一般美学、文艺学的关系仍然是混乱的。我们与其将'文艺美学'当作新的分支学科，倒不如说'文艺美学研究'是中国美学现代发展中提出的一种可能的学理方式或形态，即从理论上明确指向艺术问题的把握。"①

在我们看来，文艺美学不仅是可以成立的，而且已经做出了一定的成绩，这已是不可否认的事实。至于存在于该学科研究中的分歧与问题，只能在逐步讨论逐一展开、解决，毕竟它还是一门新兴的学科。

第二节　中国当代文艺美学三大家

一　李泽厚的文艺美学思想

在文艺美学学科诞生的第二年，李泽厚出版了他的《美的历程》（1981）。李泽厚（1930～　　）素以哲学家和美学家著称，而《美的历程》的出版使他当之无愧地成为文艺美学领域中的翘楚。迄今为止，如果找出一部代表中国文艺美学最高成就的著作，那无疑是《美的历程》。无论李泽厚是否认可文艺美学，他已经写出了这个领域中最畅销的一部书，也是最经典的一部书。完全可以说，凭着这部书，李泽厚至少在实际影响方面超越了朱光潜（1897～1986）和宗白华（1897～1986）。朱光潜致力于改善中国人的逻辑思维能力，他最完整的一部作品是《诗论》，全书十三章，尽管经过多次修补，它仍是一部未完成之作；宗白华

---

① 王德胜：《文艺美学：定位的困难及其问题》，《文艺研究》2000 年第 2 期。

才气过人，他的一些文章思想深刻、语言诗意十足，但他从不写专著。李泽厚兼具朱光潜的理性和宗白华的才气，终于在特定的时代下写出《美的历程》。

李泽厚，湖南宁乡人，生于 1930 年 6 月，曾就读于宁乡四中，湖南省第一师范。1954 年毕业于北京大学哲学系，曾任中国社会科学院哲学研究所研究员，教授，兼任中华全国美学学会副会长等职。1983 年当选为巴黎国际哲学院院士，1992 年任美国科罗拉多学院哲学系讲座教授。李泽厚成名于 20 世纪 50 年代的美学论争，他以重实践、尚人化的"客观性与社会性相统一"的美学观在当代中国美学界自成一家。后来又提出"主体性"、"积淀"及"文化心理结构"等概念，对美学、哲学、文学和文化诸领域都产生了较大影响。2010 年 2 月，《诺顿文学理论与批评选集》（*Norton Anthology of Theory and Criticism*）第二版出版，李泽厚成为入选的唯一华人。"李泽厚的名字被分别列举在三种类别之下：美学（Aesthetics）、马克思主义（Marxism）及身体理论（The Body）。其中美学一类最引人注目。此类仅收入 13 位学者，几乎皆是声名赫赫的大哲学家，包括休谟、康德、莱辛、席勒、黑格尔等。李泽厚是其中唯一的非西方现当代哲学家。"①《诺顿文学理论与批评选集》是美国乃至当今西方世界一部最全面、最权威的文艺理论选集。其推选者顾明栋认为李泽厚的美学思想自成体系，可代表中国文艺学的最高成就。更重要的是，他的美学思想建立在批判了包括中西美学大家的思想之上，是打通古今中外美学传统的真正具有原创性的文论。他对美学的一些核心问题，诸如"美学的概念"、"美的概念"、"美的本质"、"美

① 贾晋华：《走进世界的李泽厚》，《读书》2010 年第 11 期，第 121～122 页。

感"和"艺术是什么"等，提出了不同于西方美学家的系统性看法，具有令西方美学家折服的理论原创性。

李泽厚的著作主要有《康有为谭嗣同思想研究》（上海人民出版社 1958 年版）、《美学论集》（上海文艺出版社 1979 年版）、《批判哲学的批判——康德述评》（人民出版社 1979 年版）、《中国近代思想史论》（人民出版社 1979 年版）、《美的历程》（文物出版社 1981 年版）、《中国美学史》（第一卷，与刘纲纪合作，中国社会科学出版社 1984 年版）、《中国古代思想史论》（人民出版社 1985 年版）、《李泽厚哲学美学文选》（湖南人民出版社 1985 年版）、《走我自己的路》（生活·读书·新知三联书店 1986 年版）、《中国美学史》（第二卷，与刘纲纪合作，中国社会科学出版社 1987 年版）、《中国现代思想史论》（东方出版社 1987 年版）、《华夏美学》（中外文化出版公司 1989 年版）、《美学四讲》（生活·读书·新知三联书店 1989 年版）、《世纪新梦》（安徽文艺出版社 1998 年版）、《论语今读》（安徽文艺出版社 1998 年版）、《己卯五说》（中国电影出版社 1999 年版）、《历史本体论》（生活·读书·新知三联书店 2002 年版）、《实用理性与乐感文化》（生活·读书·新知三联书店 2005 年版）、《人类学历史本体论》（天津社会科学院出版社 2008 年版）、《伦理学纲要》（人民日报出版社 2010 年版）等。不难看出，美学是李泽厚的主要研究方向之一，其成就大致可以分为哲学美学（以《美学四讲》为代表）、文艺美学（以《美的历程》为代表）和中国美学史（以《中国美学史》两卷为代表）三方面。尽管《华夏美学》一般被称为《美的历程》的姊妹篇，但它是对中国传统美学思想的专题研究，其实属于哲学美学的范畴。

《美的历程》是一部建立在中国美学史基础上的文艺美学专

著，但是它有效地化用而不是搬用了西方美学成果。该书以历史为序，阐释了中国古代各个时代的主要艺术形态。它的突出特色是拒绝采用教科书的写法，而力求用美的语言来谈论中国历代文艺作品的美丽精神，以保证那些美丽的作品不被亵渎或破坏。正是从这个意义上，李泽厚融合了朱光潜的体系性和宗白华的文学性。尽管他本人并非文学家，但是他有深厚的理论修养、高超的鉴赏能力和不俗的艺术才情，这些素质足以使他能甄别并抓住中国美学的要领，并完善而富于感染力地把他的见解表达出来。就此而言，《美的历程》是一部可以和黑格尔《美学》第三卷相媲美的作品。也许它不够繁博细密，却有一种简净飘逸之美，而这正好体现了中国艺术的美丽精神。

在《美的历程》第一章中，李泽厚提出了著名的"积淀"说，并用它解释了龙飞凤舞的艺术世界。李泽厚认为原始歌舞其实是对龙凤图腾的模仿。而陶器上的线条又是对原始歌舞的模拟和保留。从龙凤图腾到原始歌舞，再到陶器上的线条，这就是原始艺术的演变轨迹。艺术的这种演变轨迹正可以通过"积淀"这一美学思想得以解释：

> 其实，仰韶、马家窑的某些几何纹样已比较清晰地表明，它们是由动物形象的写实而逐渐变为抽象化、符号化的。由再现（模拟）到表现（抽象化），由写实到符号化，这正是一个由内容到形式的积淀过程，也正是美作为"有意味的形式"的原始形成过程……巫术礼仪的图腾形象逐渐简化和抽象化成为纯形式的几何图案（符号），它的原始图腾含义不但没有消失，并且由于几何纹饰经常比动物形象更多地布满器身，这种含义反而更加强了。可见，抽象几何

纹饰并非某种形式美，而是：抽象形式中有内容，感官感受中有观念，如前所说，这正是美和审美在对象和主体两方面的共同特点。这个共同特点便是积淀：内容积淀为形式，想象、观念积淀为感受。①

由此可见，"积淀"说完全来自对原始艺术的解释，而它又可以解释许多艺术作品。这个富于创造性的概念异常有力地体现了艺术作品与美学理论之间彼此依存、相互促进的辩证关系。不仅如此，李泽厚还用"积淀"说改造了西方两种影响巨大的观念：一个是英国美学家克乃夫·贝尔（Clive Bell）提出的"美"是"有意味的形式"的观念；另一个是心理分析学家荣格（Jung）提出的"原型"说。李泽厚认为"有意味的形式"只强调纯形式（线条）的审美性质，却否定了再现，从而陷入了"有意味的形式"与"审美感情"的循环论证。在李泽厚看来，"有意味的形式""正在于它是积淀了社会内容的自然形式"。"似乎是纯形式的几何线条，实际是从写实的形象演化而来，其内容（意义）已积淀（溶化）在其中，于是，才不同于一般的形式、线条，而成为'有意味的形式'。"② 这个纠正无疑是有力的，尤其高明的是，李泽厚不仅用内容补充了形式，而且指出艺术的内容源于写实，从而全面地改造了"有意味的形式"这个观念。

李泽厚认为荣格的"原型"中所谓的神秘"并不神秘，正是这种积淀、溶化在形式、感受中的特定的社会内容和社会感情"："原始巫术礼仪中的社会情感是强烈炽热而含混多义的，

---

① 李泽厚：《美的历程》，安徽教育出版社，1994，第23~24页。
② 李泽厚：《美的历程》，安徽教育出版社，1994，第33页。

它包含有大量的观念、想象，却又不能用理知、逻辑、概念所能阐释清楚，当它演化和积淀于感官感受中时，便自然变成了一种好像不可用概念言说和穷尽表达的深层情绪反应。"① 相对来说，这个纠正的力度不大，可以视为一种别样的解释，是对荣格"原型"观念中的神秘性所做的一个解释。用一个概念竟然改造了两大观念，李泽厚的实力由此可见一斑。因此，《诺顿文学理论与批评选集》的编者对李泽厚这个观点做出了高度评价："李泽厚是当代中国学术界的一个奇观……他所发展的精致复杂、范围宽广的美学理论持续地值得注意，特别是其中关于'原始积淀'的独创性论述。"②

李泽厚《美的历程》中提出的第二个影响巨大的观念是"儒道互补"："就思想、文化领域说，这主要表现为孔子为代表的儒家学说，以庄子为代表的道家，则作了它的对立和补充。儒道互补是两千多年来中国思想一条基本线索。"③ 在李泽厚看来，"儒道互补"同样存在于文艺活动中，大体上儒家思想提供的是思想性，而道家思想提供的是艺术性，因而他认为在艺术方面道家的贡献更大：

> "可以言论者，物之粗也。可以意致者，物之精也。言之所不能论，意之所不能察致者，不期精粗焉。"（《庄子·秋水》）"世之所贵道者，书也，书不过语，语有贵也。语之所贵者，意也；意有所随，意之所随者，不可言传也。而世因贵言传书。世虽贵之，我犹不足贵也，为其贵非其贵

---

① 李泽厚：《美的历程》，安徽教育出版社，1994，第33页。
② 贾晋华：《走进世界的李泽厚》，《读书》2010年第11期。
③ 李泽厚：《美的历程》，安徽教育出版社，1994，第54页。

也。"（《庄子·天道》）在这些似乎神秘的说法中，却比儒家以及其他任何派别更抓住了艺术、审美和创作的基本特征：形象大于思想；想象重于概念；大巧若拙，言不尽意，用志不纷，乃凝于神。儒家强调的是官能、情感的正常满足和抒情（审美与情感、官能有关），是艺术为社会政治服务的实用功利；道家强调的是人与外界对象的超功利的无为关系亦即审美关系，是内在的、精神的、实质的美，是艺术创造的非认识性的规律。如果说，前者（儒家）对后世文艺的影响主要在主题内容方面；那么，后者则更多在创作规律方面，亦即审美方面。而艺术作为独特的意识形态，重要性恰恰是其审美规律。[1]

完全可以说，"儒道互补"观念是对整个中国古代艺术的全面而精辟的概括：儒家提供思想内容，或者说写什么；道家提供艺术形式，或者说怎么写。因而在艺术上道家大于儒家。在笔者看来，李泽厚之所以能做出这种遥控全局、深入内核的精练总结（只有四个字），是与他的哲学家身份分不开的。

正是在"积淀"与"儒道互补"这两种观念的整体观照下，李泽厚对中国古代各个时代的艺术作品做了异彩纷呈的描述和分析。在此过程中，作者调动的知识积累是惊人的：人类学、考古学、社会学、历史学、哲学、美学，如此等等，所有这些知识都是围绕文艺作品展开的，它们为文艺作品的产生提供了基本的背景，同时也对各个阶段时代状况与文艺作品的关系做了彼此印证式的揭示。如"先秦理性精神"、"楚汉浪漫主义"、"魏晋风

---

[1] 李泽厚：《美的历程》，安徽教育出版社，1994，第59页。

度"、"盛唐之音"与"宋元山水意境"都深刻地揭示了不同阶段的时代精神。更加令人惊叹的是，李泽厚谈论的文艺作品样式繁多（超过了黑格尔《美学》中谈到的文艺样式），既有主导的文艺样式，如诗歌、书法、绘画（包括壁画），也有次要的文艺样式，如散文、小说、戏剧，舞蹈、建筑、雕塑、音乐、陶器、青铜器，甚至还有工艺品。由于主导的文艺样式在不同时代里可能都有代表作，因而采取分段式或间隔式的方法评述，如诗歌分布在"先秦理性精神"（三）、"楚汉浪漫主义"（四）、"魏晋风度"（五）、"盛唐之音"（七）、"韵外之致"（八）、"明清文艺思潮"（十）等章节中；对于次要的文艺样式，则采取压缩式的方法集中在一个章节里完成叙述。如青铜艺术在第二章"青铜饕餮"里，建筑在第三章"先秦理性精神"里，雕塑和壁画在六章"佛陀世容"里，如此等等。也就是说，李泽厚主要是按照历史的顺序结构全书的，这是和黑格尔的《美学》的不同之处。黑格尔的《美学》分门别类地介绍了建筑、雕刻、绘画、音乐和诗歌五种艺术类型，在每一种艺术类型内部再按照历史顺序展开叙述。而且，黑格尔对每一种艺术类型的叙述都贯穿了体现艺术理想的理念和艺术发展史观念，所谓象征型艺术、古典型艺术和浪漫型艺术。对黑格尔来说，每一件艺术作品都是他的艺术理念的证词，它们被所谓的辩证法从低到高排列成固定的秩序，绝无例外或意外；而李泽厚则充分重视艺术作品本身，把艺术作品放在特定的社会历史的时空里归纳出它们不同的特点，见解是从作品中生发出来的，而不是事先确定下来的，因而具有不可预测性，而且丰富多样。在笔者看来，《美的历程》的复杂结构对应的是复杂历史中的复杂艺术。与韦勒克不同，李泽厚相信复杂多变中仍然有规律可循。《美的历程》正是对复杂语境中的艺术作品进行现象勾勒和精神剖析的自觉尝试。为此，李泽厚强调不应对复杂的事物做任何简单化的处理，"需要的是历史具体的细致分析"。① 笔者认为《美的历程》做到了这一点：在复杂中的历史语境中抽取了适用于文艺作品的普遍审美规律。

尽管李泽厚试图效仿黑格尔把诗歌作为主要的文艺样式来谈论（诗歌也的确是中国古代文艺中最发达的样式），而我们却觉得他谈得最好的并非诗歌。倒是建筑和雕塑等次要门类他谈得不同寻常。关于建筑，李泽厚发现从新石器时代就已经确定了中国建筑的基本体制，即"方形或长方形的土木建筑"。他特别指出"不是石建筑而是木建筑成为中国一大特色"，并做了以下总结："中国建筑最大限度地利用了木结构的可能和特点，一开始就不是以单一的独立个别建筑物为目标，而是以空间规模巨大、平面铺开、相互连接和配合的群体建筑为特征的。"② 李泽厚认为中国建筑体现的是一种实践理性精神，它尤其表现在建筑物的结构严格对称这方面，事实上它体现的是儒家精神。正是这种实践理性精神造成了中国建筑的主导风格：

> 中国主要大都是宫殿建筑……自儒学代替宗教之后，在观念、情感、仪式中，更进一步发展贯彻了这种神人同在的倾向。于是，不是孤立的、摆脱世俗生活、象征超越人间的出世的宗教建筑，而是入世的、与世间生活环境联在一起的宫殿宗庙建筑，成了中国建筑的代表。从而，不是高耸入云、指向神秘的上苍观念，而是平面铺开、引向现实的人间

---

① 李泽厚：《美的历程》，安徽教育出版社，1994，第 201 页。
② 李泽厚：《美的历程》，安徽教育出版社，1994，第 65 页。

联想；不是可以使人产生某种恐怖感的异常空旷的内部空间，而是平易的，非常接近日常生活的内部空间组合；不是阴冷的石头，而是暖和的木质；等等，构成中国建筑的艺术特征。①

在中国建筑的空间意识方面，李泽厚显然受宗白华的影响，并认为由此可以看出道家人物的自由闲适心态："在中国建筑的空间意识中，不是去获得某种神秘、紧张的灵感、悔悟或激情，而是提供某种明确、实用的观念情调……它不是一礼拜才去一次的灵魂洗涤之处，而是能够经常瞻仰或居住的生活场所。在这里，建筑的平面铺开的有机群体，实际已把空间意识转化为时间进程。就是说，不是像哥特式教堂那样，人们突然一下被扔进一个巨大幽闭的空间中，感到渺小恐惧而祈求上帝的保护。相反，中国建筑的平面纵深空间，使人慢慢游历在一个复杂多样楼台亭阁的不断进程中，感受到生活的安适和对环境的和谐。"②

李泽厚对雕塑艺术的分析同样精彩："信仰需要对象，膜拜需要形体。人的现实地位愈渺小，膜拜的佛的身躯便愈高大。然而，这又是何等强烈的艺术对比：热烈激昂的壁画故事陪衬烘托出的恰恰是异常宁静的主人。北魏的雕塑，从云冈早期的威严庄重到龙门、敦煌，特别是麦积山成熟期的秀骨清相、长脸细颈、衣褶繁复而飘动，那种神情奕奕、飘逸自得，似乎去尽人间烟火气的风度，形成了中国雕塑艺术的理想美的高峰。人们把希望、美好、理想都集中地寄托在它身上。它是包含各种潜在的精神可

---

① 李泽厚：《美的历程》，安徽教育出版社，1994，第65～66页。
② 李泽厚：《美的历程》，安徽教育出版社，1994，第67页。

能性的神，内容宽泛而不定。它并不显示出仁爱、慈祥、关怀等神情，它所表现的恰好是对世间一切的完全超脱。"[1]

通过李泽厚的这段描述，读者不仅看到了雕塑作品的外在形态，而且还体会到了人与雕塑作品之间的复杂关系：屹立于悲惨世界中的佛陀世容其实是一种人造的虚幻寄托。从建筑到雕塑，其实都是线的组合。而书法更是纯粹的线的艺术："它像音乐从声音世界提炼抽取出乐音来，依据自身的规律，独立地展开为旋律、和声一样，净化了的线条——书法美，以其挣脱和超越形体模拟的笔画（后代成为所谓'永字八法'）的自由开展，构造出一个个一篇篇错综交织、丰富多样的纸上的音乐和舞蹈，用以抒情和表意。"[2] 从这里来看，中国所有的艺术都是"线的艺术"：建筑、雕塑、书法、绘画、音乐、舞蹈……因此，李泽厚认为线最能体现中国民族的审美特征。

二　王岳川的书法美学

在胡经之的学生中，王岳川（1955～　　）是才华、成就和影响最突出的一个。北京大学是文艺美学学科的发源地，胡经之离开北京大学以后，他的学生只有王岳川留在了那里，将他提出的"文艺美学"发展下去。就此而言，在胡经之的学生中，王岳川是文艺美学学科最合适的继承者和发扬者。胡经之在谈到《文艺美学》书稿写作时，曾说过这样一段话："在思考和修改的过程中，我接触了不少青年学者，他们对我的书稿十分关切。北大中文系王岳川同志读了书稿，提出了不少中肯的意见，并敦

---

① 李泽厚：《美的历程》，安徽教育出版社，1994，第112页。
② 李泽厚：《美的历程》，安徽教育出版社，1994，第48页。

促我及早出版。他的热忱，使我深受鼓舞。他们开阔的视野和独到的见解，给我很多启发。在岳川的协助下，我加快了修改速度，补充了新的思想和材料，全书终于在 1988 年春完成了第三次修改。多年的心血化成了近卅万文字，总算感到了一丝欣慰。"在这里，胡经之写到了学生群体"他们"，在"他们"中尤其提到了"他"，甚至称"他"为"岳川同志"，"敦促"这个词表明他们已经超越了普通的师生关系，胡经之还坦言"他的热忱，使我深受鼓舞"。胡经之对王岳川的器重由此可见一斑。在胡经之和他的学生合编的著作中，王岳川出现的次数也比较多，他们合作主编了《文艺学美学方法论》，在胡经之主编的《西方文艺理论名著教程》中，王岳川担任副主编，并主持了下卷的编写工作。

王岳川是四川安岳人。1982 年毕业于四川大学中文系，1985 年考入北京大学中文系攻读文艺美学研究生，师从胡经之，1988 年毕业留校。1993 年晋升为教授，1997 年列为博士生导师，1999 年列为享受国家特殊津贴专家。现任北京大学中文系文艺理论教研室主任、北京大学书法艺术研究所所长、北京书法院副院长、中国书法家协会会员、中国作家协会会员、中国文化书院研究员、中华全国美学会高校委员会秘书长、中国中外文艺理论学会副会长、中国文艺理论学会副会长、日本金泽大学客座教授、澳门大学人文学院客座教授、复旦大学等十所大学双聘教授。

王岳川长期从事文艺美学、文学理论、西方文艺理论、当代文化研究和批评的教学和研究。他教授的课程主要有《文学原理》（大学本科专业课）、《文艺美学》（研究生专业课）、《文艺学美学方法论》（研究生专业课）、《当代文化美学研究》（研生选修课）、《二十世纪哲性诗学》（研究生选修课）、《中国诗学与美学研究》（研究生专业课）、《二十世纪中国文学思想史》（研究生专业课）、《中国知识分子与现代化问题》（研究生和访问学者研讨课）、《中国书法绘画艺术》（留学生课程）、《中西文艺美学比较》（博士生课程）、《中国 90 年代文化研究》（博士生课程）、《后现代后殖民主义在中国》（博士生课程）、《20世纪西方文艺理论》（博士生课程）。

王岳川出版的作品大体包括两个方向：中学研究与西学研究。其中，中国文化艺术研究方面的有《发现东方》《目击道存》《中国镜像》《中国文艺美学研究》《本体反思与文化批评》《全球化与中国》《大学中庸讲演录》《文艺美学讲演录》《发现东方：中国文化身份研究》《文化输出：王岳川访谈录》《后东方主义与中国文化复兴》《季羡林学术精粹》（四卷本）、《二十世纪中国学术文化随笔丛书》（六十卷）、《中国书法文化大观》《书法美学》《书法文化精神》《书法身份》《中外名家书法讲演录》《北京大学文化书法研究丛书》（6 本）、《北京大学书法研究生班书法精品集》（20 本）、《中国思想精神史论》（四卷本：《中国文化精神》《中国哲思精神》《中国文论精神》《中国艺术精神》）等。

西方文论和美学研究方面的有《西方文艺理论名著教程》《后现代主义文化研究》《后现代主义文化与美学》《文艺现象学》《艺术本体论》《文艺学美学方法论》《后殖民与新历史主义文论》《现象学与解释学文论》《二十世纪西方哲性诗学》《20 世纪西方文艺理论丛书》（九卷本）、《后现代后殖民主义在中国》《王岳川文集》（四卷本）、《中国后现代话语》《西方艺术精神》《当代西方最新文论教程》。

　　王岳川在学术上主张"发现东方，文化输出，会通中西，守正创新"；提出"国学根基，西学方法，当代问题，未来视野"方法论，关注中国文化身份研究，致力于中国文化的世界化进程。他坚持书法是中国文化输出的第一步。他长期临习汉晋唐诸帖，尤好二王和颜书，强调汉唐气象，书法广涉诸家，对草书最用力，力求得古人用笔之意并加以当代创新。在书法理论上，他提倡"文化书法"，坚持"走进经典、走进魏晋、守正创新、正大气象"，致力于中国书法文化的世界化。其书法绘画作品入选多种书法集，并被海外收藏。传略载于多种辞书①。

　　在中国当代学者中，像王岳川这样会通中西、融合古今、艺论相济、气象宏大的已经非常罕见了。这是一个学科分类越来越细的时代，许多知识分子的视野变得越来越狭窄，终其一生只能研究某一领域或该领域内的某个局部问题。在这种背景的映衬下，王岳川的突出特色便是大，首先是博大，其次是正大，最后是强大。

　　博大体现在古今中西的会通方面，王岳川早年接受的是中国传统教育，从读研开始才转向对西学的关注和研究。在他看来，一个不经过充分西化的当代学者是可疑的，也是根本站不住脚的。在西学研究方面，他首先翻译了一部《文艺现象学》（文化艺术出版社 1992 年版），并在 20 世纪 90 年代初期写出了成名作《后现代主义文化研究》（北京大学出版社 1992 年版），该书使他成为中国研究西方后现代文化的四位著名学者之一。王岳川研究西学的代表作是《二十世纪西方哲性诗学》（北京大学出版社 1999 年版）。这部著作从 1988 年开始动笔，直到 1996 年才完

---

　　① 　王岳川：《个人简介》，http：//blog. sina. com. cn/wangyuechuan2008。

稿，可以说历时较久，用力甚勤，是他对现代西学的一个全面总结。大概从《后现代与后殖民主义在中国》（首都师范大学出版社 2002 年版）一书的写作与出版开始，王岳川把目光转向了中国①。尽管这本书开始转向中国，但它和《后现代主义文化研究》还是一脉相承的。所以，严格地说，从《中国镜像》（中央编译出版社 2001 年版）开始，王岳川才完全转向了中国，而且是从现代西学转向了对中国当代现实的研究（该书的副标题就是"90 年代文化研究"），从纯粹的理论研究转向了对当代中国社会思潮的梳理和批评。

真正使王岳川完成转向的一部著作是《发现东方：西方中心主义走向终结和中国形象的文化重建》（北京图书馆出版社 2003 年版）②。该书的副标题表明王岳川转向的中国不是一个孤立的中国，而是位于世界中的中国，特别是处于西方"后殖民"中的中国。也就是说，转向中国并非对西方闭目塞听，而是坚持把西方作为一个参照的对象，并在弱势境遇中致力于与对方保持平等的对话关系。更可贵的是，王岳川克服了学者空谈的局限性，而是把自己的观念付诸行动，自己动手来阐释中国，发现东方，并且着手把中国优秀的文化遗产推向西方，推向世界。由此可见，"发现东方"显示了一个当代中国学者的坚定信念和恢宏气魄。王岳川提出"发现东方"的精神资源首先来自萨义德（Said，1935～2003），特别是他的《东方学》。无论是为人、从艺或治学，王岳川都深受萨义德的影响；从国内来看，"发现东

---

① 该书是在完成数年后才得以出版的，他曾给研究生开过这个课。值得注意的是，他是当时研究西方后现代文化的代表人物之一，但是他在该书中没有把自己作为一个章节加以分析。

② 这本书再版后副标题变成了"中国文化身份研究"。

方"的源头是宗白华，直接的启发来自季羡林（1911～2009）。宗白华早年在欧洲留学时（1920）就提出"东西对流"的思想："德国战后学术界忽大振作，书籍虽贵，而新书出版不绝。最盛者为相对论底发挥和辩论。此外就是'文化'的批评。风行一时两大名著，一部《西方文化的消极观》，一部《哲学家的旅行日记》，皆畅论欧洲文化的破产，盛夸东方文化的优美。现在中国也正在做一种倾向西方文化的运动。真所谓'东西对流'了。"① 不难看出，"东西对流"其实源于宗白华对德国文化现状的观察，与"拿来主义"相比，文化的"东西对流"无疑更加可取，因为它体现了不同文化主体的平等性，而且可以实现不同文化之间的优势互补。宗白华看到中国文化被德国人好评，深受鼓舞，但他清醒地意识到文化"对流"必须以文化"拿来"为前提："我预备在欧几年把科学中的理、化、生、心四科，哲学中的诸代表思想，艺术中的诸大家作品和理论，细细研究一番，回国后再拿一二十年研究东方文化的基础和实在，然后再切实批评，以寻出新文化建设的真道路来。我以为中国将来的文化决不是把欧洲文化搬了来就成功。中国旧文化实有伟大优美的，万不可消灭……几十年内仍是以介绍西学为第一要务。"②

王岳川不是季羡林的弟子，却胜似他的弟子，因为王岳川善于向一切他钦佩的人学习。季羡林晚年授权委托王岳川选编《季羡林学术文粹》四卷本（山东友谊出版社 2006 年版），由此

---

① 宗白华：《自德见寄书》（1920 年 12 月 20 日），《宗白华全集》第一卷，安徽教育出版社，1994，第 320 页。

② 宗白华：《自德见寄书》（1920 年 12 月 20 日），《宗白华全集》第一卷，安徽教育出版社，1994，第 321 页。

可见他对王岳川的信任。在学术研究中，季羡林提出"文化回流"和文化"倒流"的观点，即一种文化消失后又从别国重新引进，如印度的佛教。这个观点来自历史的启示，与宗白华的"东西对流"形成了呼应关系。在季羡林和王岳川的一次对话中，季羡林表达了"21世纪将是中国文化（东方文化的核心）复兴的世纪"的信念，并提出了文化"送出主义"的观点：

> 季羡林：我提出在"文化拿来主义"之后走向"送出主义"，受到很多人的批评，但是我不辩论，因为中国的崛起谁也挡不住。
>
> 王岳川："文化送出主义"是在国人长期文化自卑主义之后的精神自觉。尽管先生年事已高不可能具体从事"文化送出"工作，但我们更年轻的一代学者应该坚持"文化输出"，将这一理念转化为长期而浩大的民族文化振兴工程和国家文化发展战略。①

从鲁迅的"拿来主义"到宗白华的"东西对流"，再到季羡林的"送出主义"、王岳川的"文化输出"，这个漫长的进程反映了中国现代知识分子在不同时期里对中西文化的不同观念，也反映了世界格局中的中国文化由弱渐强的潜在轨迹。

完成中国转向并确定文化输出之后，王岳川寻找到的切入点是书法。正如季羡林所说的："弘扬中国文化，其中最重要的一部分，就是弘扬我们的书法文化。全世界文字可以成为审美的艺

---

① 季羡林、王岳川：《东方思想应该世界化》，《重庆评论》2010年第1期。值得注意的是季羡林使用的是文化"送出主义"，但是，在和王岳川的对话中，他也使用了"文化输出"这个词，见《重庆评论》2010年第1期。

术——书法艺术，只有中国，别的国家没有专门的书法艺术，欧美的拼音文字一般不能成为专门的书法艺术，伊斯兰国家的文字有画画的意味但是仍然不能成为书法。在中国的优秀传统文化中，书法实在是占有很重要的地位。"[1] 在这方面，王岳川与季羡林的观点是暗合的。于是，东方书法的世界化便成了"文化输出"的首要环节。因此，转向中国之后的王岳川把精力主要集中在了书法领域[2]。

其次，王岳川的"大"是正大。正大在当前的时代里大有深意。因为当代艺术家背负着强大的传统，不同程度地承受着"影响的焦虑"，加上商品经济的诱惑，不少艺术家陷入盲目创新的境地，其实这是对自己和艺术都不负责任的行为。针对这种状况，王岳川提出了书法的"书法性"问题，倡导"守正创新"，而不能刻意创新或肆意创新，明确反对那种背对传统的"丑怪"书法，以及书法中的后现代"矮化"行为。他认为书法要以中国传统文化为根基，以书法性为根本，以二王为正统，以审美为特质："所以书法的书法性并不是僵化的东西，它是在二王书法传统中整合了民间书法、碑刻书法等形成的一种新的传统、新的整合。可以说，我们书法本身审美的东西不能丢掉，不能抹杀，要开创出新，要坚持书法的书法性，书法构成线条的美、结构的美和它那种长期的人文的艺术的文化美。"[3] 在王岳川看来，中国书法的艺术精神主要包括以下四个方面：中国书法的本质特征是线条飞动，中国书法的精神迹化

---

[1] 季羡林、王岳川：《东方思想应该世界化》，《重庆评论》2010 年第 1 期。

[2] 同时，王岳川并未中断他的理论探索工作，写出了《中国思想精神史论》等大量著作。

[3] 季羡林、王岳川：《东方思想应该世界化》，《重庆评论》2010 年第 1 期。

是笔墨意象，中国书法的气韵境界是无言独化，书法精神的本质直观是目击道存。① 2010 年 9 月 9 日，"王岳川书法展 2010"在北京中国光华科技基金会光华文化艺术交流中心举行。在此次展览中，王岳川的书法展贯穿了"大书法、大气象、大境界"三原则——几乎所有作品都呈现了他对大国崛起之"大文化崛起"的深刻洞见：一是作品尺度大，二是精神情怀大，三是美学境界大。中国美术馆馆长范迪安说："王岳川的书法美学追求是线条运行所造之境……在线条的舒展中，可见书家心手合一的纯度已化为一片天机的律动。这使得他的书法呈现出经典书法的书风，在'大书法、大气象、大境界'的追求中具有了区别其他书法的正大气象。"②

最后，王岳川的"大"是强大，因为他不仅是一个书法理论家，更是一个有实力的书法家，同时他还是北京大学书法研究所的所长。目前，他正在以北大书法研究所为基地，进行书法创作、研究、推广工作并培养书法人才。一个单纯搞理论而没有创作经验的人很难强大，他甚至很难赢得别人的信任。因为书法是专业性很强的活动，单纯依靠鉴赏能力进行书法批评和理论建构容易流于肤浅、隔膜，甚至永远不能摆脱外行的身份。作为一个书法教育者，他致力于为中国书法的未来培养新生力量。作为一个文化输出的提出者，他的"书法输出"工作已初见成效。2010 年 4 月，王岳川应邀在美国十多所大学进行了"中国文化和艺术精神"的巡回讲演，将北京大学的文化书法方针——"回归经典、走进魏晋、守正创新、正大气

---

① 王岳川：《中国书法艺术精神》，韩国新星出版社，2002。
② 《"王岳川书法展 2010"在京举行》，《人民日报海外版》2010 年 9 月 17 日，第 11 版。

象"——推向了世界，并有力地促进了中西方文化的交流与对话，扩大和提升了中国文化的世界影响力①。最后，必须强调的是，正大和强大都是以博大为前提的。没有博大作为基础，所谓的正大和强大都不可能真正成立。

王岳川是胡经之的学生，文艺美学及书法美学只是他众多的研究方向之一。其相关编著主要有《中国文艺美学研究》《文艺美学讲演录》《中国书法文化大观》《王岳川书法集》《书法美学》《书法文化精神》《书法身份》《中外名家书法讲演录》、"北京大学文化书法研究丛书"（6 本）、《北京大学书法研究生班书法精品集》（20 本）等。王岳川的优势在于他有一个异常宽广的学术背景，有对时代的精深把握和理智预言，更有热爱并推广中国古典艺术的情怀，同时又有艺术创作的经验：他不仅是著名的书法家，还是出色的二胡和钢琴演奏者。无论从涉及的领域、取得的成就以及实际影响来说，他都超过了胡经之。也许只有这样，学术才能得到发展。

三　耿占春的诗歌美学

如果说王国维（1877～1927）作为中国现代美学的开创者还有过渡痕迹的话，朱光潜和宗白华无疑是中国现代美学的第一代代表人物。李泽厚是中国现代美学第二代代表人物。随着 20 世纪末全球化进程的不断加快以及中国所施行的政治和经济政策所引发的社会转型，李泽厚出走美国，中国美学界热度渐减，并不可避免地陷入冷落状态。在商品经济的总体社会环境中，中国

---

① 《王岳川教授应邀在美国十余所大学举行中国文化艺术讲演》，http：//pkunews. pku. edu. cn/xwzh/2010－04/20/content_ 172293. htm。

现代美学的全面复兴已不再可能。这个时期的美学工作者凭借的几乎完全是自己的志趣和毅力。耿占春（1957~ ）就是他们当中的一个，他以自身渊默宏深的品质和沉静闪光的人格默默地致力于中国现代美学的开拓工作。在我们看来，《隐喻》《观察者的幻象》和《失去象征的世界》足以让他成中国现代美学第三代代表人物。

1957 年，耿占春出生于河南柘城，1977 年考入郑州大学中文系，毕业后进入商丘师专教书，后来在河南省社科联工作，20世纪 90 年代去海南大学任教，2002 年成为河南大学特聘教授。2009 年获得第七届华语文学传媒大奖文学评论奖。耿占春早年写诗，后来介入诗歌研究，并逐渐扩展到整个文化研究领域。近年来加强了对社会学的关注，注重从现实生活中提取有效的经验，以使自己的写作不流于空谈和复制。耿占春的写作始于1979 年，至今已达三十多个春秋，其中已结集出版作品十余种。这些作品大致可以分成以下三类：第一类是诗思融合的深度文学作品，如《观察者的幻象》（东方出版社 1995 年版）和《回忆和话语之乡》（东方出版社 1995 年版）等；第二类是学院风格的专著或论文集，如《隐喻》（东方出版社 1993 年版）、《改变世界与改变语言》（社会科学文献出版社 2000 年版）、《叙事美学》（郑州大学出版社 2002 年版）、《叙事与抒情》（中国社会科学出版社 2005 年版）、《叙事与价值》（学林出版社 2005 年版）和《失去象征的世界》（北京大学出版社 2008 年版）等；第三类是富于文学特色的随笔写作，如《痛苦——挣脱？忍受？》（海天出版社 1993 年版）、《群岛上的谈话》（中原农民出版社1999 年版）、《中魔的镜子》（学林出版社 2002 年版）、《在美学与道德之间》（山东友谊出版社 2006 年版）和《沙上卜辞》（北京航空航天大学出版社 2008 年版）等。①

在我们看来，真正有效而且富有原创性的理论都是从批评起步的，或者说内在地包含着批评。那种纯粹的理论推演无非是空洞之词、复制之语。在这方面，亚里士多德就树立了极好的典范。他的《诗学》是西方文论史和西方美学史上第一部专著。这部古老的经典今天之所以仍然具有生命力，是和它的批评品格分不开的。尽管《诗学》具有较强的理论性，但这些理论并非源于理论自身的封闭推演，而是亚里士多德对当时的文艺作品加以具体分析的结果。由此可见，亚里士多德不是用理论来框定作品，而是根据作品来建构理论。如果理论与作品之间出现了缝隙，亚里士多德不是用理论来牵制作品，而是根据作品调整自己的说法。这种对作品充分开放，以及与作品展开平等对话的写作方法和教学方法使该书的理论极具科学性，同时也使它获得了较强的阐释力，而这正是它的生命力可以在后代不断得到激活的原因所在②。

耿占春酷爱读书。他读的书大致可以分成三类，一类是理论书，一类是文学书，一类是生活书。理论书为他的批评提供了丰厚的素养，文学书为他的批评提供了敏锐的眼光，生活书为他的批评提供了现实经验和鲜明的针对性。耿占春的批评话语就是这三方面的有机融合。值得注意的是，耿占春是较早有意建构自己

---

① 耿占春的不少作品均于近年内再版。《隐喻》2007 年由河南大学出版社再版；《观察者的幻象》2007 年由上海文艺出版社再版；《回忆和话语之乡》2003 年由广西师范大学出版社再版，还曾以《炉火和油灯》为名于 2001 年由海燕出版社出版过一次。

② 《诗学》应该是一份教学大纲，而非上课用的详细教案。因为全书只是勾勒了一个授课的大致轮廓或基本骨架。从行文特点来看，《诗学》的每一章篇幅都不长，语言比较简练，但要点俱在，而且自成体系。

话语的中国学者。西学思潮似乎永远处于不断翻新和无限增长之中。作为一个学苑中人，耿占春对此感受尤深：在当前的情况下，一味西化固然会心慌意乱，无视西方却无异于固步自封。如何真正有效地对待西学？对此，耿占春借助德里达关于"署名"与"副署"、"文学"与"批评"的相关论述提出了"迟到者的理论写作"（又称"自传式的理论写作"）这个观点："自传式的理论写作意味着保持具有抽象危险的理论所应该具有的语境意识，保持对置身于其中的更大的历史语境的敏感。在引用任何他人的理论命题时借助经验与记忆，不忘记引用自我的语境。并且以后者来修正一种在先的理论。因此，它的目标不仅是以自传文字为介质'收集'吸纳历史、理论、语言与哲学，而是希望能够在自身的经验中积累和提出理论问题。用自传式的方式去阅读和修正在此之前的理论，也是一种'迟到者的修辞学'。"① 从总体上讲，中国人之所以成为"迟到者"，是由于西方的近代资本主义进程早于中国。因此，"当我们以变形和滞后的方式经历到问题的现实性时，有了长期积累的资本主义世界已经有了许多对此类问题的系统解释"。于是，"理论尤其是主义（系统的理论）的滞后性就似乎'永久性地'成为我们的命运"。

毋庸讳言，"迟到者的理论写作"对于"迟到者"在理论场域中的处境来说具有历史必然性。正视中西近代的历史和现实总不免有些悲观气息，但是耿占春认为"迟到者"并非完全无所作为。其原因在于："理论在从西方旅行到中国，它产生的问题语境已经发生了转移，它的批评对象也产生了错位。"更重要的

---

① 耿占春：《自传式的理论写作》，《在美学与道德之间》，山东友谊出版社，2006，第 241 页。

是，中国人作为接受主体同样具有自身的问题和经验。因此，耿占春认为应该抛弃那种纯粹学习西方知识和理论的做法，主张"对他人理论的学习变成处理自身问题的方法，而不是取代自身的问题"。就此而言，中国人对待西学的方法应该以中国人的自身经验与感受为参照，把西方理论置入当代中国语境，并重新确认理论批评对象，从而融西方理论与个体经验于一体，并用它阐释中国当前的实际问题。由于耿占春特别强调接受主体经验的融入，因此，他又把这种方法叫作"自传式的理论写作"："即使在更理论形态的写作中，我也无法抵抗'我'的在场的诱惑——使用个人经验，征引个人感受，印象与记忆的诱惑。尽管我知道，在越来越复杂的知识地图上，个人经验成为一种范式，一种可信知识的时代早已过去了。引用自我经验、生活场景与引用各类书籍对我具有同样不可或缺的引文价值。这是一种既是'自传式'，又是'理论与批评式'写作的诱因。这似乎是一种矛盾，一种自传式的理论写作。"① 事实证明，耿占春的这种观点和实践是成功的。美国文学教授比勃曾这样评价耿占春："耿占春先生的著作充分证明了作者吸取现代西方理论，并把它们融入到东方传统中的能力。"②

有了理论未必能搞好批评。读耿占春的书，感受最深的往往不是他引用了多少西方理论，而是他引用了多少中外诗句。这些诗句不仅特别美丽，而且与非引文互为语境，它们形成了水乳交融、彼此互渗的关系。这无疑使他的批评获得了温润动人、魅力十足的效果。他不是没有运用理论，而是已经把理论完全内化于

① 耿占春：《自传式的理论写作》，《在美学与道德之间》，山东友谊出版社，2006，第235页。
② 转引自程一身《诗人学者耿占春》，http://blog.sina.com.cn/u/451a76b7010002gx。

行文当中了。耿占春明确意识到创新理论的关键是充分利用自己的经验，因此，他时刻关注生活之书，坚持对自身生活的描述和分析，并利用网络等多种渠道对发生在这个世界上的各种动向保持密切关注。总之，生活之书为他的批评提供了对象，也提供了依据。经验来自人与生活的摩擦与记录，而经验即理论的内核。

耿占春的批评和理论大体上包括两个方向：一方面是与诗人主体相关的"感觉诗学"，后来发展为"经验美学"；另一方面是与诗歌作品相关的"修辞美学"（以语言为核心，以隐喻和象征为主要模式）。"感觉诗学"的代表作是《观察者的幻象》。在众多的中国现代学者当中，耿占春是最早具备身体意识的思想家之一。他的《隐喻》实际上探讨的就是或隐或显地存在于身体与世界之间的一种对应关系。而在《观察者的幻象》中，耿占春明显将探讨的对象转向了身体，或者说是主体的身体，并把身体具体分为五种感觉。他在书中着重描述的是视觉、听觉和触觉，同时把嗅觉和味觉有机地融入触觉之中。在全书一连串的画面转换与哲性沉思中，宇宙的种种样态只是身体感觉的一个个具体对象或潜在背景。《观察者的幻象》由"观察者"和"幻象"两部分组成。所谓"观察者"其实就是一个感觉者，是一个主体在感觉，但这个主体不只是在感觉，因为他看到的是"幻象"。这种"幻象"不仅来源于主体观察的事物，即"象"，还融合了主体的激情与沉思，即"幻"。值得注意的是，耿占春绝对不是就感觉谈感觉，而是将感觉纳入精神的层面，在加以辨别和沉淀后才让它呈现出来。在这个感性泛滥的时代里，感觉并不罕见。耿占春的超拔之处正在于他对感觉进行了有效的提纯和适宜的诗化。

《观察者的幻象》的体系性通过目录就可以一目了然。全书分六部分，视觉、听觉和触觉各占两部分，每一部分都由七节组成，并且视觉、听觉和触觉两部分分别形成了一种回环往复的结构。如第一部分的第一节是"眼睛与空间"，第二部分的最后一节就是"空间的眼睛"；第一部分的最后一节是"眼睛与无限"，第二部分的第一节就是"无限的眼睛"。除了结构体系的创新之外，更重要的是思想内容的创新。尽管创新与博学之间并没有必然的因果关系，但是谁也不能否认学识对创新的影响。从个人身份的角度来说，耿占春像宗白华一样首先是个诗人，这至少能保证他在理论探讨中具有优质的感悟力和穿透力。尤其值得称道的是，耿占春的博学除了理论之外，还有来自各类文艺作品的智慧，这也是和他的诗人身份契合的。仅从《观察者的幻象》的目录就可以看出波德莱尔诗学、萨特存在主义、梅洛－庞蒂知觉现象学的影响。更值得注意的是来自文艺作品滋润的部分：戴望舒的《烦扰》、卡尔维诺的《看不见的城市》、复调音乐的对位法，所有这些都可以在该书目录中看到它们的影子。耿占春特别看重文艺作品对理论的调节和滋润，他认为只有借助对文艺作品的熟悉和热爱才能激发理论激情。《观察者的幻象》正是这样一部富于理论激情的美学著作。

耿占春的"感觉诗学"实际上是一种生活美学，而不是那种理论的嫁接和拼贴。现实生活永远是"感觉诗学"的源头，就像他热爱的经典是各族文化的源头一样。尽管现实生活中常常不可避免地会出现世俗倾向和凋敝气息，但重要的是发现、转化和拒不放弃，不只是观察和感觉，还要赋予生活以激情和沉思，这样，日常生活就会有诗意萌动，美感回旋，像作者在书中所写的那样。在艺术上，《观察者的幻象》整体上倾向于抒情，但是描写式的抒情。全书从视觉、听觉和触觉这三种不同的身体感觉入手，把它们与时间、空间和存在交互编织在一起，在结构上形成了一个循环往复的圆满整体。同时加上描写的细腻，感觉的敏锐，文字的精致，使该书几乎达到了完美的境地。从作者的角度来说，《观察者的幻象》是一部有"野心"的书。具体地说，其"野心"就是执意对抗在研究性写作中形成的僵化术语，用一种"可以被新鲜如初的感受到的语言"表达自身的原始经验，从而"创立一种写作修辞学"。其要旨是"摆脱陈词滥调，进入秘密"，所谓"秘密"即"粒子化的语言"："句子中必须分泌出一种液态化的感觉物质，使它的所有词汇变得无限细小，活跃，柔软又尖利，以便找到与感觉的细微状态在整体上的吻合。句子首先是对词汇的过大而过于空洞的意义单元的分解。句子创造出一种气息，一种空气流通感，没有这种气息或空气，感觉状态或心灵的呼吸是不能形成的。"[1]综上所述，笔者认为《观察者的幻象》是一部将文学、文艺美学、哲学美学和修辞美学融为一体的经典之作。

"感觉诗学"大体上属于纯诗学的范畴，后来耿占春将诗人这个主体置于广阔的社会空间里，在经历了一段时期的诗学与社会学的内心争论之后[2]，终于达成了平衡，并成功地从"感觉诗学"转向了"经验美学"。"经验美学"的代表作是《失去象征的世界》，该书的副标题是"诗歌、经验与修辞"。这是耿占春目前最有分量的一部著作。全书的论述"往返于诗歌文本与社

---

① 耿占春：《后记：写作或创立一种修辞学》，《观察者的幻象》，东方出版社，1995，第 339 页。

② 耿占春：《一场诗学与社会学的内心争论》，《改变世界与改变语言》，社会科学文献出版社，2000。

会语境之间"，既用诗歌文本来映照社会状况，也用社会状况来阐释诗歌文本。就此而言，这本书是对当代诗歌与当代社会的双重启蒙。耿占春认为"诗歌话语就处在社会象征图式与个体感受性的张力之中"，因此，"在主题化的经验与非主题的'语境'之间保持联系是一首诗成功的标记"。与"粒子化的语言"观相对应，本书提出了"微观知觉"的概念："它发展为一种更精细的感受性、一种更敏锐的微观知觉，因此也相应地发展着一种更精细的语言，比之成语化的表达、普通的交流话语，诗歌发展了一种微粒化的语言，一种颗粒化的雾化的语言。"① 在这本书中，经验美学与修辞美学达成了完美的统一。也就是说，它既是思想性的，也是文学性的。其中最有分量的一章（评论）是"作为传记的昌耀诗歌"。该作揭示了昌耀诗歌在三个阶段的作品主旨与风格转换及其内在联系，从社会学的角度对昌耀的抒情诗歌进行了深入透彻的解读。其高超的整合力与细致的穿透力令人钦佩，而且整篇文章语调从容，文笔裕如，鲜明地呈现了大家风范。不难看出，耿占春作品的风格完全得益于他的修辞美学，正如他自己所说的："从事文学性写作，是因为我希望自己在知识的面具下从事持久的劳作的时候，一直保持着对文字的迷恋，发展对语言的热爱，使个人微末的生命融入话语活动持久的呼吸之中。"② 值得注意的是，耿占春因此书而获得第七届华语文学奖文学评论家奖，授奖辞中称道的恰恰是该书的文学性："他以自己富于诗意和创见的写作，把批评重新解读为对想象力的发现，对自我感受的检验和表达：在知识的面具下，珍惜个体的直觉；

---

① 耿占春：《失去象征的世界》，北京大学出版社，2008，第15页。详细论述可参见该书第八章"微观知觉与语言的启蒙"。

② 耿占春：《失去象征的世界》，北京大学出版社，2008，第398页。

在材料的背后，重视思想的呼吸；在谨严的学术语言面前，从不蔑视那些无法归类的困惑和痛苦。他出版于 2008 年的《失去象征的世界——诗歌、经验与修辞》，把象征的存在与消失，阐释成了人类生存境遇的某种寓言，以及自我认知的诗学途径。在人与世界、人与自我、人与诗歌的关系面临全面改写的时代，耿占春的写作，具有当代学者不多见的精神先觉，而他优美、深邃的表述风格，更是理性、智慧和活力的话语典范。"①

　　与"感觉诗学"相比，耿占春对"修辞美学"的贡献更突出，而且"修辞美学"贯穿了他写作的全程：从早期的《隐喻》到最近的《沙上的卜辞》。"隐喻"这个题目几乎人人能写，但《隐喻》却是一本难以超越的书。难以超越并非不可超越，而且一向谦和的耿占春也的确为后来者预留了某些稀薄的空间。在笔者看来，要想搜索到《隐喻》预留下的稀薄空间，进而发现超越《隐喻》的可能性，他首先必须成为爱默生所说的那种"受惠于他人最多的人"。"受惠于他人"意味着将他人的经验纳入自己的心智，从而使自己成为一个"百手百眼"的人。正是借助这种途径，一个人才有可能具备集体的智慧。受惠于他人越多，个人身上的集体性就越突出。耿占春就是这样一个"集体型"人物。这可以从书中令人惊叹的旁征博引看得一清二楚。与那些规范的学术教材不同，《隐喻》并没有编制参考文献。但是无论你翻开哪一页，几乎都会发现至少一个参考文献。这些被有机编制在一起的相关文献几乎将尘世的隐喻现象包罗净尽。简要地说，它包括文学（主要是诗歌）、写作学、语言学、文字

学、符号学、哲学、神话学、宗教学、民俗学、文化学、科学哲学、生物学，甚至还包括数学。这些文献有的是隐喻现象的直接呈现，有的是隐喻现象的有力证明，有的是隐喻现象的存在背景。我们特别欣赏书中大量的诗歌引用，其中主要是当代的中外诗歌，古代的较少。无论是哪一类诗歌都被作者安排得恰到好处，引文与非引文略无间隔，看上去如同出自一人之手。如果把《隐喻》比成一座圣殿，把书中引用的各类文献及其各式材料视为用于建筑圣殿的砖石，那就不难得出这样一个结论：砖石的多重来源与圣殿本身的规模广大是相得益彰的。

但是，如果一座建筑仅仅具有广度，那就不成其为圣殿，甚至连建筑都称不上。因为广度在很大程度上只不过是建筑的基石，只有在具备了一定高度之后，圣殿才有可能成立。《隐喻》的高度主要体现在它的结构层次方面。何谓"隐喻"？如常人所见，它无非是存在于两个事物之间的一种相对完整的类似关系。然而，问题是隐喻存在于哪两个事物之间，以及事物之间的类似会发生什么样的变形，或者说是否存在着一种关系密切但并不类似的隐喻？书中对此做出了楼阁式的解释，而每一种解释都会逐渐增加圣殿的高度。其中，"人体与大地"、"词与物"及"语言与肉体"之间的隐喻关系无疑是作者着力建构的圣殿主体。

至于书中的宗教根源和文化背景大致属于圣殿的基础楼层。事实上，对圣殿来说，基础楼层与建筑基石往往并不能分得十分清楚。就此而言，或许可以把它们视为圣殿深入大地之后的裸露部分。要说最能体现圣殿深度的地方，当然还是隐喻的哲学根基和内在精神。在作者看来，隐喻其实是一种原始的形象思维方式，属于维柯所说的那种"诗性智慧"。作者在书中特别分析了隐喻的词序置换模式，以及"离去与归来"的人生模式。值得注意的是，尽管作者十分借助重于语言学分析，但他最终往往倾向于把问题引向神学。作者这样做并非要谈神论玄，而是因为在他看来那里包含着隐喻的源头。换句话说就是，作者认为神学是一种原初而本真的隐喻思维方式。

每个作者的第一本书都是他的长子。青年时代的耿占春在他的第一本书中投入了太多的努力和漫长的期待。如果留心注释，会发现作者引用的不少文学资料和理论资料都来自杂志期刊，这无疑显示了本书的当代品格。尤其可贵的是，由于本书选择的论题触及了文学的核心，因而作者在对隐喻进行探讨的同时，一举完成了文学批评和理论建构的双重任务。这就避免了寄生于单纯批评中的莽撞与浅薄，也克服了单纯的理论建构所常有的封闭与沉闷，从而使本书具备了当代批评和理论积淀的双重功效。在我们读过的书中，也许只有黑格尔的《美学》做到了这一点[1]。

修辞美学的核心无疑是语言。20世纪中期以来，西方哲学发生了一次重要转向，即语言学转向。作为一个术语，"语言学转向"最早由维也纳学派的古斯塔夫·伯格曼在《逻辑与实在》（1964）一书中提出。稍后，理查德·罗蒂所编的《语言学转向——哲学方法论文集》（1967）一书出版，使这个说法得到广泛流传和认同。究其根源，语言学转向的源头是索绪尔（Saussure，1857~1913）[2]。他的《普通语言学教程》对现代语言学做出了革命性的贡献。

---

[1] 最早对这部书稿做出高度评价的是徐敬亚，参见《崛起的诗群》（同济大学出版社1989年版）。值得一提的还有孙周兴，他读到此书后以为耿占春懂德语，因为书中的思想和海德格尔的思想非常接近，而当时海德格尔的著作还没有被翻译成汉语。后来他得知耿占春并不懂德语，不免对耿占春刮目相看。

[2] 索绪尔生于瑞士，祖籍为法国。1881年，他在巴黎的高等应用学院教授古代语言和历史语言学，1891年，索绪尔回到日内瓦大学任教，教授印欧系古代语言和历史比较课程。从1907年始讲授"普通语言学"课程，先后讲过三次。

索绪尔认为语言是一种符号系统，并探讨了能指和所指的关系；指出语言和言语的区别、组合和聚合的关系、系统和意义的关系；他把语言学分为"共时"和"历时"，把语言成分之间的关系分为"语段关系"和"联想关系"。这些都已成为现代语言学的基本概念，并成为 20 世纪人文科学中新思想、新理论的出发点。正是从这个意义上来说，《普通语言学教程》成了《隐喻》的主要参考文献之一。

最近，耿占春有意转向"卜辞"式写作："一个小版本、篇幅小而又不易于读完的书。它要足够复杂，快乐，内折，回环，几乎不能看完，也能够从任意一页读起。而且能够抵抗不是十分适宜阅读的嘈杂环境。"① 在此之前，尽管在《改变世界与改变语言》等书中已经出现了类似的片段，但以这种方式来结构全书，在耿占春的作品中，《沙上的卜辞》是第一部。事实上，这些"卜辞"本来具有诗歌的素质（用作者的话说，就是"要少而多"、"使用最少的语言，表述最丰富的感受"），因为它们悉数来自作者"内心生活的真实时刻"，"是思想或感觉的一个瞬间形态"。从根本上说，这些"卜辞"无一不是出自作者的个体经验，但它们映射着这个时代的万千气象，牵动着人性深处某些永恒不变的东西。作者特别强调的是这些"卜辞"的瞬间性，这意味着如果把它们一一提炼成诗，就有可能失去更多的瞬间感受。所以，面对复杂多变的现实生活，作者用自由而快捷的方式保存了流动于心中的珍贵感觉和经验，让这一系列内心的战栗适宜地凝结为石，而不是迟缓地打磨成玉。尽管石头没有宝玉的精致和华美，但是它们不可压缩，拒绝复制，而且经得起时间的磨损。

---

① 耿占春：《沙上的卜辞·自序》，北京航空航天大学出版社，2008，第 1 页。

第三节　中国文艺美学发展概况

一　文艺美学的学术拓展

从 1980 年胡经之提出文艺美学学科以来，文艺美学已经走过了 30 多年的历史。据统计，截至 2007 年，文艺美学论著已达 75 部，论文 345 篇①。从内容上，这些论文大致可以分成以下几类：一是针对文艺美学学科的讨论；二是关于文艺美学原理的研究；三是从古今中外的文艺作品中发掘文艺作品之美，或总结作家思想家的文艺美学思想，有时还牵涉彼此之间的比较。这里主要谈一下文艺美学专著的情况。王岳川在一篇文章中对此做过全面而细致的归纳，兹引述如下：

1980 年春天，胡经之提出创建中国文艺美学学科的设想后，一面不断地著述阐发自己的思想，一面招收文艺美学研究生，并主编了《文艺美学》学术刊物，由内蒙古人民出版社出版，第一辑出版于 1985 年，第二辑出版于 1987 年。从 80 年代初开始，北京大学出版社陆续出版了文艺美学丛书近 30 部，并于 1999 年整理出版了"文艺美学精选丛书"十部：《文艺美学》（胡经之著），《现代美学体系》（叶朗主编），《六朝美学》（袁济喜著），《中国艺术意境论》（蒲震元著），《印度古典诗学》（黄宝生著），《王国维

---

① 王元兵：《近 30 年"文艺美学"研究》，http：//www.docin.com/p‐48980140.html。

诗学研究》（佛雏著），《二十世纪西方哲性诗学》（王岳川著）。

此后，文艺美学方面的著作如雨后春笋般纷纷面世。首要的一类是对文艺美学原理的探讨。这类作品主要有《文学艺术的审美特征与美学规律——文艺美学原理》（周来祥著，贵州人民出版社，1984 年）、《文艺美学论集》（王世德著，重庆出版社，1985 年）《文艺美学论集》（苏鸿昌著，四川省社会科学院出版社，1986 年）、《中国古代文艺美学概要》（皮朝纲著，四川省社会科学院出版社，1986 年）、《文艺美学辞典》（王向峰主编，辽宁大学出版社，1987 年）、《古典文艺美学论稿》（张少康著，中国社会科学出版社，1988 年）、《文艺美学》（栾贻信、盖光著，华龄出版社，1990 年）、《文艺美学》（曹廷华著，西南师范大学出版社，1990 年）、《修辞美学》（姚仲明、陈书龙著，长江文艺出版社，1991 年）、《文艺美学原理》（杜书瀛主编，社会科学文献出版社，1992 年）、《审美反映与艺术创造》（王元骧著，杭州大学出版社，1992 年）、《审美体验论》（王一川著，百花文艺出版社，1992 年）、《文学审美学》（马至融著，陕西人民教育出版社，1992 年）、《文艺美学教程》（徐亮著，中央民族学院出版社，1993 年）、《中国艺术美学》（刘墨著，江苏教育出版社，1993 年）、《中国近代文艺美学论稿》（陈永标著，广东人民出版社，1993 年）、《文艺学美学方法论》（胡经之、王岳川主编，北京大学出版社，1994 年）、《艺术美学概论》（赵伯飞著，西北大学出版社，1994 年）、《古典文艺美学》（张长青著，湖南师范大学出版社，1994 年）、《艺术本体论》（王岳川著，上海三联书店，1994 年）、《文艺美学论要》（陈长生著，河南大学出版社，1996 年）、《中国美学的文艺精神》（祁志祥著，上海文艺出版社，1996 年）、《文艺美学论纲》（陈伟著，学林出版社，1997 年）、《汉语美学》（王有亮著，大众文艺出版社，1999 年）、《汉语形象美学引论》（王一川著，广东人民出版社，1999 年）、《文艺美学导论》（唐骅著，文化艺术出版社，2000 年）等。

在文学美学方面具有代表性的论著有：《中国小说美学》（叶朗著，北京大学出版社，1982 年）、《中国诗歌美学》（肖驰著，北京大学出版社，1986 年）、《小说美学》（陆志平、吴功正著，人民出版社，1991 年）、《文学创作美学》（李传龙著，陕西人民教育出版社，1991 年）、《诗歌美学》（王长俊著，漓江出版社，1992 年）、《中国诗歌的审美境界》（禹克坤著，中国广播电视出版社，1992 年）、《中国散文美学史》（吴小林著，黑龙江人民出版社，1993 年）、《游记美学》（周冠群著，重庆出版社，1994 年）、《文章美学论稿》（洪珉著，中州古籍出版社，1994 年）、《文艺审美意象学》（郎保东著，南开大学出版社，1995 年）、《中国现代女性文学审美论》（游友基著，福建教育出版社，1995 年）、《小说语言美学》（唐跃、谭学纯著，安徽教育出版社，1995 年）、《中国艺术意境论》（蒲震元著，北京大学出版社，1995 年）、《中国散文美学发凡》（贾祥伦著，山东友谊出版社，1997 年）、《新艺术散文美学论》（许评、耿立著，济南出版社，1998 年）、《中国当代散文审美建构》（李晓虹著，海天出版社，1997 年）、《文艺美学辨析》（刘鸿麻著，贵州教育出版社，1997 年）、《唐宋词美学》（杨海明著，江苏教育出版社，1998 年）、《艺术与美》（姜耕玉著，山东文艺出版社，1998 年）、《唐诗美学意味：初盛唐诗学思想研究》（陈允锋著，新华出版社，2000 年）等。

书法美学方面的论著主要有：《书法美学简论》（刘纲纪著，湖北人民出版社，1979 年）、《书法美学谈》（金学智著，上海书画出版社，1984 年）、《书法美学引论》（叶秀山著，宝文堂书店，1987 年）、《中国古代书法美学》（宋民著，北京体育学院出版社，1989 年）、《中国书法美学》（陈廷祐著，中国和平出版社，1989 年）、《书法美学史》（萧元著，湖南美术出版社，1990 年）、《书法美学》（陈振濂著，陕西人民美术出版社，1993 年）、《中国书法美学》（金学智著，江苏文艺出版社，1994 年）、《书法美学思想史》（陈方既、雷志雄著，河南美术出版社，1994 年）、《书法艺术美学》（金开诚、王岳川著，中国文联出版公司，1995 年）、《书画语言与审美效应》（钟家骥著，福建美术出版社，1995 年）、《中国书画美学史纲》（樊波著，吉林美术出版社，1998 年）、《书法艺术审美论》（宋焕起著，北京语言文化大学出版社，1999 年）、《书法美学》（杨修品著，云南美术出版社，1999 年）、《中国书画美学简论》（徐志兴著，江苏美术出版社，1999 年）、《书法美辨析》（陈方既、杨祖武著，华文出版社，2000 年）等。

音乐美学方面的论著主要有：《音乐美学史学论稿》（于润洋著，人民音乐出版社，1986 年）、《先秦音乐美学思想论稿》（蒋孔阳著，人民文学出版社，1986 年）、《音乐美学漫笔》（李凌著，广西人民出版社，1986 年）、《音乐美学》（蒋一民著，人民出版社，1991 年）、《音乐史学美学论稿》（郑锦扬著，海峡文艺出版社，1993 年）、《中国音乐审美的文化视野》（管建华著，中国文联出版公司，1995 年）、《中国音乐美学史》（蔡仲德著，人民音乐出版社，1995 年）、《音乐美学引论》（修金堂著，黑龙江教育出版社，1996 年）、《音乐美》（赵宋光著，湖北教育出版社，1996 年）、《音乐表演美学》（杨易禾著，江苏文艺出版社，1997 年）、《冲击视觉的音波：影视剧音乐美学探索》（曾田力著，北京工业大学出版社，1998 年）《未完成音乐美学》（茅原著，上海人民出版社，1998 年）、《音乐美学通论》（修海林、罗小平著，上海音乐出版社，1999 年）、《音乐美纵横谈》（程民生等著，上海音乐出版社，2000 年）等。

电影美学方面的著作主要有：《电影美学》（钟惦棐主编，中国文艺联合出版公司，1983 年）、《电影美学问题》（郑雪来著，文化艺术出版社，1983 年）、《电影美学基础》（谭霈生著，江苏人民出版社，1984 年）、《当代西方电影美学思想》（李幼燕著，中国社会科学出版社，1986 年）、《现代电影美学导论》（朱小三著，四川省社会科学院出版社，1987 年）、《现代电影美学论集》（罗慧生著，中国电影出版社，1989 年）、《电影美学》（胡安仁著，陕西师范大学出版社，1990 年）、《电影美学》（姚晓蒙著，人民出版社，1991 年）、《音响美学》（张凤铸著，北京广播学院出版社，1992 年）、《电视剧美学》（郑凤兰、崔洪勋主编，山西高校联合出版社，1992 年）、《电影美学分析原理》

（王志敏著，中国电影出版社，1993 年）、《电影美学简论》
（王钦韶著，河南人民出版社，1994 年）、《电影美学教程》
（陈培湛编著，中山大学出版社，1996 年）、《现代电影美学
基础》（王志敏著，中国电影出版社，1996 年）、《电影美
学原理》（李浃著，中国和平出版社，1997 年）、《电视广
告美学》（周安华、陈兴汉主编，江苏文艺出版社，1998
年）、《电影艺术美学散论》（陈玉通著，中国电影出版社，
1999 年）、《影视审美学》（王世德著，北京广播学院出版
社，1999 年）等。

　　戏剧美学方面的著作主要有：《论李渔的戏剧美学》
（杜书瀛著，中国社会科学出版社，1982 年）、《中国剧诗美
学风格》（苏国荣著，上海文艺出版社，1986 年）、《戏剧
美学》（曹其敏著，人民出版社，1991 年）、《喜剧美学论
纲》（陈孝英著，陕西人民教育出版社，1993 年）、《悲剧
美学》（佴荣本著，江苏文艺出版社，1994 年）、《中西戏
剧美学思想比较研究》（彭修银著，武汉出版社，1994 年）、
《中外戏剧美学比较简论》（牛国玲著，中国戏剧出版社，
1994 年）、《中国现代戏剧美学思想发展史》（焦尚志著，
东方出版社，1995 年）、《戏曲的美学品格》（沈达人著，
中国戏剧出版社，1996 年）、《东方戏剧美学》（孟昭毅著，
经济日报出版社，1997 年）、《中国戏剧美学的文化阐释》
（姚文放著，中国人民大学出版社，1997 年）、《戏剧与戏剧
美学》（李晓著，四川人民出版社，1998 年）、《中国古典
戏曲的审美追求》（周南雁著，山西教育出版社，1999 年）、
《戏曲美学》（苏国荣著，文化艺术出版社，1999 年）等。

　　西方文艺美学方面的著作主要有：《现代美学体系》

（叶朗主编，北京大学出版社，1988 年）、《后现代主义文化与美学》（王岳川编，北京大学出版社，1992 年）、《西方文艺美学导论》（董小玉著，西南师范大学出版社，1997 年）、《俄国文学与西方审美叙事模式比较研究》（胡日佳著，学林出版社，1999 年）、《西方马克思主义文艺美学思想》（冯宪光著，四川大学出版社，1988 年）、《马克思主义文艺美学研究》（刘文斌著，内蒙古教育出版社，1996 年）等。此外还有一些针对学者或作家展开的专题美学研究，如《王国维文艺美学观》（卢善庆著，贵州人民出版社，1988 年）、《茅盾文艺美学思想论稿》（史瑶等著，杭州大学出版社，1991 年）等。①

三十多年来，文艺美学学科取得了不少的成绩。除了论文和专著之外，文艺美学学科获得了培养博士和硕士研究生的资格。据了解，2008 年，全国博士研究生招生的高等院校（研究所）共 16 所，其中有 15 所在中国文学语言的二级学科文艺学下招生。2002～2008 年，文艺美学研究者获得的国家社科基金项目有 6 项，几乎每年一项：中国当代文艺美学前沿问题研究（王岳川，2002）、20 世纪后二十年中国文艺美学理论建设及其范型转换（王德胜，2003）、现代新儒家文艺美学研究（侯敏，2004）、"寄"的审美空间——对一个古典文艺美学范畴的文化考察（赵树功，2006）、都市化进程与文艺美学的当代性问题（刘士林，2007）、中国文艺美学对西方的影响（陈伟，2008）。

---

① 以上数据截至 2000 年。参见王岳川《当代中国文艺美学的学术拓展》，《深圳大学学报》2002 年第 1 期。

此外，山东大学还建立了国家级文艺美学研究基地。2001 年以来，该基地主办国际会议 2 个，国内会议 3 个，合作举办会议 3 个，举办高级美育培训班 2 个，承担各级各类项目 20 余项，其中国家社科基金重点项目 1 项，一般课题 5 项，教育部人文社会科学重大攻关课题 1 项，重大项目 9 项①。据曾繁仁（1941 ~ ）介绍："基地成立 7 年来已经完成有关文艺美学基础理论研究的基地重大项目一项，并正在进行有关学科定位、中西比较、古代资源、学科关系与学术史等五个重大项目的研究工作，有关文艺美学的主要问题已经基本涉及。教育部还将由我主编、以中心成员为主编写的《文艺美学教程》列入普通高等教育'十五'国家级规划教材。该教材于 2005 年在高教出版社出版，后又被确认为研究生使用教材。中心还出版以书代刊《文艺美学研究》，已经出版 3 期。"②

曾繁仁把三十多年来的文艺美学发展分成了三个阶段："其发展历程的第一阶段是 20 世纪 80 年代，为文艺美学的提出与初创时期；第二阶段是 20 世纪 90 年代，为文艺美学的发展建设时期；第三阶段为新世纪，为文艺美学进一步深入发展和进入国家体制内建设时期。"③ 这个划分显然是外在的，如果文艺美学和这个划分都可以成立的话，只能说文艺美学受外在环境的影响很大。不过，这么早就分期可能是贸然的。因为文艺美学是个新兴学科，还处于被建设时期。而建设的过程就是促使它被认可的过

---

① 王元兵：《近 30 年"文艺美学"研究》，http：//www.docin.com/p - 48980 140. html。

② 曾繁仁：《回顾与反思——文艺美学 30 年》，《华中师范大学学报》（人文社会科学版）2007 年第 5 期。

③ 曾繁仁：《回顾与反思——文艺美学 30 年》，《华中师范大学学报》（人文社会科学版）2007 年第 5 期。

程。就此而言，这三十多年其实都是文艺美学的初期阶段，如果它以后真的可以成立的话。

二 文艺美学：共识、异议与分化

三十多年来，中国学者对文艺美学这门学科基本上达成了以下共识："文艺美学的学术内涵在学科界定上是 20 世纪 80 年代以来产生的一个新兴学科；在研究对象上是艺术的审美经验；在研究资源上包括中西马以及现代的理论资源、作品中表现出来的审美意识、各个艺术门类的成果以及当代大众文化资源等；其研究方法是马克思主义指导下经过改造了的审美经验现象学方法。"① 当然，这种共识只是相对的，相对来说，分歧明显大于共识。在一次"文艺美学学科建设与发展"研讨会上，学者们对文艺美学的学科性质仍然意见不一，大体上包括以下两派：一派认为文艺美学是一门交叉学科，它处于一般美学和文艺学之间的交叉地带；另一派认为文艺美学是一门分支学科，它属于美学这个大学科里面的一个部分。

事实上，以上共识或分歧都是侧重围绕学科性质和地位来研究的；然而，文艺为了什么？文艺美学又为了什么？则往往被人所忽视。应该说，文艺美学的人本价值取向不仅从文艺美学一开始提出就已经存在，而且它已越来越受到整个社会的广泛认同。胡经之说："艺术的根本目的是通过审美之途，通过赋诗运思，感悟人生生命意蕴所在，并在唤醒他人之时也唤醒自己，走向'诗意的人生'。"② 这说明文艺就是为了人。胡经之又说："如

---

① 曾繁仁：《回顾与反思——文艺美学 30 年》，《华中师范大学学报》（人文社会科学版）2007 年第 5 期。
② 胡经之：《文艺美学》，北京大学出版社，1999 年第二版，第 17 页。

果说，艺术是人类的精神家园，那么，文艺美学就是这个'家园'的守护者。"① 这又说明文艺美学更是为了人本身。

当然，在上面提到的"文艺美学学科建设与发展"那次研讨会上还出现了第三种声音，来自北京大学中文系的董学文（1945～　）认为文艺美学作为一门学科是不成熟的，同样也是围绕学科性质问题。在他看来，学科成立需要具备两个条件："第一，就是对象问题。为什么文艺美学还不能成为一门学科，就是因为对象的模糊和重叠……对象还是文学和艺术，无非是从美的角度进行解说，那么请问这就是一个学科吗？这不是。文艺学、美学都解答这个问题。""第二，大家反思一下，这个学科到现在为止，有哪些比较稳定的、固定的术语、概念和概念群呢？目前还没有，或者说基本没有。我也看了某些同志的著作，很多还是借用美学、文艺学的概念。还没有形成自己作为一个学科比较独立的、比较稳定的、和其他学科比较不一致的概念、术语，这也说明这个学科的不成熟性。"② 应该说，董学文的观点是比较客观的，文艺美学的确存在着这些问题。不过，致力于研究文艺美学的人往往当事者迷，或者不肯承认罢了。当然，这并非是对文艺美学的完全否定，只是说它还不成熟。问题是它有没有可能成熟，或者能否成熟起来。通过对文艺美学近三十年发展的分析，王元兵认为"文艺美学不但离成为一门独立的学科尚远，还出现了'悬空'的现象……"③ "悬空"这个判断的依据是文艺美学转向了文化研究，包括其创始人胡经之都转向了

① 胡经之：《文艺美学》，北京大学出版社，1999 年第二版，第 2 页。

② 《"文艺美学学科建设与发展"研讨会综述》，《文艺研究》2001 年第 5 期。

③ 王元兵：《近 30 年"文艺美学"研究》，http://www.docin.com/p - 48980 140. html。

"文化美学"。

的确，在文艺美学的发展过程中，文艺美学研究者已经出现了分化。王昌树把它归纳为三个方向："在当代中国，文艺美学的研究主要呈现为以下三种形态。一是基础性的文艺美学研究，倡导者有胡经之、杜书瀛等。二是延异性的文艺美学研究，倡导者有周来祥、曾繁仁等。三是拓展性的文艺美学研究，倡导者有王岳川、陆贵山等。"① 在我们看来，这种分化是必然的，也许说是侧重不同。问题的关键是，是发展文艺美学这个学科，还是用它来应对并阐释当前世界的变化？也许这是导致以上三种形态出现的主要原因。

杜书瀛（1938～　）和胡经之是同代人，也是中国文艺美学领域里的元老级人物。他 1964 年毕业于山东大学中文系，随即考入中国科学院文学研究所，成为美学研究生，师从蔡仪。1967 年毕业后留所工作至今。1984 年晋升副研究员，1989 年晋升研究员，1993 年由国务院学位委员会决定为博士生导师和文学研究所学术委员会副主任。著有《论李渔的戏剧美学》（中国社会科学出版社 1982 年版）；《论艺术特性》（人民文学出版社 1983 年版）；《论艺术典型》（山东人民出版社 1983 年版）；《文艺创作美学纲要》（辽宁大学出版社 1986 年版）；《文学原理——创作论》（人民文学出版 1989 年第一版，2001 年第二版），《文艺美学原理》（社会科学文献出版社 1992 年第一版，1998 年第二版）；《李渔美学思想研究》（中国社会科学出版社 1998 年版），《中国 20 世纪文艺学学术史》（联合主编）（上海

① 王昌树：《当代中国文艺美学研究的三种形态》，《西华大学学报》（哲学社会科学版）2006 年第 5 期。

文艺出版社 2001 年版）。《文学原理——创作论》，全书 30 万字，由"文学的审美实践论"、"文学的审美社会学"、"文学的审美心理学"、"天才"及"技巧"等部分组成。该书由文学创作而论及文学的特质，提出自己的文学观念，获文学研究所科研成果奖。

近年，《杜书瀛文集》七卷本在韩国出版。在《杜书瀛文集》韩文版的自序中，他对自己的学术经历做了如下总结："四十年来我所从事的学术研究活动，大体有如下几个方面：一是艺术哲学，一是文学原理，一是文艺美学，一是中国古典美学（主要是李渔美学），一是中国百年文艺学学术史（这是最近五年来我所做的主要工作）。这部文集一至六辑，基本反映了我的学术面貌，而且也反映了我学术思想变化的基本脉络。"① 杜书瀛总结的另外三个方面其实都可以与文艺美学挂上关系，至少它们之间并没有清晰的界限。杜书瀛在文艺美学方面的代表作是《文艺美学原理》，他和胡经之一样强调文艺作品的审美活动、审美特性、审美规律，尤其是审美价值。以胡经之和杜书瀛为代表的基础性文艺美学研究其实都是为了确立文艺美学的基本地位。所谓延异性文艺美学研究是为了增强文艺美学的活力和阐释力，因而试图吸收相关学科的方法和内容。而拓展性文艺美学研究则注重对不断变化的社会现实做出回应和阐释。由此可见，后两种派别其实都是从基础性文艺美学研究分离出来的。也就是说，他们包含着一种假定：文艺美学是一个已经成立的学科。但是从目前的现状来看，这种看法未免

---

① 陈定家：《〈杜书瀛文集（共七辑）〉在韩出版》，http：//www. literature. org. cn/Article. aspxid＝47880。

有些乐观。在立足未稳的情况下就急于拓疆开土，有可能会自毁前程。我们推测，最滑稽的结局也许是喧闹一时的文艺美学悄然结束，而后来者却以为它还"活着"，于是，继续奔向这个学科，并留在这个学科内做着简单的重复劳动，但愿事实并非如此！

三 文艺走向以人为本的六十四年：以湖南为例

（一）新中国成立六十多年来的湖南文艺是以革命为主流吗

由陈书良主编出版的《湖南文学史》，该著谈到新中国成立后的湖南文艺分为两个时期，1949～1977 年是第一期，这个时期的文艺又分为三种类型："一、被动的阴谋文艺；二、'瞒和骗'的文艺；三、革命文艺"；第二期从 1978 年始至现今。编者认为"1985 年以后，贴近现实、贴近人民的革命现实主义作品仍然是湖南文学的主潮"，并在该编著中多次指出湖南当代文艺"是以逐步发展起来的无产阶级革命文学为主流"。①

这部《湖南文学史》系 1998 年编辑出版，还是用"革命主流"来评价新中国成立六十年来的湖南文艺现象。

新中国成立以来的六十四年，从社会与文艺发展的基本走向来看应分为三个阶段，第一阶段为新中国前期十七年（1949～1965）；第二阶段为"文革"十年（1966～1976）；第三阶段为新时期三十七年（1977 年至今）。在这三个阶段中，除 20 世纪50 年代中期错误地处理胡风问题以及"反右"扩大化、"批修反

---

① 陈书良主编《湖南文学史》（当代卷），湖南教育出版社，1998，第 1、4、158 页。

修"和后来"文革"十年等非正常的政治运动，给文艺带来了严重不良后果，当然人本文艺也无从谈起；但在这三个阶段中，我国文艺的发展一开始即遵循毛泽东1942年《在延安文艺座谈会上的讲话》的精神，坚持文艺为人民服务的大方向，直到1979年第四次文代会改提"两为"方向和"双百"方针；往后又坚持强调文艺要始终代表最广大人民群众的根本利益，"弘扬主旋律，提倡多样化"，以及以人为本的科学发展观……应该说，六十多年来党的文艺政策的人本方向是明晰和渐进的。

湖南文艺作为全国文艺的一部分，如果用"革命主流"来概括新中国成立六十年来的湖南文艺就有失偏颇，诸如丁玲、周立波、未央、康濯、彭燕郊、刘勇、汪承栋、古华、莫应丰、孙健忠、叶蔚林、韩少功、谭谈、何立伟、王跃文、残雪、彭见明、唐浩明、李元洛等作家及作品，难道可以用"革命主流"来定性吗？

诚然，湖南是我国无产阶级革命的摇篮，但革命并非是我们的目标！无产阶级革命最终是为了什么？当然是为了人！也即当今之所谓"以人为本"！我们切切不能把"革命"时时刻刻挂在嘴上！事实上，如果我们改变一种角度去研究社会、去评价文艺，情况就可能大不一样，这一点我们过去的教训非常深刻！十几年前，日本学者青野繁治在研究丁玲的创作时有一段话颇值得我们认真思考："中国方面从来都把莎菲女士作为……反封建的时代女性的一个典型，但我觉得莎菲女士的心理描写中反映的，不只是那个时代的，而是普遍的一个女青年的心理。"[①]"反封建的"当然就是"革命"，但莎菲女士的革命性的确是取决于她的

---

① 参见《丁玲文学创作国际研讨会文集》，湖南文艺出版社，1994，第243页。

人本的。

《湖南文学史》编者认为，周立波是湖南文艺界的一面旗帜，一位忠诚的革命者，是无产阶级革命文艺的重要作家。[①] 然而，编者重点对他的长篇小说《暴风骤雨》做了评介，而对他1955年回到湖南益阳老家后完成的另一部长篇小说《山乡巨变》却只是一笔带过，这里面我们看也有一个编者的审美态度问题，或许是为了说明"革命主流"？《山乡巨变》虽取材于我国当时如火如荼的农业合作化运动，稍后处在"反右""大跃进"期间，但周立波却是饱含深情地用他简练细腻的笔触勾勒出一幅幅风景画、风俗画以及人物速写画等，以此来消解极"左"政治对文艺和社会发展的不良影响；周立波用小说人物清溪乡党支部书记李月辉的身份这样来表达他对农业合作化的看法："我只有过总主意，社会主义是好路，也是长路。中央规定十五年，急什么呢？还有十二年。从容干好事，性急出岔子。"这个说法，与当时的政治气氛极不相称，甚至还有人对他进行过公开批评。[②] 然而，周立波的这个态度，后来在我党对农业合作化运动所作的评价中得到了印证，中央明确认为它"过急""过快""过粗""过于简单划一"。[③] 由此，就更能显示出周立波的高度政治责任感和社会良心，也更能显示出《山乡巨变》思想与艺术的不朽价值。这种价值，显然不能用"革命主流"来认定。

（二）政治标准≠不以人为本

也有学者将当代湖南文艺以政治为中心来定位，田中阳有一

---

① 参见陈书良主编《湖南文学史》（当代卷），湖南教育出版社，1998，第36页。

② 汪华藻等主编《中国当代文学简史》，湖南人民出版社，1985，第114页。

③ 参见《关于建国以来党的若干历史问题的决议》。

部重要著作《湖湘文化精神与二十世纪湖南文学》，从书名看他本是想将 20 世纪湖南文艺定位在文化中心层面的，但从总体构架和章节论述看，他却更倾向于政治中心。全书共四章，其主体是第二章"政治——文学：创作心理定势之一"和第三章"政治——文学：创作心理定势之二"。显然，这里强调的是政治而不是文化，尽管政治也属广义文化的范畴。作者进一步指出，以上"两种创作心理定势在本质上是珠胎暗结的"，它取决于湖南作家"刻骨铭心的政治情结"；甚至认为政治视觉是 20 世纪湖南作家作品"一个基本的审美视觉，政治功利性是他们追求的基本的审美效应"①。请问，我们应该如何评价这种审美追求呢？这倒值得我们深究！

自 1942 年毛泽东《在延安文艺座谈会上的讲话》发表后，我们衡量文艺的标准一直坚持政治和艺术两条标准，但在执行中往往偏向前者，不免出现"左"倾错误；反过来，不要政治标准行不行？恐怕也有问题。近些年来，我国文艺再次出现创作主体性的沉沦，没有理想，心理灰暗，娱乐第一等，实际上政治标准淡出是原因之一，这早已引起学者的担忧。② 究竟应如何把握好文艺的政治标准呢？

可以看出，田中阳在他上面的著作里对文艺涉足政治颇有微词。同样以在新中国成立后曾任中国作协党组书记并兼任《文艺报》《人民文学》主编等职的丁玲为例，田中阳将丁玲定性成视政治为人生和文艺创作首位的典型，而且对她的突出政治以

---

① 田中阳：《湖湘文化精神与二十世纪湖南文学》，岳麓书社，2000，第 2、146、239 页。

② 季水河：《世纪末文学：创作主体性的沉沦》，《湖南省当代文学评论选》，湖南文艺出版社，2002，第 23 页。

"偏执"予以否定。① 然而，丁玲自己在新时期伊始的一次学术讨论会上却做了这样的表白："文艺为政治服务，文艺为人民服务，文艺为社会主义服务，三个口号难道不是一样的吗？这有什么根本区别呢？"② 是的，丁玲信仰政治，效忠政治，但这里应特别注意的是丁玲在上面的那次发言中又将政治区分为代表人民根本利益的政治和反动的政治，或者说她与过去那些阴谋政治的吹鼓手区别明显；她还在多篇文章中谈到，③ 她追求的正是前者，她是力图深入到火热的现实生活中创作出"为人民大众"所喜闻乐见的文艺作品的。比如，于1948年出版并获1951年斯大林文学奖的丁玲的长篇小说《太阳照在桑干河上》，其成功就不仅仅在于真实再现了我国历史上最伟大的土地改革运动，更重要的还在于塑造了一批追求人生价值的典型农民形象，深掘出在那场汹涌澎湃的大潮中农民的"翻心"过程。就其中黑妮这个人物而言，她虽然不被注重人物形象政治意义的冯雪峰所看好，但黑妮的确是"倾注了作家很多情感的"，是作品中比较真实感人的形象之一。④

从以上丁玲对文艺与政治标准的思考以及创作实践看，给我们的一个重要启示就是文艺完全应当体现政治，服务政治，必须符合公认的政治标准，也就是说这个政治标准关键在它是否是为了人的发展。譬如说，新中国成立前后的政治总体而言是进步的，可以跟进；进入新时期后，尤其是当下我们党提出以人为本

---

① 田中阳：《湖湘文化精神与二十世纪湖南文学》，岳麓书社，2000，第96、114页。

② 《丁玲文集》第九卷，湖南文艺出版社，1995，第108页。

③ 参见丁玲《延安之行谈创作》《作家是政治化了的人》《要为人民服务得更好》等创作谈。

④ 温儒敏：《中国现代文学批评史教程》，北京大学出版社，1993，第175页。

的科学发展观，那么，文艺服务于这样的政治又有何不好？进而，我们又为何一定要将政治标准与以人为本对立起来呢？

（三）湖南文艺走向以人为本的简要报告

从"五四"时期的"文学革命"到大革命时期的"革命文学"，我们的文艺在新中国成立之前可谓走过了无比辉煌的战斗历程。随着1949年7月第1次全国文代会的召开，当时因无产阶级革命任务已发生变化，文艺的发展方向与方针肯定有所调整，文艺由此翻开崭新的一页。周恩来代表党和政府在会上所做《政治报告》明确要求"文艺为人民服务"，人称"文艺湘军"的作家随后积极响应，谱写出了不少值得称道的篇章。之所以值得称道，也在于过去的64年，正是湖南文艺走向以人为本的64年。

如前所述，首先，当然是我党以人为本文艺政策的正确指引。以人为本，本就是马克思主义文艺思想的本质特征，是唯物史观的科学结论。新中国成立前后，我党相继提出"文艺为工农兵服务"、"文艺为人民服务"、"文艺培养四有新人"及"文艺始终代表最广大人民群众最根本利益"等文艺思想，这对指导我们的文艺朝着以人为本的道路科学发展奠定了重要基础，提供了坚实保障。

湖南文艺不断走向以人为本，其次还在于一大批作家理论家的亲自实践和有力倡导。从20世纪20年代就已知名的丁玲女士，自她创作《莎菲女士的日记》一开始就致力于写普通人，从莎菲到杜晚香等作品人物不时闪射出罕见的"人性之光"和"女性之光"；① 外国学者称"丁玲是近代中国文学里最早而且尖

---

① 参见《丁玲文学创作国际研讨会文集》，湖南文艺出版社，1994，第279页。

锐地提出关于'女人'的本质，男女爱和性的意义问题的作家"。① 作为我国新时期"寻根文学"首倡者的湖南作家韩少功，更是从"文革"十年"无根一代"人性的摧残中惊醒，相信文艺的根应深植于天人合一的民族文化土壤中，跳出政治，也不谈革命，不仅以《爸爸爸》《女女女》《火宅》等一批视角独特的作品令人叹服，而且还明确提出"文学有根"的创作主张，并借《女女女》中的那段被称之为20世纪"天问新写"的文字，直接披露他对人类何去何从的深度思考。这种追求，韩少功曾自己宣称"是一种对民族的重新认识、一种审美意识中潜在历史因素的苏醒，一种追求和把握人世无限感和永恒感的对象化表现"。② 韩少功的主张不仅得到湖南省作家如何立为、彭见明、叶梦、聂鑫森、刘舰平等的普遍响应，还成为席卷全国文坛的一个普遍文化现象。③ 从以上可以看出，湖南作家的这种人本追求是执着鲜明的。著名文艺批评家罗成琰在《芙蓉》文学杂志撰文指出，文艺寻根中的这种"文化意识没有那么直接的功利目的，对生活的认识和理解也没有那么狭隘和封闭，它关注的是普泛的、整体的人生，而非局限于人的政治生活与伦理关系"④。这里，揭示出了人本文艺追求普遍而深刻的意义。

当然，湖南文艺的人本追求与全国文学事业的发展也是同步的。全国第一次文代会于1949年7月召开，文艺为人民服务成为与会者的基本共识，强调文艺源于生活，同时又兼顾文艺普及与提高的关系，这与新中国当时的国情相吻合。20世纪50年

---

① 引用同上书，日本学者中岛碧文章。
② 韩少功：《文学的"根"》，《作家》1985年第4期。
③ 李庆西：《寻根：回到事物本身》，《文学评论》1988年第4期。
④ 罗成琰：《论当代作家的文化意识》，《芙蓉》1992年第2期。

代，湖南文艺比较有影响的人本文艺作品有长篇小说《山乡巨变》；中篇小说《水滴石穿》；短篇小说集《禾场上》《春种秋收》《竹妹子》；戏剧《双送粮》《姑嫂忙》《牧鸭会》《三里湾》《打铜锣》《补锅》，以及戏曲传统剧目的整理与演出如《刘海砍樵》《思凡》《祭头巾》；散文《鱼鹰》《松树的风格》；诗歌《祖国，我回来了》《从五指山到天山》《幸福歌》《早霞短笛》等。然而，随后的政治运动，则扭偏了文艺的人本方向，人本文艺基本销声匿迹。粉碎"四人帮"后，党中央拨乱反正，尤其是 1979 年召开的全国第四次文代会通过了《中国文学艺术界联合会章程》，明确坚持文艺为人民服务、为社会主义服务的"两为"方向和贯彻"百花齐放、百家争鸣"的"双百"方针，文学艺术再次焕发青春。于是，在全国范围内先后出现"伤痕文学""反思文学""寻根文学""改革文艺"等，其根本目标都是直接指向人本身的；而且，在那每一波文艺大潮中，湖南作家作品的雄厚实力得以显现。特别是到 20 世纪 80 年代中后期，西方现代派文艺对我国文艺的影响明显加强，作家们实际上是借现代派文艺手法来自觉探寻人隐秘的内心世界。湖南作家作品如残雪《山上的小屋》；蔡测海《楚傩巴的猜想》《三世界》；孙健忠《舍巴日》《死街》等，从题材到手法都体现出作家追求新异、追求深奥、追求愉悦的人本指向。近年来，湖南文艺继续坚持人本，已呈现出多元化的艺术格局。

如果从内容而言，64 年来的湖南人本文艺，有以下三个方面的特征：

第一，直面政治风云——以人为本的必然反映。在这个世界上，每个人都生活在政治中，但"文革"十年使人们心有余悸，甚至对政治会有一种莫名的反感，觉得文艺应当疏远政治，今天我们却又认为文艺应当表现政治，服务政治，其关键就在于作家不能是无条件地服从，甚至成为政治的附庸和工具，而应当冷眼察世界，辨明是非，从而引导人们不断前进！比如早期问世的《山乡巨变》，进入新时期后古华的《芙蓉镇》、孙健忠的《醉乡》，以及近些年产生很大反响的王跃文的《国画》、阎真的《沧浪之水》等，都从一个侧面或展示政治风云变化对社会生活的影响，表明作者的态度；或讽刺当代官场政治等。

第二，关注人生质量——以人为本的直接表现。人生质量表现的方面很多，以上提到的"伤痕文学"等多个文艺浪潮，没有不涉及人生质量的。在湖南作家中，较早成名的沈从文以他特有的细腻笔调咏叹淳朴的人生，《边城》等是其佳作；另有残雪的《黄泥街》、蔡测海的《身世》、陶少鸿的《梦土》等，其中对人生的关注，用沈从文的话说就是"我要表现的本是一种'人生的形式'，一种'优美、健康、自然，而又不悖于人性的人生形式'"。[1] 湖南人大都知道长沙市区有条黄泥街，但现今黄泥街市民的生活状态又如何呢？读过《黄泥街》这篇小说的人说："如果黄泥街的子民们也能叫做人的话，那我宁愿自己不是这种'人'。"[2] 看来，小说作者对人生的思考是严峻的。

第三，透视地域文化——以人为本的深度开掘。对地域文化的透视实际上也就是前些年"寻根文学"的宗旨所在。人不能没有文化的根，国际文坛曾经流行的"同祖先对话"潮流，从某个方面而言也不过如此。湖南地处江南的洞庭湖滨，有着深厚

---

① 沈从文：《习作选集·代序》，《沈从文选集》第 5 卷，四川人民出版社，1983，第 231 页。

② 谭桂林：《长篇小说与文化母体》，湖南师范大学出版社，2002，第 160 页。

的湘楚文化并造就了举世瞩目的"文艺湘军"。此种人本开掘，比较有影响的作家作品如任光椿的《戊戌喋血记》、唐浩明的《曾国藩》、何立伟的《小城无故事》、彭见明的《山地笔记》、叶梦的《湘西寻梦》《遍地巫风》等，不胜枚举，在这方面湖南作家的优势明显。

第三章　中国文艺美学
教学史研究

第一节　北京大学与中国文艺美学教学

一　北京大学与美学学科

美学是北京大学的传统优势学科，北京大学从 1921 年开始，在蔡元培先生的提议下，设置了美学课。蔡元培先生亲自主讲，这是他在北京大学主讲的唯一一门课程，也是全国最先开设的美学课程。由此，北京大学形成了重视美学与美育的传统。著名美学家邓以蛰、朱光潜、宗白华先生等先后在此传授他们的美学理论，他们培养的很多学生后来成为中国美学学科研究和教学的骨干力量。蔡元培的"美育"思想、宗白华的"散步美学"、朱光潜博大精深的美学体系以及邓以蛰的艺术美学研究等，成为我国20 世纪宝贵的美学遗产。①

1960 年，北京大学建立了美学教研室，这是全国高校最早建立的美学教研室。1981 年，北京大学建立了美学博士点，它也是全国高校中最早设立的美学博士点。2002 年，北京大学美

---

① 北京大学美学与美育研究中心简介网页：http://www.caae.pku.edu.cn/。

学学科点进入教育部国家重点学科行列，它也是全国高校美学学科中唯一的国家重点学科。2004 年，依托北京大学美学学科成立的北京大学美学与美育研究中心，被确立为教育部人文社会科学重点研究基地。中心成立以后，先后组织开展了一系列学术活动，与校内外、海内外学术界建立了较为广泛的联系，在科学研究方面，取得了多项重大成果。如由叶朗教授邀请和组织全国30 多所大学和学术机构近150 位专家学者编纂的"中国历代美学文库"（1100 万字）出版，这是中国美学和中国文学艺术理论的一座巨型思想库、资料库，具有重大的学术价值。文库出版后，受到学界的广泛关注。目前，中心在著名美学家叶朗教授的带领下，正在进行一系列重大项目研究，计划十年左右，把北京大学美学与美育研究中心建设成为国内的美学研究中心、高级人才培养中心和信息资料中心，并逐步扩大在国际学术界的影响力。①

美学研究在北京大学可谓源远流长、根深叶茂。而在对美学问题的研究和探讨之中，实际上已经包含了对文艺美学的关注和思考。20 世纪初王国维用叔本华美学的眼光来考察《红楼梦》的悲剧世界、30 年代朱光潜对文艺活动的心理学探究和诗艺的审美发微、40 年代宗白华对中国艺术意境创构的深刻体察，以及邓以蛰、梁实秋等学者对文艺问题的诸多美学讨论，实际上都已经使美学直接进入了艺术活动领域之中，并且也已经提出或构造了种种有关文艺的美学观念和理论。甚至，再往前追溯，全部中国古典美学的行程，大体上就是一个在文艺创作、体验活动的

---

① 北京大学美学与美育研究中心简介网页：http://www.caae.pku.edu.cn/。

基点上展开的美学思想发生、发展和变异的历史。① 但"文艺美学"被正式当作一门特定的"学科"理论来研究，文艺美学研究在一种学科意义上得到展开，毕竟还是 20 世纪 80 年代以后所发生的事情。

二　北京大学与文艺美学学科

1980 年春，在昆明召开的全国首届美学学会上，北京大学的胡经之教授首次提出了文艺美学学科。1982 年，胡经之又在北京大学出版社出版的《美学向导》一书中发表《文艺美学及其他》一文，该文指出："文艺学和美学的深入发展，促使一门交错于两者之间的新的学科出现了，我们姑且称它为文艺美学。"他认为，"文艺美学是文艺学和美学相结合的产物，它专门研究文学艺术这种社会现象的审美特性和审美规律"。《文艺美学及其他》一文全面论述了文艺美学与文艺学及美学的关系，探讨了文艺美学的对象、内容和方法。胡经之在有关文艺美学的学科定位问题上指出，"文艺美学是文艺学和美学相结合的产物，它专门研究文学艺术这种社会现象的审美特性和审美规律"。在有关文艺美学的对象和内容问题上，胡经之指出，"探讨文学艺术的作品、创造和享受、亦即产品、生产和消费这三方面的审美规律，这就是文艺美学的对象和内容"。关于文艺美学的研究方法，胡经之指出，"文艺美学研究文学艺术审美的'自律'，不能离开整个社会发展的'他律'，不能轻视'他律'对'自律'的制约作用，正如研究地球的自转，不能抛开它围绕太阳的公转"。又说，"文艺美学既需要采取'自上而下'，又需要

① 王德胜：《文艺美学：定位的困难及其问题》，《文艺研究》2000 年第 2 期。

运用'自下而上'的方法，分析和综合，演绎和归纳相结合"。在方法问题上，胡经之吸取了韦勒克"内部规律"与"外部规律"、杨晦先生"自转与公转"以及门罗"自上而下与自下而上"等各种观点，并加以综合。可以说，胡经之的《文艺美学及其他》一文是我国最早的一篇从独立学科的角度全面论述文艺美学的论文，实际上是他的文艺美学学科体系的雏形。

胡经之除了在 20 世纪 80 年代初在北大课堂上讲授文艺美学以外，还全力撰写专著《文艺美学》，并于 1989 年由北京大学出版社出版。在出版十年后又做了一次修订，收入北京大学"文艺美学精选丛书"再次出版。作者在综合中西文艺美学思想的基础上，就一系列文艺美学的前沿范畴和问题做了较为系统的考察，为当代中国文艺美学的建立和走向精神自觉开拓了新思路，使文艺美学成为关怀现实人生的审美价值重建的重要方式。王岳川认为，《文艺美学》是我国近 20 年来有体系和创见的文艺美学理论专著。作者站在当代美学发展的前沿，面对美学研究的多元取向，提出自己的文艺美学理论。他将审美活动作为全书的逻辑起点，以审美体验艺术感性为审美中介，最终在本体论上将艺术审美本体同人的审美生成联系起来。这里没有故弄玄虚和理论游戏，没有在诡辩中展开的伪问题，而是尽可能解答中西文艺实践中的具体问题，使自己的思考具有了人文精神价值。①

"文艺美学"的提出有其深刻的历史动因。以往我们的文艺研究主要沿用苏联的社会学模式，甚至所谓"文艺学"这一至今仍在通用的学科名称都是从苏联学者那里引进的。社会学方法

---

① 王岳川：《当代中国文艺美学的学术拓展》，《深圳大学学报》（人文社会科学版）2002 年第 1 期。

无疑是文艺研究中的一个重要途径，在长期使用中也显示了它的某些优长之处，其特点是在回答"文学是什么"或"艺术是什么"之类问题时往往将文学艺术还原为种种社会事实，包括经济的、历史的、时代的、政治的、阶级的、意识形态的事实。这种社会学的还原工作是必要的，但又是不够的，因为文学艺术还可以被还原为其他事实，如心理的、形式的、符号的、语言的、文化的等，况且文学艺术以其无目的性、不明确性和不确定性，在很大程度上是不可还原的。因此起码可以说，社会学方法只能是文艺研究多条道路中的一条而不是全部。从中可以得出的结论是，以往社会学方法一统天下的格局必须打破。特别是当这种社会学还原论在特定时期由于特定的需要而被限定在政治的、阶级的狭小范围内，文艺研究从庸俗化倾向抬头逐步演化成庸俗社会学时，这种突破社会学思维定式的要求就显得愈发强烈和迫切。因此，在"文化大革命"结束而百废待兴之际，"文艺美学"应运而生，提出用美学的观念和方法来研究文学艺术的新思路，正体现了这种必然的历史要求。同时，从"美学"自身的发展来看，"文艺美学"的提出也在情理之中。20世纪五六十年代"美学大讨论"对中国当代美学发展的意义重大，但其不足也是明显的。讨论的焦点基本集中在美的本质、自然美、美学的对象等问题之上，讨论方法则流于玄思冥想和清谈巧辩，缺乏更为可靠的经验的支持，显得空疏，而争辩的结果对于实际的审美活动和文艺创作也成效甚微。因此在20世纪80年代初兴起的又一次美学热潮中，尽管仍有人重提旧话，但不少论者已对像"美的本质"之类不可究诘的问题感到厌倦，而将研究兴趣转向了文学艺术，主张美学应依据美学原则对文学艺术进行研究，或者说应研究文学艺术中的美学问题，因为文学艺术作为美的高级形态、优化形态，不仅集中体现了美的规律和特征，而且丰富多彩、层出不穷，特别是实实在在、摸得着看得见的，可以为美学提供大量的实证材料和实际经验，这与以往空泛玄虚的美学讨论相比，恰成鲜明的对照。① 所以在这个时候由北京大学胡经之教授率先提出"文艺美学"的概念并加以阐释，得到了美学界众多专家、学者的认可和响应，为文艺美学学科的建立和文艺美学教学的发展打下了基础。

三 "文艺美学丛书"与文艺美学教学及研究

胡经之不仅是我国文艺美学学科的重要倡导者，而且以自己的教学研究活动成为文艺美学学科建设的重要推动者。正如胡经之自己所说："文艺美学，成了我学术关注的中心。"② 可以这样说，这种对文艺美学的关注，从20世纪80年代初一直贯穿到今天，历时30多年。30多年来，胡经之为文艺美学学科的建设与发展倾注了自己的全部心血，取得了十分显著的实绩。胡经之教授于1980年首次在北京大学为研究生和本科生开设"文艺美学"课程，受到普遍欢迎。他还与其他学者一起在北京大学首次招收了文艺美学方向的硕士研究生。当年的这些研究生，今天大都成为美学、文艺学与文艺美学学科的重要学术带头人，如王岳川、王一川、陈伟、张首映、丁涛、王坤、谢欣等人。同时，胡经之还同江溶、叶朗等学者一起，在朱光潜、宗白华、杨晦等学术前辈的指导下，编辑出版了"文艺美学丛书"，为我国文艺美学学科提供了第一批高质量的学术成果。1984年，由胡经之

---

① 姚文放：《关于文艺美学的学科定位问题》，《春华秋实——江苏省美学学会（1981~2001）纪念文集》。
② 胡经之：《文艺美学论》，华中师范大学出版社，2000，第5页。

与盛天启等人发起成立北京大学文艺美学研究会，胡经之被推为会长，负责主编"文艺美学论丛"。这是我国第一个文艺美学学术研究团体。

1980 年以后，胡经之还自觉地为文艺美学学科的发展进行文献资料方面的准备工作。他说："文艺美学要发展，不仅需要掌握西方的思想资料，也需要掌握中国自己的思想资料，更需要掌握当下现实中不断涌现出来的艺术实践的活生生的现实资料"，"这些，都是在为有志于发展中国文艺学的有识之士，提供些许理论资料"。[①] 为此，胡经之教授以相当多的精力，在其他诸多学者的积极参与合作下，先后主编出版了《西方文艺理论名著选编》（1986）、《中国现代美学丛编》（1987）、《中国古代美学丛编》（1988）、《文艺学美学方法论》（1994）等。这些宝贵资料都为我国文艺美学学科及教学的进一步发展奠定了重要基础。

文艺美学一词由胡经之作为理论概念提出，但其背后是北京大学的整个美学和文艺学的学术倾向，朱光潜认为美学是艺术理论，哲学系美学研究团队如杨辛、叶朗、阎国忠等都认为，美学是以艺术为中心的。北京大学的美学丛书以"文艺美学丛书"为名，丛书自 1980 年出版到现在，有近 20 余种。[②]

包括胡经之在内的北京大学诸多学者有关文艺美学教学和研究方面的活动，深刻影响和有力推动了中国文艺美学教学和研究的发展。山东大学曾繁仁在《胡经之教授与文艺美学学科》一文中这样写道："可以这样说，任何有见识的学者在论述我国新

① 胡经之：《胡经之文丛》，作家出版社，2001，第 127 页。
② 张法：《中国语境中的文艺美学》，《浙江学刊》2004 年第 3 期。

时期文艺学与美学的发展时，都必然要涉及文艺美学的提出与发展，而又都必然要涉及到胡经之教授在文艺美学学科的发展中所作出的重要贡献。我国文艺美学学科的发展之所以会取得今天的成绩，我们山东大学文艺美学研究中心之所以会成为全国人文社科百所科研基地之一，都是包括胡经之教授在内的前辈学者所作努力与贡献的结果。"2000年，教育部人文社会科学重点研究基地山东大学文艺美学研究中心正式成立，这是我国第一个以"文艺美学"命名的国家级研究中心。从北京大学最早开设文艺美学课程和培养文艺美学研究生，到山东大学成立文艺美学研究中心，20多年来，已经培养了十几届上百名文艺美学研究生。至20世纪90年代，全国大部分高等学校艺术和文学学科也都开设了文艺美学课并培养文艺美学研究生。国务院学位委员会和国家教育委员会1997年颁布的《授予博士、硕士学位和培养研究生的学科、专业目录》中，正式把文艺美学确立为"中国语言文学"的二级学科"文艺学"的主要研究方向之一。

第二节　文艺美学教学对文艺美学研究的直接推动

　　文艺美学的概念提出以后，文艺美学的学科地位得以逐渐确立，文艺美学教学也随即展开。在文艺美学学科建设和发展的过程中，涌现出了一批教学和研究方面的领军人物，也产生了一批国家级的研究中心、教学团队和精品课程，推出了一系列研究成果。文艺美学教学直接推动了文艺美学研究的深入发展。

　　中国文艺学的重镇中国社会科学院文学所文艺理论室，学术带头人钱中文和杜书瀛就分别撰写了《文艺美学：文艺科学新

的增长点》（2001）和《文艺美学原理》（1992），集中地表达
了对文艺美学的理论思考。中国文艺学的另一重镇北京师范大学
中文系文艺理论室，以童庆炳为带头人的理论团队编写了一系列
文艺理论著作，认为文学首先是审美意识形态，把文艺美学作为
文艺理论的核心。山东大学成立了文艺美学基地，其学术带头人
曾繁仁和谭好哲以文艺美学教学和研究为己任，前者写了《中
国文艺美学学科的产生及其发展》（2001），后者著有《论文艺
美学的学科交叉性与综合性》（2001）。在众多学者的推动下，
文艺美学研究不断扩展和深入。中国艺术研究院王朝闻主编了
"艺术美学丛书"，由多家出版社分出了10余种，辽宁大学王向
峰主编有《文艺美学辞典》（1987），四川大学王世德有《文艺
美学论集》（1985），浙江大学王元骧写了《文艺美学之我见》
（2001）……以上是改革开放以来就一直活跃在文学理论界的一
代。改革开放后毕业的新一代学人，如王一川、王岳川、陈炎、
王德胜、姚文放等，都是文艺美学话语的参与者和发布者。文艺
美学还向相关领域播散：如关于中国古代的文艺美学研究（如
张少康《古典文艺美学论稿》，1988；皮朝纲《中国古代文艺美
学概要》，1986）；西方的文艺美学研究（如冯宪光《西方马克
思主义文艺美学思想》，1988）；关于马列的文艺美学研究（如
刘文斌《马克思主义文艺美学研究》，1996；董学文编著《毛泽
东的文艺美学活动》，1995）……以这些学人为代表的言说，构
成了一个庞大的关于文艺美学的理论话语体系。①

　　作为一门由中国学者自己创立的独立学科，文艺美学就学科
定位、基本概念范畴、与其他相关学科的关系、文艺美学的未来

---

　　① 张法：《中国语境中的文艺美学》，《浙江学刊》2004年第3期。

发展等问题，进行了长期深入的研讨。归纳起来看，文艺美学教学与研究方面的专家和学者有关文艺美学学科、文艺美学基本原理以及艺术形态美学等方面的研究产生了许多成果。

一　文艺美学学科定位方面的研究

在文艺美学教学实践活动中，对文艺美学学科定位方面的研究可以说争议最大，成果也最丰。就单篇论文来看，代表性作品就有：王德胜《文艺美学：定位的困难及其问题》（《文艺研究》2000 年第 2 期），张海明《文艺美学的学科反思》（《文艺研究》2000 年第 1 期），柯汉琳《文艺美学的学科定位》（《文艺研究》2000 年第 1 期），钱中文《文艺美学：文艺科学新的增长点》（《文史哲》2001 年第 4 期），曾繁仁《中国文艺美学学科的产生及其发展》（《文学评论》2001 年第 5 期），殷国明《现代中国文艺美学建设的艰难和困惑》[《华东师范大学学报》（哲学社会科学版）2001 年第 5 期]，刘晟《文艺美学研究对象发疑》[《华南师范大学学报》（社会科学版）2001 年第 3 期]，陈炎《文艺美学、文艺社会学、文艺心理学的学科分野》（《文史哲》2001 年第 6 期），李鲁宁《文艺美学学科建设与发展研讨会综述》（《哲学动态》2001 年第 11 期），陈定家《关于文艺美学学科定位争论的回顾与反思》（《文艺争鸣》2002 年第 6 期），殷国明《全球化浪潮与现代中国文艺美学的拓展空间》（《社会科学》2003 年第 2 期），王瑾《新语境中的文艺美学学科转型》[《首都师范大学学报》（社会科学版）2003 年 6 期]，冯宪光《文艺美学是一门"间性"学科》[《深圳大学学报》（人文社会科学版）2003 年第 4 期]，童庆炳《文艺美学——新时期创立的关怀人的心灵的学科》[《深圳大学学报》（人文社会科学版）

2004 年第 1 期]，陈伟《文艺美学学科的形成及其特点》[《上海师范大学学报》（哲学社会科学版）2004 年第 1 期]，李西建《本体论创新与视界开放——对文艺美学学科问题的哲学思考》[《陕西师范大学学报》（哲学社会科学版）2004 年第 2 期]，张法《中国语境中的文艺美学》（《浙江学刊》2004 年第 3 期），王岳川《"中国当代文艺美学前沿问题研究"述要》（《文艺研究》2004 年第 1 期），曾繁仁《试论文艺美学学科建设》（《学习与探索》2005 年第 2 期）等。

就文艺美学学科定位问题，杜书瀛在《文艺美学诞生在中国》① 一文中做了归纳总结。他认为，文艺美学作为一个独立的新学科，虽然仍有不同意见，但总体上看已经基本确立，渐成气候。

第一，初步认定了文艺美学的学科性质。大多数学者认为，文艺美学是介于文艺学和美学之间的一门交叉学科和边缘学科，是文艺学和美学相杂交、相结合的产物。它同文艺学以及美学一样，属于人文学科。但它既不等同于文艺学——它具有文艺学的某些品格又不完全是文艺学；也不等同于美学——它具有美学的某些品格又不完全是美学。它可以被称为关于文学艺术的美学，也可以说它是对文学艺术进行美学研究的文艺学，因此，当初胡经之"姑且称它为文艺美学"。这个命名，20 多年来已经得到学界大多数同行的认可和使用，它概括了这个新学科来自双亲（文艺学和美学）的特性，相对而言，叫它文艺美学是符合实际的。

第二，与学科性质的认定联系在一起的是学科位置的测定，

---

① 杜书瀛：《文艺美学诞生在中国》，《求索》2002 年第 3 期。

或者说学科性质的认定同时也意味着学科位置的测定。因为文艺美学介于美学和文艺学之间，既与美学相关，又与文艺学相关，因此可以分别从美学和文艺学两个系统测定它的位置。在美学系统中，纵向看，文艺美学处于一般美学和部门艺术美学之间的中介地位上，有人说："文艺美学和普通美学既有联系，又有区别。而这种联系和区别，又类似于各部门美学和文艺美学之间的关系。如果说，相对于普通美学而言，文艺美学是特殊；那么相对于各部门美学来说，文艺美学则又是一般……文艺美学以普通美学的逻辑终点为自己的逻辑起点，而部门美学则又以文艺美学的逻辑终点为自己的逻辑起点。这样，就形成了整个美学科学中的不同层次、不同系统、不同学科。"[①] 就是说，一般美学（普通美学）结束的地方正是文艺美学开始的地方，文艺美学结束的地方正是部门艺术美学开始的地方。横向看，文艺美学同现实美学（生活美学）、技术美学等一起，并列共同组成美学的分支学科。[②]

第三，与学科性质的认定、学科位置的测定联系在一起的是学科对象的确定。文艺美学有自己的特定研究对象。周来祥认为，"假如说，一般美学研究各种审美活动的共同规律，那么文艺美学则是在此共同规律的基础上，对艺术美（广义上等于艺术，狭义上指美的艺术或优美的艺术）独特的规律进行探讨"；而各部门艺术美学（文学美学、绘画美学、音乐美学、戏剧美学等等）则"研究特殊的文学艺术形态的审美特点与审美规律"。[③] 杜书瀛在

① 周来祥：《文艺美学的对象与范围》，《周来祥美学文选》（上），广西师范大学出版社，1998，第580页。

② 杜书瀛主编《文艺美学原理》，社会科学文献出版社，1992，第6～8页。

③ 周来祥：《再论文艺美学的对象、范围与任务》，《周来祥美学文选》（上），广西师范大学出版社，1998，第584～588页。

1992 年出版的《文艺美学原理》中也曾论证道："审美活动有着十分广阔的领域，日常生活中有大量的审美活动，生产劳动和科学技术活动中也有大量审美现象存在，文学艺术更是审美活动的专有领地，一般美学以上述所有审美活动为对象范围，它要研究日常生活、生产劳动、科学技术、文学艺术等等所有这些领域审美活动带有共同性的一般形态，并且还要在一定程度上研究这种一般形态的特殊表现，研究一般形态和特殊表现的复杂关系。他的研究结果、得出来的结论，应该有更广阔的概括性和适应性。与此相比，文艺美学的对象范围要小得多，它集中研究文学艺术领域中的审美现象，——研究文学艺术的审美特性或者以审美为视角研究文学艺术的特性，它所得出的结论适应于文学艺术领域而不适应于或不完全适应于其他领域（日常生活、生产劳动、科学技术）的审美活动。研究如何创造审美物像，就是文艺美学不同于一般美学以及生活美学、劳动美学、科技美学……的特点之一。"当然也还有不同看法，如北京学者王德胜在 2000 年发表的文章《文艺美学：定位的困难及其问题》，就对文艺美学作为一个学科是否能够成立提出质疑。杜书瀛认为这是将文艺美学同一般美学及生活美学、科技美学、劳动美学等相比。假如将文艺美学同部门艺术美学相比，则可以看到文艺美学的对象范围比部门艺术美学要广。文艺美学的研究对象包括所有门类的文学艺术领域的审美活动；而部门艺术美学则只着重研究它那一门类自身领域的审美活动的性质和特点，如文学美学——文学领域，绘画美学——绘画领域，音乐美学——音乐领域，戏剧美学——戏剧领域等。如果说文艺美学研究文学艺术所有领域审美活动的一般形态，并且在一定程度上研究一般形态的特殊表现，研究一般形态与其特殊表现的关系；那么，部门艺术美学则专门研究自己特定领域审美活动的特殊形态、特殊性质、特殊表现。文学艺术的每一特定门类都有其不同于一般形态的特殊性，各个门类之间也有互不相同的特点。从对一般美学、文艺美学、部门艺术美学不同对象范围的考察，以及与此相联系对它们学科性质和学科位置的认定，学者们断定，一般美学可以包括而不能代替文艺美学，文艺美学可以包括而不能代替部门艺术美学，它们都有各自存在的价值和必要。从而得出结论：文艺美学已经成为一个独立的学科。①

王岳川在《当代中国文艺美学的学术拓展》一文中指出：事实上，文艺美学从诞生之日起，就在学科的交叉性质、学科的知识谱系定位、学科研究的方法论、学科的未来前景等方面遭遇挑战，这些问题引发了学科更深层次的问题。他认为文艺美学还是一门有待进一步发展和完善的新学科，任何因为一门学科尚不完善而认为其不应该继续存在的看法，都是因噎废食的。王岳川提出了一些值得关注的问题，即：怎样在跨学科或者交叉学科中就文艺美学的研究对象、研究方法、核心范畴、相关领域提出更具有体系性的理论？如何对当代艺术中的复杂问题加以深层面的研究，不停留在创立一门新兴学科上，而是深入学科内部，探索它的形成原因和未来趋势？怎样避免经院哲学般的理论僵化性，创建具有中西文艺美学视界融合的新思维，更多地对现实文艺现象文艺思潮发问，参与当代文艺批评和后现代文化研究，审视已经出现或者将要出现的意义和艺术价值。②

---

① 杜书瀛：《文艺美学：现状与未来》，《南阳师范学院学报》（社会科学版）2003 年第 7 期。

② 王岳川：《当代中国文艺美学的学术拓展》，《深圳大学学报》（人文社会科学版）2002 年第 1 期。

二 文艺美学原理和特征研究

文艺美学教学首先要求对文艺美学的基本原理、审美特征和规律、文艺作品的创造和接受等问题进行阐释和讲解。这一教学活动的直接理论成果就是对文艺美学原理和特征的研究。文艺美学原理和特征研究主要集中在对文学艺术的审美特征与美学规律、艺术创造与艺术接受的分析和探讨，以及对中国古代文艺美学思想的梳理和挖掘。这方面的著作主要有：周来祥著《文学艺术的审美特征与美学规律》（贵州人民出版社 1984 年版），吴调公著《古典文论与审美鉴赏》（齐鲁书社 1985 年版），王世德著《文艺美学论集》（重庆出版社 1985 年版），苏鸿昌著《文艺美学论集》（四川省社会科学院出版社 1986 年版），皮朝纲著《中国古代文艺美学概要》（四川省社会科学院出版社 1986 年版），王向峰主编《文艺美学辞典》（辽宁大学出版社 1987 年版），张少康著《古典文艺美学论稿》（中国社会科学出版社 1988 年版），栾贻信、盖光著《文艺美学》（华龄出版社 1990 年版），曹廷华著《文艺美学》（西南师范大学出版社 1990 年版），姚仲明、陈书龙著《修辞美学》（长江文艺出版社 1991 年版），杜书瀛主编《文艺美学原理》（社会科学文献出版社 1992 年版），魏饴主编《文艺鉴赏概论》（高等教育出版社 2001 年版），王元骧著《审美反映与艺术创造》（杭州大学出版社 1992 年版），王一川著《审美体验论》（百花文艺出版社 1992 年版），马至融著《文学审美学》（陕西人民教育出版社 1992 年版），徐亮著《文艺美学教程》（中央民族学院出版社 1993 年版），刘墨著《中国艺术美学》（江苏教育出版社 1993 年版），胡经之、王岳川主编《文艺学美学方法论》（北京大学出版社 1994 年版），赵伯飞著《艺术美学概论》（西北大学出版社 1994 年版），张长青著《古典文艺美学》（湖南师范大学出版社 1994 年版），王岳川著《艺术本体论》（上海三联书店 1994 年版），孙钦华著《文学美质论析》（云南大学出版社 1994 年版），荣宋著《形象美学》（春风文艺出版社 1995 年版），陈长生著《文艺美学论要》（河南大学出版社 1996 年版），祁志祥著《中国美学的文艺精神》（上海文艺出版社 1996 年版），陈伟著《文艺美学论纲》（学林出版社 1997 年版），王有亮著《汉语美学》（大众文艺出版社 1999 年版），王一川著《汉语形象美学引论》（广东人民出版社 1999 年版），唐骅著《文艺美学导论》（文化艺术出版社 2000 年版），等等。这些著作大多是在文艺美学教学实践中产生的，不少著作本身就被部分高校作为文艺美学课程的教材使用，这既推动了文艺美学教学的改革与实践，同时也深化了文艺美学研究，拓展了文艺美学思想和观念。①

三　艺术形态学研究

在文艺美学教学中，势必涉及各艺术门类的审美教学。这样艺术形态学研究，就成为文艺美学研究的另一重要维度。其主要内容包括：艺术形态学脉动及其审美特征、艺术形态分类的自觉、艺术分类的美学原则、作为整体序列的艺术种类、艺术诸形态的审美特征等。尤其是在艺术的审美特征研究中，学者们对书法、建筑、绘画、文学、戏剧、音乐、舞蹈、电影等艺术的审美特征做了广泛的研究，拓展了文艺美学形态学的研究

---

① 王岳川：《当代中国文艺美学的学术拓展》，《深圳大学学报》（人文社会科学版）2002 年第 1 期。

领域。艺术形态学研究，往往同当前世界美学前沿问题——艺术审美阐释接受问题紧密联系起来，使问题达到文艺审美价值实现的高度，深层次地分析接受者的心理特点，并揭示艺术接受过程的主体性特征。关于艺术形态学方面的研究成果，本书第二章第三节论及中国文艺美学发展概况时，对王岳川《当代中国文艺美学的学术拓展》①一文进行了较为详尽的列举，此处不赘。

王岳川认为，中国文艺美学走出了一条自己的学术道路，形成了从新的审美角度审视艺术审美内核的新视角。文艺美学研究实现了中国学术界的几个思想转化：从形而上学的哲学美学研究进入"形而中"或形而下的门类艺术审美规律和美学特征的研究；从单纯的文艺学和美学研究到文艺学和美学的交叉学科研究；从文艺的外部研究（文学社会学和心理学研究）走向文艺的内部审美奥秘研究；从理论僵化的学科分类到面向文艺思潮实际的经验总结和问题剖析；从西方美学的横向挪用到中国当代美学形态的创建。这些无疑从各个侧面反映了当代中国文艺美学潮流从滥觞到壮阔、从形而上思辨到具体艺术特性把握的转化轨迹。②王岳川进一步认为，当代中国的文艺美学的拓展，已经具有了新学科价值推进和知识增长的意义：其一，深化了文艺审美的本质，阐发了文艺创作和欣赏活动中艺术家、艺术品和欣赏者之间过程的整合性意义，将人与艺术的互动关系和通过审美体验达到艺术对人的本体呈现作为文艺美学的内在特征和本质。其

---

① 王岳川：《当代中国文艺美学的学术拓展》，《深圳大学学报》（人文社会科学版）2002年第1期。

② 王岳川：《当代中国文艺美学的学术拓展》，《深圳大学学报》（人文社会科学版）2002年第1期。

二，使文艺美学研究突破了实践美学和形上美学的争论，强调生命美学、体验美学、本体论美学、解释学美学、修辞学美学对传统美学的超越，尤其强调艺术对感性生命、精神自由、灵魂追问的全新意义，从而在主体与客体、存在与意识、感性与理性、认知与体验、经验与超验的二元对立中达到新的理论平衡。其三，将艺术存在与人的存在方式统一起来，使艺术体验成为拓展个体生存价值，整合个体与社会、人与世界关系的基本方式。其四，通过对现代心理学、社会学、政治哲学、文化研究、国际关系学（如后殖民主义）等新学科的吐纳，丰富了文艺美学的关键词和核心范畴，深化了对走向过程的现代、后现代人精神脉络和文艺形式的多元存在的研究。①

由上可见，文艺美学在其丰富的教学实践活动中推出了一系列的研究成果，并非如某些学者所说的那样"成果寥寥"："90年代初笔者曾写过一篇文章，对新时期以来文艺美学的建设情况做出概观，至今弹指将近 10 年过去，出现了一些值得注意的新情况：一是在国家教育部重新修订的学科专业目录中，'文艺美学'被确认为'中国语言文学'的二级学科'文艺学'的主要研究方向之一；二是与此恰成对照，近 10 年来文艺美学的研究却成果寥寥，标名'文艺美学'的著作指不多屈，相关的论文也不多见。这就是说，在'文艺美学'作为一种专业方向取得合法性的同时，在学科发展上却处于疲软和滞后的状况。笔者认为，造成这种十分矛盾的情况的症结在于，自从 80 年代初我国学者提出'文艺美学'这一名称以来，至今在'文艺美学'的

---

① 王岳川：《当代中国文艺美学的学术拓展》，《深圳大学学报》（人文社会科学版）2002 年第 1 期。

学科定位上还存在着偏差。"① 这种质疑与文艺美学教学及理论建设的实际是不相符合的。

第三节　中国文艺美学教学的几个基本问题

一　课程设置问题

国内高校文艺美学课程设置，一方面是文理工各专业的素质选修课；另一方面则是中国文学专业的主干课，如再细分，又有三种类型，即"共通基础课"、"深化提高课"和"审美素质课"。

"共通基础课"以南开大学为代表。南开大学的"文艺美学基础"是为文学院四系（中文系、传播系、东方艺术系、艺术设计系）所有本科生开设的共通基础课，主要是对中西方有关文艺与审美活动之源流、本质、功能、类型等问题的基本概念、基本理论做介绍性讲解。其设置之意图在于为学生深入掌握本学科的系统知识和理论方法提供必备的入门知识，初步培养其理论思维的兴趣和能力。该课程与"中国古代文学作品选"及"中国思想文化史"等课程构成互补与相长的关系，也是后续的专业理论课如"文学概论""艺术概论""中西美学史"，乃至"现代艺术思潮""大众文化美学""影视美学与评论""设计美学"等课程的先导课。"文艺美学基础"课程设置于 2003 年，其设置之意图，在于建立文学院四系的共通基础课，因为文学院四系横跨中国语言文学、新闻传播学与艺术学三个一级学科，按

---

① 姚文放：《论文艺美学的学科定位》，《学术月刊》2000 年第 4 期。

照教育部 1997 颁布、1999 实行的《专业学科目录》，此三学科同属"文学"学科。① 本着这种认识，设置"文艺美学基础"等院级共通基础课，旨在打通学科壁垒，奠定四系学生进一步学习专业课程和进行初步的学术研究的共通理论基础。

"深化提高课"以江西师范大学为代表。江西师范大学在文学理论课的设置中是将文艺美学作为"深化提高课"来组织实施的，按专业人才培养目标合理设置文学理论课程。在中文专业人才培养中，开设文学理论课程的目的，是要让学生掌握比较系统的文学理论知识，培养较强的理论思维能力，为学习各门文学课程和认识分析各种文学现象奠定良好的理论基础。为此将文学理论课程划分为三个层次：一是基础性课程，即文学概论；二是拓展性课程，即马克思主义文论、中国古代文论、西方文论；三是深化提高性课程，如文艺心理学、文艺美学、文学批评等，由此形成从必修课到指定选修课再到任意选修课的课程序列，帮助学生形成循序渐进比较合理的文学理论知识结构及其相应的理论思维能力。②

"审美素质课"以华中师范大学和湖南文理学院为代表。华中师范大学文艺学系列课程的改革和建设，始于 20 世纪 80 年代初。改革最初的目的是解决高等学校中文专业的文艺学课程教学与学生学习之间的矛盾。这种矛盾表现为，文艺学的教学主要是通过"文学概论"这门课程实现的，其目的本在于帮助学生树立正确的文艺思想和系统掌握文学理论的基本知识，培养学生的理论思维能力和分析文学作品的能力。但是当时的教材内容、课

---

① 南开大学文学院网页：http：//wxy. nankai. edu. cn/。
② 江西师范大学文学院网页：http：//wxy. jxnu. edu. cn/。

程设置和教学方式，却因为知识陈旧、偏重理论观念的灌输而忽略了对学生鉴赏和批评能力的训练。80 年代以后，由于国外各种新的理论思潮的涌入，教学中新的理论知识越来越多，上述偏向和矛盾在"文学概论"的教学中更为突出。再加上十多年来受中学应试教育的消极影响，青少年课余接受优秀文学作品的机会明显减少，其文学修养和理论知识，都难以适应文艺学教学的要求，学中文的大学生厌倦"文学概论"课，已经成为相当普遍的现象。针对这种情况，学科开始对文艺学教学进行体系性改革研究和教改实践，设置了"文学文本解读"、"文学理论"和"文学批评"三门课，分别承担着提高学生的文学鉴赏能力、传授文学基础理论知识和培养学生批评实践能力的任务。三门课既有明确的分工，又相辅相成，交叉处则此详彼略，相互衔接、彼此补充。在三门课之外，再开设马列文论、美学、古代文论、西方文论等选修课程，用以巩固、拓展和深化基础课所学的知识，进一步提高学生的理论水平和批评实践操作能力。①

湖南文理学院文艺学系列课程教学团队于 2008 年被确定为国家级教学团队。教学团队带头人魏饴主持的"文艺鉴赏学"2005 年被确定为国家级精品课程。文艺学系列课程教学团队依托国家级精品课程"文艺鉴赏学"，有效发挥国家级精品课程的辐射作用与带动效应，指导和促进团队课程建设。团队课程建设在以下三个主攻方向展开，即写作美学（主要内容为写作基本原理与创作研究）、作品美学（主要内容为作家作品选读，并侧重环洞庭湖地方作家作品研究）、鉴赏美学（主要内容为文艺作

---

① 华中师范大学文艺学系列课程，http：//www.docin.com/p-241877.html。

品的鉴赏途径与方法研究），这三个方向的课程特色都非常鲜明，在创新性改革、实验教学方面都进行了一系列创造性的探索与实践。团队课程建设的重要改革在于对"大学语文"课程进行根本性的改造。自20世纪90年代中期以来，探索"大学语文"课程改革、提高大学生人文素质和审美素养成为高等教育研究的热点。魏饴针对当时我国高校"大学语文"课所面临的现实困境（当时有人讥讽"大学语文"为"高四语文"）以及后来不断高涨的强化大学生人文素质教育的呼声，开始思考改革"大学语文"教学。经过多年实践，现在"大学语文"在湖南文理学院分为两个部分，一是在理工各专业继续开设"大学语文"公共必修课；一是在文科各专业以"文艺鉴赏学"取代原"大学语文"。"文艺鉴赏学"课程的开设，改变了原来"大学语文"重在作品和选文单一的状况，而是坚持作品选与鉴赏方法、文学作品与其他艺术作品并重的原则，努力提高大学生的综合审美素质。①

二 教材改革和编写问题

为配合课程调整和教学改革，不少高校在文艺学（包括文艺美学）教材的编写方面也进行了改革。如华中师范大学从20世纪80年代中期开始，文艺学学科在孙子威、王先霈教授的带领下，花大力气进行教材的改革和编写。先后编撰和出版了《文学评论教程》与《文学原理》。1998年"文艺学课程体系改革研究"在教育部正式立项，"文艺学课程体系教材研究"也作为教育部"面向21世纪教学内容和课程体系改革研究"项目获

---

① 湖南文理学院文艺学系列课程教学团队，http：//zwx. huas. cn/Item/366. aspx。

得立项。1999 年编撰和出版了由王先霈教授任总主编的"文艺学系列教材",包括"国家教育部面向 21 世纪课程教材"《文学文本解读》、《文学理论》和《文学批评原理》。从教材改革和建设入手进行教学改革是该校文艺学系列精品课程的重要特色。文艺学系列课程现在使用的是他们自己主编并有多所大学教师参与编写的、2005 年由高等教育出版社出版的"文艺学系列教材",该系列教材为"国家教育部面向 21 课程教材"及"高教社百门精品教材"。这套书包括《文学理论导引》、《文学批评导引》与《文学欣赏导引》三种教材和一本辅教、辅学的《文学理论批评术语汇释》。①

为适应文艺美学教学的需要,各种版本的文艺美学教材纷纷出版。有代表性的教材主要有胡经之的《文艺美学》、周来祥的《文艺美学》、曾繁仁主编的《文艺美学教程》和魏饴主编的《文艺鉴赏概论》等。

胡经之的《文艺美学》,北京大学出版社 1989 年初版,1999 年增订二版,2002 年修订三版。本书为作者积多年心血所建构的新的学科体系。全书熔美学、诗学于一炉,通过审美体验论、艺术价值论、艺术意境论、艺术形态论、艺术阐述接受论、艺术审美教育论等,全面探讨了艺术的意义与价值,艺术的审美本质和艺术本性与人的存在本体之关系,揭示艺术审美必然以寻求艺术的本真生命意义和人的感性审美生成的奥秘为根本旨归的真谛。

周来祥的《文艺美学》作为高等学校文科教材由人民文学出版社 2003 年出版,获教育部人文社会科学重点研究基地基金资助。全书共三章:文艺美学的对象、内容、范围与学科定

---

① 华中师范大学文艺学系列课程,http://www.docin.com/p-241877.html。

位；文艺美学的方法与文艺美学的理论体系；美的本质的探索。该书概括深广、内容丰富、资料翔实；虽然所研究的内容难点不少、相当复杂，学界也存在一些不同观点，相对来说作为一个学科的基础尚比较薄弱，还是一个需要进一步建设并使之成熟的新学科，但该教材对文艺美学乃至文艺学、美学的研究都起到了一定的推动作用，特别是对文艺美学的学科建设起到一定的奠基作用。

曾繁仁主编的《文艺美学教程》（高等教育出版社 2005 年出版），作为普通高等教育"十五"国家级规划教材出版发行，系高等学校中文和艺术学专业的专业课程教材。《文艺美学教程》以论述艺术的审美经验为主要内容，吸收了国内外有关艺术的审美经验研究的最新成果。《文艺美学教程》以艺术的审美经验基本理论为出发点，以审美经验现象学为主要研究方法。在内容上分导言和四个大的部分，共计十章。导言部分主要阐述了文艺美学的产生、学科定位、研究对象与研究方法；第一部分为艺术审美经验的一般理论，主要包括"艺术审美经验的涵义"和"艺术的审美范畴"等；第二部分是关于艺术审美经验的本体问题，包括"艺术创作的审美特征"、"艺术文本的审美特征"、"艺术接受的审美特征"和"艺术的分类"等；第三部分是关于艺术审美经验的历史形态、民族形态及其传播问题，包括"艺术的发展形态"、"比较视域中的中西艺术"和"艺术的传播"等；第四部分"艺术与人的审美化生存"，将整个论述最后归结到艺术的审美经验之本体论超越，点出了文艺学课程和《文艺美学教程》着力于培养"学会审美地生存的一代新人"的主旨。

魏饴、刘海涛主编的《文艺鉴赏概论》为普通高等教育

"十五"国家级规划教材，高等教育出版社 2001 年出版，2004年修订再版。《文艺鉴赏概论》分上、下两编，上编为文艺鉴赏的基本原理，着重阐述文艺鉴赏的方式方法；下编为各类文艺作品的鉴赏，包括诗歌、散文、小说、戏剧、美术、书法、音乐、舞蹈、影视等作品百余篇（幅），并附有精彩评点。《文艺鉴赏概论》体现了作品选与鉴赏方法、文学艺术作品与其他艺术作品并重的原则，有利于全面提高大学生的综合审美素质。

三　教学内容问题

文艺美学教学在内容上主要有几个特点。

一是紧扣文本解析和鉴赏，提高学生感受和分析文艺作品的能力。如华中师范大学文艺学系列课程由"培养审美感受力—提升为理论知识—转化为实践操作"构成了一个比较合理的教学体系结构，较好地适应了学生学习循序渐进的规律。在系列课程中，"文学欣赏"课程以分析文学作品的知识为经，以具体作品的解读鉴赏为纬，通过对不同国家、时代、体裁和风格的作品的解读和鉴赏，引导学生对文学作品的阅读和品味，逐步改变学生文学接受中的不良习惯，培养其良好的审美心态和较为纯正的艺术趣味，帮助学生尽快完成由中学语文学习到文学专业学习的过渡，同时为进一步学习文学理论和各类文学史课程奠定基础。课程内容包括：作品的解析与鉴赏、文学鉴赏的一般知识以及鉴赏、体裁相关的理论常识等。在教学中强调启发性，引导学生关注文学作品的精微之处，给学生以文学阅读的新奇感，以理论常识深化审美感受，做到解析与鉴赏互动，训练学生从文本的阅读欣赏中把握文学的审美意蕴，以提高解读能力。"文学欣赏"课程的教学目的在于培养学生的文学感受力，借助文学常识提升和深化审美感受，掌握不同作品的鉴赏方式。①

二是紧密联系当代文艺审美实践，具有现实感和时代感。如首都师范大学的文艺美学教学，注重将具体教学内容与当代社会审美实践的发展紧密结合在一起，从感性现实的具体审美现象出发来阐释抽象的美学理论问题，不仅大量探讨当代审美活动中的新现象，而且联系当代人类文化发展的具体情况，对诸如艺术审美的当代变迁、当代审美文化的生产与消费、大众传播活动与当代审美消费等，都以专题形式做深入而具有鲜明时代感的阐述。②由此，也进一步强化了文艺美学对现实问题的具体介入性，凸显了文艺美学之于具体审美问题的阐释能力，张扬了文艺美学的实践作用和品格。南开大学的文艺美学基础课，在知识模块的设计方面，本着传统积淀、当代视野、前沿信息、思维锤炼的主导思路，充分利用每一个课时，将美学及有关美的问题的争议、"活"的形象、审美文本、审美代码、艺术媒介、审美文化、审美阐释与意识形态批评、当代美学理论精练而系统地传授给学生。③

三是突出文艺美学知识的历史性。深圳大学文艺美学方向的教学与研究重视发掘中国古代文艺美学所具有的文化内涵，研究中国哲学与中国美学的互动关系，努力打通古典与现代，探索中国美学的民族品格和现代化进程。④ 首都师范大学美学（文艺美学）将美学的基本知识贯穿于历史的发展线索之中，以美学的知识性内容为"纬"，以人类审美活动的历史展开和美学理论的历史深化进程为"经"，从不同的问题出发来展开角度不同、层

---

① 华中师范大学文艺学系列课程，http：//www. docin. com/p‐241877. html。
② 首都师范大学文学院网页：http：//chinese. cnu. edu. cn/。
③ 南开大学文学院网页：http：//wxy. nankai. edu. cn/。
④ 深圳大学文学院网页：http：//wxy. szu. edu. cn/。

面不同的讲述，从而既突出了文艺美学知识的历史性内涵和特征，也深化了文艺美学课程学习活动本身所特有的历史感。① 这种讲授方式，促使学生通过理论课程的学习，逐步形成必要的历史眼光，激发了学生在当代历史语境中发现审美现象、把握美学问题的兴趣。

四是中西文艺美学的比较教学与研究。四川大学文艺美学的教学与研究内容，主要集中在现代中国与西方文艺美学。探讨中国文艺美学的独特建构，挖掘古代文艺美学在当代文学理论与美学建构方面的重要意义。探讨文学感受与现当代中国文学理论的发展演变，展开中外文学理论的交流融合与现当代中国文学理论的独创性研究，推进中国现当代文艺美学专题研究，引进、接受和运用西方 20 世纪文艺美学等方面进行系统、深入的研究，在巴赫金研究、俄国现实主义与形式主义、新批评、解构主义、后解构主义和符号学等方面探讨中西文艺美学的差异及其内在的关联。与此同时，还关注文艺与传媒，即文艺学与传媒的理论，对西方相关理论进行深入研究，从较高学理层面整合文艺学与传媒理论，思考中国文学与传媒的深层次联系。深化当前重要文化现象分析，尤其是重视文化与传媒研究，深化对影视文艺学的理论建设，深化对电视文化现象的阐释与理论研究。还有马克思主义文学理论研究，即对马克思主义美学进行现代性阐释，对 20 世纪马克思主义文论进行系统深入研究，对马克思主义文学理论的基本问题，尤其是审美意识形态的文本分析，马克思主义艺术生产理论，中国当代马克思主义文艺理论建设等方面进行了深入探讨。② 山西师

---

① 首都师范大学文学院网页：http：//chinese. cnu. edu. cn/。

② 四川大学文艺学简介，http：//wenku. baidu. com/view/17484c35a32d7375a 4178068. html。

范大学的文艺学设有文艺美学、文学理论与批评和文艺民俗学三个研究方向。文艺美学的教学与研究以对美学、文艺学的基本范畴、基本理论的研究为基础，结合文学艺术发展的历史与现状，在中西美学对话与交融的视界中，着力探讨文艺实践和审美活动中不断提出的新的理论课题。①

四　教学方法问题

伴随着文艺美学教学和研究内容方面的拓展和更新，在文艺美学教学方法上也普遍进行改革，突出文艺美学的学科性质，强调对美的感悟、体验和鉴赏力的提升，体现了现代教学理念所倡导的开放式教学、讨论式教学和研究性教学的特点，以适应教学内容的变化和时代对人才培养的要求。

一是突出问题意识，注重培养学生的独立思考能力。如江西师范大学在文艺学（文艺美学）课程教学中除了对重点章节和重要知识点进行讲解外，特别注重提出当前文学与文学理论发展中的新问题，引导学生研究思考，在充分准备的基础上安排课时进行课堂讨论，促使学生关注现实、思考问题，培养现实关怀精神和思考分析问题的能力。②首都师范大学文艺美学课程不是单纯追求美学理论的"全"和"深"，而是突出对于文艺美学理论中重要而基本的问题的讲述，把重点放在由美学基本知识层面上升而来的"问题意识"之上，以此培养学生自主思考的能力，不断使学生养成独立发现问题、思考问题和解决问题的良好学习习惯，进而实现理论课程的基本教学目的。③

---

① 山西师范大学文学院网页：http：//www.sxnu.edu.cn/change/xyxs/wxy/index.htm.

② 江西师范大学文学院网页：http：//wxy.jxnu.edu.cn/.

③ 首都师范大学文学院网页：http：//chinese.cnu.edu.cn/.

二是强调实践性教学，提升学生的实践能力。如复旦大学注重把美学（文艺美学）基本原理的讲解与艺术欣赏和品鉴有机地结合起来，主要是中外优秀造型艺术作品（可视，适合于全校学生）和优秀的文学作品（特别对中文系学生适合），加深学生对美学基本理论的理解。以艺术沙龙的方式增强与学生的互动，提高他们对美学课的兴趣，深化对某些美学专题的理解，增强学生对美学知识的实际应用能力。[1] 华中师范大学"文学欣赏"的课堂教学采取阅读、听讲与讨论结合，辅以适当练习的方式。教学过程中强调学生自主阅读并要求记诵大量的优秀文学作品，为培养学生的鉴赏能力构建基本的知识基础。课堂教学则以鉴赏精选的文学文本为个案，引导学生辨词、会意、识味、涵泳。以不同类型文学文本的解析鉴赏为单元，每单元安排适当的讨论和学生自我训练的任务，以突出课程的实践性。课程学习成果测试也以文学文本的解析、鉴赏实践为主。[2] 江西师范大学的文艺学（文艺美学）课程教学注重理论与实践结合，强化学生实践能力的培养和锻炼。具体来说，就是培养学生运用理论知识认识分析文学现象和评析文学作品的能力。在教学中，一方面注重多联系文学实际进行分析讲解，另一方面则有计划地向学生布置理论联系实际评析作品的课程作业，教师认真阅批讲评，引导学生加强评论写作的实践锻炼。而且在课程考试中也安排一定分量的论述题，要求联系相关理论评析作品，形成理论联系实践注重能力培养的良好导向。与此同时，还配合本科生导师制的实施，注重引导学生阅读文学作品和写作读书笔记，进一步提高实践分析能力。[3]

---

[1] 复旦大学中国语言文学系网页：http://chinese.fudan.edu.cn/。
[2] 华中师范大学文艺学系列课程，http://www.docin.com/p-241877.html。
[3] 江西师范大学文学院网页：http://wxy.jxnu.edu.cn/。

　　三是运用现代化教学手段，营造文艺美学学习的良好氛围。山东师范大学在美学（文艺美学）课程教学中建构起一整套现代化教学新模式，在原有课堂讲授的基础上，充分利用挂图、投影、多媒体等先进手段提高教学质量，增强教学效果。在教学过程中，探索出教师讲解与多媒体展示相平衡、理论内容与感性资料相平衡、课下观摩与课堂讨论相平衡的多项原则，极大地丰富了教学信息、提高了教学效率、激发了学习热情。[①] 利用多媒体技术，可以直观明了地将中西方文学艺术史上的经典作品呈现在学生的面前，为学生营造一个学习美学理论的良好氛围，把抽象的理论学习与鲜活的艺术实践紧密结合在一起。而且，视听结合的多媒体教学能够充分吸引学生的注意力，改变一般人认为美学课程抽象、枯燥的传统印象，效果非常明显。此外，还充分利用各种影音资料进行教学，通过观看相关视频材料，让学生对各种美学形态、各种艺术样式的独特魅力都有切身的体会，一边观看一边分析，而且看完之后还要求学生进行讨论总结。这些方式都弥补了单一的讲授方式的不足。还利用拥有学科教学网站的优势，充分发挥网络平台的作用，在学科网站上发布最新的美学研究资讯、各任课教师的科研论文供学生们进行课外自学。此外，学生们有任何问题也都可以通过留言的方式进行提问，相关教师都会及时、热心地进行解答。网络平台的构建，为学生们打造了一个在课外进行美学学习的空间，也为美学课堂的延伸提供了可能。

　　四是改革考试方式，提高学生的综合素质。如四川师范大学美学（文艺美学）课程实行综合考评，强调过程考核和期末考

---

　　① 山东大学文艺美学中心网站：http：//www.krilta.sdu.edu.cn。

核相结合、分散考核和集中考核相结合、教师考核和学生考核相结合、理论考核和实践考核相结合、开卷考核和闭卷考核相结合、笔试考核和口试考核相结合的原则。期末总评成绩包括平时考勤、发言情况、平时论文作业等成绩，也包括期末闭卷考试成绩。①

第四节　中国文艺美学教学的人本思想

一　人本文艺的历史轮廓

坚持以人为本，是我党十六届三中全会第一次提出科学发展观的核心内容之一。不过，"以人为本"的思想早在先秦时期就有人明确提出过了。这里，我们仅扼要描述中国人本文艺的历史轮廓，这也是深入研究文艺美学教学人本思想的必需。

中国最早提出人本思想的应是管子。《管子·牧民第一》云："政之所兴，在顺民心；政之所废，在逆民心。""不欺其民，则下亲其上。"这里是讲民本与治国的关系。在《霸言第二十三》中，他说得更为彻底："夫霸王之所始也，以人为本。本理则国固，本乱则国危。"这里将人本与民本统一起来了。管子所言"以人为本"，即是把人当人看，尊重人的人格，而且当是治国的重要理念，所以，治国必须"顺民""富民""爱民"。此后，孔子、孟子、荀子等都曾讲到人本问题。

我们知道，中国传统社会是一个伦理本位的社会，在人际关系中以人伦为本。从世界范围而言，"以人为本"的提出也应是

---

① 四川师范大学文学院网页：http：//liter. sicnu. edu. cn/。

最早的，它并非西方舶来品。

　　但是，后来中国社会经过漫长的各封建王朝的更迭，政治斗争的诱惑逐渐压倒了人本思想，或者说，在残酷的政治斗争中，"政治本位""权利本位"等往往是第一位的，"人本位"则在其次。好像人是为制度活着，为政党活着，公民的一切都是政党给的。这些思想，在"文革"时期达到极致。"宁要社会主义的草，不要资本主义的苗"、"读书越多越反动"等口号，根本忽视了人的发展。过去，我们曾特别强调人应当"舍生取义"，但这个"义"，常常并非是指人能够更充分地得到发展，而更多的是某个阶级、某个政党之"义"。这些极"左"的东西，极大地阻碍了人本思想的推行。可喜的是，中国进入新时期之后，人本思想逐渐得以光大，并作为我党科学发展观的核心内容加以强调，这是非常了不起的进步。

　　中国人本文艺与中国人本理念提出与发展基本相同。战国（前476～前221年）以前，可谓是中国人本文艺发展的第一个阶段。

　　这一时期，管子等人在世界范围内第一次提出"以人为本"的思想，而且，这个时期的人本文艺还充分表现出一种以探索人生、日新人生为主体内容的大同风格。例如庄子散文《逍遥游》。所谓"逍遥游"，即放荡不拘、遨游于天地之间。文章重点是在讲人如何才能摆脱世俗，进入"逍遥游"的绝对精神自由。稍后的屈赋也是这一时期人本文艺的代表，屈原的《天问》正充分体现了探索人生的大同精神。"天问"的疑问即表现了对世界的肯定和追求，又在怀疑中保持探索和日新，应是屈原对世界人本文艺的独有贡献。对于西方而言，这种探索和日新人生只有在但丁、莎士比亚和歌德的作品中有某种程度的反映。

老子散文也非常有人本特色，《道德经》第二十一章有云："故天大、地大、道大、人亦大。域中有四大，而人处于一焉。人法地，地法天，天法道，道法自然。"在这里，人与天、地、道一同构成"域中四大"，而且，在"人法地……道法自然"这个关系链中，"道"并非是其终结，终结却在"自然"。这里，"自然"也不是简单地为"顺乎本性"之意，而是与前面提到的天、地、人一样的实在之物，"自"为"自己、自身"，即"self"；"然"为"这样"，即"such"。"道法自然"，就是所有有限存在的规定性之总和均应按照自身的规律去发展，自己须使自己成为自己的样子，包括人也是如此。

应该说，大同风格是战国以前文艺的基本风格，"以人为本"是其内核。《诗经》中的《东山》《蒹葭》，《国语》中的《召公谏厉王弭谤》，《礼记》中的《苛政猛于虎》，《论语》中的《子路、曾皙、冉有、公西华侍坐章》，宋玉《风赋》等，在这些作品中所表现出的尚美、仁爱、博雅、德政等思想，无不属于人本精神，是我们最可宝贵的文艺遗产。

中国人本文艺发展的第二个阶段，是从后战国至"文革"结束的漫长历史阶段（前221~1977年）。这一时期，文艺以政治人生为主线，或者说，人本已降至政治之后，实际亦无所谓人本文艺之可言。

如果说文艺是以写人为中心的，那么，后战国时代文艺中的人则又是为一定的阶级或政党服务的。毛泽东同志说："文学艺术都是属于一定的阶级、属于一定的政治路线的。"所谓"政治人生"，其特点是：或体现一定阶级、政党的政治理想；或逃避现实，空谈玄谈；或纸醉金迷，生活奢侈等，一句话，文艺中的人物形象无不打上政治的烙印。

从 1977 年末至今，中国人本文艺开始步入正轨，进入第三个阶段，它不仅逐渐回到探索人生、日新人生的大同境界，而且逐渐摆脱政治人生的影子，走向宇宙人生。宇宙人生的特点是，不为某一狭隘的政治利益服务，而是以人的全面发展为根本。

从当下中国人本文艺的背景看，有两件事情值得一提：第一，中国从 1986 年开始的 WTO 谈判，终于在 1999 年 11 月 15 日签署了协议。第二，党中央曾明确提出"以人为本"的科学发展观，将"人权"概念和"三个文明"（物质文明、精神文明、政治文明）写入宪法，协调发展，这都是在张扬人本。于是，中国人本文艺的发展势头这些年也非常强劲。

21 世纪头 20 年，中国正进入全面建设小康社会的又一新阶段，决定中国 21 世纪文艺进展的经济基础正发生着前所未有的变化。其显著变化是，城镇人口比重将由 20 世纪末的 37.7% 逐步提高到 50% 以上，人均国内生产总值将由 20 世纪末的 850 多美元逐步提高到 3000 美元，经济更加发展、人民生活更加殷实。小康社会给我们带来的变化将会是迅速和变动不居的，它对文艺的影响也很可能无法想象。

一个非常突出的现象是，中国的现代化进程正在逐步改变过去文艺主题相对集中的霸权地位。文艺作品将越来越变成一种"产品"以供人们消费，人们就文艺作品对读者的功利需要会显得更为迫切。在新的历史条件下，坚持弘扬主旋律文艺虽然仍有必要，但更多的有利于人的全面发展的非主旋律作品将会受到广大读者的欢迎，也是文艺能够真正走向世界的重要前提。前些年，张艺谋的两部作品《英雄》和《十面埋伏》，前者讲述英雄为大国统一而捐躯，后者讲述有情人为爱情捐躯，在国内外艺坛均引起了不小的震动，这在过去很少见。恰恰相反，他早期根据刘醒龙同名小说改编而成的故事片《凤凰琴》，重在表现中国一群民办教师为命运而抗争的故事，虽曾获 1993 年中国电影华表奖，但毕竟未能走向世界，其中有个重要原因就是地缘政治的影响，不属宇宙人生范畴，因为外国人根本就不知道"民办教师"是怎么一回事。

再者，休闲文艺的悄然勃兴，则是中国人本文艺宇宙人生的突出标志。不过，它不同于政治人生中的醉生梦死，一者是为逃避现实，一者是为修身养性。一般说来，宇宙人生之文学包括两个层面，一是探索人生；二是休闲人生。休闲人生的作品可以表现人的休闲方式，也可以是游戏写作，这在当下网络文艺中较为突出。

19 世纪末，尼采高呼"上帝死了"，文艺创作进入所谓的人本主义时代，弗洛伊德、萨特等大行其道；20 世纪后期，西方进入所谓的后工业化时代，海德格尔、维特根斯坦、德里达等又力图表明"人已死了"，"自然"成为完全人化了的世界。实际上，文艺强调表现大写的"人"，对跨地域、跨民族的要求将会越来越高。

二 文艺美学教学发展的人本轨迹

如前所述，我国文艺美学的真正开始是在 20 世纪 80 年代。进入新时期以来，中国文艺发生了很大变化，中国的现代化进程正在逐步改变过去文艺主题相对集中的霸权地位，更多的有利于人的全面发展的文艺作品受到了广大读者的热烈欢迎。文艺的这一发展势必将引起文艺美学的关注，使其真正从审美的角度感知文学和艺术的美，进而真正开始关注人本身。文艺的目的究竟是什么？当然不只是"弘扬主旋律"，或者其根本价值取向还是为了人。胡经之在《文艺美学》一书中强调：文艺美学关乎人生价值之处在于，通过艺术审美体验和美学理论反思，使人不断认识自己、超越自我。文艺美学始终将目光凝定在人的审美生成上，通过对艺术美的阐扬和塑造，去丰富审美主体的人格心灵层次，去充分调动其审美的潜在可能性。① 他的这个思想，基本概括了文艺美学学科建立与发展的人本核心。

谈到文艺美学教学，我们不得不联系到美育。我国美育传统十分悠久，针对学校的文艺审美教育在"五四"前后即开始明确提出。其先驱人物是王国维；此后蔡元培提出"以美育代宗教"的观点，影响深远；当然，最有深度的还是朱光潜，他认为文艺审美教育实质上是一种情感教育，它可以提升民族的生命力；20世纪80年代开始的文化素质教育，几乎与中国学者第一次提出文艺美学同步。今天，文艺美学教学和文艺审美素质教育正成为人本教育的必然。

文艺审美与人的素质教育密切相关，新时期以来也一直得到国家的重视。1986年12月，国家教委成立艺术教育委员会；1989年11月出台的《全国学校艺术教育总体规划》（1989~2000年），是中国当代教育史上第一个理论与实践结合的艺术教育发展规划；从1995年开始，国家倡导大学生文化素质教育包括文艺审美教育，并成立了专门的教学指导委员会；1999年颁布《关于深化教育改革全面推进素质教育的决定》，第一次从素质教育的高度将美育同德智体一起纳入党的教育方针；2000年教育部颁布《学校艺术教育规程》，表明文艺审美教育在一定程度上列入国家相关法规；2002年5月，教育部又制定《全国学校艺术教育发展规划》（2001~2010

---

① 参见胡经之《文艺美学》等有关章节，北京大学出版社，1999年第二版。

年）；2006 年 3 月，教育部颁布《全国普通高等学校公共艺术类课程指导方案》，表明艺术教育正式进入我国高等学校的课程体系。经过近 30 年的努力，我国大学生文艺审美素质教育的教学效果也有了较大提升，但正如教育部所一再强调的，直到目前为止我国文艺审美素质教育仍然是各类教育中最为薄弱的环节之一。①

以往的文艺理论和美学教学注重概念的讲析和知识的传授，教学主体的积极性和创造性没有得到彰显，学习主体的智力因素、审美能力、实践技能和人文素养等没有得到足够的重视。那么，当文艺美学从文艺学和美学学科中独立出来之后，这种学科的分化和细化本身就要求教学主体发挥自己的创造性才干，也要求调动学习主体学习的积极性，使其真正从审美的角度感知文学和艺术的美，进而提高审美素质和人文素质，这即是人本文艺美学的共同要求，具体表现在以下三个方面。

首先，文艺美学课程注重提高学生的审美素养和审美能力。文艺美学始终将目光凝定在人的审美生成上，通过对艺术美的阐扬和塑造，去丰富审美主体的人格心灵层次，去充分调动其审美的潜在可能性。复旦大学把美学（文艺美学）课作为通识教育和素质教育的重要方式，主讲教师上课时自觉地以美学理论来指导学生的美育，在提高学生艺术和审美的兴趣、素养方面，在培养学生健康、健全的审美素质方面，都起到了重要的作用，收到明显的效果。② 山东师范大学在美学（文艺美学）教学中，在教学形式上注重理论分析与个案讲解相结合、知识

---

① 魏饴：《大学生文艺审美素质教育新论》，《武陵学刊》2011 年第 4 期。
② 复旦大学中国语言文学系网页：http://chinese.fudan.edu.cn/。

传授与审美实践相结合的原则。长期以来，国内美学教学往往侧重知识的传授和理论的讲解，却相对忽视了对学生审美能力和审美趣味的培养提升。鉴于此，美学（文艺美学）课程在保证基本原理和基本知识讲授的同时，注重通过课堂内外的审美实践和个人体会来增强对美学（文艺美学）基本问题的领会，并通过讨论和交流鼓励学生在直接的审美体验的基础上升华出独特的美学认识。为切实达到这一目的，还设计了一系列有关美与审美的讨论、实验、调查和考察等内容，环环相扣，教练结合。① 南开大学在文艺美学教学中，充分运用多媒体的现代化教学手段，运用启发式、对话式、问题式的教学方法②，既切合当代学生的接受心理，又具有丰富的信息量，引导学生自主学习与积极学习。

其次，文艺美学教学注重培养学生高尚的人格和健康的情感。四川师范大学以中国传统审美思想培养学生的崇高人格，突出美学（文艺美学）课程的"中国性"。依托国家哲学社会科学基金"当代中国传统美学研究"、"中国中古宗教意识形态与自然审美观研究"及"中国古代科技思想与美学理论研究"等学术研究项目，深入研究魏晋南北朝美学思潮、道教美学、禅宗美学等中国传统美学，并将学术研究的成果转化为培养学生审美人格的教学资源，促进美学教学内容的转化。同时，以西部地域审美研究促进学生审美情感的生成。依托国家哲学社会科学基金"西部地域文化心态与民族审美精神"及"区域文化视野下的巴蜀文艺美学思想研究"等学术研究项目，教学内容中融入西部

---

① 山东大学文艺美学中心网站：http://www.krilta.sdu.edu.cn。
② 南开大学文学院网页：http://wxy.nankai.edu.cn/。

地域审美研究成果，培养学生认识家乡、热爱家乡、建设家乡、服务家乡的情感。①

最后，文艺美学教学注重全面提升学生的人文素养。首都师范大学文艺美学课程以日常审美活动、文艺作品为材料，以理论知识的学习为基本，以培养学生的审美感悟力、深化理论理解力为目的，十分注重对学生问题意识的引导和理解能力的培养，务求使学生在掌握基本理论知识的同时，站在理解人生、把握人生、探讨人生的基点上，理性地指导自己按照美的规律来进行生活的塑造，在生活中不断发现和体会生命的无尽意味，不断培养和提高自身的人文素养，为日后走向社会、更好地从事国家现代化建设，奠定知识和人文素质基础。同时，美学课程也不断努力强化自身和其他相关学科如文化产业、传媒研究等的联系，以使学生毕业后有较强的社会适应能力。②

湖南文理学院"文艺鉴赏学"素质教育课程，对大学生人文素质教育内容与途径进行了积极有益、卓有成效的探索与实践。该课程定位为基础性、实用性，既面向汉语言文学专业本科学生，帮助其系统掌握文艺鉴赏的原理和规律，又面向全校所有专业学生，帮助其提高文艺鉴赏水平和能力，进而对大学生文理渗透问题开展了富有特色和卓有成效的探索。总之"文艺鉴赏学"以追求完美学生人格、提升学生人文素质为目标。讲授过程中采取"四结合"方法：即课堂教学与课外阅读相结合，理论学习与实践训练相结合，作品阐释与方法讲授相结合，文学作品分析与其他艺术作品分析相结合。旨在让学生通过文艺鉴赏理

---

① 四川师范大学文学院网页：http：//liter. sicnu. edu. cn／。
② 首都师范大学文学院网页：http：//chinese. cnu. edu. cn／。

论和方法的学习，提高艺术素养、审美素质和综合素养，为学生的终身学习打下基础。① 由"文艺鉴赏学"课程教学带动学校一系列人文素质活动的开展，对学生进行全方位的熏陶。正因为这样，湖南文理学院 2006 年被教育部确认为"国家大学生文化素质教育基地"。

---

① 湖南文理学院文艺学系列课程教学团队：http://zwx. huas. cn/Item/366. aspx。

第四章 中国文艺美学教学的"得"与"失"

第一节 文艺美学"教"与"学"的难题

南开大学的文艺美学课程教学基本要求："一是要使学生掌握文艺美学的基本知识，对诸如文艺的性质、结构和功能，文艺的创作、传播和接受的物质与精神机制，文艺的美学价值在社会机体和文化语境中的生成、传递和演变等，获得较为清晰的认知和理解；二是要学生初步掌握文艺美学的基本技能，即能够运用文艺美学的基本概念和理论模式，对各种文艺美学现象如文艺作品、文艺思潮、审美经验、美学思潮等，进行科学的观察、分析和判断，并具备较为清晰的理论思维和逻辑表述的能力。"① 这既提出了"教"的要求，也提出了"学"的要求。这种教学要求成为文艺美学教学关于学科和教学具象中的实证性回应。而文艺美学在其学科建设的无数次争论中，自然体现了教授们不同的教学姿态，以及对教学的不同理解。其实，争论中试图确立自身在文艺美学学科地位的人，主要是大学教师或者研究机构的研究

---

① 南开大学教务处 2004 年教学大纲。

生指导者，如大学教师胡经之、曾繁仁、王岳川等和研究单位学者杜书瀛等，他们是文艺美学教学的长期实践者。在教学中，他们深切感受到了"教"与"学"中表现出的问题，而且这一问题在新的社会背景下变得越来越尖锐，即怎样"教"和怎样"学"才能与时俱进，并真正使文艺学科得到实际上的确认。

一 文艺美学"教"的难题

文艺美学"教"的问题一直是一个搅扰人心的问题，而社会的进步，特别是媒体的飞速发展使得"怎么教"的问题更尖锐，教的适时与转型变得相当重要。在文艺美学学科建立的讨论中，人们先是以自编讲义作为教学依据，最典型的是北京大学的胡经之、王岳川，其讲稿在几年后才出版。自编讲义的特性在于编写者的个人研究性比较突出，针对学生学的研究与教学并不完善。因此，在教学实践中，文艺美学教学者们根据各自对文艺美学的研究与理解，按自己的思想进行教学，这样，美学的、文艺学的观点往往成为文艺美学教学的主要内容。到 21 世纪初，国家为了规范教学，委托山东大学曾繁仁主编了《文艺美学教程》，才真正把文艺美学的通用教材建立起来，教的一致性问题得以强调。学科的问题值得讨论，但更重要的问题，就教学而言，我们必须看到文艺美学教学的"难"。我们把文艺美学的教学"难"归结为几个方面。

（一）美学概念、文艺学思想左右教者，影响文艺美学教学目标的实施

文艺美学学科是文艺学和美学的交叉学科。文艺学和美学的理论可以说是其形成的基石。我们不妨看看南开大学文艺美学教学的目标："把艺术作为美学研究的中心问题，对人们在艺术创

作和欣赏中的审美心理进行细致的研究。本课程不仅要求学生掌握各艺术门类的基本知识，还应具有一定抽象思辨的能力。"① 要实施教育目标，无疑会涉及美学和文艺学的基本问题。也会影响对教学内容把握的准确性。美学以及文艺学都是把重点放在理论原理的把握上，而文艺美学强调这些行吗？文艺美学与人的审美个性和文艺活动有密切的联系，必然会产生更多的新的东西。文艺理论家们就文艺美学学科的阐释，不能不说为文艺美学教学设计了难题。北京师范大学钱中文认为："在文艺现象的阐释中，有纯美学的研究，也有专注于文学理论的研究，同时出于实践的需要，也出现了一种既非纯粹的美学理论研究、也非纯粹的文学理论的形态，而是介于两者之间的一个新的学术领域，这就是文艺美学。"② 这是钱中文给文艺美学下的定义，以此与文艺学和美学相区别。山东大学曾繁仁认为："文艺美学是中国 80 年代改革开放以来，在特有的历史文化背景下产生的一门新兴边缘交叉学科。它来源于美学、文艺学、艺术学，吸取了以上三门学科的重要内容，在一定意义上可以说是以上三门学科在新时期交叉融合的产物……文艺美学学科产生在新时期中国思想文化的土壤之上，具有鲜明的中国特色。它运用比较综合的方法，吸取古今中外、各个学科的长处，力求做到哲学与美学、自上而下与自下而上、中国与外国、古代与当代、人文与科学的有机统一。"③ 曾繁仁的观点应该说更加客观。此外，胡经之、王岳川、魏饴等也就文艺美学进行过界定。这些说法在文艺美学研究领域

---

① 南开大学教务处 2004 年教学大纲。
② 钱中文：《文学理论流派与民族文化精神》，吉林教育出版社，1993，第 167 页。
③ 曾繁仁：《中国文艺美学学科的产生及其发展》，《文学评论》2001 年第 5 期。

都是比较有影响力的，也是文艺美学教学中理解文艺美学核心理论的重要观点。这些观点在内涵上总是交叉，而不是相同或者近似，以此理解上还是有差异。因此，他们虽然为我们指出了文艺美学发展的更加宽泛的范畴，但也更加凸显了教学的难题：越宽泛越不好把握。

（二）对教材的理解与把握存在差异

全教、精教，还是略教？该如何教呢？是教授以文学艺术作品为范畴的内容，还是只讲概念，还是更加深入地讲解？要是真的如此，那各位教者岂不是大同小异？而根本的问题是，由于理论素养的差异，以及对文艺学或美学把握的差异，甚至哲学和历史知识以及艺术知识积累的差异，在理解教材中，差异是很大的。同时，教材对实践与实训环节缺乏必要的阐述或者指导，导致教师在文艺美学教学实践方面得不到规范性的指导，因而产生理解上的大偏差。还有一个值得提及的问题，由于当代教师知识结构和学缘存在差异，对教材的认同自然有差异，进而使某个学校的文艺美学教学团队在教学理念上走到一起的难度非常大。

（三）教学方法上的两难：感性教学还是理性讲解

任何学科都有适合自身的教学方法，因此我们认为文艺美学必须有自己适用的方法。文艺美学牵涉具体的审美活动，感性教学和理性教学二选一，还是二者兼备？对当代面临实用性选择的学生二者兼备的教学方法有用吗？文艺美学强调学生通过课程学习，能感悟人生和培养艺术鉴赏力，但在就业艰难的今天，"阳春白雪"是不是教化？据此，可以仔细思考感性教学：感受和体会等在很大程度上受学生兴趣和爱好的影响，老师很难教授引导，对容易形成自我感受的东西，学生也更容易接受。因此，其至可以说感悟和审美是不可讲授的。要是如此,强调"感悟人生"和"艺术审美"的文艺美学又如何能讲授呢?又如何教呢?而理性教学:文艺美学十分强调鉴赏能力,如以能力为教的重点,那么不可避免需要训练学生的理性分析能力。面对艺术活动怎样分析呢?"理性分析"又如何实施呢?

"教"必然引发方法上的差异,很多高校教者认为,文艺美学课程采用面授、幻灯、录音、参观等多种形象化教学手段,力求使学生在感受美的事物的同时,开阔眼界,提高自己的艺术鉴赏力和艺术修养;同时安排适当的时间,鼓励有艺术特长和爱好的学生在学习基本理论的基础上,同老师和其他同学进行讨论和交流,这样一来,既可以调动学生学习的主动性,又可以把所学的知识真正和实践结合起来,使学生有所收获。课程中间安排一次参观和一次练习。但从中我们看到,方法还是非常传统的。这些教学,并非真正实施了感性教学与理性教学,难题依然存在。

(四) 对文艺美学学科把握之"难"

1980 年在昆明召开的首届中国美学学会上,胡经之首次提出了建立文艺美学学科的构想;1981 年他开始招收文艺美学方向的硕士研究生;1982 年他又在《美学向导》上发表了一篇可以视为文艺美学学科诞生的标志性文章《文艺美学及其他》,明确指出:"文艺学和美学的深入发展,促使一门交错于两者之间的新的学科出现了,我们姑且称它为文艺美学。"① 至此,可以说具有时代意义和学科创设意义的文艺美学在中国正式诞生了。随后,经过众多学人的探索研究,文艺美学学科取得了重大实

---

① 胡经之:《文艺美学及其他》,《美学向导》,北京大学出版社,1982。

绩，如：在学科建制上，20 世纪 90 年代后期，我国沿用汉语言文学一级学科下设置文艺学二级学科的学科分类法，在文艺学二级学科下增设了文艺美学三级学科，这是文艺美学自身发展的有力明证，也是在学科建制上不断完善的有力说明。但是在我国学科界定中具有权威性的《授予博士硕士学位和培养研究生的学科专业简介》中，对文艺美学的界定也是不明晰的。在这份由国务院学位委员会办公室和教育部研究生工作办公室编辑的文件中，"文艺美学"是中国语言文学的二级学科"文艺学"的一个研究方向，而在艺术类的二级学科"艺术学"中只在学科研究范围里涉及"艺术美学"，在哲学类的美学学科中也没有提及"文艺美学"，而只有"文学艺术各个部门中的美学问题"这样的说法。对国家权威机构的学科设置不满意的学者认为，"文艺学作为学位点名称则名不正，用以取代文学作为学科分类名称则名正言顺"①。文艺美学作为"研究方向"似乎又与学科有一定的分别。尤其值得一提的是，2000 年 12 月山东大学建立了由教育部批准的文艺美学重点研究基地，研究人员众多，出版了一些具有学术价值的著述，提出、解释并解决了一系列文化现代性问题等。

从文艺美学学科的研究经历来看，不难把握，但是教学中要把握学科特性就难了。从文艺美学学科中拥有的诸多课程和诸多方向来看，教学的难题更多。特别是文艺美学课程教学如何在文艺美学学科诸多课程中自显特色，是非常重要的；而且在当下十分兴盛审美教育的领域更为重要。我们不妨看看一些设置了文艺美学硕士方向的学校对其所属学科的安排（见表1）。

---

① 胡经之：《"文艺美学"是什么》，《大学生丛刊》1982 年第 2 期。

表 1　我国设有文艺美学硕士方向的部分高校学科归类与方向数设置

序号	学校	学科	方向	学科方向
1	广西师范大学	美学	文艺美学	4
2	广西师范学院	文艺学	文艺美学	2
3	杭州师范大学	文艺学	文艺美学	3
4	温州大学	文艺学	文艺美学	4
5	福建师范大学	文艺学	文艺美学	6
6	湖南科技大学	文艺学	文艺美学	3
7	吉首大学	文艺学	文艺美学	5
8	中山大学	文艺学	文艺美学	4
9	暨南大学	文艺学	文艺美学	5
10	深圳大学	文艺学	文艺美学	3
11	华南师范大学	美学	文艺美学	4
12	云南大学	文艺学	文艺美学	2
13	南京大学	文艺学	文艺美学	4
14	苏州大学	文艺学	文艺美学	6
15	扬州大学	文艺学	文艺美学	3
16	南京师范大学	文艺学	文艺美学	8
17	徐州师范大学	文艺学	文艺美学	4
18	西南大学	文艺学	文艺美学	3
19	华东师范大学	文艺学	文艺美学	4
20	上海大学	文艺学	文艺美学	4
21	温州大学	文艺学	文艺美学	4
22	山西大学	文艺学	文艺美学	2
23	山西师范大学	文艺学 （重点学科）	文艺美学	3
24	西北师范大学	文艺学	文艺美学	2
25	兰州大学	文艺学	文艺美学	4
26	西北民族大学	文艺学	文艺美学	4
27	辽宁大学	文艺学	文艺美学	4
28	大连大学	文艺学	文艺美学	4
29	沈阳师范大学	文艺学	文艺美学	4

续表

序号	学校	学科	方向	学科方向
30	内蒙古大学	文艺学（蒙古学学院）	文艺美学	4
31	内蒙古大学	文艺学（文学院）	文艺美学	4
32	内蒙古师范大学	文艺学（蒙古学学院）	文艺美学	4
33	内蒙古师范大学	文艺学（文学院）	文艺美学	3
34	北京大学	文艺学	文艺美学	3
35	中国人民大学	文艺学	文艺美学	3
36	北京语言大学	文艺学	文艺美学	5
37	北京科技大学	文艺学	文艺美学	4
38	北京师范大学	文艺学	文艺美学与大众文化	7
39	首都师范大学	文艺学	文艺美学	3
40	中共中央党校	文艺学	中外文艺美学基础理论研究	3
41	中国艺术研究院	文艺学	文艺美学	3
42	南开大学	文艺学	文艺美学与大众文化	5
43	河北师范大学	文艺学	文艺美学	5
44	吉林大学	文艺学	文艺美学	4
45	东北师范大学	文艺学	文艺美学	6
46	吉林师范大学	文艺学	文艺美学	3
47	安徽大学	文艺学	文艺美学	3
48	华中科技大学	文艺学	文艺美学	3
49	湖北师范学院	文艺学	文艺美学	3

从表 1 可以看出，有的学校还是把它放在美学学科中，还有的方向和"大众文化"并列在一起。全国 83 所高校和研究机构

中，将文艺美学列在美学学科下的有13所，列在文艺学科下的有70所，可见其归属仍然处于争议中。这也就必然引发文艺美学教学内容和手段的侧重性差异。

（五）对教学大纲的把握也即"教"之"难"

在讨论该问题前，我们先看看两份教学大纲。

南开大学文艺美学基础教学大纲①：

第一讲　美学及有关美的问题的争议

1. 客观论

2. 主观论

3. 主客观论

4. 社会实践说

5. 语言论

6. 美的问题的现代转型

第二讲　"活"的形象

1. 活的形象

2. 活的形象的美学特征

3. 活的形象的修辞层面

4. 活的形象的意蕴层面

5. 活的形象的历史层面

第三讲　审美文本

1. 文本与作品

2. 审美文本的特征

3. 审美文本的价值形态

---

① 南开大学文学院网站：http：//wxy.nankai.edu.cn/。

4. 审美文本的传播形态

5. 审美文本的修辞形态

第四讲　审美代码

1. 审美代码的定义

2. 审美代码的特性

3. 审美代码的美学价值

4. 代码分析理论

第五讲　审美文化

1. 审美文化的六种类型

2. 精英文化

3. 大众文化

4. 民间文化

5. 古典文化

6. 现代文化

7. 外来文化

第六讲　审美阐释与意识形态批评

1. 意识形态

2. 意识形态理论发展

3. 意识形态美学批评的五种模式

4. 意识形态批评理论的现代价值

5. 讨论

第七讲　当代美学理论简介

1. 马克思主义美学

2. 后现代主义美学

3. 后社会主义理论

4. 文化研究的美学批评

山东大学 2006 年版汉语言文学专业限选课程设置及学时分配见表 2。

表 2　汉语言文学专业课程设置及学时分配表（方向模块）

性质	类别	课组号	课程号	课程名称（Course Name）	学分数	总学时
限选课	专业课必修课组	05010	051520（1－20）	中国文学批评史（1－20）（History of Chinese Literary Criticism）	4	72
		05010	05071000	马列文论选读（Selected Readings of Marxist and Leninist Critical Theories）	3	54
		05010	05103000	文艺美学（Literary Aesthetics）	3	54
		05010	05199000	中国语言文学名师谈	2	36

学时分配			按学期周学时分配								专业方向模块名称
授课	实验	上机	一学期	二学期	三学期	四学期	五学期	六学期	七学期	八学期	
72								2	2		
54							3				汉语言文学（Chinese Language & Literature）
54								3			
36							2				

表 2 中，"文艺美学"是作为山东大学汉语言文学专业限选课设置的，其教材是选用山东大学曾繁仁主编的《文艺美学教程》①，该教材目录如下：

---

① 曾繁仁主编《文艺美学教程》，高等教育出版社，2005。

第二节　艺术的类别

第七章　艺术的发展形态

第一节　古代艺术

第二节　现代艺术

第三节　后现代艺术

第八章　比较视域中的中西艺术

第一节　在主体与客体、再现与表现之间的中西艺术

第二节　在人间与天国、在世与超世之间的中西艺术

第三节　在"中和"与"和谐"、"对称"与"比例"之间的中西艺术

第九章　艺术的传播

第一节　艺术传播对艺术的重要影响

第二节　传播媒介的历史变迁与艺术审美经验的嬗变

第三节　电子传媒与当代媒体艺术的特征

第十章　艺术与人的审美化生存

第一节　现代美育理论的诞生

第二节　艺术是人的生存方式之一

以上两所高校的"文艺美学"教学大纲给了我们不同的信息，不同的学校有不同的教学思想。重点大学有很强大的教学和研究队伍，可以根据自己的研究来制订自己的教学大纲。而一般高校，文艺美学往往是选修课，教师的任务就是根据统编教材逐次讲下去，对问题的阐释和对大纲的理解常常停在教材本身上，教者实际上是传声筒。因此，把握教学大纲必然成为难题。

（六）对教者的选择之"难"

"教"的主体当然是教师。据不完全统计，在文艺美学教学

队伍中，95%的教师是从文艺学中分出来的，5%的教师来自哲学和美学学科。而较为著名的教者则多是从美学起步的。因此，用什么样的标准和怎样的条件去建设教师队伍和引进教师成为问题。进而，直接影响到文艺美学教师对教学目标与要求的把握。同样的，教者在社会巨变的情形下，很难把握审美活动的动态，对教学缺乏动力，引起教者的尴尬。

二 文艺美学"学"的难题

文艺美学学习的任务，就在于学生从内在结构层面了解艺术的具体审美存在特性、审美表现方式、审美体验过程和规律等的特定理论思路、讨论形态。学生在教者指导下必须关注下列问题。

（一）艺术发展中的美学冲突及其历史变异问题

这本来是一个艺术史的话题。但在文艺美学研究的视野上，艺术史问题同样可以生出这样几个方面的美学议题：其一，艺术发展所内含的美学理想的文化指归，究竟怎样通过人的艺术活动而获得实现？其二，美学上的价值差异性，怎样实现其对于艺术发展的控制、操纵？艺术形式的冲突与美学理想的冲突是一种什么样的关系？其三，艺术发展中的美学冲突的历史形态及其实践性变异如何？应该说，这种讨论过程，将有可能带来文艺美学研究更为深刻的历史根据。

（二）艺术作为一种审美意识形态的社会实现机制、过程与形态问题

这个问题与上一个问题是相联系的。所不同的是，这里更接近于探讨艺术作为一种理想价值形态的社会学动机。也就是说，作为特定社会意识形态的特定表现，艺术、艺术活动的内

在功能是如何在社会层面上得到体现和认同的？尤其是，当我们常常以不容置疑的态度将艺术表述为一种"人对世界的掌握"时，其意识形态力量又是如何具体体现在人的社会实践过程中的？对于这个问题，我们既不能仅凭审美的心理经验方式去加以把握，也不能只是通过纯粹思辨来进行主观化的推论，而只有借助艺术历史与艺术现实的运动关系来进行说明。而这个问题的难点则在于：为了说明艺术的意识形态功能，我们必须首先理解意识形态的历史具体性；为了把握审美意识形态的本质特征，我们又不能不把艺术与其他意识形态形式的共时性关系纳入讨论范围，以便从中确认艺术的意识形态特殊性。

（三）艺术的价值类型问题

这一研究，主要针对艺术价值的形态学意义，即艺术价值的分化及其美学实现形态。在以往的美学或文艺理论研究中，有关艺术价值问题的探讨常常被放在一种严密的整体性上来进行；艺术价值的美学阐释并不体现形态分析的历史具体性，而只是从审美本质论立场对艺术价值做出某种统一的概括，所反映的是艺术之为艺术的先在合理性。实际上，在艺术价值问题上，由于人的生存形态不同、人的价值实践的分歧，艺术价值的实现方式和实现结果都是具体的、分化的和相异的。不仅不同艺术之间在价值形态上是有分化的，而且由于实践方式、实践基础和过程等的不同，相同艺术的价值构造、价值取向、价值体现也是存在各种差异的——由于这样，"艺术是什么"才会变得如此复杂。文艺美学研究的工作，就是要找出这种差异，并对之进行形态分析，从而使艺术价值问题落实在具体的类型层面上，真正体现艺术的审美具体性。

（四）艺术效果问题

"艺术效果"一向受到人们的关注。不过，我们在这里主要关心的，还不是一般意义上艺术活动与人的精神修养、情感陶冶等的关系，而是当代文化语境中大众传播制度对于艺术活动、艺术作品自身效果的具体影响，以及这种影响的实现过程和美学意义。因为很明显的是，当代艺术的美学变异，很大程度上是依据其与当代文化的大众传播特性来决定的；所谓"艺术效果"，一方面取决于艺术的表现特性以及艺术在一定文化语境中的自我生存能力，另一方面则取决于艺术活动、艺术作品、艺术接受活动与整个大众传播制度的关系因素和关系结构。包括艺术效果的发生、艺术效果的集中程度、艺术效果的结构方式、艺术效果的体现形态、艺术效果的延伸和艺术效果的变异性转换等，都以一种非常直观的形式同当代文化的大众传播制度联系在一起。因而，把艺术效果问题与整个文化的大众传播制度问题加以整体考虑，是当前文艺美学研究中的一个重要课题。在此基础上，我们才有可能获得对于艺术审美本质的当代性把握，在理论上真正体现出现实的价值和立场；文艺美学研究也才可能产生理论的现实有效性。

（五）艺术审美的价值限度问题

这个问题所涉及的，实际是我们过去一直坚信不疑的那种艺术至上性观念。按照一般的美学理解，在人类价值体系的内在结构上，"真""善""美"虽然有着某种内在的、稳定的统一性，但在发展逻辑上，它们又是有级别、有递进性的；艺术在其中始终扮演了一种至上价值的表演角色，成为人类在自身实践过程中的最高目标。这种观念在当代文化语境中，其实已经呈现了某种风雨飘摇的景象。不仅人的现实生存实践不断质疑了这种内涵概念先在性的理想，而且，就这一观念把美/艺术当作人类不变的既定实践而言，它也是值得怀疑的。在当代文化语境中，不仅艺术本体立场的改变已经是一种十分显著的事实，而且，艺术与美的关系的必然性和同一性也正在被艺术活动本身所拆解。由是，在人类生存实践的价值指归上，艺术审美的价值限度问题便凸显了出来。我们所要讨论的是：艺术在何种意义上可能是审美的？艺术审美的有效性和有限性是如何通过艺术活动自身的方式而呈现出来的？艺术作为人的生命理想的审美实现方式，在什么样的范围内为人类提供了一种具体的价值尺度和客观性？

（六）艺术中的审美风尚演变问题

我们经常说，艺术是一个时代的社会生活关系、生活实践、生活趣味等现实价值形式的反映；美学、文艺理论也常常论及这方面的话题。但是，这种对艺术的谈论往往还只停留在一般概念的归结上，很少非常具体地从美学角度透彻分析艺术创作、艺术作品、艺术接受与社会、时代风尚演变之间的审美关系特性，也很少充分揭示艺术体现社会审美风尚的具体过程和规律问题。因而，把这个问题作为当前文艺美学研究的对象，目的就是要通过对艺术发展与社会审美风尚演变之间关系的探讨，深入揭示：第一，艺术生成中的社会审美趣味、理想与观念的存在和存在方式；第二，社会审美风尚演变活动所导致的艺术的时代具体性、意识形态性；第三，艺术创造如何能够顺应并体现一定社会审美风尚的特性；第四，艺术风格、艺术审美创造的改变，又如何融入社会审美风尚的演变过程之中；第五，艺术的历史在什么样的意义上可以反映为一种审美风尚的历史；第六，艺术活动如何体现一个时代社会审美风尚的分裂性；第七，具体艺术文本的风尚特征；等等。这些问题的研究，对于我们更加深刻地理解艺术的美学规律，把握艺术发展的内在过程及其外部因素，都是十分重要的。比如对于艺术的民族审美特质问题的理解，就与这一研究直接相关。

（七） 艺术活动与日常活动在人类生存中的现实美学关联问题

这个问题的重点，是我们如何能够在当代文化的现实性上，认真、客观地理解当代艺术的美学转移。由于当代文化发展本身的规律及其影响，当代艺术和艺术活动已经发生了巨大的改变。这种改变甚至不是一般形式意义上的，它更带有本体颠覆的特性。艺术和艺术活动在当代文化语境中，逐渐自我消解了自身肩负的沉重历史使命和社会责任，艺术的"创造"本性正在急剧转换之中。

原本超然于人的日常生活、普通趣味之上的艺术的"美学封闭性"，正在不断被当代社会生活的世俗化、享乐化追求所打破；艺术不仅不再能够必然地超度人的灵魂、提供超越性的精神方向，甚至它自己有时也不得不屈服于人的日常意志的压力及其具体利益。这样，把艺术活动与人的日常活动的现实美学关系放在一个现实生存语境中来加以把握，既是对于当代艺术的美学追求的一种具体体会，也是美学和文艺理论研究扩大自己的学术视野、体现自身当代性追问能力的内在根据。

针对上述问题，学生在学习时表现出来的突出问题是：

第一，美学和文艺学理论基础较弱，以致成为学生学习的主要障碍。不管怎样表述，美学和文艺学基本理论知识是学好文艺美学的基础。

第二，哲学学习兴趣不浓，研究能力不强。哲学往往给我们提供方法论，而学生们常常哲学能力缺乏，无法分析和理解文艺美学的核心问题。

第三，对经典的阅读不够。学好文艺美学还必须读一些文艺美学、文艺学和美学的经典作品，当下学生的阅读视野成为问题重点所在。

第四，对现代日常生活和艺术缺乏审美性认识。社会的激烈变化，学生的压力越来越大，也就引起学生认识社会和理解社会的匆忙。面对艺术的庸俗，学生无法辨别从而无法进入高雅的艺术审美殿堂。快节奏、快意和快感，不是在深入的审美中完成，而常常表现为冲动。

"学"的难题比"教"的难题在当今表现得更加突出。

老师的"教"和学生的"学"在当下并不和谐，只是试图在冲突中寻找平衡。教师难以找到学生的兴奋点，也无法科学地找到对学生的评价体系。问题的结果是，文艺美学的任务常常由教师自己完成。

第二节　现当代文艺美学教学名师评点

文艺美学学科建立的时间虽然不长且历尽艰难，但文艺美学教学名师却很多。可以说接近100％的文艺美学研究者同时也是教学者。文艺美学教学当然离不开广大教师的不懈努力，但其标志性的成果往往是由教学名师体现出来的，因此，对教学名师进行个案分析可以更好地总结文艺美学教学的基本规律，促进中国文艺美学的教学活动。本节，我们进行名师评点，目的在此。中国现当代教学名师众多，我们为此确定了两条标准，一是从进入21世纪以后教育部质量工程启动以来评选出的国家教学名师、国家级教学团队和国家级精品课程的领衔专家中挑选；一是从长期从事文艺美学教学的学界和社会公认的老教授中挑选。当然，并非是说没有进入我们研究范围的就不是名师，我们的研究还在进行中。

一 文艺美学教学名家概述

历数中国现当代文艺美学教学名家，可以说群星璀璨。有朱光潜、宗白华、邓以蛰、伍蠡甫、蒋孔阳、缪朗山、胡经之、周来祥、童庆炳、董学文、曾繁仁、朱立元、陈洪等一批研究专家。这里，我们略选部分大家稍加评点。

朱光潜（1897～1986），可以说是中国文艺美学教学的先驱。从朱光潜的经历来看，一生的大部分时间在大学讲坛上。虽然他在大学讲台上讲的主要是美学，但是在美学讲授中，他对文学倾注了心血。他影响很大的《我与文学及其他》《诗论》《谈文学》等涉及文学的著作，实质上是他的课堂讲稿或演讲稿。著作中是从审美的角度来谈文学的，也就是今天我们说的文艺美学。朱光潜在美学上的地位是崇高的，其丰硕成就与其高尚人格等同。几十年的教学生涯，他一直对什么是美、什么是艺术美、什么是审美等问题进行探讨，殚精竭虑。

朱光潜对教学十分执着，他对文艺美学和美学的教学体现出名师的风范。他的学生吴泰昌对朱光潜的教学有一段有趣的叙述：

> 20世纪50年代末，我在燕园生活了四五年，还没有机会与先生说过一句话，更别说交谈、谈心了。50年代中期，北大一度学术空气活跃，记得当时全校开过两门热闹一时的擂台课：一门是《红楼梦》，由吴组缃先生和何其芳先生分

别讲授；另一门是美学，由朱光潜先生和蔡仪先生分别讲授。那年我上大二，年轻好学，这些名教授的课，对我极有吸引力，堂堂不落。课余休息急忙从这个教室转战到那个教室，连上厕所也来不及。朱先生的美学课安排在大礼堂，从教室楼跑去，快也要十分钟。常常是当我气喘吁吁地坐定，朱先生已开始讲了。他是一位清瘦的弱老头，操着一口安徽桐城口音，说话缓慢，瞪着一双大眼，这就是赫赫有名的美学大师。朱先生最初留给我的就是这使人容易接近又略带某种神秘感的印象。当时美学界正在热烈论争美是什么，是主观，还是客观？……朱先生是论争的重要一方。他的观点有人不同意，甚至遭到批评。讲授同一课题的老师在讲课时，就时不时点名批评他。朱先生讲课态度从容，好像激烈的课堂内外的争论与他很远。他谈笑风生，只管从古到今，从西方到中国，引经据典地论证自己的观点。他讲得条理清晰、知识性强，每次听课的除本校的，还有外校和研究单位的人员，不下五六百人。下课以后，人群渐渐流散，只见他提着一个草包，里面总有那个小热水瓶和水杯，精神抖擞地沿着未名湖边的水泥小径走去。几次我在路上等他，想向他请教听课时积存的一些疑问，可当时缺乏这种胆量。

60年代初，他从西方语言文学系到哲学系，特为美学教研室和文艺理论教研室的教师、研究生讲授西方美学史。我们及时拿到了讲义，后来这些讲义成为高校教材正式出版了。也许因为听课的人只有一二十位，房间也变小了；或许因为我们这些学生年龄增长了，在朱先生的眼中我们算得上是大学生了，他讲课时常停下来，用眼神向我们发问。逼得我在每次听课前必须认真预习，听课时全神贯注，以防他的突然提问。后来渐渐熟了，他主动约我们去他家进行辅导，要我们将问题先写好，头两天送去，一般是下午3时约我们去他的寓所。那时他住在燕东园，怕迟到，我们总是提前去，有时走到未名湖发现才2点，只好放慢脚步观赏一番湖光塔影，消磨时间，一会儿又急匆匆地赶去，星散在花园里的一座座小洋楼静谧得连一点声音也没有。我们悄声地上了二楼，只见朱先生已在伏案工作。桌面上摊开了大大小小的西文书，桌旁小书架上堆放了积木似的外文辞典。他听见我们的脚步声近了才放下笔，抬起头来看我们。他辅导的语调仍然是随和的，但我并没有太感到他的亲切，只顾低着头，迅速一字一字、一句一句记。我们提多少问题，他答多少，有的答得详细，有的巧妙绕开。他事先没有写成文字，连一页简单的提纲都没有。他说得有条不紊，记下来就是一段段干净的文字。每次走回校园，晚饭都快收摊了，一碗白菜汤，两个馒头，内心也感到充实。晚上就着微弱昏暗的灯光再细读朱先生的谈话记录。他谈的问题，往往两三句，只点题，思索的柴扉就顿开了。①

---

① 吴泰昌（1938～　），安徽省当涂人。1955～1964年在北京大学中国语言文学系就读本科和文艺理论硕士研究生。此期间朱光潜先生在北京大学讲的就是美学和今天我们知道的文艺美学。吴泰昌1984～1988年任《文艺报》副主编，后为文艺报社顾问、编审，1992年起享受国务院有特殊贡献专家津贴，1979年加入中国作家协会，中国作家协会五届、六届全国委员会委员，兼任中国散文学会、中国报告文学学会、中国大众文学学会、冰心研究会副会长，《儿童文学》《中国人物年鉴》《出版史料》编委，《小说月报》《小小说选刊》《微型小说选刊》顾问。已出版评论散文集《梦里沧桑》《我亲历的巴金往事》《我认识的钱锺书》，编《阿英文集》及朱光潜著《艺文杂谈》等。本引文选自他的《我认识的朱光潜》。

从这段叙述可以看出，一代名师朱光潜先生教学执着，值得后辈终身学习。

当代文艺美学教学名师中，胡经之是不得不提的。

胡经之（1933~　），现为深圳大学文学院教授。对于文艺美学学科的建立与发展，胡经之可以说是真正的"教父"。前文我们已经多次提到从1980年起他对文艺美学学科的建立做出的重大贡献。我们也可以从他的经历中了解到他为文艺美学传播所做的努力。从北京大学到深圳大学，30年的时间里，他没有放弃文艺美学教学和研究。坚持为本科生、硕士生、博士生上课，传递文艺美学的核心知识与观念。他坚持认为，文艺美学是文艺学和美学的融合的结晶，具有严格的独立性和合理的血缘特征。

有研究者认为："胡经之的文艺美学研究成绩显著，特色鲜明。首先，体现为他开启了从本体论研究文艺美学的新视角。他克服了传统的文艺社会学、文艺政治学研究的不足，关注艺术本体与人的生存方式之间的联结，从而扩大了理论探索的思维空间和逻辑进向。其次，体现在他构建了独特的理论框架。他从分析审美活动入手探寻审美体验和艺术的审美价值，进而剖析艺术掌握世界的方式，然后阐释艺术真实、艺术美、艺术形象、艺术意境和艺术形态等，最后转入对艺术的阐释接受和艺术审美教育的论述。整个过程在作者由动态—静态这一精心安排的结构中展开，形成一个完整有序的理论构架。再次，体现为他对范畴群的合理整合。他善于由此及彼，层层深入，根据范畴之间内在的通约性，建构了富有生命力的范畴链环，并在多层审美规律中演绎范畴，在大范畴中推演范畴的子系统。"[1] 20世纪90年代后期，

---

① 刘桂霞：《文艺美学园地的拓荒者》，内蒙古师范大学，2005年硕士论文。

胡经之又转向"文化美学"研究，这可看作是其本体论文艺美学的延伸，因为二者都以关注人的生存境况为出发点。

接下来，我们要介绍中国当代文艺理论的掘进者童庆炳。

童庆炳（1936～　），福建连城人。1958 年毕业于北京师范大学中文系并留校工作。1958 年后历任北京师范大学中文系助教、讲师、副教授、教授、博士生导师，现为教育部人文社科基地北京师范大学文艺学中心主任。兼任中国文艺理论学会副会长，中国中外文艺理论学会副会长，中国作家协会理论委员会委员。中国作家协会会员。童庆炳先后讲授文学概论、文艺心理学、文艺美学、中国古代文学批评、《文心雕龙》研究等课程，指导硕士、博士无数名，长期从事中国古代诗学、文艺心理学、文学文体学、美学方面的研究。他主编的《文学理论教程》成为全国高校文科规划教材（获北京市优秀教学成果奖一等奖、国家教委优秀教材一等奖、国家级优秀教材二等奖）。

童庆炳对审美心理和审美距离的研究是独到的。而作为教师，他既是严肃的，又是和蔼的。学界对其评价很高，略选一二如下：

在中国当代文艺学研究史上，童庆炳是屈指可数的、自成体系的文学理论家、美学家和文学批评家之一。20 世纪70 年代末到 80 年代初，为摆脱"文艺从属于政治"的命题的思想束缚，童庆炳主要理论关注点是文学的审美属性问题。进入 20 世纪 90 年代，童庆炳的文艺心理学（心理美学）研究进一步确认了文学的审美品质，把文学创作看成一种以审美活动为核心的精神活动；童庆炳通过古代文论、比较诗学和文学文体学的研究，在古今中西各种文学理论的对话和沟通中，进一步丰富和完善自己以"审美特征"为中心的文学思想，而创构了一个以审美为核心的文艺学理论体系。童庆炳主编的高校教材《文学理论教程》，第一次把"审美意识形态"论的命题写进了教材，前所未有地推进了对于文学性质与文学观念的多元理解，代表了新时期文艺学教材所达到的最新水平。作为新时期以来中国审美论文艺学研究的集大成者，童庆炳从不画地为牢、故步自封、裹足不前，也不屑于生吞活剥外来理论，而是在反刍消化后进行兼收并蓄与中西会通式的移植和发展。新世纪初，在反思文化研究这一当代"显学"的基础上，童庆炳提出了"走向文化诗学"的系统理论构想，并以其扎实的研究和推导工作，体现了中国学人对于当代文学理论走向的清醒判断和理性选择。作为一种文学理论的新形态，"文化诗学"研究必将推进我们时代的文学理论和批评，为文学的发展做出贡献。

作为"山水之子"（曾恬语），童庆炳又是一名作家，出版过别具一格的两部长篇小说和一本散文集；童庆炳还是著名的教育家，不仅培养了数以百计的硕士生，至 2008 年为止，他还培养出文学博士达五十一位——其中大多数已成了高校学术骨干和学科带头人，而有"童家军"之誉；童庆炳还编著了流传甚广的《文学理论教程》等大学教材，以及中学高中语文实验教材（目前由北京师范大学出版社出版发行）。童庆炳是名副其实的"劳模"，迄今已发表论文三百余篇，著述二十余种，其涉猎领域之广博，学术创见之丰赡，非一般的学者所能比拟。在中国文艺学的建构中，童庆炳卓然成一家之言，其学术思想始终与时俱进，而引领着新时期以来的文学理论潮流和发展。这一切都源自童庆炳的从容大度，及建立在这种涵养之上的睿智。学术研究是一个薪火相传的过程，研究童庆炳不仅可以向世人展示中国学人独特的文学思想，在某种意义上，还可以昭示着未来文学研究的路向。①

童庆炳先生给学生开的课，很少是那种完全依靠老师讲授、学生被动接受的课程，而是专书研读和师生共同讨论。课程的任务是阅读一本书，由每个学生主讲其中的一章，学生事先需要做好充分的准备，做完报告后，再由大家一起讨论。师生之间互相启发，在这个过程中，会迸发出许多思想的火花。带研究生的第一年研读的是苏珊·朗格的《艺术问题》，这次阅读过程给学生们留下了非常深刻的印象，对童先生自己吸收西方的理论也有很大帮助。

童先生谈到，现在的研究生面临着跟以往不同的新情况，学生找工作的压力越来越大，读到博士的阶段，学生都希望能够获得教职去做学问，但是现实中，高校和研究所的岗位是很有限的，必然会有些学生离开学术的岗位，寻求新的发展。这就要求我们的教育要更加注重学生能力的培养。研究生的学习过程，不仅是具体的专业知识的掌握过程，更重要的是一种学习能力和研究能力的获得，即使学生将来到了偏离其原有专业的岗位，同样可以从原有的能力中延伸出新的能力。思考问题、判断问题的能力都是相通的，对文学美学问题的研究有能力，转到传媒、新闻、历史问题上，都可以运用已经形成的能力去开拓新的领域。同时，老师应该

---

① 吴子林：《童庆炳与中国审美论文艺学的创构》，中国社会科学院主办中国文学网：http://www.literature.org.cn/Article.aspx? id = 43322。

引导学生读书不要太单一，阅读面要宽一些。童先生说自己一直主张读一点马克思的书，比如马克思的《资本论》和恩格斯的《费尔巴哈与德国古典哲学的终结》，它可以培养学生一种研究的观念和方法，从方法论的角度给学生提供帮助。

童先生说，自己的大半辈子都是在讲台上度过的，一生的大部分心血都倾注到了学生身上，他的生命与教育事业相连。童先生谈到自己最后的理想说："如果将来有一天我不行了，我希望不是倒在病床上，而是站在讲台上，讲着讲着不行了，就倒在学生的怀里。"①

下面，我们再介绍现代西方文艺美学的传播者朱立元。

朱立元（1945~ ），上海崇明人。1967 年毕业于复旦大学中文系，1978~1981 年在复旦攻读文艺学研究生，导师蒋孔阳教授，1982 年获文学硕士学位，留校工作。1985 年破格提为副教授，1991 年晋升为教授，1993 年被评为博士生导师。中国作家协会会员，上海作家协会理事。兼职教育部中文学科教学指导委员会副主任，全国高教自学考试委员会中文专业委员会副主任，中国中外文艺理论学会副会长，中国文艺理论学会副会长，中国对外汉语教学学会副会长，中华美学学会常务理事，上海美学学会副会长。

朱立元长期研究文艺学、美学，具体包括文艺理论和美学理论、西方美学、马克思主义文艺理论、中西比较文论和美学等。先后为复旦大学本科生、研究生、助教班讲授过文学概论、美学

---

① 北京师范大学新闻网：http://www.iopen.com.cn/html/article/c63/a4921。

概论、马列文论、黑格尔美学研究、黑格尔戏剧美学研究、康德美学导读、现当代西方美学选讲、当代西方文论选讲、当代文艺思潮研究、西方美学史（古典部分）、西方美学史（现当代部分）、文艺美学等课程。同时兼职教授华东师范大学中文系硕士、博士文艺美学课程。到 2009 年，朱立元指导的硕士、博士研究生已有 30 余名。

朱立元在课堂上充满激情，常常一站四个小时，仍然声音洪亮。下课后，学生喜欢围着他问长问短，他总是能够不厌其烦地回答学生，从来没有著名教授和学者的傲气。我们调查了他曾经教过的学生彭荣芳（现供职于湖南教育出版社），彭荣方说："朱老师上课一是声音大，二是非常投入，三是逻辑性强，四是和蔼可亲又要求严格。"在网上，我们也可随处看到学生对朱立元的赞扬。

朱立元在教学中传递得最多的是西方美学对中国的影响，特别是对文学艺术的影响。

陈洪是一位坚持美育、"净化吾心"的教育专家。

陈洪（1948 ~ ），山东栖霞人。曾任南开大学常务副校长，文学院院长，跨文化交流研究院院长；现任中国语言文学类专业教学指导委员会主任委员；教育部第四届高等学校国家级教学名师。

陈洪主讲中国文学批评史、中国古代文学、中国思想史、中国小说理论史等课程，指导明清文学、中国文学批评史、明清小说与小说理论批评方向的硕士、博士研究生。主要研究范围包括中国古代小说理论、明清小说、文学与宗教、大学语文等。著有《中国古代小说艺术发微》《中国小说理论史》《佛教与中国古典文学》《金圣叹传论》《李贽》《画龙点睛》《漫说水浒》《浅俗下的厚重》《沧海蠡得》《结缘：文学与宗教》，整理校注《何氏语林》，主编《中国小说通史》《中国古代文学发展史》《中国古代文学作品选》《中国古典文论读本》《诸子百家作品经典》《唐诗宋词元曲经典》《大学语文》《外国文学通识》《中国诗词名句鉴赏大典》等。主编《大学语文》、《大学语文拓展读本》（三集）、《中国古代文学作品选》（四卷）、《中国古代文学发展史》（上中下），主持的大学语文课程获国家精品课程建设立项。其研究与教学不忘审美，尤其关注文艺活动显示出来的美。

以下是一位记者对陈洪的采访：

曾在山东待了10年的陈洪说："这10年，是人生中最快乐的一段时光，同时也是我收获最大的10年。"

陈洪能够如此爽快地接受采访，是出乎我的意料的。因为身为南开大学的副校长、文学院院长、教授、博士生导师，陈洪非常繁忙。见到陈洪是在他的家里，知道我已到了楼下，他早早开了门出来等候。

得知我也是山东人，陈洪很兴奋地和我聊起了他在山东下乡的经历。

1968年10月5日他下乡到原籍山东栖霞，1978年10月5日考研回到天津，在山东正好待了10年。

"这10年，别人可能会觉得凄凄惨惨、冷冷清清，但对我来说，却是人生中最快乐的一段时光，同时也是我收获最大的10年。"

陈洪下乡时刚好20岁，正是风华正茂、意气风发，要"到广阔天地里大有作为"的时候。在那里春种秋收的"十八般兵器"他都摸过，还做过林业队长管理过果园，当过中学教员、赤脚医生、大队现金保管员，阅历相当丰富而且样样干得出色。

当然最让陈洪可以自得自满自傲的，还是十年未有片刻间断的书缘。

因此在"文革"结束之后，陈洪就直接考取了研究生。因当时天津只有批评史专业，所以便师从王达津先生攻读了"中国文学批评史"，也就是他现在所从事的研究方向。在专业领域内，陈洪长期致力于中国古典小说尤其是明清小说的研究，是我国著名的古典文学研究专家。虽然从事古典文学的研究，但陈洪并不是一个钻故纸堆的人，他对于当下的文化热点如"金庸小说"、"网络文明"等都同样有所关注。

谈话中得知陈洪最近很忙，中央电视台正在给他和叶嘉莹先生拍一套诗文赏析的电视节目。其实陈洪不仅善于品评诗文，他自己就是个才华横溢的诗人。古人云"腹有诗书气自华"，陈洪身上便有这样一种名士风范。他是个学者，同时也是名人，在校内外同时兼着多个职务，但是他不为名牵，不为物累，平易谦逊，洒脱豁达，澹泊宁静，这自然与诗书的熏陶密不可分。陈洪说："对于诗词的爱好是我从小养成的，因为父母都是中学语文教师，家里这方面的书比较多，自然就耳濡目染了些。""神州须健者，大块待文章。独自凭栏处，天高看鹰扬。"这是1970年，陈洪在登烟台山时，曾写下的豪情万丈的诗句，由此也可看出其气魄与胸襟。

当今社会是一个人心浮躁、浊流暗涌、沉渣泛起的世俗社会，陈洪称得上是一位守住精神家园、有诗意栖息地的学者。

虽然工作忙，只要周末有时间陈洪会去打篮球或偕夫人一起到公园散步。喜欢电影，但时间有限，一年只能看三四回。他谈起最近刚看的电影《疯狂的石头》，认为正是它的调侃、"不正经说话"迎合了大众口味，本身也不恶俗，因此才受欢迎。

陈洪说："人不堪其扰，余也不改其乐，我们应该用积极乐观的态度给生活新的意义。"

已知天命的他总结自己的前半生，写出了这样的人生信念：自处——我愿意在洒落与执着之间把握一个自然的度；处世——我希望达到"老者安之，少者怀之，朋友信之"的境地。①

最后，我们介绍一位可称为文艺美学和审美教育论的"剑客"曾繁仁。

曾繁仁（1941～ ），安徽人，1964 年毕业于山东大学中文系，现为教育部人文社会科学重点研究基地山东大学文艺美学研究中心主任、教授、博士生导师。曾繁仁长期从事美学、文艺理论、西方美学史、审美教育的教学和科研工作，尤其在西方美学史、美育等方面成就卓著。在西方美学史方面，有关古希腊美学、德国古典美学和西方现代美学研究的影响很大。在美育方面，为全国美学学科的重要学科带头人之一。从 20 世纪 80 年代起即从事美育研究，多次组织、参加全国性美育学术活动，提出

---

① 李敏：《陈洪：诗意的两栖》，大众网：http：//www.dzwww.com。

了一系列有影响的见解。

曾繁仁从事教学近 50 年，但一直没有间断文艺美学研究，并不断拓展。在他的坚持下，山东大学成立文艺美学研究中心。

曾繁仁的美学思想主要由审美教育论、生态美学论、文艺美学论构成，其存在论美学思想贯穿了他整个的研究体系。特别是在文艺美学论中，论述文艺美学的生存处境，坚持将其定性为一个新兴学科，与胡经之等珠联璧合；关注审美经验，关注文艺美学与当下文艺现实的联系；多重阐释经验与主体、经验与实践、经验与快感、经验与表现等的关系；结合中国文艺的特点，中西结合，使其审美经验现象学方法具有审美价值形而上特征。对生态美学、审美教育等，进行了充分的讨论。在教学和研究中，他把自己的思想融会其中，显示出理论家的创新精神。

二　文艺美学教学名师点评

（一）王一川：体验式教学的沉浸者

王一川，四川沐川人。国家级教学名师，北京师范大学艺术与传媒学院院长、教授、博士生导师，北京师范大学文艺学研究中心主任、泛媒介文化研究中心主任、国民艺术素养研究中心主任、《文化与诗学》副主编，中国文艺理论学会副会长，中华美学学会审美文化研究会会长兼审美文化专业委员会主任，中国电影家协会理事兼理论评论工作委员会副主任，高校影视联盟副主任，北京电影家协会副主席。主持国家哲学社会科学基金重大项目、教育部哲学社会科学重大项目多项，获国务院学位委员会授予"做出突出贡献的博士学位获得者"称号，入选教育部 2005 年度长江学者特聘教授计划、新世纪百千万人才国家级人选、教育部跨世纪优秀人才培养计划。主讲文学概论课列入教育部 2004 年度国家级精品课程。近年主要研究文艺美学、中国现代文艺与文化现代性问题和大众美学。专著有《意义的瞬间生成》《审美体验论》《语言乌托邦》《中国现代卡里斯马典型》《修辞论美学》《中国形象诗学》《张艺谋神话的终结》《汉语形象美学引论》《中国现代性体验的发生》《文学理论》等。主编《美学与美育》（中央广播电视大学出版社出版）、《大众文化导论》、《美学教程》（复旦大学出版社出版）、《批评理论与实践教程》（高等教育出版社出版）、《文学概论》（中央广播电视大学出版社出版）、《大学美学》（高等教育出版社出版）。

王一川曾总结自己的教学心得，在 20 多年的高校教学中，他先后提出并尝试过三种教学方式。第一种是 20 世纪 80 年代的体验式教学，即教师努力营造出师生共同沉浸于其中的生命体验空间，唤起对人文与艺术传统的体认和创造激情。第二种是学理式教学，即教师致力于对学生学术兴趣的培养和艺术问题的学理阐释。第三种是从游式教学，即教师带领本科生通过研究生的传感而培养学术兴趣和创新精神。这种新模式来自王一川对孔子开创的本土"从游"式教育传统与现代研究型大学的创新人才培养体制的一种综合理解和探索，旨在合理利用研究型大学的学术研究和研究生教育等优质资源，让本科生（"小鱼"）在高年级学长和研究生（"中鱼"）及教师（"大鱼"）的感染中成才，由知识的被动接受者转变为具有知识探究精神的人。

（二）蒋述卓：唤醒人格心灵的耕耘者

蒋述卓，广西灌阳县人。文学博士，暨南大学中文系教授，文艺学专业博士生导师。暨南大学党委书记、副校长，校学术委员会副主任与学位委员会副主任，兼教育部中文学科教学指导委员会副主任、中国古代文学理论学会副会长、中国中外文艺理论学会副会长、中国文艺理论学会副会长、广东省文艺批评家协会主席等学术职务。1974年8月至1978年2月任教于广西桂林师范学校中文科；1982年毕业于广西师范大学中文系，获学士学位；1985年1月获该校文艺学专业硕士学位；1988年7月毕业于华东师范大学中文系中国文学批评史专业，获博士学位。1988年7月起至今在暨南大学任教；1993年担任文艺学专业硕士生导师，现指导方向为批评理论与文化研究；1996年担任文艺学专业博士生导师；2008年获教育部颁发的第四届全国高等学校教学名师奖。

主要从事中国古代文学理论、宗教与文艺关系、文学与文化关系的研究。佛学和文学及文学理论的关系是蒋述卓个人研究领域的基本点。蒋述卓师从王元化先生，攻读中国文学批评史。王先生倡导从比较与文化的角度研究中国文艺理论，以及"三结合"（古今结合、中外结合、文史哲结合）。蒋述卓在攻读博士学位期间，博士论文题目为从魏晋南北朝时期的佛经翻译入手研究其对当时文学思潮演变所产生的影响。博士毕业后蒋述卓一直坚持对佛学与中国古代文论、佛学与中国古代美学、宗教与艺术关系的研究，先后出版了几部学术著作。

已出版的学术著作有《佛经传译与中古文学思潮》、《佛教与中国文艺美学》、《山水美与宗教》、《宗教艺术论》、《在文化的观照下》、《中国山水诗史》（合著）、《中国山水文化》（合著）等，发表学术论文及文艺批评文章逾百篇。

论文《佛教境界说与中国艺术意境理论》获首届全国青年优秀社会科学成果奖二等奖。提倡在文化背景中观照与研究文学，并倡导文学批评的第三种批评——文化诗学批评。在古代文论研究方面有较独到的贡献。此外，还写作散文，发表过《戒台读松》《生命是一部分》《不饮而醉》等 30 余篇散文，并发表过研究散文发展趋势方面的文章。目前，指导博士研究生 6 名，硕士研究生 8 名。曾获暨南大学十佳教师称号、暨南大学"八五"期间优秀科研工作者称号。1996 年被广东省高教厅遴选为"千、百、十"工程省级青年学术带头人，1999 年获"广东省第二届青年科学家"和"广东省优秀中青年社会科学家"称号。

蒋述卓认为，探讨古代文论的基本范畴，抓取一系列重要范畴作全面爬梳与系统解读，既可以发现古代文论范畴中的文化质素，又可以从文化视角对文论范畴做出新的阐释。因此，探讨古代文论的基本范畴，是检视古代文论现代转换的关键问题，由此切入可以反思 20 世纪中国古代文论学术研究史的得失，旨在为中国当代文学理论与批评话语的建设提供有益的鉴照。

对"古代文论"进行"现代转换"，是在中国当代文论在世界文坛上声音微弱的背景下提出来的，它是中国文论在走过近百年的弯曲历程后一个必然性的理论爆发，反映了当代学人出于学术自觉的一种建设姿态。这场讨论，涉及如何看待中国古代文论的现代处境、如何看待传统及实现它的现代转换，如何建设有中国特色的当代文论话语等一系列牵动文艺界全局的重要问题；与此相关，还涉及如何评价一个世纪以来对异域文学理论的引入和吸取。蒋述卓在科研课题"中国古典文艺美学的现代价值研究"和"现代文艺学建构中的中国古代文论"中，在整理、研究中国古代文艺美学思想资料的基础上，对中国古代文艺美学的现代意义和价值做出新的开掘，使之在创造性的转化中进入现代文艺美学体系的建构之中。

　　蒋述卓教授注重建立实践性较强的因材施教、发展个性的教学教育法，将学生的心理需求、行为调适、人格完善与教学内容结合起来，以达到最佳的教学效果。他讲授的中国传统文化概论、中国山水与中国文化、中国古典诗词的生命精神与哲学智慧等课程一直深受学生喜爱，1995 年，蒋述卓教授荣获暨南大学首届"十佳授课教师"称号。作为深受学生尊敬的老师和有所建树的知名学者，他多次举行讲座，殷切寄语大学生：自觉认识，自主发展，努力成才。他所讲授的中国古典诗词的生命精神与哲学智慧课程，凝聚了他数十年来对中国古典诗词的研究心得和心灵感悟。中国青年出版社出版的《诗词小札》，就是他教授该课程的讲义和他在《羊城晚报》开设"诗词小札"栏目中的文章，深受读者好评，首印一万册，销售一空。

　　蒋述卓教授认为教育教学是一门艺术，他非常讲究教育教学的方法。蒋述卓教授认同德国教育家斯普朗格的教育理念：教育的核心是人格心灵的唤醒，教育的最终目的不是传授已有的东西，而是要把人的创造力量诱导出来，将生命感、价值感唤醒。因此，蒋述卓注重启发学生思维方法，因材施教，并不将学生的研究范围束缚在自己的学术领域，而是鼓励大家根据各自所长积极拓展自己的研究领域和研究方向。听过蒋述卓教授课的同学说："蒋老师上课非常生动活泼，艰深的前沿学术理论被老师佐以鲜活的实证例子，仿若被注入现实生活的血肌。上蒋老师课常常让人忘记思绪的流逝，仿若一场思绪疆域的策马奔腾，让我们揽尽文学殿堂的旖旎风光。"[1]

_____

①　彭梅蕾：《方寸讲坛载一生追求　广阔人生显智者风范——记第四届高等学校教学名师奖获得者、国家重点学科带头人、暨南大学蒋述卓教授》，《学位与研究生教育》2009 年第 8 期。

（三）曹顺庆：跨文学视域研究的探求者

曹顺庆，贵州贵阳人。1980 年毕业于复旦大学，同年考上四川大学攻读硕士研究生，1983 年获硕士学位，1987 年获博士学位。现为四川大学文学与新闻学院院长、教授、博士生导师，教育部"长江学者奖励计划"特聘教授，国家级重点学科比较文学与世界文学学科带头人，教育部跨世纪优秀人才，霍英东教师基金获得者，"做出突出贡献的中国博士学位获得者"，享受国务院特殊津贴专家，四川省学术带头人，中国比较文学学会副会长，中国古代文学理论学会副会长，中国中外文论学会副会长，四川省比较文学学会会长；台湾南华大学、佛光大学、淡江大学客座教授；国家哲学社会科学基金评委，教育部本科教学评估工作专家委员会委员，教育部教学指导委员会中文学科副主任委员。2008 年荣获第四届国家教学名师奖。

曹顺庆主要从事中西比较文学及文论的教学与研究，已形成了独到的学术研究体系，在海内外学术界引起关注，受到学术界的普遍赞誉。主持国家哲学社会科学基金重点项目"中外文学发展比较研究"等多个项目，担任"十五""211"重点项目"中外文学与俗文化"负责人；多次获国家级优秀教学成果奖、教育部人文社会科学奖及四川省政府社会科学一、二、三等奖。《文学评论》编委、《中国比较文学》编委、英文刊物 *Comparative Literature：East & West* 主编。出版了《中西比较诗学》《中外比较文论史》《比较文学史》《中国文化与文论》《两汉文论译注》《东方文论选》《比较文学新开拓》《中国古代文论话语》《中外文学跨文化比较》《比较文学论》《比较文学学科理论研究》《世界文学发展比较史》《比较文学学》等 20 多部著作，发表学术论文百余篇。

学界对曹顺庆的学术评价很高。一般认为，他是我国第一个中国文学批评史博士，他在古代文论研究、比较文学学科理论研究、跨异质文化比较诗学研究、重建中国文论话语等方面都取得了很大成就，其学术思想在海内外产生了较大反响。因此，陈厚诚曾撰文评价说曹顺庆为"四川比较文学最先为国内外学者所瞩目"的青年学者。

专著《中西比较诗学》是中国大陆"第一本"（乐黛云语）"开风气之先"（狄兆俊语）的中西比较诗学专著，受到中外著名学者的高度评价。中国著名学者季羡林教授评之为"一篇非常精彩的论文"；新加坡国立大学王润华教授称之为"一篇难度很大的国际一流的论文"，饶芃凡子教授在其《论中西诗学之比较》一文中评价说，曹教授的《中西比较诗学》"是我国文艺理论界第一本系统研究中西比较诗学的专著……眼光和视野已超出了本国的文化系统，这就使他所阐发的理论具有创意和特色"。该书荣获1990年全国首届比较文学图书一等奖。

进入20世纪90年代以后，曹顺庆在比较文学学科理论建设、中外文论研究、中国文论话语重建等方面都取得了丰硕的研究成果。他1995年发表的《比较文学中国学派基本理论特征及其方法论体系初探》（载《中国比较文学》1995年第1期）一文在学术界引起巨大反响，海内外学者纷纷发表评论，给予了很高评价。南京大学钱林森教授认为："对比较文学中国学派的基本理论结构和特征作如此清晰的总体框架勾勒，这在以往的讨论中还未见过，因而为圈内学界所瞩目……它确实是迄今为止这一话题表述得最为完整、系统、最为深刻的一次"①，"尤令人耳目

---

① 常芳：《跨文化视域中的文论研究——曹顺庆教授学术思想述评》，《阴山学刊》2004年第5期。

一新"。港台学者也撰文盛赞该文的开创性意义。台湾著名比较文学专家古添洪称赞该文："最为体大思精，可谓已综合了台湾与大陆两地比较文学中国学派的策略与指归，实可作为'中国学派'在大陆再出发与实践的蓝图。"①

20世纪90年代中后期，曹顺庆的研究重心集中于跨文化比较诗学和重建中国文论话语的问题上，力倡比较文学的中国学派。《中外比较文论史》在中国比较文学史上第一次将东西方文论共同纳入比较体系，突破了原有的中西两极比较模式，以一种总体文学的视野探寻人类文学发展的共同规律，其规模之宏大，致思之精到，体系之严密，论证之深入，都达到了难以企及的高度。该书一出版即引起海内外学者强烈反响。如香港《大公报》1999年2月21日发表徐志啸先生的文章，文中评论该书为"我国第一部有关中外文论比较的史著……具开创之功"，他认为该书所建立的框架、所涉及的理论内涵、所运用的基本理论与方法，都"具有开创性意义"。马来西亚华语刊物《人文杂志》2000年1月号发表评价文章《体大虑周　弥纶群言》，盛赞该书是"突出体现了中国学派跨文化研究理论特征的集大成之作"，文章用诗一样的语言充分肯定了曹顺庆教授"拨开理论的迷雾"，向我们展现"本真的世界"的成就。余华先生撰文评论道："此书的出版，标志着中国学人已具有了放眼世界文学，积极参与人类文论发展规律的研究与建构的宽广胸怀，同时也显示了中国比较文学在跨越东西方异质文化的文论研究中所取得的实绩。"他认为该书"东西古今，纵横捭阖；高屋

---

① 禹权恒：《"涟漪式"发展的比较文学研究之路——曹顺庆先生的比较文学研究》，《重庆交通大学学报》（社会科学版）2007年第5期。

建瓴，新见迭出"，体现了作者"理论探索的勇气"和"高瞻远瞩的学术视野"。

2000 年，曹顺庆教授编著出版了《中外文学跨文化比较》（北京师范大学出版社）一书，这也是跨文化研究的重要成果。向天渊教授称该书为"跨文化视野下的新创获"，"在相当程度上超越了比较文学既往的研究模式……将有力地促进以'跨东西方异质文化研究'为特色的比较文学中国学派走向成熟"。刘介民先生评价本书的研究者"克服了把视野局限在欧美文化体系内的弊病，开始了中国古代文学和文论研究的新创建和与世界各国文学与文化跨文化比较的新思路"。[①]

（四）王岳川：文艺美学教学拓新的传承者

王岳川，四川安岳县人，长期在北京大学从事文艺美学、文学理论、西方文艺理论、当代文化研究和批评的教学和研究。教授的课程有：文学原理（大学本科专业课）、文艺美学（研究生专业课）、文艺学美学方法论（研究生专业课）、当代文化美学研究（研究生选修课）、20 世纪哲性诗学（研究生选修课）、中国诗学与美学研究（研究生专业课）、20 世纪中国文学思想史（研究生专业课）、中国知识分子与现代化问题（研究生和访问学者研讨课）、中国书法绘画艺术（留学生课程）、中西文艺美学比较（博士生课程）、中国 90 年代文化研究（博士生课程）、后现代后殖民主义在中国（博士生课程）、20 世纪西方文艺理论（博士生课程）。

在文艺美学学科建立和教学上，王岳川的功劳不可抹杀。他

---

① 常芳：《跨文化视域中的文论研究——曹顺庆教授学术思想述评》，《阴山学刊》2004 年第 5 期。

师从胡经之研修文艺美学，在文艺美学教学和科研方面成果丰硕。在北京大学教学网站和超星图书馆的教学网站上，王岳川讲授文艺美学的视频被点击数达 20 万次，他在北京大学开设讲座时，课堂常常爆满。在教学中，其启发式教学十分到位，把深刻的问题通俗化，深得学生喜爱。为了表达自己的观点，王岳川喜欢说"王老师看来""王老师认为""王老师不这么想"等，既是对学生听课的提示，又是对个人意见的表达。他的博士生胡艳琳和硕士生肖学周均认为："王老师是位在学术上执着和要求严格的人，在坚持自己的正确的学术观点，他可以多年等待。在教学中，他喜欢一支粉笔，一块黑板进行教学，认为可以充分自由地表达自己的思想。"[①]

王岳川在教学中，特别强调主客体的关系，常常把主体和客体都讲得通俗又非常好懂。其教学水平是北京大学师生公认的。

（五）季水河：马克思主义文艺美学的坚守者

季水河，四川邻水人。全国马列文论研究会常务理事兼副秘书长，国家哲学社会科学基金学科评审组专家，湖南省重点学科建设委员会委员，湖南省学位委员会学科评议组成员，湖南省文学学会副会长，湖南省比较文学与世界文学学会副会长，湖南省文艺评论家协会副主席，湖南省中外文学与文化研究重点研究基地首席专家。湘潭大学文学与新闻学院院长、比较文学与世界文学博士点负责人，博士生导师。2004 年获"全国优秀教师"称号，2006 年获"宝钢优秀教师奖""首届湖南省普通高校教学名师奖"，2007 年获"享受国务院特殊津贴专家"称号，2008 年

---

① 肖学周为王岳川的硕士研究生，胡艳琳为王岳川的博士研究生，现二人皆为湖南文理学院文史学院教师。

获"湖南省第三届优秀社会科学专家"称号。

出版个人学术著作 10 部，主编、合著《新编比较文学教程》《文学原理》等著作、教材 20 部，在《文学评论》《文艺研究》《学术月刊》《光明日报》等刊物上发表论文 100 多篇，共有著述 200 多万字。主持省部级以上项目 10 多项，其中，国家哲学社会科学基金项目 2 项，国家精品课程 1 门，国家教学改革项目 1 项。获省部级以上科研、教学成果奖 8 项，其中，一等奖 3 项，二等奖 4 项，三等奖 1 项。

1983 年，季水河发表第一篇论文《浅谈异化劳动与美的创造》，该文一发表就在美学界产生了很大反响，至今仍被引用。这篇论文的发表被季水河冠以"38 年从教生涯最深刻之事"，因为从此他的学术科研之门被高水准地开启。季水河对马克思主义文学理论的执着追求，奠定了他在该领域的地位。

1992 年季水河的第一本著作《美学理论纲要》由武汉大学出版社出版，该书被美学泰斗蒋孔阳称作是一部"具有自己独特研究和独特看法"的专著。2002 年季水河主编的"比较文学与世界文学研究丛书"出版，这套汇集了湘潭大学比较文学与世界文学学术群体中骨干教授们呕心沥血的精品著作，一面世便在国内学术界产生了重大反响，中国比较文学学会会长、北京大学乐黛云教授盛赞这套丛书"是中国比较文学界研究实力的体现，是中国比较文学界的一次丰收"，"为解决比较文学研究过程中存在的中外文学研究脱节的问题提供了很好的实例"，该丛书也获得了湖南省第七届哲学社会科学优秀成果一等奖。

2005 年 11 月，季水河的论文《走向多重资源整合——论马克思主义文艺理论研究的创新与资源整合》获第五届中国文联文艺评论奖理论类二等奖。

季水河认为，"只有把科研融入到教学中，在教学中灵活运用科研的成果，才能最大化地实现教师的自我价值"。这充分体现了他对教学和科研的双重认同。

（六）欧阳友权：融网络文学于文艺美学研究的开创者

欧阳友权，湖北十堰人。文学博士。现为中南大学文学院院长、二级教授，博士生导师，中南大学中国文化产业品牌研究中心主任，我国第一个文化产业博士生导师，《人文前沿》主编，《中国文化品牌报告》主编，湖南省网络文学研究基地首席专家，享受国务院特殊津贴专家，国家哲学社会科学基金项目学科评审组专家，全国模范教师，"宝钢优秀教师奖"获得者，湖南省教学名师，湖南省"德艺双馨"先进个人，中南大学首届十佳教学名师和十大师德标兵。曾获中国第四届鲁迅文学奖。

欧阳友权先后主持完成国家哲学社会科学基金课题2项，主持全国教育科学规划课题、教育部人文社会科学研究规划课题3项，主持湖南省社会科学规划项目、省重点课题和省教育科学课题8项。2003年获得教育部985行动计划课题《面向21世纪文艺学前沿问题创新研究》。在《中国社会科学》《文学评论》《文艺研究》《学术月刊》《北京大学学报》《光明日报》理论版、《社会科学战线》《文艺理论研究》《文艺理论与批评》《自然辩证法研究》等核心期刊上发表学术论文250余篇，有3篇论文被《新华文摘》全文转载，40余篇论文先后被中国人民大学复印报刊资料、《中国文学年鉴》《中国学术年鉴》《高等学校文科学术文摘》等转载或摘转。出版专著10部，主编大学教材12部，译著2部，主编"文学精品赏析丛书"（1套4本），主编"网络文学教授论丛"（1套5本）、"文艺学前沿丛书"（1套5

本）、"网络文学新视野丛书"（1套7本）。代表性著作有：《当代西方文艺批评主潮》（湖南人民出版社1987年版），《文学创造本体论》（中国文学出版社1993年版），《国民素质论》（湖南人民出版社1998年版），《艺术的绝响》（中南工业大学出版社1998年版），《文学原理》（南方出版社1999年版），《艺术美学》（中南大学出版社1999年版），《网络文学论纲》（人民文学出版社2003年版），《萨特论艺术》（译著）（中国人民大学出版社2004年版），《网络文学本体论》（中国文联出版社2004年版），《网络传播与社会文化》（高等教育出版社2005年版），《数字化语境中的文艺学》（中国社会科学出版社2005年版），《文化产业通论》（湖南人民出版社2006年版），《2006：中国文化品牌报告》《2007：中国文化品牌报告》（中国市场出版社），《文学理论》（北京大学出版社2006年版），《口才学教程》（高等教育出版社2005年版），《文化产业概论》（湖南人民出版社2007年版），《湖南文化产业可持续发展报告》（湖南人民出版社2007年版）。曾获湖南省年度"五个一工程"一等奖和湖南省委省政府第六届、第八届社会科学成果二等奖。2001年获湖南省教学成果一等奖、教育部国家级教学成果二等奖，2006年获教育部中国高校人文社会科学优秀成果三等奖。

2009年9月，欧阳友权教授主持完成的"数字媒介下的文艺转型研究"国家哲学社会科学基金项目成果被鉴定为优秀。这奠定了他在网络文学研究领域的地位，从此，他把文艺美学也融入网络文学研究中，在他教学和科研的系列成果中常有凸显。

文学艺术界对欧阳友权的研究与教学给予了充分的肯定。王岳川评论说：

我与欧阳友权教授相识多年，他担任院长，人很谦和也很有人缘。但我对欧阳先生在学科领域独辟蹊径开出的新学科——网络文学研究，一直有些探不到底。其后，他送给我一部厚重的网络文学研究著作《网络文学论纲》，读完之后才感到他已经在这个领域开拓既深且广，令人刮目相看。

我到海外讲学，又收到他主编的一套六本"网络文学研究丛书"，看来在一般学者还在"文化研究"领域学术务虚之时，欧阳教授已经在这个领域深深探进并成果累累了。尤其是我读到他的新著《网络文学的学理形态》，感到这是欧阳教授关于网络文学研究的又一力作。

《网络文学的学理形态》全书十章，加引论和结语共十二部分。引论"数字媒介与中国文学的转型"对媒介转型中的我国文学发展作了整体性的思考，特别是对由新媒介催生的网络文学的出现对汉语文学的历史性转型作了全面把握。全书的主体按网络文学的生成背景、存在方式、文学变迁、媒介叙事、主体阐释、文学性辨析、精神表征、文化逻辑、人文价值、研究理路的顺序编排，从十个方面辨析了网络文学基本学理的逻辑框架。最后的结语，讨论了网络文学的学理形态建设问题，辨析学理建构的逻辑原点与思维范式。

作者在思考网络文学的学理形态时，始终坚守了一种可贵的人文立场，对各种文化现象秉持一种批判眼光，在热心呵护新生的网络文学的同时，也冷静地剖析了它的稚嫩、局限和困境，认为数字传媒时代中国文学的转型最需要的不在技术媒介的升级换代，而在于借助新媒介提升作品的艺术水准和审美价值，这正是网络文论建构时所需要的科学态度和学术眼光。

近年来，欧阳友权和他的研究团队一直致力于网络文学研究，发表于《中国社会科学》《文学评论》《文艺研究》等众多知名刊物的系列论文和"网络文学教授论丛"、"文艺学前沿丛书"、"网络文学新视野丛书"等 20 余部学术专著，一步步把网络文学这一新的文学现象推向学术前沿。他的第一部《网络文学论纲》曾获得教育部人文社会科学优秀成果奖，随后的《数字化语境中的文艺学》又获得中国第四届鲁迅文学奖·文学理论评论奖，标志着网络文学研究被主流学术界认可。这部《网络文学的学理形态》的出版，意味着网络文学研究已经进入到基础学理的系统建构，抑或是一个文艺学新学科的正式登场。

在我看来，新世纪中国文艺理论和文学批评，再也不能忽视网络文学和理论的存在，这种文学研究新思维的注入，将使得当代文艺理论的整体创新获得新的文化视野，并将成为其很有希望的理论突破口。[①]

从叙述中，我们看到了文艺美学在欧阳友权网络文学与理论研究中的学理性渗透。

（七）姚文放：严谨治学成果丰硕的求真者

姚文放，江苏扬州人。现为扬州大学文学院院长，教授、博士生导师。他长期从事文艺学、美学研究与教学，迄今已发表论著 450 万字，出版专著《现代文艺社会学》（江苏文艺出版社 1993 年版）、《中国戏剧美学的文化阐释》（中国人民大学出版

---

① 王岳川：《网络文学新视野丛书评论》，《文艺报》2008 年 5 月 8 日。

社 1997 年版）、《当代审美文化批判》（山东文艺出版社 1999 年版）、《文学理论》（江苏教育出版社 1996 年版）、《美学文艺学本体论》（社会科学文献出版社 2002 年版）、《当代性与文学传统的重建》（人民文学出版社 2004 年版），主编《文学概论》（南京大学出版社 2000 年版），合著《孔子精神与基督精神》（河北人民出版社 1989 年版）、《中国美学主潮》（山东大学出版社 1992 年版）等。在《文学评论》《文艺研究》等杂志上发表学术论文近 250 余篇。出版和发表的论著被《人民日报》《光明日报》《新华文摘》《中国哲学年鉴》《中国文学年鉴》《中国社会科学文摘》和中国人民大学复印资料等报刊评述、转载、摘要和复印 200 余篇次。其中专著《现代文艺社会学》获江苏省人民政府颁发的"江苏省第四次哲学社会科学优秀成果"三等奖，专著《当代审美文化批判》获教育部颁发的"第三届中国高校人文社会科学研究优秀成果奖"三等奖和江苏省人民政府颁发的"江苏省第七次哲学社会科学优秀成果"三等奖。专著《美学文艺学本体论》获江苏省人民政府颁发的"江苏省第八次哲学社会科学优秀成果"三等奖，专著《中国戏剧美学的文化阐释》获江苏省教委颁发的"江苏省普通高校人文社会科学研究成果"二等奖。主持的文学概论课程 2000 年被评为"江苏省普通高等学校一类优秀课程"，2006 年被教育部批准为"国家级精品课程"。

姚文放多年来一直为本科生上课，并指导博士后研究人员，培养博士生、硕士生。由于其在教学和科研方面的成就，中国教育电视台 1995 年 1 月 11 日"教育新闻联播"以"矢志不渝——记扬州大学师范学院姚文放老师"为题对他做了专题介绍。《学术月刊》2004 年第 7 期以《日新之谓盛德——姚文放教授访谈》为题做了专题介绍。

扬州大学以各种形式对姚文放的教学做了报道，这可以说是最真实的。在此，摘录一篇供大家研究。

从教 20 年来，他获得了众多的荣誉和成绩。早在 1995 年，中国教育电视台就以"矢志不渝——记扬州大学师范学院姚文放老师"为题对他做过专题介绍；1999 年曾宪梓教育基金会首次设立高等师范院校教师奖，他荣列其中；他还是江苏省有突出贡献中青年专家和享受国务院特殊津贴专家，任中国中外文艺理论学会副会长、中国文艺理论学会常务理事、中华美学学会理事、全国审美文化研究会副会长、江苏省美学学会副会长、江苏省比较文学学会副会长等职；今年教师节前，他又获得了第三届江苏省高等学校教学名师。他就是文学院院长、博士生导师姚文放教授。

姚文放在教学中向以严格认真著称。尤其是在研究生教学中，他对表扬学生很是吝啬，一般都以"很好"、"不错"加以肯定；而对学生表现不满意时，他的批评则是一针见血，不留情面。一次，一位博士生把论文提交他审读时，他直言不讳地说："这篇论文整体上需要作较大改动，否则拿学位可能有问题！"导师的严厉批评犹如背后击一猛掌，促使这位研究生废寝忘食地查阅资料、调整思路，终于在规定时间顺利通过了答辩。事后当他回想起这件事时，很是感慨："我要真诚感激姚老师，如果不是他那次严厉的批评，我不会百分之二百地全身心地投入到论文写作中去，论文也不会获得现在这么高的评价，我自己都惊讶于自己的进步。"

姚文放认为，"宴安怠惰不可学道，顾是惜非不可谋道"，学习研究的目的是求真，容不得半点松懈嬉戏。研究生处于学术的起步阶段，必须使他们养成一丝不苟、严谨踏实的学风，这样会让他们受益终身。路遥知马力，日久见人心，每一个熟悉和了解姚文放的学生都说，姚老师其实是很爱他们的。每当新一届研究生入学报到，姚文放都会宴请他们，三届学生欢聚一堂，其乐融融，而他的关爱之情，则溢于言表；每当听到学生们的每一点、每一滴进步，他总是喜上心头，鼓励有加。姚文放对学生的爱还体现在，无论自己多么繁忙，他都要想方设法挤出时间询问、指导学生的学习。别人下班了，他还在办公室和学生交谈学业进展；夜阑人静时，姚文放不顾白日里的劳累，还在灯下仔细审阅学生论文，必要时还会即刻电话里询问。此时，学生们每当听到电话那头"休息了吗？"的关切话语，心潮总是难以平静：他们为老师的尽心尽职、认真负责而感动，为他们遇到这么一位严格而又慈父般的导师而自豪！

俗话说：授之以鱼，不如授之以渔。在教学过程中，姚文放非常重视方法的指导和传授。他经常告诫学生们，做学问务必谦虚谨慎，戒骄戒躁，所谓"扑狮用全力，扑兔亦用全力"，任何一个问题都不可掉以轻心，用主观上的"想当然"代替实事求是。他坦陈，现在从事学术研究，仍保持着那种"如临深渊"、"如履薄冰"的严谨和小心。为了学生今后的可持续发展和长足进步，姚文放每每提醒：一定要"两条腿走路"。所谓"两条腿走路"就是努力发挥出两个不同问题、不同专业方向甚至不同学科之间的融会贯通、交互相生、彼此支撑的优势和特点，不断为自身研究专长嫁接出崭新的、富有生长力的点和方向。

教学相长，为师之道。姚文放言如斯，行亦如斯。丰富的教学经验和成果不仅为他从事研究夯筑了坚实的专业基础，更增添了自信。迄今为止，他已经独立主持并顺利完成国家社会科学基金项目 2 项、江苏省哲学社会科学规划项目 1 项，目前正主持国家社会科学基金项目和国家教育部社科项目各 1 项。值得一提的是，由姚文放主持并圆满通过验收的江苏省 211 工程及重点高校建设项目"扬、泰文化与'两个率先'"，为加快学校大文科建设和发展、早日实现学校提出的振兴文科的目标搭建了一个十分难得的学科建设平台，成绩卓著，赢得各方一致赞誉。

拳拳之忱，苍天不负。由他主持的《文学概论》课程于 2000 年 6 月被评为"江苏省普通高等学校一类优秀课程"，2006 年 7 月再次被评为"江苏省普通高等学校省级一类精品课程"，2006 年 11 月被教育部批准为"国家级精品课程"。文艺学学科于 2006 年被江苏省人民政府批准为"十一五"期间江苏省重点学科。他独立撰写的教材《文学理论》在省内外多所院校广泛采用，获得较好反响，并于 2006 年经过层层严格评审，入选国家教育部"普通高等教育'十一五'国家级教材规划"。该书在面世的 10 年间曾一版再版，今年 7 月又作为"普通高等教育'十一五'国家级规划教材"出版了修订后的第三版。作为文学理论类书籍，在当下消费文化盛行的社会氛围中，能在 10 年间修订三版，这在学界是不多见的。①

---

① 　三亦：《执灯以为乐　弘道任在肩——记江苏省高等学校教学名师姚文放教授》，《扬州大学校友通讯》2009 年第 3 期。

姚文放在文学理论教学中，坚守文艺学理论，把文艺美学研究方向定于文艺学麾下，可见其独立思想生存于文艺学中。

（八）杨春时：推动中国美学和文艺学现代转型的创新者

杨春时，黑龙江哈尔滨人。1982 年吉林大学文艺学专业毕业，获文学硕士学位。现任厦门大学中文系教授、文艺学专业学术带头人、博士生导师。兼任第九、第十届全国政协委员，中华美学学会副会长等职务。享受国务院特殊津贴，获"国家有突出贡献的中青年专家"称号。

杨春时主要从事美学、文艺学、中国现代文学思潮以及中国文化思想史教学与研究。曾发起"超越实践美学"的讨论，成为"后实践美学"的代表。现从事"文学现代性"以及文学主体间性研究。20 世纪 90 年代至今，先后发起"超越实践美学""中国文学现代性问题""文学、美学主体间性问题"等多次重大学术讨论，产生重大影响，推动了中国美学、文艺学的现代转型。共发表论文近 200 篇，出版专著十余部，代表作有《审美意识系统》《系统美学》《艺术符号与解释》《艺术文化学》《人文综论》《生存与超越》《百年文心——20 世纪中国文学思想史》《现代性与中国文化》《现代性视野中的文学与美学》《美学》（教材）、《文学概论》（合著，教材）等。承担国家级、省级科研课题多项，获得国家级、省级优秀科研成果奖多项。杨春时主持的文学概论课程 2009 年获"国家精品课程"的称号。

由于成果突出，他得到许多名家称赞。

厦门大学艺术学教研室周宁教授说："拜读杨春时等著《文学概论》受益匪浅。这是一部内容完整、重点突出、观点新颖的好教材。杨春时不仅组织撰写教材，而且与几位文艺理论教研室的同事一起，制作多媒体课件，内容丰富，形式生动活泼，激发了学生兴趣。"艺术学教研室易中天教授评介："课程负责人科研成果丰硕，课程组教师勇于开拓创新，结构合理，教学水平高，教学效果好。"

山东大学中文系教授、原山东大学校长曾繁仁教授指出："杨春时等著《文学概论》很有特色。它继承了新时期文学理论变革的学术成果，有创新性，使得文艺理论研究有了广阔的视野。"

浙江大学中文系徐岱教授认为："杨春时主持的'文学概论'课程继承了新时期文学理论变革的成果，并吸收现代西方文论的最新成果，从多学科的视野中观察文学现象和建构文学理论体系。"

复旦大学中文系教授朱立元认为："杨春时教授主持编写的《文学概论》教材及其修订本《文学理论新编》是近年来文学理论教材的一次重要的突破，无论在思想观念的创新，还是体例结构的安排上，都与以前的教材有了显著的区别，是近年来文学基础理论研究领域的一个重要的收获。"

张法《后实践美学的美学体系——评杨春时的〈美学〉》一文认为："美学主题上的一点，是把一个崇高的理想的东西定为美的本质，并要做到美学理论和审美活动都服从这一本质，充满了宋明理学似的'逼凡为圣'的味道。如果说，李泽厚美学（实践美学）是呈凡为圣的美学，那么，杨春时美学（反实践美学）则是逼凡为圣的美学。"①

（九）胡亚敏：既立足本土又吸收西学的兼容者

胡亚敏，湖北当阳人。华中师范大学文学院教授，博士，博

---

① 厦门大学精品课程网：http://chinese.xmu.edu.cn。

士生导师。1977 年毕业于华中师范学院中文系，留校任教。1987 年和 2001 年在该校获文学硕士、博士学位，1986 年在香港中文大学从事比较文学研究。现任华中师范大学文学院院长，《外国文学研究》杂志社社长，兼任教育部中国语言文学教学指导委员会委员，国家哲学社会科学基金学科评审组专家，全国马列文论研究会副会长，中国文艺理论学会副会长，湖北省作家协会副主席。2003 年度被授予"湖北省高等学校教学名师"，2007 年被教育部授予"第三届高等学校教学名师"。

胡亚敏长期研究马克思主义文论、比较文学和叙事理论，讲授文学理论、文学批评、比较文学、马列文论、20 世纪西方文学理论与批评、比较文学专题研究、叙事理论研究、20 世纪中国小说与西方思潮、马克思主义文学批评、文学与政治、中外文学批评比较等课程。2007 年起主持文艺学国家级教学团队。"文化环境变迁与文艺学课程改革"2001 年获教育部"国家级教学成果二等奖"（署名第一），《文学批评原理》2002 年获教育部全国普通高等学校优秀教材评奖一等奖，"高校学生文学素养培养模式的改革研究与实践"2004 年获湖北省高等学校第五届教学成果奖一等奖（署名第二），"研究型教学和精品课程建设的拓展与深化"2008 年获湖北省高等学校第六届教学成果奖一等奖（署名第二）。

主要科研成果：《叙事学》（华中师范大学出版社 2004 年版），《毛泽东文艺思想与中国文艺实践》（副主编，国家社科基金重点项目，华中师范大学出版社 2002 年版），《文学批评与文化批判》（主编，华中师范大学出版社 2007 年版）；译著：《世纪转折时期的中国小说》（华中师范大学出版社 1990 年版），《批评的实践》（中国社会科学出版社 1993 年版），《文化转向》

（中国社会科学出版社 2000 年版）；教材：《文学批评导引》（教育部"十五"规划教材主编之一，高等教育出版社 2005 年版），《文学批评原理》（面向 21 世纪课程教材副主编，华中师范大学出版社 1999 年版），《比较文学教程》（教育部"十一五"规划教材主编，华中师范大学出版社 2004 年版）。主攻西方文论与中国文化关系，成果十分丰富。

　　胡亚敏是从文艺美学的一个侧面讨论文艺美学问题，对文艺美学的教学与科研影响较大。在教学领域，她是华中师范大学当之无愧的名师。学界对其评价很高。有评论说：

　　　　胡亚敏教授是我国文学理论与批评界的中年学者，华中师范大学文学院院长、博士生导师，教育部中国语言文学教学指导委员会委员，中国中外文艺理论学会叙事学分会副会长。她长期从事文学理论与批评、比较文学的教学和研究工作，在叙事理论和西方马克思主义文学批评等领域有着深入的研究，尤其是在如何立足本土又合理吸收西方文学批评研究成果方面做出了一些有价值的探索……20 世纪 80 年代初以来，胡亚敏教授经历了文学翻译、叙事理论、文学批评、比较文学、西方马克思主义批评的学术历程。她主张学术研究应有世界意识和现代意识，认为西方文学批评的借鉴和改造须立足当今、中西兼容、以点带面、重点突破，努力发掘研究对象的建设性资源。她选取美国当代著名的新马克思主义批评家、后现代理论家弗雷德里克·詹姆逊作为个案，通过由走近、理解到对话、批判的具体实践，为中国文学批评建设提供了可资借鉴的方法。她提出的意识形态叙事理论和文化—形式批评的构想，则是重组和融合东西方文学批评的创造性研究。胡亚敏教授认为，人类文化总是在不断扬弃、不断吸纳中发展的，经过消化和改造的西方文学批评可以成为中国当代意识的一部分，最终成为中国文化的一部分。①

（十）陶东风：突破自我和传统的挑战者

陶东风，浙江温岭人。1991 年毕业于北京师范大学中文系，现为首都师范大学文学院教授。《文化研究》丛刊主编；中国文艺理论学会副会长；北京师范大学文艺学研究中心研究员；首都师范大学诗歌研究中心研究员；中南大学文学院特聘教授；湖州师范学院特聘教授；"中国文化状况及其对策研究"（2004 ~ 2007）、国家社会科学基金项目"文学的祛魅与文艺学的边界问题"（2006 ~ 2008）与"国家精品课程'文学理论'建设"（2007 ~ 2010）的主持人，曾经获得中国文联优秀文艺评论一等奖（2004）。2007 年在国家权威核心期刊上发表论文 8 篇。

主要著述：《中国古代心理美学六论》（百花文艺出版社1992 年版），《文学史哲学》（河南人民出版社 1994 年版），《文体演变及其文化意味》（云南人民出版社 1994 年版），《从超迈到随俗：庄子与中国美学》（首都师范大学出版社 1995 年版），《社会转型与当代知识分子》（上海三联书店 1999 年版），《文化与美学的视野交融：陶东风学术自选集》（福建教育出版社 2000年版），《社会转型期审美文化研究》（北京出版社 2002 年版），《文化研究：西方与中国》（北京师范大学出版社 2002 年版），

---

① 李定清：《借鉴 整合 创造：西方文学批评的中国化道路——胡亚敏教授访谈录》，《中国文学研究》2006 年第 2 期。

《社会理论视野中的文学与文化》（暨南大学出版社 2002 年版），《文学理论基本问题》（北京大学出版社 2004 年版），《当代中国的文化批评》（北京大学出版社 2006 年版）。

主持的文学理论课程被评为 2005 年度"北京市文学理论精品课程"，2007 年国家精品课程；主编教材《文学理论的基本问题》被评为 2006 年北京市精品教材。陶东风 2001 年被评为"北京市培养新世纪社科理论人才百人工程"人选，2000 年、2003 年分别被评为"北京市跨世纪理论人才"，2004 年被评为"北京市优秀教师"，首都师范大学 2004～2005 年度"优秀导师奖"，首都师范大学 2005～2006 年度"优秀主讲教师"，2005 年被评为北京市高等学校"创新拔尖人才"，2008 年被评为"第四届北京市级教学名师"、"首都师范大学十佳教师"。

关于陶东风的教与学评价很多，在此选取的片段足以体现其影响：

> 我国著名学者、北京大学教授季羡林先生说："在年轻一代学者的著作中，陶东风著的《中国古代心理美学六论》是一部很值得注意的，很有独到见解的书。"该书 1991 年获首届全国青年优秀美学学术成果奖。
>
> 季羡林先生的话是对首都师范大学中文系陶东风教授在学术研究上独辟蹊径特点的概括。十几年来，陶东风的学术研究方向由心理美学转向文学史哲学进而转向转型时期社会文化价值建构，他不断地向传统挑战，向自己挑战，并在这种不断的挑战中，形成带有他个人鲜明烙印的思想和观点。
>
> 1985～1988 年陶东风在北京师范大学中文系攻读文艺

学硕士学位时，他就发现在中国古代美学的研究领域内，人员不可谓不多，著作不可谓不丰，但其思路与视野呈现惊人的雷同与相似——不是社会学模式就是哲学模式，于是陶东风首次将心理学视野与范式引入古代美学研究，使得以前在哲学或社会学视野中被忽略的许多理论问题得以重新提出并解决。比如，关于"意境"这个概念，过去一直被解释为"意"（主观）与"境"（客观）的统一，陶东风在《中国古代心理美学六论中》中提出"意境"乃"意"的境界，而不是"意"与"境"的结合；"境"不是"景"，不是客观世界，在文艺活动的整个过程中，不存在脱离主体经验的客观世界。他的独特研究使主客观统一说的"意境说"陷入了困境，进而也对文艺学、美学研究的传统方法提出了挑战。

是什么力量推动了陶东风教授不断向传统挑战呢？陶东风认为对传统的继承与发展具有关键意义的是"问题意识"或"怀疑意识"。多闻阙疑，1988～1991 年间陶东风在北京师范大学中文系继续攻读博士学位，他发现文学界乃至整个社会都把文学史的研究当作历史定论来接受，很少对形成这种文学史的理论前提加以探究。于是他将哲学的反思精神引入文学史研究，完成专著《文学史哲学》，此书作为文学史研究的研究，适时填补了这个学术空白，接着陶东风又向旧的文学史研究模式提出了挑战，他认为原有的文学史研究模式不是"他律论"，就是"自律论"，前者忽视了文学自身的内在发展规律，后者无视文学发展与社会文化语境的联系，由此他提出了超越"自律论"与"他律论"的整体理论思维指导下的"通律论"，这一观点一提出，就在文学界产生了很大影响。

人们对问题产生兴趣比较容易，真正困难的是他们愿不愿意在"问题意识"下"安身立命"，陶东风的可贵之处就在于他"不求闻达"，却始终只身坚守着对知识和真理的责任，这责任对于他来说不是外在的义务，而是一种内在的信仰，一种只能如此的生存方式。这正是陶东风不断对一系列所谓定见提出挑战与质疑的原动力，又正是在这种原动力的引导下，使陶东风不断地提出和解答新的问题。

1991 年以后，中国社会转型问题引起了陶东风的极大兴趣，因而他的关注点也转移到这一特定时期的文化建构和文化发展战略上来。生活在现实中的陶东风越来越强烈地感受现实问题的困扰，促使他逐渐从理论问题转移到现实问题的研究上，在这一问题的研究上他同样是独抒己见的。对于目前社会文化学领域争论激烈的两派观点，他以为无论是标榜世俗关怀，还是坚持人文精神，两者都有误读对方的地方，在社会转型时期应该有第三种立场。为此他提出了"新理想主义"主张，即在肯定历史合理性与社会进步的前提下的一种以优化世俗生活为目的的文化道德规范，既应当给大众以个性选择的自由，也必须限制其非理性的膨胀，这种主张，在社会文化的解构与建构关系并不尽如人意的今天，无疑有着相当大的意义。

陶东风不蹈前人窠臼，并不是标新立异，他提出的新思想、新观点都有自己的真知灼见，并且这种真知灼见都是建立在旁征博引，严密论证的基础上。仅《文学史哲学》一书，陶东风参考的外文原著就达 40 余种。这不仅使他在反思我国文学史研究上有了相当锐利的武器，同时也使得他能够对西方的各色学说进行批评性的比较和综合。陶东风拥有的是一种深刻的学识和踏实的学风，因为他深知如果没有宽厚的学术背景，就不会有独特的角度和结论。①

（十一）吴秀明：打开文艺作品奥妙之门的释梦者

吴秀明，浙江温岭人。1976 年毕业于杭州大学。现任浙江大学中文系主任，中国现当代文学与文化研究所所长，教授、博士生导师。中国当代文学研究会理事，教育部中文教学指导委员会委员，浙江省文联委员，浙江省作协副主席，浙江省文学学会副会长。1988 年加入中国作家协会。20 世纪 80 年代开始发表作品。著有《在历史小说之间》《文学中的历史世界——历史文学论》《隔海的缪斯——高阳历史小说综论》《当代中国文学五十年》等 10 部著作，《中国历史小说选》《历史小说评论选》等七种选编，计 200 万字。曾获国家级优秀教学成果二等奖，浙江省政府优秀社会科学成果二、三等奖，鲁迅文学艺术奖，浙江省教委优秀社会科学成果一、二等奖，浙江省作协优秀文学评论奖、优秀作品奖，浙江省优秀图书一等奖等。1999 年被浙江省作协评为浙江当代作家 50 杰，2003 年被教育部评为首届高校 100 名国家级教学名师。

吴秀明是历史小说研究领域名副其实、成就斐然的著名专家。他先后主持完成了 3 项国家哲学社会科学基金项目，出版了《文学中的历史世界》《历史的诗学》《真实的构造》等 5 部专著，发表了 150 余篇文章，获得了近 10 项省部级奖项；其历史

---

① 杜梅萍：《"文章最忌随人后，自成一家始逼真"——记首都师范大学中文系教授陶东风》，《前线》1997 年第 11 期。

小说研究受到了香港《大公报》和《文艺报》等10多家报刊高度评价，称道他不仅"填补了历史文学的一个空白"，而且"无论从深入性、系统性、科学性和时代性上看，在国内处于领先地位"。

有关对吴秀明的研究文章很多，这里节选韩晗等写的一篇评述文章：

> 无论平时行政工作、社会活动多么繁忙，吴秀明一直坚持在教学一线，任劳任怨，与年轻的博士、讲师们"同台献艺"。虽然整个社会的评价体系一直在朝着"科研"这一头倾斜，但吴秀明并未放弃自己作为一名教师的园丁精神。他不仅在一、二年级先后开设《中国现当代文学》《中国现当代文学史》《大众文学与武侠小说》《汉语言文学专业导论》等基础课和通识课，而且还在三、四年级开设《中国当代文学思潮》《当前文艺问题研究》《当前文化现象与文学热点研究》《汉语言文学各学科前沿》等选修课。
>
> "吴老师讲课，带有浓郁的文学'二度创造'的意味，它充溢着主客之间的对话交融，充溢着想象与创造，更充溢着深沉丰沛的人文内涵。"有学生这样评价吴秀明讲授的现当代文学课。听过吴秀明讲课的学生无不对他在课堂上的激情投入印象深刻，都觉得这位老师似乎不是在讲授一篇普通的文学作品，而是在用自己的人生体验融化之、温暖之。那颇富感染力的语言，不由自主的肢体动作，甚至是饱含热泪的感情状态，打动着学生的心灵，也帮助他们打开欣赏、解读文学作品的奥妙之门。

除此之外，吴秀明还将教学实践凝结为教育理念，再反过来推进教学实践，使之在原有基础上有进一步提升。为此，他一边积极活跃在教学第一线，主动承担了大量的教学工作量，一边不辞劳苦、加班加点地对青年教师、访问学者、硕博研究生、本科学生进行业务指导；同时，还腾出相当多的时间和精力来研究在新的时代历史条件下中文学科的教学和人才培养，并主持完成了两项教育部重点教改项目、一项浙江省教改项目，主编出版了一部47万字的理论专著《文科人才成长规律和教学改革与实践研究——以中文学科为中心的考察》，还在《中国高等教育》《中国大学教学》《学位与研究生教育》《高等教育工程研究》等专业教育刊物上发表了近10篇有关教改问题的文章。

作为一名大学教师，吴秀明对于三尺讲坛有着先天而然的敬畏与崇拜，总是以课堂教学为第一要务，非常认真地对待自己的每一堂课。"尽管从教多年，但每次授课，我总提前半天翻看讲稿，让自己温故知新，预先进入角色。"这既是吴秀明对于教育的忠诚，也是对于学术的负责。正是因为吴秀明对学生的认真和负责，他获得了全国首届百名"国家级教学名师奖"的荣誉称号。

"文学面向人类的精神世界，它就富有意味地超越了世俗功利的现实社会，并与之保持一段适度有效的批判的距离。有了文学之梦的呵护，才能使人避免汲汲于功名利禄，持守灵魂的净地；也才能避免使人沦为一种简单的工具，还其应有的自由与尊严。"吴秀明坚持认为，梦的情怀，正是中文学科的立身之本，是它的核心灵魂。而对于吴秀明来说，学术是他的梦想，教师是他另一个同样重要的梦想。在这两个梦想中，吴秀明不断追梦、释梦，以一颗敬畏于学术与教育的忠诚之心，执着地迈着自己的脚步，从未停歇。①

小结

文艺美学教学名师很多，他们在自己的领域里教育学生，进行文艺美学研究，为文艺美学学科的建设不断添砖加瓦。他们的目标是为学生讲授文艺美学知识，同时也使研究者的文艺审美能力得到提升。由于文艺美学的适应范围不宽，研究者也多为学院派，因此应重视那些默默无闻的学者和知识传播者。由于研究者的个性特征和视域不同，其在选择上必然会有自己的想法，请予以谅解。

第三节　中国文艺美学教学的规律与模式

教学本是实实在在而又个性独具的劳动，规律和模式仅仅能够成为教学行进的丝线，牵引人们。我们在前两节谈到文艺美学教学的"失"与"得"，本节实际是在前面研究的基础上的延续。而本章要讨论的核心问题是"规律"与"模式"，这是十分棘手而又无法回避的问题。究竟中国文艺美学教学的规律是什么？它的模式又是什么？可以明确地说，文艺美学的教学规律与

---

①　韩晗、邵颐：《吴秀明：一个释梦者的文学情怀》，《中华英才》2008 年第 10 期。

模式，就是以教促学、以学促教、教学相长等。在此我们暂且从几位名师的教学与教材入手，阐释规律与模式。

一　胡经之的《文艺美学》：以教促学

1989 年，北京大学胡经之在北京大学出版社出版了他的著作《文艺美学》，它是文学艺术界的重大事件，它成为文艺美学学科作为学科成立的标志之一。它颠覆了美学和文艺学各自独立的局面，用一种新的理论阐释文艺美学问题。

这部教材的诞生与教学以及学科建设密切相关。1980 年在昆明会议上，胡经之提出要开创文艺美学，得到朱光潜、伍蠡甫、王朝闻等的支持。回到北京大学后，他为开设文艺美学课程而撰写《文艺美学》讲稿。1981 年，他建议北京大学研究生处在文艺学门下招收文艺美学方向研究生，并自己带头带起了研究生。1982 年他在《美学向导》和《大学生丛刊》上分别发表了《文艺美学及其他》《"文艺美学"是什么》等文章，初步阐释文艺学科的意义。文艺美学学科在胡经之的努力及大家的支持下，逐渐确立了自己的学科地位。《文艺美学》① 的问世，带动了童庆炳、杜书瀛、周来祥等众多名家的同类型专著出版。也就是说，文艺美学从散点教学走进了学科殿堂。从此，作为学科的文艺美学，其属下的课程逐步成体系，文艺美学教学得以丰富与加强。

而美学一直是人们特别是 20 世纪八九十年代讨论的热点，文艺学也是文科类关注的重点。作为教材的《美学概论》《文艺美学》《文艺学》到底有什么区别？我们可以对比一下它们的目录（见表 1）。

---

① 　胡经之：《文艺美学》，北京大学出版社，1989，第 1 页。

表 1　　《美学概论》《文学概论》《文艺美学》目录比较

《美学概论》(王朝闻)	《文学概论》(童庆炳)	《文艺美学》(胡经之)
	绪论	
	第一编　本质论	
	第一章　文学是一种社会意识形态	
	第二章　文学是一种审美意识形态	绪　论　文艺美学:美学与诗学的融合
		第一章　审美活动:审美主客体的交流与统一
	第三章　文学是语言的艺术	第二章　审美体验:艺术本质的核心
	第二编　作品论	
	第一章　文学作品的构成	第三章　审美超越:艺术审美价值的本质
	第二章　文学作品的体裁及其分类	第四章　艺术掌握:人与世界的多维关系
	第三编　创作论	
绪论	第一章　文学的创作过程	第五章　艺术本体之真:生命之敞亮和体验之升华
第一章　审美对象	第二章　典型形象的创造	
第二章　审美意识	第三章　文学的创作方法	第六章　艺术的审美构成:作为深层创构的艺术美
第三章　艺术家	第四编　风格论	
第四章　艺术创作活动	第一章　文学的风格	第七章　艺术形象:审美意象及其符号化
第五章　艺术作品	第二章　文学的流派	
第六章　艺术的欣赏和批评	第五编　鉴赏批评论	第八章　艺术意境:艺术本体的深层结构
后记	第一章　文学鉴赏	
	第二章　文学批评	第九章　艺术形态:艺术形态学脉动及其审美特性
	第六编　发生发展论	
	第一章　文学发生发展的一般原理	第十章　艺术阐释接受:文艺审美价值的实现
	第二章　文学的起源	第十一章　艺术审美教育:人的感性的审美生成文无止境
	第三章　社会上层建筑对文学发展的直接影响作用	
	第四章　社会经济基础对文学发展的最终决定作用	修　订　后记
	第五章　文学发展中的继承与革新	

从表 1 中我们不难看出，文艺美学的确是融合了文艺学和美学的因素而形成的独具品格的学科。文艺美学对于主客体和审美教育的强调，使文艺真正接近了文艺活动。这种问题的解决，使接受者真正接触了文艺生活，具有了生活实质性。也就是说，胡经之的《文艺美学》的诞生是文艺美学教学的结晶，以教的方式快速而全面地促进了学的发展。

二　王岳川的《艺术本体论》：以学促教

王岳川于 1994 年在上海三联书店出版的《艺术本体论》，是一部从书斋走进课堂的典范作品。作者为这本书的写作花费了很多精力，而书在几年后才得以出版。其原因很多：一是作为学者和教者的他对学术的坚守；二是文艺美学的发生发展必须在学科意识强化后才可能完成；三是经过时间检验的东西才是真正有价值的。自从《文学本体论》出版后，众多的学者撰写学术专著，并逐步成为本科生选修和硕士生、博士生必修的教材。从书斋走进课堂，文艺美学的内涵得以进一步丰富。董小玉《西方文艺美学导论》（1997）、陈长生的《文艺美学论要》（1996）、赵宪章的《文艺美学方法论问题》（2002）、陈传才的《当代审美实践文学论》（2002）、胡家祥的《心灵哲学与文艺美学》（2007）、陈文忠的《文学美学与接受史研究》（2008）等成为不断线的以学促教的蓝本。

《艺术本体论》是我国第一部全面阐释文艺本体论的专著，我们不妨看看它的目录。从目录里面我们能感悟到，《艺术本体论》既是学术专著，也具有教材的特性。这一点看目录和书本内容可以得到答复（见表 2）。

表2　《艺术本体论》目录①

第一章　本体论演进与艺术本体论嬗变
　　第一节　本体及其本体论变革
　　第二节　艺术本体论的拓展
　　第三节　新本体论:艺术活动价值论
第二章　当代美学核心:艺术本体论
　　第一节　艺术本体论:现代美学之维
　　第二节　现代艺术:人的生存方式
　　第三节　写作何为:危机时代中的运思
　　第四节　语言本体论转向
　　第五节　人类学美学本体论
　　第六节　后现代文艺本体消解论
第三章　艺术超越:人的审美活感性生成
　　第一节　时间之维:超越性的本体论领悟
　　第二节　空间之维:超越性的本体论界限
　　第三节　审美生成:超越性的本体论展开
　　第四节　生成活感性:超越性的本体论旨归
　　第五节　艺术活感性的本体论意义
　　第六节　艺术活感性的三维结构
第四章　体验本体:审美感悟与艺术创造
　　第一节　审美体验:艺术与生命的本体构成
　　第二节　艺术体验:与艺术的本源沟通
　　第三节　高峰体验:艺术生命的创生
第五章　作品本体:文学文本层次论
　　第一节　作品本体界定:艺术与艺术品
　　第二节　作品形式演变:一元与多元
　　第三节　艺术作品存在:现象学美学直观
　　第四节　艺术作品结构:本体的多维透视
　　第五节　艺术作品层次:言象意的美学逻辑
第六章　解释本体:文学意义的审美生成
　　第一节　解释学轨迹:从方法论到本体论
　　第二节　视界转移:从作品本体到读者本体
　　第三节　新的景观:文学接受的主体性建立
　　第四节　解释形态:文学意义的多元取向

---

①王岳川:《艺术本体论》,上海三联书店,1994,第1页。

王岳川在教材中不遗余力地阐释本体论问题，同时也把这种理念贯穿到教学中。他在教学中常常采取传统的教学方式，一支粉笔、一块黑板、三尺讲台、一堆教参。他认为，传统的教学方式，便于更生动、更灵活地与学生交流，老师的思维也不会局限在媒体的制约之下。

上面的教材目录，本来是王岳川的讲义目录，在不断的教学实践中，启发了学生，也启发了自己。经过几轮讲解和几轮修改，终于成为学术专著，也成为优秀教材。因此，这种形式，无疑是以学促教的典范。

三　曾繁仁主编的《文艺美学教程》：教学相长

山东大学曾繁仁主编的《文艺美学教程》于 2001 年由高等教育出版社出版。这本书可以说是集体智慧的结晶。作为规划教材，该书在全国推广。大学本科生和研究生考试很多用了该教材。因此，它的传播范围比《文艺美学》《艺术本体论》更为广泛。据分析，国家把它作为统编教材推广，一是肯定文艺美学学科的合法性，二是为了规范文艺美学的教学。

作为全国通用教材的《文艺美学教程》，是由曾繁仁主编，众多学者和在读博士完成的。编者为马龙潜、马驰、尤站生、王汶成、王杰、王德胜、仪平策、祁海文、杜卫、陈炎、姚文放、凌晨光、谭好哲等，其中很多观点，学者们已写成文章发表在公开刊物上，同时很多章节在课堂上已经与学生见面。文字撰写者的大多数是山东大学文艺美学研究中心核心成员，如王德胜、仪平策、祁海文、马龙潜、王汶成、凌晨光、曾繁仁、谭好哲等，他们发表了数十篇文章，很多观点糅进了教材中。马龙潜的论文《对文艺美学的对象和范围的思考》讨论文艺美学学科的对象和范畴，曾繁仁的《中国文艺美学学科的产生及其发展》讨论文艺美学学科的产生和发展，均可以在教材中找到对应点。有的是校外特聘人员，同样也有很多成果，如姚文放。《文艺美学教程》就是在教与学的互动中完成。在这种教学和研究的互动中，教学得以相长；而随后出现的类似的作品在教学规律和模式上，有着严重的跟风之嫌，但不在本章讨论之列。

学无定律，教无定法。文艺美学教学在获得很多、失去很多中成长。

第四节　文艺美学教学的局限性

任何一门学科的教学都有其局限性，文艺美学教学也不例外。当然原因很多。一般来讲，引发教学局限的一是教学的文本，二是教者的知识与视野，三是学生的接受能力。面对文艺美学教学，我们认为三个方面的问题必须提及。

一　文艺美学教学受文艺美学观念形态制约

我们知道文艺美学开始成熟于20世纪80年代初，是思想解放运动的必然产物。当年有关形象思维及文学与政治关系的讨论深化了人们对文艺本质和特征的认识，联系到文艺涉及"非理性"的领域，有着与其他文化形态不同的功能和社会作用。30多年来，以"感性学"为逻辑起点的文艺美学经历了曲折。在起始阶段，它处于以理性为核心内容的实践美学的影响支配之下，感性的独特价值并未被充分认识，但20世纪八九十年代社会生活的多元变化和新文艺现象的不断涌现使人们确信感性之维正是文艺活动的重要价值之所在。如果说80年代以前正统文艺观念所重视的是理性、群体的价值，那么，80年代之后，文艺美学开始重视感性、个体的价值。文艺作为一种世俗生活之诗，总是一种想象性的意义交流活动，它所展示的，是"怎么活"的多种可能性，所要解决的，是"活得怎么样"及"怎样活才有意义"之类的"现世关怀"问题。文艺美学最终关怀的也是感性人生的意义问题。德国古典美学是现代文艺美学的理论前提，以鲍姆伽通、康德为奠基人的德国古典美学是一种为感性正名、张扬其平等地位和价值并以其为研究中心的现代学科。逻辑地看，感性生活、个体生命价值及其意义问题是"感性学"的相关维度。德国古典美学不仅影响了西方美学的现代发展，而且影响了王国维、鲁迅等人。他们的文艺思想构成了中国文艺美学的最初传统，因此，80年代诞生的文艺美学实属历史必然，它绝非无源之水。

文艺美学学科理论诞生后，检索那些理论叙述，不难发现，我们的文艺美学还在西方美学和文艺学的笼罩之下，没有完全自主与独立。而我们要建设的是中国特色的文艺美学，要进行的是中国特色的文艺美学教学。虽然我们知道，在西方，并没有文艺美学之说，那么文艺美学提出即有中国特点。因此，文艺美学教学应建立自己的教学体系，而目前文艺美学教学用书制约了我们的教学，我们称之为"西式综合性局限"。

二 文艺美学教学的拓展受文艺美学学科发展的制约

文艺美学学科的发展思路并不明晰，到目前为止，对于其学科地位仍然有人持反对意见。部分人把它视为美学的一个分支，认为美学也涉及文艺。王德胜的观点相当明确。而有些教师指导研究生，其论文偏向于学理研究，忽略教学研究。下面引用的就是一篇博士论文，反反复复就是界定什么是文艺美学。

　　文艺美学是一种思与诗的对话。它以感性学为切入点，要研究文艺活动如何用感性的、个体的、心理的东西来推动理性、社会和历史前进的。这一思路不仅出于理论需求，而且符合人类文艺活动的历史实践。文艺发展的根本动力也出于对人类自身世俗感性生活的关怀。进入文明社会之后，以理性为核心内容的种种统治文化形态开始贬低感性的世俗生活，破坏了文艺活动的深厚基础，但感性的内在冲动，又需要有一种方式来抵御理性压力，文艺活动正是这种为感性正名，赋予日常世俗生活以意义的文化形式。从感性学以及文艺与其他文化形式相互关系的角度出发，可以解释某些"不平衡"现象。中西方文艺史表明，哪里有对人生幸福的关怀，哪里就有相对发达的文艺活动。个体价值意识以及对人生意义的叩问还是文艺活动的不竭冲动。早在文明之初，价值意识就伴随着人的自我意识的产生而产生。自觉的"创作"意识更是与实现个体价值的冲动密切相关。历史地看，传统的文艺价值观已经注意到文艺与人生价值的关联，中国文人更早已明确地将创作活动理解为张扬个体价值的行为。西方传统的文艺价值观主要是一种知识论的文艺价值观，但至二十世纪，情况发生了根本变化。胡塞尔、海德格尔等人批判了传统的知识至上论和理性万能论，论证了文艺的价值在于冲破观念的心因，展现人生的真相和审美自由的多种可能性，是生命价值的独特体现。从文艺作品的实际看，文艺的价值恰在它表现了超越正统观念的感性生活内容。人生价值意识始终是一种生命时间意识，没有生命时间意识，人生价值意识无从产生，生命时间意识就是人生价值意识。然而在当代社会，不仅文艺美学的学科价值受到了某种"审美文化"论的挑战，而且文艺的不可取代的独立审美价值也受到了怀疑。但事实上，某些"审美文化"中的感性外观与文艺的审美之维有着本质区别，它受到商品经济条件下新的权力机制的操控，不利于个体自由与价值的张扬，实质上是一种伪审美要素。在现代化的背景下，仍然需要以张扬个体价值和自由为根本目的的文艺活动，也需要以此为根本指向的现代性文艺美学。①

由此，我们考察了众多的研究，大都在于学理研究；而且在学科发展未稳的情况下，一些学者注意研究文艺美学的个体问题，并无学科建设的意思。对当下的文艺活动如何纳入文艺美学学科中，缺乏明确的认识。同时，文艺美学学科内部，资料比较混乱。在短时间里产生那么多的专著，同时讨论文艺美学教学的，甚至一篇论文也没有。一个学科下，没有教学研究肯定成问题。我们把这种对教学的局限称为"学科饥饿性局限"，即提供的教学蓝本不足以满足教学的需要。

三　文艺美学教学成果缺乏清理并制约教学

经过 30 多年的建设，文艺美学研究与教学已经取得了不少成果，但是在学科定位等方面还比较混乱，这主要是由文艺美学的处境决定的，因为它既具有独立性，又具有依附性，尤其和美

① 孔建平：《文艺美学的维度》，南京师范大学，2010 年博士论文。

学、文艺学关系密切。我们认为文艺美学应该属于独具个性的学科，它应该有自身的突出特性，即既有哲学思维又有文艺活动。中国文艺美学教学虽然在众多的学科教学中逐渐争得了自己的地位，并得以发展。然而，文艺美学教学在文艺美学学科的混战与争论中，未能得到十分稳固的发展，因而教学上常落入文艺学或者美学的泥淖。

但更为突出的是，近30多年的文艺美学学科建设，人们重视了学科研究，但缺乏对教学成果的搜集与整理，使得各个高校的教学各自为战。同样，文艺美学教学固然离不开广大教师的不懈努力，但其标志性的成果往往是由教学名师体现出来的，而今天的名师仍然需要挖掘和培养。这都严重地制约了文艺美学教学。因此，这种局限可称为"方法论的困境"。

第五章　中国文艺美学
　　　　　教学之前瞻

当代社会，计划没有变化快。当我们刚刚诗意地栖息在传统农耕生活和现代工业生活中时，另外一只脚一不留神就踏在了知识经济的边界上。众所周知，农业经济、工业经济与知识经济是三种不同类型的经济形态。农业经济以土地资源的充分利用为基础；工业经济则以原材料、能源的开发为基础；知识经济则以智力资源的占有、支配、使用为主要动因。不同的经济形态，呼唤不同的审美教育。传统农耕经济时代侧重于以探索真理、追求知识为合理内核的人文善性思想，而现代工业经济则强调以实用主义、服务社会为主要特质的工具理性思想，而知识经济时代则呼唤善性与工具理性交融的绿色审美教育①。时代的呼唤需要从事文艺美学教育与科研的人们创设更富有解释力、穿透力的文艺美学教育理论来应对。

第一节　文艺美学教学与 KAQ
　　　　　人才培养的关系

一　文艺美学教学实践的当下错位

教育学理论告诉我们，师生的人文思考能力和创新意识要在

---

① 刘献君：《知识经济时代的人文教育》，《中国大学教学》2001 年第 3 期。

特定的生活情境中养成。人是审美的。追求美是人的天性。在我们的生活中，美无处不在，无所不有。诚如荷尔德林所说："人，诗意地栖居在大地上。"诗意的存在就是在生活里到处都能感觉到趣味和美的存在的生存。"当我们知道诗意，我们就能在任何情况中体验到，我们非诗意地居住着和在何种程度上非诗意地居住着，我们是否和何时将会达到转折点。当我们注意诗意时，我们也许只能期待我们的行为和意愿能够参与这一转折，只有我们自己证实，如果我们认真地对待诗意。"① 日常生活中的美和文艺世界中的美质，是具体的、质感的，这就需要我们文艺美学的教师用多姿多彩、如诗如画的课堂语言来开掘其中的美感，引领学生不断地"注意诗意"、体验"诗意""证实"诗意。可反观我们当下的文艺美学教学现状，却略显得有些不尽如人意。具体说来，有如下表现。

第一，套用美学术语、美学范畴、美学原理来解读文艺作品，错将文艺美学教学当成美学原理课。文艺美学是一种应用美学，它们把美学原理应用于对文艺作品的解读和分析，从中探讨文艺作品的艺术美构成、文艺审美历程及其文艺审美效果，也就是说，美学理论始终只是解读文艺作品的工具，是指引我们通向作品内在的、感性美质的桥梁。可有些主讲教师忽略了这点，在分析作品、阐释作品的美学意蕴时，不是从作品本身来开掘其内蕴的情感美、自然美、社会美、结构美、语言美、行为美等，而是以作品为触媒来卖弄美学理论，反认美学原理教学的"他乡"成文艺美学教学的"故乡"。如在讲授西方荒诞派戏剧《等待戈

---

① 〔德〕海德格尔：《诗·语言·思》，彭富春译，文化艺术出版社，1991，第199页。

多》时，不是侧重于作品本身具有的感性、鲜活的材料，例如火车站里凝神的倾听、紧跟而来的紧张忙碌、空手的等待等诸多戏剧化的动作，来阐释作品的荒诞美，而是直接照搬荒诞派美学理论来图解其中的荒诞。还有的人在讲授《诗经·秦风·蒹葭》时，不是从诗歌本有的抒情画面——随着寒霜由凝结到融化，抒情主人公为爱情而四处苦心追逐、逐而不得的惆怅心灵——作为触媒来引发学生对诗歌意境进行美学培育，而是大谈、空谈作品中的情感美学；在讲述苏轼小品文《记承天寺夜游》时，不是将讲授重点落实在承天寺澄明的月色美景——"庭下如积水空明，水中藻荇交横，盖竹、柏影也"，而是跳过此等关节点，直接操弄老庄美学来来抽象揭示作品中的澄明意境和脱俗心态。诸多事例，举不胜举。这种踢开文艺作品本身的美感来空谈美学原理的教法，本末倒置，错把文艺美学教学的"点金石"——美学原理——当成了"一贴灵"，从而错过了文艺美学教学中的美丽东西，使得充满诗意的文艺美学教学缺乏才情的发挥，结果教师教得疲倦，学生学得郁闷。为此，有学生如此模仿白居易《忆江南》来评价这种文艺美学的课堂效果："读书苦，最苦是美学，术语范畴无趣味，原理论断一大堆，能不厌美学？"

第二，剥离作品历史情境和生活情境来枯谈文艺作品的美质，错将异质的、鲜活的文艺审美浑融沦落为均质的、呆板的社会教化推导。社会生活是文艺创作的文艺源泉，文艺作品中的素材、题材、内容和语言等都来源于广袤无垠又丰富多彩的社会生活。而社会生活，按照历时形态，分为历史生活情境和当下生活情境两种；按照共时形态，可分成若干个区域的、民族的生活情境。文艺作品因援引如此富足形态的社会生活而打上了各种地方文化知识和地方文化传统的烙印。如果剥离了作品历史情境和生活情境来空谈文艺作品中的美质，那么我们的文艺美学教学就成为均质的、呆板的文艺社会学范式教学：介绍写作背景、整体认知、归纳中心、讲授重点章句、推出写作特点，貌似符合由浅入深、由易到难的认知规律，实为通过上述技巧性的"全套服务"来寻求课堂的"圆满"效果，结果将完美的文本颠覆了，浑然的结构肢解了，充满"世俗生活""现世关怀""个体生命价值"的人文关怀丢失了，最终将文艺作品个性化的内审美贯通沦落为脸谱化的外审美推导。

　　如有人在鉴赏李白《蜀道难》中的诗歌美学时，就是遵循上述程式：背景介绍、解题、字词梳理、文意疏通、整体感知、归纳中心思想、反复诵读重点章句以体会作品的抒情艺术。课后，专家赞誉为："行云流水、主次分明、重点突出、诵声琅琅、不失诗歌教学真趣。"当时，笔者深以专家的评点为然。可事后，笔者在细细揣摩此示范课时，总感觉此种教学"艺术"，适合李白甚至是中国文学的所有作品，一切的推导都流于"脸谱化"，至于此山水诗中的恣意豪情与其本人的人生经历，他没有讲透；诗文灵活多变的句式、奔放恣肆的语言与其诗情表达，也没有讲透；更没有讲作者"理解"的人文底蕴与时代特色，也无法延展开去，也就是说，没有把这首诗中的盛唐"李白"形象讲透。而这才是文艺美学教学所要关注的主要话题。如若我们把豪情表达与李白的早期人生阅历紧密关联，重点考察上述老师所忽略的如下话题：该篇既有蚕丛鱼凫开国、天梯石栈开辟、杜鹃啼血、六龙回日等具有本土特色的神话资源，又有尚高飞的黄鹤、喜攀援的猿猱、倒挂倚绝壁的枯松、峥嵘崔嵬的剑阁、横绝峨眉巅的鸟道、争喧豗的飞湍瀑流、磨牙吮血杀人如麻的猛虎等本土气息的动植物资源；

既有诗人个性化的人生遭遇汇集，又有对盛唐"所守或匪亲，化为狼与豺。朝避猛虎，夕避长蛇"的危机预言。这些被忽略的时空情境交汇，恰恰是《蜀道难》抒情主题的施展空间和诗人伟岸人格的个性展现，更是李白早期人生阅历和知识积累的艺术折光。如果我们再把这首诗中的地方文化资源运用与李白其他诗文中的地方文化资源进行比较，更会开掘出此诗浓郁的"世俗生活""现世关怀""个体生命价值"。可以这么说，剥离了这些交汇内容以及交汇方式来枯谈文艺作品的情感美，实则错将异质的、鲜活的文艺审美浑融沦落为均质的、呆板的社会教化推导，这种教法，必然会扼杀学生对文艺美学这门课程的学习积极性，进而加速关闭学生发现和审视美的眼睛之步伐。

第三，机械传授文艺美学理论，重书本、轻人本，缺乏具体的文艺鉴赏实践交流，错将能力培养窄化为教"招"传"巧"，致使教学目标应试化、技术化。杜书瀛教授在《文艺美学诞生在中国》一文中指出："就二十世纪以来百年左右的人文学科而言，如果说俄国学者贡献了'俄国形式主义'，英美学者贡献了'新批评'，法国学者贡献了'结构主义'以及之后的'解构主义'，德国学者贡献了'接受美学'……中国学者贡献了'文艺美学'。"[1] 杜先生之言甚是。中国学者对文艺美学的贡献，不仅仅是有一批学者在深究美学研究的文艺化原理，而且还走上三尺讲台，与学生娓娓叙说他们的研究心得，随之文艺美学课程设置逐渐遍及我国高校，高等教育的文艺美学教学及其课程建设渐进有序阶段。这门课程是面向高等院校文、理、工各专业本科学生

---

[1]　杜书瀛：《文艺美学诞生在中国》，《求索》2002 年第 3 期。

开设的一门基础课、公共课、必修课，它是为了贯彻落实大学生文化素质教育的现代教育方针而设置的一门具有开创性、现实性和应用性的重要课程。鉴于这门课程讲授作者美学、作品美学和读者美学三个方向，根据专业不同对讲授内容稍作调整，在文科专业一年一期开设"文艺鉴赏学"，理工专业一年一期则设"大学语文"兼带"文艺鉴赏学"的部分内容，在汉语言文学专业二年一期开设任选课"文艺创作与鉴赏"。

课程是教学的基础和依托。对于什么是课程？其解释众说纷纭。据著名教育家施良方教授对各种课程含义的归类，得出如下六种类型：课程即教学科目；课程即有计划的教学活动；课程即预期的学习结果；课程即学习经验；课程即社会文化的再生产；课程即社会改造①。鉴于本课题需要，我们认为，课程是课业（教学科目）及其进程（有计划的教学活动及其对预期学习结果的反思）的总称，它既是知识、经验和活动的有机结合，更是知识、经验和活动的平衡和超越。借用这种"平衡和超越"理念来反思当下文艺美学教学流程，我们发现，有的教师在制定教学目标时，往往重智育目标的实现而轻其他目标，不能从根本上保障学生全面素质的和谐发展。仅就智育目标的实现而言，又侧重知识的传授，将能力培养窄化为教"招"传"巧"，不能很好地促进学生文艺审美能力的提高和文艺鉴赏素质的养成。

如有的老师在讲授文艺美学的鉴赏主体性时，只简单条陈如下三个观点，然后运用理论术语予以推导，缺乏丰富的、具体的

---

① 施良方：《课程理论——课程的基础、原理与问题》，教育科学出版社，1996，第3~7页。

文学鉴赏实践经验的阐发:"(1)一部文艺作品从问世到被人接受、鉴赏,读者、听众、观众的鉴赏才是该过程的'最后完成'者。优秀的文艺作品,需要留下'不确定点'让鉴赏者来想象、创造,从而使作品的审美价值得以最终实现。(2)鉴赏者根据自身的修养、阅历与立场去鉴赏作品,难免会对不同种类的文艺形式,或同一种类同一作品表现出不同的审美需要和审美评价。(3)鉴赏者是自由的生命活动的主体。"①

众所周知,文艺美学的鉴赏主体性是文艺美学的基本范畴,更是首次出现在文艺美学教学中表述非常抽象的理论术语。对此术语的讲解是否透彻、阐发是否生动有趣,直接影响到学生对这门课程的学习积极性。据笔者调查,选修本课程的学生,均为非汉语言文学专业的文科生,他们对文艺理论的认识度不高,且在中学时积累的文学常识和文学阅读心得也不是很多。为此,他们在选修这门课时,带着新鲜、疑虑又夹杂着敬畏的心态来学习本课程,试图从中听到许多文艺鉴赏过程中的诸多心得,进而悟其"门道"。换句话说,他们渴望能从具体的、丰富的、质感的文艺鉴赏实践入手,以解剖麻雀的形式来自然得出某个理论的推理套路,尽量少讲空洞的文艺鉴赏美学术语及其理论推导,否则,我们培养、提高学生文艺理论素养的教学目标就很难实现。可有的老师往往忽略了本课程教学对象的特殊性,忘却了他们学习此课程的预期目标,过多依赖教材,大肆卖弄胸中可怜的文学理论修养,结果,学生越听越想睡觉,老师教得越来越烦躁。而像这类的理论术语还很多,如文艺鉴赏的客体、文艺鉴赏的通用方法、文艺鉴赏的文体鉴赏等。如此差的教学效果,会让我们的某

---

① 魏饴:《文艺鉴赏学》,http://www.huas.cn:92/c2/zcr-1.htm.

些主讲教师担心学生在综合测评时遭到"报复",于是,在设计教学内容时,错把平时的课堂教学当成复习备考,为考而教,多考则重点教,不考者少教、不教,且以即将考试的真题为主,只是为解题服务,错将能力培养窄化为教"招"传"巧",致使教学目标应试化、技术化。借用一句流行的话,那就是:"上课记笔记,课后背笔记,考试考笔记,考后全忘记。"为此,他们以"五多五少"的形式满堂灌:教师讲的多,学生活动少;传授知识多,指导方法少;课内学习要求多,课外学习要求少;理论学习多,动手实践少;要求跟老师亦步亦趋多,鼓励学生自学探求少。于是,一门充满着生机、活力又略带点思辨的文艺美学探究心得课,蜕变为传统的知识传授课,这是我们文艺美学教学的悲哀。

这点,苏联著名教育家阿莫纳什维利说过:"我讨厌'传授知识'这个死气沉沉的术语。若是能够做到的话,我要拿来所有的教育学和教学法教科书,从中删去每处有这几个字眼的地方。'传授知识'这个术语有意使教师对教学持这样的态度:站在教室里最显要的地方,环顾自己的学生,让他们的视线应该指向知识的源泉——教师的嘴唇,接着就着手传授人类的经验和文化。"① 的确,这类"死气沉沉"的文艺美学课程教学,美其名曰引导学生潜心学习"人类的经验和文化",实则拒他们于千里之外。在此,笔者借用李泽厚先生的《美感的两重性与形象思维》一文来重审这种填鸭式的传授知识的弊端:"教育科学之所以伟大,正因为它有意识地为塑造人的心理结构而努力。人要获

———————

① 〔苏〕阿莫纳什维利:《孩子们,祝你们一路平安》,朱佩荣译,香港教育科学出版社,2002,第71页。

得一种结构、一种能力、一种把握世界的方式，而不只是知识。知识是重要的，但知识是死的，而心理结构则是活的能力或能量。"① 他认为，文艺美学教学不仅仅只是传授理论知识，更要"有意识地为塑造人的心理结构而努力"。毕竟，读大学，获取学科理论知识固然重要，但如何激活心中的"活的能力或能量"及"获得一种结构、一种能力、一种把握世界的方式"更为重要。

二 KAQ 人才培养模式的含义

当然，文艺美学教学中还存在许多问题，我们只略举上述几点。列举不多，但足以引起我们的注意。那我们文艺美学教学到底该走向何方？原浙江大学校长、中国工程院院士潘云鹤教授提出的 KAQ 人才培养模式给了我们很大的启示。

所谓 KAQ 人才培养模式是指在人才培养过程中，注重知识（Knowledge）、能力（Ability）、素质（Quality）三方面相辅相成、共同促进、为最终实现人的全面发展的整体、动态的高校人才培养模式。在这种人才培养模式中，知识、能力、素质虽处于不同层面，但通过特定互动，相辅相成，构成人全面发展的整体。具体说来，知识是基础，能力是在掌握了一定知识的基础上经过培养训练和实践锻炼而形成的。而素质有狭义与广泛两种含义。狭义的素质，《辞海》如此写道："素质是指人或事物在某些方面的本来特点和原有基础。在心理学上，指人的先天的解剖生理特点，主要是感觉器官和神经系统方面的特点，是人的心理发展的生理条件，但不能决定人的心理内容和发展水平。"广义素质指教育学意义上的素质概念，除了先天性的生理基础外，还

---

① 滕守尧：《审美心理描述》，四川人民出版社，1998，第 368 页。

有因家庭出身、生活环境、文化教育水平等后天因素不同而所获得的、相对稳定的身心特征及其基本品质结构。其要素主要包括人的智力素质、道德素质、审美素质、身体素质等。我们采用的是广义素质概念。此后，有研究者对知识、能力、素质的要求和二者之间的关系作如下表达：K of K（King of Knowledge），A of A（A one of Ability），Q of Q（Queen of Quality），意指优秀的人才应是"知识之王、能力拔尖和素质王后"。

高等教育要培养适应 21 世纪的社会政治、经济、科技、文化、教育等发展需要的基础扎实、知识面宽、能力强、素质高、有专长的复合型创造型人才，就应该构建起知识、能力、素质协调发展的 KAQ 人才培养模式。该人才培养模式，是以知识教育为基础，以提高学生能力为中转，以全面提升学生素质为准绳，最终达到对学生进行整体感性教育的目的。就此看来，我们高等教育的目标是要以有效方式来教给学生知识与教会学生"学会学习"（即用人类已知的知识来提高自己）以及"学会创造"（即个体在社会原有的基础上作出新的贡献），从而把他们培养成"生活艺术家"和全面建设小康社会的建设者和决策者①。

三　文艺美学教学中如何构建 KAQ 人才培养模式

落实到文艺美学教学，我们认为，作为主讲教师，至少要做到如下几点。

（一）对本门课程的基本常识如数家珍

文艺美学拥有一套特有的话语系统，这是毋庸置疑的。这套

---

① 杨叔子：《"绿色教育"：科学教育与人文教育的交融》，教育部体育卫生与艺术教育司、教育部艺术教育委员会、全国高校音乐教育学会组编《美的启迪——全国著名专家谈美育》，高等教育出版社，2003，第 378 页。

话语系统，对主讲老师来说，算是本课程的基本常识。这些常识包括：该理论体系中到底有多少专业术语、基本观点、理论命题，这些专业术语、基本观点、理论命题哪些需要详讲、精讲，哪些只需略讲，哪些需要学生自学，学生在哪种情形下则可展开自主学习。我们认为 KAQ 人才培养模式中的"K"（知识），也就是本门课程的上述基本常识。作为主讲教师，对此应该如数家珍。

（二）以适合学生文艺审美中的"最佳发展区"来适当重组教材，为学生对文艺美学系统知识的掌握与运用、为提高学生的文艺审美能力提供契机

建构主义理论认为，学习并不是教师向学生传递知识，而是学生自主构建知识的过程。作为主讲教师，在对本课程的基本知识如数家珍的同时，还要分析学生对将要学习的新知识的接受能力，从学生的思维方式出发，依据学生文艺审美中的"最佳发展区"，从学生熟悉的情境和知识基础出发，找准教学起点，以此来对教材进行适当重组和整合，确定教材中哪些内容能适应学生个性、拓展学生的审美能力。关于这个问题，诚如美国教育心理学家奥苏贝尔所说："如果我不得不把教育心理学还原为一条原理的话，我将会说，影响学习的最重要的原因是学生已经知道了什么，我们应当根据学生原有的知识状况去进行教学。"据笔者对湖南文理学院文艺美学课程教学信息的反馈发现，大凡非汉语言文学专业的文科学生，都不太喜欢文艺美学枯燥、冰冷的理论术语传授，更不喜欢冗长的、乏味的理论推演，而是喜欢运用简单、明了的语言概述某一个理论术语、理论命题之后，结合具体的文艺作品鉴赏质感地道出此常识的运用。什么是意义？意义即用法。的确，结合具体的文艺经典篇目的鉴赏心得来畅谈、阐发、论述某一理论术语、理论命题，学生在课堂中听起来生动，课后回味起来有趣，其乐融融，也就不难记忆和理解这一常识了。

（三）　运用多种教学手段，实现本课程的基本教学任务，促成学生文艺审美能力的增强，朝人文素质提升转化

如前所述，本课程的根本任务不是培养文学艺术家，而是培养大学生的文艺审美能力，增强文艺修养，提高精神品格和人文素质；重在让大学生掌握文艺鉴赏的原理、特性和方法，从而使受教育者获得从事文艺鉴赏的钥匙，以便能自由地进入文学艺术殿堂汲取精神营养。本此教学任务，我们可通过演示式、交互式、讨论式等多种教学手段，运用"四结合"——课外与课内结合，理论与实践结合，讲作品与讲方法结合，文学作品与其他艺术作品结合——的教学方法，教给学生文艺鉴赏方法，全方位培养学生的文艺鉴赏能力。

众所周知，文艺鉴赏能力是一种综合的本领，它包括直觉能力、想象能力、移情能力、思索能力和"见异"能力五大方面。直觉能力指鉴赏者在文艺审美中的最初的直接感受能力；而想象能力则是鉴赏主体根据作品总体的构思重新组合的整体印象；移情能力是指鉴赏主体对客体能够唤起情感共鸣的一种领悟力；思索能力是为文艺鉴赏中直觉到的感性经验转化为理性认识的一种脑力活动；"见异"能力就是发现、开掘作品与众不同、独具魅力的能力。主讲教师通过多种教学手段，运用"四结合"的教学方法，指引学生不断进行文艺鉴赏实践，丰富自己的文学鉴赏心得，将所学的文艺美学常识（A）转化为文艺审美能力（A），并最终内化为学生的文艺鉴赏素养（Q）。诚如英国哲学家休谟所反复强调的："要想提高或改善这方面的能力的最好的办法无过于在一门特定的艺术领域里不断训练、不断观察和鉴赏一种特定类型的美。"① 通过反复的鉴赏实践，学生会逐渐养成敏捷的鉴赏力，这毫无疑问。

　　总之，教师只有在充分了解学生、尊重学生志趣的基础上，在遵循不同文科专业背景的学生认知规律和心理发展规律的基础上设计文艺美学教案，才能备好课，进而上好课，达到"教学有法，教无定法，贵在得法"的境界。正如克拉克·克尔（Kerr，C.）所说："是一个大学所给予的，超出人们现在所掌握的知识和经验总量的陈述，它在某个特定时期对'有教养的人'的生活是有用和合适的。"② 的确，构建 KAQ 人才培养模式是非常重要的。

第二节　文艺美学教学对和谐社会之创建

　　和谐社会的理性建构，是古今中外每个文艺美学家都在积极探寻的问题。中国的先秦时期和西方古希腊时期的时代巨人，都先后提出各自符合时代特色和地域特征的思想。之后，他们都依据各自的源头纷纷立说，且越说越玄乎。其实，化繁为简，和谐就是事物协调地生存与发展的状态。和谐理念经过两千多年的发展演化，其价值越来越受到现代学者的重视，"探讨此问题，既有丰富而言说不尽的学术内容，又有近切的现实意义"③。中共

---

① 〔英〕休谟：《论趣味的标准》，《古典文艺理论译丛》，人民文学出版社，1963。

② Jerry G. Gaff. *New Life for the College Curriculum*：*Assessing Achievements and Furthering Progress in the Reform of General Education*. San Francisco：Jossey Bass，1991：12。

③ 李作祥：《和谐：一个值得人类深入思考和探讨的课题》，《中国图书评论》，2000。

十六大向全党、全国人民发出建设和谐社会的伟大号召。文艺美学教学该如何实现这一伟大的战略目标呢？我们认为，通过对中国传统文艺美学中的群质史料的整理，梳理古今文艺美学教学中的审美教学变迁，考究"兴感善心"中的合群、消怨思想，传递正能量，从而开掘其和谐文化因子；可以通过对西方美育观念演进的研究，讲授其"寓教于乐"、灵魂净化的内核，来启智、立德、创新，推动和谐社会的创建。

一　中国文艺美学教学：从道德教化到人格完善

古代教育中，美育是重要的组成部分。在理论上，历代思想家都非常强调审美教育的重要性，把美育看成是道德教化、兴邦治国的重要手段。孔子在《论语·泰伯》中提出的"兴于诗，立于礼，成于乐"，把《诗》三百篇和雅乐看成是修身成人的重要途径，是使人走向完善的关键环节和决定因素。《论语》论《诗》凡 18 次。其中《论语·为政》有载："子曰：《诗》三百，一言以蔽之曰：思无邪。""思无邪"是指《诗》作为孔子施以美育时所关注的思想内容、语言音调的中和之美。而《论语·阳货》对《诗》的社会功能和艺术价值做过如下说明："子曰：小子何莫学夫《诗》？《诗》，可以兴，可以观，可以群，可以怨。"所谓"兴"是"引譬取类"，是就诗之启迪、鼓舞、感染读者之艺术魅力而言，主要讲诗所具有的打动人的情感、激励人的心理、使人产生奋发的积极情感所具有的艺术感染力。"群"主要是指诗能团结教育组织群众的社会功能，以引导群体和睦相处、和谐发展、共同进步。"怨"，一指对反仁义者之怨，二指讽刺不良政治之怨，三指君子无端遭受诽谤打击而爆发出的个人怨愤之情①。"兴观群怨"四者，"兴"与"怨"侧重于个体心灵引发的抒情功能，"群"侧重于群体审美时诗歌所表现出的社会教化功能。因此，孔子主张，长期读《诗》，接受《诗》中的美育教育，培养人的道德情操，则可逐渐使人合群、消怨。

"群"字，含义丰富。《说文解字》解义为："辈也，从羊君声。臣铉等曰羊性好群，故从羊渠云切。"② 群是人类理性区别于动物性本能的体现，是人类社会生存发展的基本动力资源，是社会和谐的前提和基础，是智慧与力量的象征。正如马克思指出的："人不是抽象的蛰居于世界之外的存在物。人就是人的世界，就是国家、社会。"③ 人的本质是共同体。成中英先生认为："人的存在是整体的存在。个别的人也是整体的人，整体的人从个别的人走向群体、走向整体，也形成了整体的群体，然后在整体的群体中找到整体的个人，在整体的个人中发展整体的群体。此一认识对在全球化中人类的发展是非常重要的。"④ 孔子的这种合群、消怨思想奠定了以"诗教""乐教"为中心的中国美育理论的基础。

孟子对孔子的诗经美学予以发展。孟子的文艺美学以"性善论"为哲学基础。以人为本位，注重人的道德情操和人格修养，强调以"充实"为美。孟子说："可欲之谓善，有诸己之谓信，充实之谓美。充实而有光辉之谓大，大而化之之谓圣，圣而不可知之之谓神。"所谓"充实"就是充足、丰富之意。孟子以"充实"为美，

---

① 钟嵘：《诗品序》，从理论上分析说，种种怨恨之心，"感荡心灵，非陈诗何以展其义，非长歌何以骋其情？故曰'诗可以群，可以怨'。使穷贱易安，邮局弥闷，莫尚于诗矣"。

② （汉）许慎：《说文解字》，岳麓书社，2006，第 78 页。

③ 《马克思恩格斯选集》第 1 卷，人民出版社，1995，第 1 页。

④ 贾磊磊主编《世界的儒学：记世界儒学大会发起国际会议》，文化艺术出版社，2008，第 41 页。

认为"万物皆备于我""圣人与我同类",而"人皆可以为尧舜"。不仅如此,孟子还主张:"我知言,我善养吾浩然之气。"孟子认为必须首先使作者具有内在的精神品格之美,然后才能养成"浩然之气"(具有高尚道德品质而形成的一种崇高的精神气质蕴涵)。

在孔子以后,荀子对孔子重视"诗教""乐教"思想做了进一步的发挥。他的《乐论》说:"夫声乐之入人也深,其化人也速……其感人深,其移风易俗,故先王导之以礼乐而民和睦。"在中国古代,对音乐道德教化作用论述最系统、探讨最全面的是《乐记》。首先,《乐记》认为,对音乐的喜爱是人之天性:"乐也者,人情所必不可免也。"其次,《乐记》强调了音乐教化的重要性:"乐行而伦清,耳目聪明,血气平和,移风易俗,天下皆宁。"并把歌者看成是道德的传播者,"夫歌者执己而陈德也。动己而天地应焉,四时和焉,星辰理焉,万物育焉"。最后,《乐记》指出音乐教化的具体原则:根据不同情况,施以不同的教育。如《礼记正义》卷三十八所说:"是故志微唯杀之音作,而民思忧,啴谐慢易繁文简洁之音作,而民康乐,粗厉猛起奋末广贲之音作,而民刚毅。"《乐记》这部儒家美学思想的重要经典著作,把音乐看成道德教化的最重要手段和政治统治的重要辅助工具。孔子开创的"诗教""乐教"的美育理论,一直延续到清代,其间尽管有些变化,但基本性质并没变,终极目的都是把诗、乐作为政治教化的工具。"儒家天人合德的伦理道德,把整个人类乃至整个宇宙看作一个有机整体,道德是世界的本质和根本秩序。任何个体性存在都是这个整体中的一分子、一个环节。"① 儒家道德理论强调

---

① 唐凯麟、张怀承:《成人与成圣——儒家伦理道德精粹》,湖南大学出版社,1999,第72页。

以整体为本位，认为个体价值体现于社会整体中。只有个体有机融入整体，才能实现自身价值，进而推动社会的和谐建构。

到近代，美育观念发生显著变化，美育从道德教化开始向人格完善转变，其重点由美化社会为主转向了以美化人自身为主。这一转变有两个方面原因：一是西方美育思想的影响。二是中国社会变革的推动。这种注重人格完善的美育理论，主要体现在王国维、蔡元培、鲁迅等人的美学思想中。1906 年，王国维在《论教育之宗旨》中指出，教育的目的在于培养"完美之人物"，即"身体能力"和"精神能力"都和谐发展的人，他们应具备"三德"：真、善、美。因此，教育必须具有相应的三个部分：智育、德育（意志）、美育（情育）。在王国维看来，美育是构成教育系统的一个不可缺少的组成部分。蔡元培不仅是美育理论的积极倡导者、宣传者，而且也是美育实践的推行者，他在《对于教育方针之意见》《美学观念》《以美育代宗教说》等美学论著中，对美育理论做了全面系统的阐释。他提倡以乐育人，以美育人。并认为美育的中心是情感教育："人人都有情感，而并非都有伟大而高尚的行为，这是由于情感推动力的薄弱。要转弱为强，转薄为厚，有待于陶养。陶养的工具，为美的对象，陶养的作用，叫作美育。"[①] 蔡元培在任国民政府教育总长时，就着手教育改革，把美育列为教育的一个重要组成部分。他还创办音乐、美术专门学校，亲自讲授美学课程。蔡元培的美育理论与主张，在中国美学史和教育史上产生了一定影响。鲁迅和蔡元培一样，特别重视美育。在教育部工作期间，鲁迅积极支持蔡元培倡导美育。蔡元培先生辞职以后，他仍积极翻译美育著作，创办

---

① 蔡元培：《蔡元培美学文集》，北京大学出版社，1983，第 220 页。

艺术学校，主办艺术展览，提倡艺术教育，为中国美育的发展与普及做出了突出贡献。与中国古代美育思想比较，近代美育思想的民主色彩更浓，感情色彩更浓，人的因素更浓，它对促进人的和谐发展、健康完善，有着极其重要的意义。

二　西方美育功能的演进：从灵魂净化到人性解放

在西方，"美育"一词出现在 18 世纪，但美育实践活动和美育理论研究却可以追溯到古希腊，从古希腊至近代，美育一直被视为净化灵魂的重要手段。

古希腊时期，往往把美育看作道德教育的最好方式、净化灵魂的最好手段。斯巴达教育的主要内容是军事教育和音乐教育：通过军事教育培养人的强壮体格和坚毅性格，通过音乐教育培养人们的美好品质和灵魂。雅典教育则军事、体育、德育、智育、美育并重，音乐是必不可少的课程。通过音乐教育培养儿童的节奏感，陶冶儿童的性情和灵魂。古希腊的美育理论，特别注重艺术对人心灵的净化作用。柏拉图在《理想国》中认为音乐的节奏和乐调"有强烈的力量浸入人心深处。如果教育方式适合，它们就会拿美来浸润心灵，使它也因此而美化"[①]。受过良好音乐教育的人，能够很快把美"吸收到心灵里，作为滋养，因此自己性格也变成高尚优美"。亚里士多德也很重视美育作用。他首先肯定了音乐的美育作用，他在《政治学》中指出："音乐应该学习，并不只是为着某一个目的，而是同时为着几个目的，那就是（1）教育，（2）净化，（3）精神享受，也就是紧张劳动后的安静和休息……要达到教育的目的，就应选用伦理

---

① 《西方美学家论美和美感》，商务印书馆，1981，第 44 页。

的乐调……"① 与柏拉图不同，亚里士多德并不把美育的内容局限于音乐之内，他认为整个艺术都是美育的内容，都可以净化人的灵魂。被柏拉图视作迎合"人性中低劣部分"的悲剧，他也认为是美育中不可缺少的组成部分，可以通过"怜悯与恐惧"使人的感情得到"陶冶"，达到净化。古罗马的美学家贺拉斯明确提出了"寓教于乐"的观点："诗人的愿望应该是给人益处和乐趣，他写的东西应该给人以快感，同时对生活有帮助……寓教于乐，既劝谕读者，又使他喜爱，才能符合众望。"

文艺复兴时期，许多艺术家提倡人文主义，用文艺形式向宗教和经院哲学宣战，主张人的能力的多方面提高。美育成了人文主义教育的重要内容之一。如意大利教育家维多利诺创建"快乐之家"学校，把学校设在优美的自然环境中，使儿童在大自然的美景中得到熏陶和浸染。而且，文艺复兴时期审美教育的成就也是显著的，造就了一大批多才多艺、全面发展的人才。在西方美学史上，"把美育提到哲学高度加以深刻阐述的却是德国浪漫主义诗人席勒"②。席勒的《美育书简》不仅正式提出了"美育"一词，而且标志着西方美育理论从"灵魂净化说"向"人性解放说"的转变。

席勒认为，人在现实生活中是不自由的，他既受到自然力量和物质力量的压迫，又受到理性法则的束缚。要弥合人与自然、感性与理性的鸿沟，使受自然力支配的"感性的人"变成充分发挥自由意志的"理性的人"，只有通过审美教育才能达到。换

---

① 亚里士多德：《政治学》，商务印书馆，1981。
② 滕守尧：《审美心理描述》，中国社会科学出版社，1985，第342页。

句话说，审美教育是人性解放的一种重要手段。在席勒眼里，审美教育不仅可以促使人性完善发展，而且还可以促使人获得政治自由。他说，审美教育"这个题目不仅关系到时代的鉴赏力，而且更关系到这个时代的需求。我们为了在经验中解决政治问题，就必须通过审美教育的途径，因为正是通过审美，人们才可以达到自由……美可以成为一种手段，使人由素材达到形式，由感觉达到规律，由有限存在达到绝对存在"①。的确，席勒希望通过审美教育获得人的解放，这在当时的社会中只是一种幻想。但他的美育理论却有着极其重要的意义，它在西方美学史上具有承前启后的性质。"承前"是指他发展了康德的美学观。康德在《判断力批判》中认为，人类精神活动包括"知、情、意"三个方面。审美判断是沟通"知"和"意"之间的一个必不可少的桥梁。席勒发展了康德的这一观点，认为审美教育是从"感性的人"向"理性的人"转变的重要途径，并在此基础上提出了一套完整的美育理论。"启后"是指席勒的美育理论，不仅影响了斯宾塞等人艺术起源中的游戏说，而且还启发了马克思主义美学理论。只要把马克思的《1884 年经济学哲学手稿》和《美育书简》加以对比，我们就"会发现两者在内容和观点上有着密切的联系"②。席勒提出的许多悬而未决的重大问题，在马克思那里都做出了回答。马克思的美育理论将人的解放与消灭私有制联系起来，使席勒的美育理论从空想走向了科学，是成熟的人性解放论。

就此看来，中西美学家都讲"以美育人""以情感人""以

---

① 〔德〕席勒：《美育书简》，中国文联出版公司，1984，第 39 页。
② 〔德〕席勒：《美育书简》，中国文联出版公司，1984，第 27 页。

艺术熏陶人",但二者育人的目的存在明显差异。

(一) 中国：研究"品性"塑造

中国历代美学家，尽管对美育的表述各有特色，但二者目标一致，都是围绕怎样塑造人的"品性"，培养仁人君子而进行美育研究的。孔子的美育方法是"兴于诗，立于礼，成于乐"，主张以诗乐等艺术作为审美教育的具体内容去陶冶性情，培养人才。然而，孔子的真正目的并非通过诗乐教育达到人的感情的完善，而是通过诗乐培养人的"品性"，造就能够克己复礼的仁德君子。其后，荀子的《乐论》以及深受荀子学派影响的《乐记》、卫宏的《毛诗序》等，都沿袭了孔子的美育观念，都认为诗教、乐教是审美教育最重要的内容，对培养符合统治阶级道德品性之人有着独特的用处。可以说，从先秦至清末的两千多年中，孔子的美育观一直占据着主导地位。

中国近代的美育观念与孔子的美育观念相比发生了很大的变化，美育理论的道德教化意味大大减弱，人格完善的思想普遍增强。梁启超提出了"用感情激发人"的美育思想。他认为艺术，特别是小说，是情感教育的最大利器。小说，它作为"文学之最上乘"，在审美教育中对人有着"熏""浸""刺""提"的作用，能够达到移情育人的目的。王国维提出美育是教育的一个重要组成部分，主张以"纯艺术"对人进行审美教育，使人通过对艺术形式美的欣赏唤起"美情"，在纯美享受中"超然于利害之处，而忘物我之关系"，达到培养"完美人物"之目的。蔡元培是中国美学史上第一个全面系统阐释美育理论的人，认为审美教育可以使人的感情得到陶养，从而变得伟大和高尚。

无可否认，较之中国古代美育观念，中国近代美育思想有着浓厚的民主色彩与感情色彩，表现出了对人自身的极大关注。但近代美育思想是否偏离了塑造人的"品性"的传统轨道呢？没有。梁启超、王国维、蔡元培乃至鲁迅，其美育思想都是以对人的品性塑造为目标的。梁启超的情感美育论，或称以小说育人的主张，是以"改良群治""欲新民"为前提的。换句话说，梁启超所主张的审美教育，其实质是通过艺术开启民智，塑造具有维新思想的人。王国维虽然主张审美教育是"意兴所至"，消遣娱人，但其含义并非通过审美达到人性解放。在王国维那里，审美教育不过是一条"拯救国民精神的重要途径，是避免鸦片毒害的积极办法"①。其目的是塑造具有新道德的国民。蔡元培不仅系统地阐述了其美育理论，而且身体力行地进行了美育实践，但究其根底，也无非是通过音乐、美术、文学教育为社会培养贤才，塑造"超脱于生死利益之上"，具有"高尚、勇敢与舍己为群思想"的道德楷模。

综上所述，中国近代美育思想虽然重在追求人格完善，但其人格也无非是一种理想道德品性，其内在理路仍是道德品性塑造，只是其道德品性的内容有所更新，内涵更加丰富而已。

（二）西方：探讨"人性"解放

与中国美学家不同，西方美学家一开始就侧重研究美育与人性、美育与感情的关系，试图通过审美教育纯洁人性、陶冶感情、净化灵魂。柏拉图在否定诗歌和悲剧的同时又强调美育的作用，认为通过对形体美和音乐的欣赏，可以使"人性中低劣的

---

① 北京大学哲学系美学教研室：《中国美学史资料选编》（下），中华书局，1981，第430～439页。

部分"纯洁化，使人逐步进入心灵美、行为和制度美、各种学问知识的美，最终达到理解世界这一最高层次的美。亚里士多德强调艺术作品可以引起人的快感，认为审美教育既是一种精神享受，又能陶冶人的感情，净化人的灵魂。朗吉弩斯认为，诗和音乐能把感情传给听众并控制人的心灵，因而，诗和音乐是审美教育的一种好形式。贺拉斯"寓教于乐"的美育观也表达了类似的看法。当然，从古希腊至启蒙主义时期美学家的美育理论，虽然把"人性""感情"摆到了重要地位，包含了人性解放的因素，但由于其"人性"和"感情"中还包含着一些道德、理性教育的成分，所以还不是现代意义上的人性解放论。

现代意义上的人性解放论的显著标志之一是否定理性对人的压抑，肯定人的感性欲求。现代人性解放论始于鲍姆伽通和康德，成于席勒和马克思。笔者认为，鲍姆伽通对美学理论的贡献一是他提出了"美学"，使美学成了一门独立学科，二是他在书中区分了感性与理性、低级认识与高级认识，充分肯定了人的感性欲求，为现代意义上的人性解放论奠定了基础。

康德进一步确认了审美是感性而不是概念，是直觉而不是观念，认为通过审美能"唤起感性，使之摆脱理性的压抑性的统治"，使人在解放了的"自然和人的潜能的自由消遣中得到满足"[1]。作为"把美育提到哲学高度加以阐述"的席勒，针对工业文明和科学技术造成的人性异化状况："享受与劳动脱节，手段与目的脱节，努力与报偿脱节……耳朵听到的永远是由他推动的机器轮盘的那种单调乏味的嘈杂声……自己仅仅变成他职业和科学知识的标志。"唤起他提出了"通过审美教育消除现代工业

---

[1] 聂振斌：《王国维美学思想述评》，辽宁大学出版社，1986，第89页。

文明和科学给人带来的异化状况，解放被压抑的人性"，使人得到和谐发展而变成"完整的人"①。马克思的美育理论，进一步回答了席勒提出的一些重大问题。在《1844年经济学—哲学手稿》《资本论》等一系列著作中，马克思分析了人的本质的异化和人性扭曲，提出了按照美的规律进行生产，通过社会革命消除异化，达到私有财产的积极扬弃，实现人性解放，从而使"人以一种全面的方式，也就是说，作为一个完整的人，把自己的全面的本质据为己有"②。

总的说来，我们通过诗教、乐教、"小说教"，真正释放我们内心深处的和谐质素和向善本性，让我们的文艺美学教学在大学这所美育的培育地枝繁叶茂，开花结果。这是我们的期盼，也是我们的永恒追求。

第三节　中外文艺美学教学之比较

21世纪是一个美育多元文化相互交流与对话的世纪。世界美育文化的发展态势要求文艺美学教学恪守"面向世纪、面向现代、面向未来"的教育准则，选取合适的对话范畴，调整自己的话语策略，尽快结束中国长达一个多世纪的"失语症"状态，在世界美学教学界发出中国的声音。在中外文艺美学比较教学的过程中，不仅要向中国传统文艺美学提问，也要向西方文艺美学提问。美，是思辨的哲学、最微妙的心理学、最情感的艺术。

---

① 〔德〕马尔库塞：《爱欲与文明》，上海译文出版社，1987，第129~131页。
② 〔德〕席勒：《美育书简》，中国文联出版公司，1984，第51页。

一　中外文艺美学教学的审美意识比较："内省"与"忏悔"

（一）二者生成的文化背景不同

中国文艺美学"内省"审美意识，根源于中国本土的审美心理。它往往以古代圣贤活动及其向善、求美轨迹为标准，以返身内求、反求诸己、尽心、体道、明心、觉悟等方式，引导人的内心来体悟日常生活之道，提升心灵的境界，使一己之心扩展为天地之心，因而它不是纯粹思辨的概念体系，而是指向心灵自觉活动的呈现和善心的自我扩充和提升①。这种强调"以内乐外"的体验，以"正心诚意""见贤思齐焉，见不贤而内自省也"等古训作为日常行为规范，以"乐道""制欲"的审美之心，消解现实生活和内心深处的一切既在或潜在的对立因素，从而把文艺审美心理学引入日常生活，开创了中国特色的"文艺审美生活的日常化"。

这种审美意识直接受到以讲究"中庸""和谐"的中国文化观念的影响。孔子不仅提出"吾日三省吾身"②（《论语·里人》）的审美意识，还建构了一整套"中庸"原则和"天人合一"的文化观念体系。它们不仅要求人与自然保持和谐一致，同时也要求人与社会、人与人、人与自我保持和谐统一。而"和为贵"③命题的提出，就是强调人在协调人与自然、人与社会、他人和自我的关系时，以自我反省、自我谦让、自我保护和

---

① 葛鲁嘉：《中国本土传统心理学的内省方式及其现代启示》，《吉林大学社会科学学报》1997 年第 6 期。
② 孔子：《论语》，中华书局 1980 年版，第 3 页。
③ 孔子：《论语》，中华书局 1980 年版，第 8 页。

自我调适等心理"内省"方式，克服现实人生所带来的种种困难，让一切既在或潜在的对立因素全都消融在主观心理的平静安宁之中，消融在积极入世和对现实充分肯定的达观愉悦之中。这种内倾性的文化观念，直接影响了中国美学审美意识的建构，使中国的文艺审美风格总体呈现优雅、宁静、精致以及怨而不怒、悲而不伤的儒家"诗教"形态。

中国美学的"内省"审美意识具有一种偏重伦理情感的审美制约机制。它要求审美主体紧扣政治伦理，怀着对国家、民族、社会的强烈忧患意识进行自我反省、自我消解和自我调适，抒发出认同现实人生伦理规范及秩序之合目的性的审美情怀。尽管面对现实人生中灵与肉、情与理的种种冲突，内心世界怀有某种愤慨，甚至躁动不安，但受"内省"的审美机制制约，最终还是剔除了灵魂中骚动的成分。为此，我们在进行文艺美学教学时，侧重于抒情主要是如何以非凡的忍耐精神来抑制"本我"冲动从而有效地适应外部世界，表现出对温和敦厚的社会伦理和谐之美的崇尚，彰显从容大度、达观愉悦的审美效应。在此，可以以朱熹《诗集传·唐风·蟋蟀》为例来阐释：

> 蟋蟀在堂，岁聿允橘反其莫音暮。今我不乐音乐，下同，日月其除直虑反。无已大音泰康，职思其居叶音据。好呼报反乐无荒，良士瞿瞿俱具反。
>
> 赋也。蟋蟀，虫名，似蝗而小，正黑，有光泽如漆，有角翅。或谓之促织，九月在堂。聿，遂。莫，晚。除，去也。大康，过于乐也。职，主也。瞿瞿，却顾之貌。
>
> 唐俗勤俭，故其民间终岁劳苦，不敢少休。及其岁晚务闲之时，乃敢相与燕饮为乐。而言今蟋蟀在堂，而岁忽已晚矣。当此之时而不为乐，则日月将舍

我而去矣。然其忧深而思远也，故方燕乐而又遽相戒曰："今虽不可以不为乐，然不已过于乐乎？盖亦顾念其职之所居者，使其虽好乐而无荒，若彼良士之长虑而却顾焉，则可以不至于危亡也。"盖其民俗之厚，而前圣遗风之远如此。

蟋蟀在堂，岁聿其逝。今我不乐，日月其迈叶力制反。无已大康，职思其外叶五坠反。好乐无荒，良士蹶蹶俱卫反。

赋也。逝、迈，皆去也。外，余也。其所治之事，固当思之，而所治之余，亦不敢忽。盖以其事变或出于平常思虑之所不及，故当思而备之也。蹶蹶，动而敏于事也。

蟋蟀在堂，役车其休。今我不乐，日月其慆吐刀反，叶佗侯反。无已大康，职思其忧。好乐无荒，良士休休。

赋也。庶人乘役车。岁晚则百工皆休矣。慆，过也。休休，安闲之貌。乐而有节，不至于淫，所以安也。

《蟋蟀》三章，章八句①。

诗文第一段四句，每两句描写一个画面。开篇两句描写的是第一个画面——民众渴望燕饮为乐的画面：时值深秋，庄稼已收，食物归仓，而今，"役车其休"，时至岁晚，终岁劳苦的民众长舒一口气，终于"乃敢相与燕饮为乐"了，否则，"当此之时而不为乐，则日月将舍我而去矣"。后两句则展示了良士面对群体狂欢时的忧虑。"无已大康，职思其外。好乐无荒，良士蹶蹶"。所谓"大康，过于乐也。""无已大康"也就是"虽不可以不为乐，然不已过于乐乎"，既有反复的告诫，又有深沉的忧虑，希望每个臣民要节制，"顾念其职之所居"，不要忘却了自己的职责所在。诗文第二段、第三段反复咏叹，要"职思其外""职思其忧"，防止出现意外。言语之间、对话之余，我们既能

① 朱熹：《诗集传》，中华书局2011年版，第87页。

看到群体强烈的"本我"享乐冲动，更能看到"良士"非但以非凡的忍耐精神来抑制此种冲动，还对群体的狂欢予以警示，希望他们"乐而有节，不至于淫"。这种"忧深而思远"，表现出对温和敦厚的社会伦理和谐之美的崇尚，显示出从容大度、达观愉悦的审美效应。

在恢复内心平静的过程中，把外在的痛苦感全都消融在内心的真切领悟与体验中，并由此开拓出内心新的审美精神境界——以德性化人格情操、德性化艺术境界，达到一种宁静、恬适、优雅的审美愉悦。如《礼记·乐记》中就有"乐者，通伦理者也"之说，强调"以绳德厚""乐终而德尊"①。典型者如《诗集传·陈风·衡门》：

> 衡门之下，可以栖音西迟。泌悲位反之洋洋，可以乐音洛饥。
>
> 赋也。衡门，横木为门也。门之深者有阿塾堂宇，此惟横木为之。栖迟，游息也。泌，泉水也。洋洋，水流貌。此隐居自乐而无求者之词。言衡门虽浅陋，然亦可以游息。泌水虽不可饱，然亦可以玩乐而忘饥也。
>
> 岂其食鱼，必河之鲂音房。岂其取音娶妻，必齐之姜。
>
> 赋也。姜，齐姓。
>
> 岂其食鱼，必河之鲤。岂其取妻，必宋之子叶奖履反。
>
> 赋也。子，宋姓。
>
> 《陈风·衡门》三章，章四句②。

---

① 郭绍虞：《中国历代文论选（第 1 册）：礼记·乐记》，上海古籍出版社，1979，第 83 页。
② 朱熹：《诗集传》，中华书局 2011 年版，第 106 页。

读《衡门》诗的文本，找不到《毛诗序》中所附会的"诱僖公"之意，反而体味到其中的怡然自乐。诚如《诗集传》所云："衡门，横木为门也。门之深者有阿塾堂宇，此惟横木为之。"遥想当年住着高房大厦、阿塾堂宇，物质条件何等宽裕，而今，住在横木之下仍能栖迟、游息；遥想当年食必河里的新鲜鲂鲤，而今，何必再要那么多的要求呢，只要有鱼吃、有水喝就够了，毕竟"泌水虽不可饱，然亦可以玩乐而忘饥也"。言语的背后，仍能体会到"隐居自乐而无求者"的闲适与典雅。

"忏悔"审美意识的生成，亦直接受到西方文化观念的影响。与中国文化不同，西方文化在人与自然、人与社会、人与人、人与自我的基本关系中，不是强调作为主体的人去努力适应外部世界，而是崇尚斗争与抗衡。因此，在他们的文化观念里，人与环境是分裂的，人的感性与理性也是分裂的。为解决这种分裂状态，西方文化找到了上帝，只有上帝才是至高无上的。上帝主宰一切，处在分裂之中的人，必须向上帝忏悔、赎罪。对此，加拿大著名学者诺思·弗莱早就评价道："早在我还是一个助教的时候……我很快就意识到，学习英国文学的学生如果不了解《圣经》，就会对所学的作品在许多地方无法理解，其结果是勤于思索的学生就会不断对作品的内在含义甚至意思产生误解。"[1] 而雨果在《〈克伦威尔〉序》中说得更是斩钉截铁："基督教把诗引到真理。"[2] 的确，以"原罪"、赎罪为

---

① 〔加〕诺思·弗莱：《伟大的代码——圣经与文学》，郝振益等译，北京大学出版社，1988，第1页。

② 〔法〕雨果：《〈克伦威尔〉序》，转引自伍蠡甫、胡经之主编《西方文艺理论名著选编》（中卷），北京大学出版社，2003，第126页。

主题词的基督教，使西方文艺美学弥散着浓郁的"忏悔"审美意识。

我们知道，在西方文化中，原罪意识是一个重要的概念，即自我在现实中发生了异化，与上帝原本设计的自我（"本我"）有了疏离感，需要通过灵魂的忏悔来消除来自现实的异化，实现向"本我"的回归。西方文化的忏悔观念，触发西方文艺美学始终以"对立"（崇高）作为最高境界的审美理想，其总体审美风格注重以写实、再现、模拟等方式来对外部世界做出反应。在忏悔意识观照下的西方文艺美学，则侧重于讲授心灵的冲突、分裂，直面自我，直面人生，通过忏悔而打破平庸麻木的心理和谐，获得对世界、对人生的感知与体悟。同时，在强调对抗的过程中，总将个体置于不断被毁灭又不断被放置的人生历史链条上，不断获得新的历史内涵。西方美学的"忏悔"审美意识，在艺术审美形态上，呈现出"真"与"美"的结合，具有浓厚的对于合规律性的表现倾向和推重崇高的审美趣味。

"在奥古斯丁之前，并不存在'原罪'（perccatum originale）一词，这个概念是奥古斯丁的创造。"[①] 的确，当我们打开《忏悔录》第一卷，就看见奥古斯丁立刻对婴儿做出有罪的断言："谁能告诉我幼时的罪恶？因为在你面前没有一人是纯洁无辜的，即使是出世一天的婴孩亦然如此。"可理由是什么呢？奥古斯丁认为：婴儿"还不会说话，就面若死灰，眼光狠狠盯着一同吃奶的孩子"。婴儿盯住一同吃奶的其他孩子，我们下意识里认为这不过是婴儿，也不会有什么危害，可事实上，"不让一个

---

① 刘宗坤：《原罪与正义》，华东师范大学出版社，2006，第 46 页。

极端需要生命粮食的弟兄靠近丰满的乳源，这是无罪的吗"，奥古斯丁对此发出诘问。"可见婴儿的纯洁不过是肢体的稚弱，而不是本心的无辜。"（《忏悔录》卷一第七章）婴儿本无罪，即使有罪，也是他生下来就具有的。奥古斯丁用一个美妙的名字，称之为"原罪"。

这种罪行到底由谁来定呢？《约翰福音》关于"行淫时被捉的妇人"的故事告诉我们：人们带着一个行淫时被抓的妇女去见耶稣，问他应当如何处置。耶稣开始不答，后来说："你们中间谁是没有罪的，谁就可以先拿石头打她。"戏剧性的一幕出现了："他们听见这话，就从老到少一个一个地都出去了，只剩下耶稣一人，还有那妇人仍然站在当中。"这则故事告诉我们，既然每个人都有罪，那么，我们根本没有资格定别人的罪。那唯一完美的耶稣呢？他给妇人定罪吗？当妇人告诉耶稣没有人定她的罪时，耶稣说："我也不定你的罪，去吧！从此不要再犯罪了。"于是，笃信上帝的人群，开始通过灵魂的忏悔来消除来自现实的异化，实现向"本我"的回归，最终"无条件地为主服务""献身于你的爱"：

> 我开始萌芽的新的意志，即无条件为你服务，享受你天主，享受唯一可靠的乐趣的意志，还没有足够的力量去压服根深蒂固的积习……从亲身的体验，我领会了所谈到的"肉体与精神相争，精神与肉体相争"的意义。（《忏悔录》卷八第五章）

> 我已确知献身于你的爱比屈服于我的私欲更好。前者使我服膺，驯服了我；后者使我依恋，缠绕着我。你对我说"你这睡着的人，应当醒过来，从死中复活，基督就要光照

你了。"是没有一句话回答你。你处处使我看出你所说的都真实可靠，真理已经征服了我，我却没有话回答，只吞吞吐吐，懒洋洋地说："立刻来了！"

"真的，立刻来了。""让我等一会儿。"但是"立刻"，并没有时刻；"一会儿"却长长地拖延下去。我的内心喜爱你的法律是无济于事的，因为"我肢体中另有一种法律，和我心中的法律交战，把我掳去，叫我顺从肢体中犯罪的法律"。(《忏悔录》卷八第五章)

（二）二者的审美实践各异

中西文艺审美意识，落实在艺术审美实践层面，则为注重艺术审美的理性调控功能、直观把握功能和意境创造功能。

理性调控功能，即要求在处理主客体冲突时，强调通过理性节制，使主客体形成良性互动的和谐关系。如在情与理的关系上，中国文艺美学总体上偏重情感抒发，但任何情感的抒发都必须受到"理"的制约，如不加理性调控，"情"就可能泛滥成灾。所以，中国美学讲究"发乎情，止乎礼义"，要求"奋至德之光，动四气之和，以著万物之理"[1]。情离不开理，情理交融，就是通过内省的审美过程，协调主客体的相互关系。诚如《诗集传·郑风·丰》所描述的：

　　子之丰芳容反，叶芳用反兮，俟我乎巷叶胡贡反兮，悔予不送兮。

----

[1] 郭绍虞：《中国历代文论选（第1册）：礼记·乐记》，上海古籍出版社，1979，第81页。

赋也。丰，丰满也。巷，门外也。妇人所期之男子已俟乎巷，而妇人以有异志不从，既则悔之，而作是诗也。

子之昌兮，俟我乎堂兮，悔予不将兮。

赋也。昌，盛壮貌。将，亦送也。

衣于既反锦褧苦迥反衣，裳锦褧裳。叔兮伯兮，驾予与行叶户郎反。

赋也。褧，禅也。叔、伯，或人之字也。妇人既悔其始之不送而失此人也，则曰：“我之服饰既盛备矣，岂无驾车以迎我而偕行者乎？”

裳锦褧裳，衣锦褧衣。叔兮伯兮，驾予与归。

赋也。妇人谓嫁曰归。

《丰》四章，二章章三句，二章章四句。①

细读《诗集传·郑风·丰》，我们发现，此妇人本来已决定与某一身体健壮的男人私奔，并且她已经在巷口苦苦等他。后来妇人"以有异志不从，既则悔之"。女子做了些什么？或许一边整理行李，一边整理思路：两人约好私奔。到底是走还是留？我迷恋的男子到底是谁？历经权衡，最终决定了留下。这女子到底有哪些思想活动？又为什么放弃？女子的诸多思想活动及其情感抒发，据朱熹看来，本身必须受到"理"的制约与调控。

直观把握功能，是"内省"审美意识所显示的一种直观性认识与把握审美对象的方式，其立足点是主体的实践性，即要求从个人的内心感受出发，传达主体对客观外界的直接体会与特殊经验，而不是一味地强调主体对客观外界的反映、写实、模拟、再现。

通过"内省"审美意识，中国美学创造了一整套独具特色

① 朱熹：《诗集传》，中华书局 2011 年版，第 46 页。

的审美范畴，如意境、风骨、韵味、神韵等，形成了中国美学的模糊性、直观性、领悟性的审美特点。严羽说："禅道惟在妙悟，诗道亦在妙悟。"① 悟，就是"内省"审美意识包蕴的直观认识、把握的审美功能。这种功能使中国美学在整体的审美追求上，多偏重于智性的情感抒发，具有一种不为单纯的再现、模拟所束缚的艺术想象力，强调审美的最高境界在于"不涉理路，不落言筌"，或"不着一字，尽得风流"。意境创造功能，则是通过主体感悟方式，构成物与我、情与景、情与理和谐统一的审美意境。它要求以感性的、客观的对象为凭依，在有限的个别现象形式中展现本质的、必然的无限丰富深广的内容，从而使审美具有丰富性、多义性和不可穷尽性的特征。典型者如王维的山水诗《山居秋暝》、苏轼的《题西林壁》、朱熹的《观书有感》。

反观"忏悔"审美意识观照下的西方文艺美学教育，则注重审美的感性沉醉、理性分析和典型塑造等方面的艺术功能。感性沉醉，是西方美学感性与理性分裂的结果。忏悔是要求通过灵魂的冲撞来面向上帝倾诉，以消除来自现实的异化，实现向"本我"的回归；这样，反映在艺术审美过程中，就要求有一种"狂喜"的情绪体验，要求在痛苦的倾诉中获得超凡脱俗的审美愉悦和感性沉醉。注重理性分析，导致西方叙事美学的发达，使之更加注重审美空间结构的建构，结合表现、心理、情感、时间等要素，来进行艺术典型的塑造。在西方美学中，艺术典型作为审美理想的一种形式，具有教化启示与情感净化的双重作用。亚里士多德说："写诗这种活动比写历史富于哲学意味。"他认为

---

① 郭绍虞：《中国历代文论选（第2册）：严羽·沧浪诗话》，上海古籍出版社，1979，第414页。

艺术理应"比实在更美"。塑造艺术典型，真正的目的除了"描绘人的心境"、"表现心理活动"和"精神方面的特质"之外，还在于能够引起人们的审美思考，成为"生活的教科书"，使人们"确信心灵所爱的神圣性和想象的真实性"，从而迈上精神超越之路。

二　中西绘画美学教学比较

绘画是书法艺术，通过色彩、线条和空间构图来展示各自不同的审美追求。这就要求我们在进行绘画艺术教学时，紧扣各自的特点组织教学。

（一）有与无：二者哲学根基迥异

众所周知，不同的民族、不同的国度，因哲学观念的差异，会拥有不同的绘画艺术；同时，不同的绘画艺术，又映射出哲学差异。有与无的哲学观念，则是中西方绘画艺术最根本的差异。西方人一贯主张以有为本，以有生无、生万物；中国人则强调以无为本，从无到有。这种有、无相异的哲学根基差异，暗中操纵中西绘画精神、创作理路和欣赏志趣。为此，从绘画精神上说，西方画重形似、重写实，中国画重传神、重象征，西方洋画的表现是剧的、现实的，中国画的表现是诗的、非现实的。① 因此，中国古典写意画，虚实相间，在虚白上幻现的一花一鸟、一山一水，负荷着天人合一的和谐深意。西方古典绘画是写实的，一滴油墨的背后，都造就着进取、抗争、追求的精神。这点，丰子恺的论述很精当："故西洋的安琪儿要生了一对翼膀而飞翔，东洋

---

① 丰子恺：《中国画的特色》，《丰子恺文集》第一卷，浙江文艺出版社、浙江教育出版社，1990，第38页。

的仙子只要驾一朵云。"①

（二）　形式与整体：二者审美透视方式各异

形式在西方文化中具有根本的意义。它是实体世界的具体化、丰富化、精确化。而中国文化强调整体功能，整体功能就是从整体出发，强调以心驭物，"运用笔勾的线纹及墨色的浓淡直接表达生命情调，透入物象的核心"②，平面构图、平面色彩、平面造型、线墨巧构，将自身置身画间，"足不求颜色似，前身相马九方皋"，以有限的画面，寻求无限圆融的"三远"意境③。中国人最反对以言为意、以指为月，要达到对事物、对世界最精微的认识不能靠工具，而只能凭心灵，心灵最深层部分与事物的最深层部分与天是相通的。

（三）　心师造化与模仿自然的异同：二者处理自身与对象关系时的态度迥异

"中国画以'气韵生动'即'生命的律动'为终始的对象，而以笔法取物之骨气，谢赫的六法以'应物象形'、'随类赋彩'之模仿自然，及'经营位置'之研究和谐、秩序、比例、均匀等问题列在三四等地位。然而这'模仿自然'及'形式美'，却是西洋美学的中心。"④ 宗白华先生的评价之语，道出中西方艺术家处理自身与对象关系的两种不同态度："心师造化"与"模仿自然"。前者倡导发挥心灵与视觉、听觉交融的感受能力，去领会物象与心灵的相融之处，却很少关注如何充分发挥

---

①　张法：《比较美学：中国与世界》，《江西社会科学》2006 年第 1 期。

②　宗白华：《论中西画法的渊源与基础》，《宗白华全集》，安徽教育出版社，2008，第 102 页。

③　所谓"三远"，具体指宋代郭熙所说的"山有三远：自山下而仰山巅，谓之高远；山前而窥山后，谓之深远；山而望远山，谓之平远"。

④　宗白华：《美学散步》，上海人民出版社，1981，第 124 页。

视觉、听觉的认识作用揭示自然物象的具体特点，为此，他们在进行绘画时，往往以水做调色剂，用柔软的毛笔、流畅的笔法在极细腻的绢、宣纸上作画，时而湿笔、润笔，时而干笔、枯笔，间或穿插中锋、侧锋，破墨点皴，散点透视，"竖画三寸，当千仞之高；横墨数尺，体百里之迥"（宗炳《画山水序》），以心中诗化的距离来亲近自然、营造自然之景。可以这么说，若用常人眼光来欣赏中国画中的房屋、建筑、亭台楼阁，不符合"近大远小"规律。它们追求的就是"妙在似与不似之间"，以简胜繁，以少胜多，体现了东方人特有的清幽、洁净、恬淡的审美意趣。

西方人绘画追求"模仿自然"。他们强调以现实世界为蓝本，成功地发挥绘画艺术的再现功能。从希腊早期的艺术来看，希腊的瓶绘艺术，初期以狮身人面像、野兽、植物纹样等东方装饰纹样为主，中、后期才产生出以日常生活场景和神话传说为题材的情节性画面，能在结构、比例和色彩方面将复杂的情节处理得和谐自然。在文艺复兴时期，解剖学、病理学、植物学以及化学等均取得了崭新的成就，美术家们更加兴致盎然地讨论"模仿自然"的课题。而达芬奇在画论中坚持"绘画是自然界一切可见事物的唯一模仿者"，并运用物理学知识和几何作图方法分析了线透视、空气透视、色彩透视和隐没透视及物体的光影在不同的条件下的表现和变化。这种尽可能发挥视觉的全部功能来满足人的"最高感官"的表现手段，很自然地被西方人所推崇。

为此，他们坚持运用科学的、完整的绘画色彩理论，以油画笔和油彩所展现的富有韵致的笔触，以理性的思维模拟自然界千变万化的光与色，注意对象与对象之间，对象与环境之间的色彩变化。意大利文艺复兴时期的西方绘画在表现手法上，既注重本质，也注重表象——营造效果逼真的光线明暗、色彩变化，以及所有构成机理质感的表面细微末节。西方画家笃信：没有对表面因素的精致描摹，物象的立体感就不会充分显现。

三　中西悼亡诗中的死亡美学教学比较：生与死的超脱

死亡是古今中外文人不断吟咏的主题。若以爱情为经，死亡为纬，那么通过诗人微颤的手细密织成的就是一首首痛彻怀想的悼亡诗。休谟曾经多次谈道："美学激情既包含着快乐，也包含着悲戚与恐惧。"悼亡诗，即"抚存悼亡，感今怀昔"之诗。中国悼亡题材的诗歌早在《诗经》中就有，如《诗经·邶风·绿衣》中写一男子思念去世的妻子；《诗经·唐风·葛生》写一女子对亡夫的深切怀念。但自从潘岳创作的悼念亡妻杨氏之诗问世后，"悼亡诗"就成为悼念亡妻诗作的专称。唐代，元稹哀悼亡妻韦氏的诗作《遣悲怀》七律三首、《离思》七绝五首、《六年春遣怀》七绝八首，影响颇大。元稹《叙诗寄乐天书》中说："不幸少有伉俪之悲，抚存感往，成数十诗，取潘子'悼亡'为题。"宋代苏轼和清代纳兰性德的悼亡词最有名，尤其是纳兰性德，词题中明确标有"悼亡""梦亡妇""亡妇忌日""亡妇生辰"等字样的词即有五六首之多。而英国悼亡诗数量较少，著名的有诗人弥尔顿的《梦亡妻》，托马斯·哈代的"艾玛组诗"：《逝》《轻轻的拍击》《散步》《石上倩影》《西威塞克斯少女》等，罗伯特·勃朗宁的《展望》《向前看》，邓约翰的第19首《神圣的十四行诗》等。纵观这些悼亡诗，我们发现，它们都浸染着诗人对亡妻刻骨铭心的爱恋，但不同的文化、哲学、宗教背景，使另一个与爱情紧紧纠缠的主题——"死亡"在中英诗人笔下呈现着不同的姿态和色彩。如果我们细细品味其中的苦涩，咀嚼其深刻的哲理内涵，会发现在诗歌中呈现的不同的死亡美学。

（一）"哀死"和"乐死"：二者的价值取向各异

悲情和凄苦充溢着中国悼亡诗的整个空间。如西晋潘岳的《悼亡诗》："之子归黄泉，重壤永幽隔……如彼翰林鸟，双栖一朝只。如彼游川鱼，比目中路析。"诗人失去爱妻，如同双栖鸟、比目鱼失去伴侣，字里行间透露着对夺去爱妻生命的死亡的无奈和辛酸。而元稹的《遣悲怀·其三》："闲坐悲君亦自悲，百年多是几多时。邓枚无子寻知命，潘岳悼亡犹费词。同穴官冥何所望，他生缘会更难期。唯将终夜长开眼，报答平生未展眉。"诗人认为古人虽有"死则同穴"的说法，可是墓穴幽暗，人死无知，合葬又有什么意义？由此可见，中国诗人认为死亡是生命的终点，"人死如灯灭"。死后双方将不可能团聚，人死去就意味着永远失去，未尽的情缘将就此断绝。所以在情感上，中国诗人有无法排遣的悲伤、沉痛、凄楚。这其实反映了中国诗人独特的死亡观："哀死"。

西方悼亡诗读来虽也悲伤感人，但却不如中诗那般"难禁寸裂柔肠"（纳兰性德《青衫湿》）。其情感是悲中有慰，痛苦中有一线希望，相信来生彼世，相信乐土天堂是幸福的归宿，读来哀而不伤。如弥尔顿《梦亡妻》："我仿佛看见我最近死去的爱妻/她好像在古时洗身礼拯救的妇女/已洗涤干净原来产褥的血污/她穿着她心地那样纯净的白衣/正如我相信会无拘无束/有一天在天堂里遇见她那样/她虽然蒙着面纱，我好像看见/她全身透出亲热、淑善和混沌/比任何人脸上都教人喜欢……"此诗也极缠绵有致，凄婉动人。但诗人在悲伤的同时，流露了一种安慰、一份宁静、一线希望。虽然是在幻梦中，却分明看到了天国中平和淑善的爱妻，她短暂的生命已上升到永恒的新生，肉体原罪已被洗净，圣洁的灵魂透出一种高贵。勃朗宁的《展望》表达一种对天堂相遇的幻想和憧憬："黑暗时刻的结束就在眼前/风啸雨吼，鬼哭神号/渐渐远去，溶成一片/渐渐在改变——平静首先把痛苦点化/然后在闪出光明，然后是你的胸房/你，我的灵魂啊！我又将把你拥抱/永远安息在天堂。"

西方文化中有"乐死"的价值取向。据《圣经》所示，人生来就有原罪，原罪就是苦难，人类的现世生活充满了罪恶和无边的苦痛，解脱之道，唯有死亡。西方的诗人也深受基督教精神的浸淫，宗教色彩浓厚。他们信奉上帝和天国，把"来生彼世"的净土天堂幻想为最幸福的归宿。所以死亡对他们来说不是万事的终结，也不是不幸和损失，"相反倒是人从苦短的、有限的、肉体的、罪恶的、不自由的生活转变到'精神'在'天国'中的永恒幸福的转折点，是从前者走向后者的门户和关口，从而它的意义是肯定的而不是否定的"。正如马林诺夫斯基所言："宗教解救了人类，使人类不投降于死亡和毁灭；宗教尽这种使命的时候，只利用了关于梦、影、幻象等观察以为助己力而已。"宗教的慰藉使得诗人相信在纯净安详的天国中，爱妻永获新生，不久的将来他们会团聚并将永远厮守。

（二）善、美：二者的审美契机各异

"沉舟侧畔千帆过，病树前头万木春"是死亡的至深哲理。正是死亡，给这个世界带来欣欣向荣的生机。所以，死亡不单单是丑的、恶的，它也是美的、善的。"死亡之所以具有审美的价值，在于它可以充分展示某种较之生命更加珍贵的真与善的价值。"如为真理而死是美的，为科学而死是美的，顺

应法则、坦然而死是美的，为所爱和被爱而死也是美的。诗人里尔克坦言："唯有从死才能透彻判断到爱。"对善感的诗人来说，爱妻的死亡激发了他们内心永不停歇的激情和无限的创作动机。他们怀着悲痛的心情追悼妻子的前尘往事，追寻和缅怀昔日的甜蜜和相守，追寻爱妻之死所彰显的永恒的善或美，于是形成了一首首催人泪下、缠绵悱恻的悼亡诗歌。然而由于文化背景和女子地位的不同，中西悼亡诗对死亡的审美也不尽相同。

中国悼亡诗侧重凸显一个"善"字，表达了妻子的勤劳、贤淑、谦和等。如元稹《遣悲怀·其一》："谢公最小偏怜女，自嫁黔娄百事乖。顾我无衣搜荩箧，泥他沽酒拔金钗。野蔬充膳甘长藿，落叶添薪仰古槐。今日俸钱过十万，与君营奠复营斋。"元稹的妻子韦氏下嫁元稹时，日子凄苦，但从未抱怨和离弃，而是和丈夫同甘共苦，甘心一起用野菜充饥，用豆叶为粮；丈夫无衣，便翻箱倒柜地寻找；无钱沽酒，就拔下金钗玉簪为丈夫换酒。然而死神过早地夺去了她的生命，使得元稹无以为报，情无可寄，只能为其超度，准备好斋饭供尝之。而王渔洋这首自注"哭长宜人作"的《悼亡》诗："千里穷交脱赠心，芜城春雨夜沉沉。一官长物吾何有，却捐闺中缠臂金。"追怀张氏生前为人善良和慷慨，丈夫好友生活困顿，便毅然解下金手钗相赠。笔触细腻地追忆张氏与自己休戚与共的细节。

中国人深受儒家文化影响，崇尚道德的至善至美。尤其对地位低下的女性要求"三从四德"，"四德"中最强调"立德"，所谓"女子无才便是德"。所以评判女子之美多从其道德和修养角度出发，较少关注外貌形体。故在中国诗人笔下，激发的多是对亡妻"善"、"德"和"大义"的爱的追思。所以中国悼亡诗的死亡之美多在于"善德"之美。

反观西方悼亡诗多侧重亡妻的貌美才美，死亡定格了美的真谛和快乐。如托马斯·哈代追忆前妻的"艾玛组诗"之一《逝》，写妻子的"恍若长颈的天鹅扬起了羽翼"，在他笔下，艾玛有着"栗色的发，灰色的眼，还有时隐时现的玫瑰色的红晕"（《旅行之后》）。她是穿着天蓝色衣裙静候在湖边的婷婷少女，是与诗人并骥挽辔的有着天鹅般玉颈的勇敢女郎。又如拜伦的《你已经长逝》："你已经长逝——年轻、美艳人世间谁能比拟！/那绰约的情影，那绝代的芳颜。/你直到最后还那样迷人/是熄灭，不是衰萎/"书写了对于爱情、恋人、生命的无限渴望和迷恋，死亡无损于恋人之美，反而在刹那间生命迸发出最美艳的花朵。究其原因，西方社会有爱美的传统，女子貌美才美早自古希腊就得到尊崇。

（三）死亡意象的运用迥异

意象是诗歌中必不可少的组成元素，是形成意境的基础。所谓意象是"作者受思想意识感情支配，经社会及文化传统浸润，被客观景物形象所激发，诸般元素在脑海中相融相聚，浮现为一个具体的形象"。它直接受到情感的支配，悲情难免有悲景，乐情自然选择乐景。这恰似王国维所说："以我观物，故物皆着我之色彩。"在悼亡诗中，诗人痛失爱妻后悲苦心情难免要投射到所见所闻之中。诗人不同的死亡观造就了不同的心境：悲痛欲绝与悲中有慰，呈现在诗歌中是不同的意象选择，从而形成整体意境的差别。

中国悼亡诗往往选择生活中普遍性的意象来暗示死亡，同时也体现诗人内在的死亡意识。如苏轼《江城子》："千里孤坟，无处话凄凉"、"夜来幽梦忽还乡。小轩窗，正梳妆。""孤坟"

和梦境中亡妻对镜梳妆的意象，暗示死亡的残酷以及穷壤相隔相见无期的凄楚。江淹《悼室人》"流黄夕不织，宁闻梭杼音。凉霭漂虚座，清香荡空琴"，主要选择了妻子生前活动的场景，窗、闺、流黄、梭杼、座、琴等意象表现妻子生前的勤劳及贤淑芳德，而今妻子早逝，尘芜日积，梭杼犹在，空琴尚存，物是人非。一种悲凉、凄切之清弥漫了诗人整个心灵。此外，沈约《悼亡诗》"今春兰蕙草，来春复吐芳。悲哉人道异，一谢永销亡"，用月、草的没而复出、枯而又荣的意象衬托人生命的一去不返。庾信《伤往诗》二首，其一"见月长垂泪，花开定敛眉。从今一别后，知作几年悲"，借自然景物的意象表达哀苦之情。又如其二"镜尘言苦厚，虫丝定几重？还是临窗月，今秋迥照松"，选择的仍是生活中常见的意象，镜尘、虫丝、临床月。在这些琐碎生活的意象中，死亡之哀和对死亡的无可奈何淋漓尽致地表现了出来。但在西方悼亡诗中，如此琐碎生活化的意象很少出现。

西方悼亡诗表现死亡多用幻想性、想象性的意象。意象选择自由，想象丰富，"精骛八极，心游万仞"，绵延古今，涉及八荒。如托马斯·哈代的《逝》：

> 是你等候在遥远的西方
> 靠着那红色纹理的岩石
> 是你骑马奔在险峻的毗尼山
> 恍若长颈的天鹅扬起了羽翼
> 然后在我的身旁羁我挽疆
> 若有所思地向我凝望
> 当生活把最美好的一瞬向我展望

诗中选择的意象"遥远的西方""红色纹理的岩石""骑马""险峻的毗尼山""扬起羽翼的天鹅"等，想象瑰奇。

不同的意象组合在一起，产生不同的审美意境，同时也产生了不同形式的美的死亡。今道友信认为"死是最高的美学命题"。在文学艺术中，死亡超越了其生理学范畴的限制，获得了永恒的欣赏和思考价值。悼亡诗是最接近、最直接表现死亡的文学形式之一，它将死亡之思蕴积在自然风景、人伦道德、灵肉善美中，使人人都畏惧但又无法逃避的死亡获得了崇高和纯美的地位。中西悼亡诗人由于各自受文化传统及诗学传统的影响，表现和思考死亡的方式不尽相同，中方哀死，侧重死亡的伦理价值，用世俗化意象表现死亡；而西方乐死，相信天堂乐土，灵魂受赎，死亡使亡妻之美得以定格，死亡被富有想象力的意象描绘得令人向往。这就使死亡这一共同的主题具有了不同的美学特征。

中西美学的侧重点的差异，必然引发中西文艺美学教学的差异。虽然西方没有文艺美学之说，但他们的教学中已经丰富地蕴涵了中国文艺美学指称的因素，也有着文艺美学教学上相通的理解。因此，虽然谈的是美的问题，实际上是把文艺美学对三对关系的认识割裂开来。

第四节 文艺美学教学：大有可为的 "绿色教育"

一 "绿色教育"提出的前提

20 世纪，中国文艺美学在异质文明的渗透与融合过程中，逐步走向新变与涅槃。中国文艺美学与科技联姻，与文化缔缘，与市场共舞，与发展同步，是 21 世纪文艺美学的必然选择；大众传媒的不断革新，文化产业的逐渐壮大，不仅推动了以纸质媒体为主要载体的传统文学与电视、网络等传播媒介的迅猛联姻，而且推动文艺美学朝着从中心到边缘、从单一到多样、从作品到产品的方向发生变化。这种新变是渐进的，也是痛苦的。文艺美学在痛苦中煎熬，在危机中"涅槃"。作为中国文艺美学心跳的记录者、教育者、研究者，唯有纵身于文学的"涅槃"烈火，用灵动的笔触和敏感的心弦来审视其演进轨辙，才能用清醒的头脑和清晰的思维将文艺美学的真谛教给学生。在科学主义和工具理性盛行的当今社会，需要文艺美学工作者担负起昌明人文精神的历史使命，同时也要不断丰富自己的自然科学知识，完善知识结构，把人文精神与科学精神结合起来。中国科学院院士、原华中科技大学校长杨叔子教授倡导的"绿色教育"给了我们极大的启示。

"绿色教育"是杨叔子先生在 2002 年 8 月于广州全国音乐教师交响乐教师培训班上讲话时提出的。所谓"绿色教育"，就是科学教育与人文教育的交融。它的主要内涵是：科学求真，立世之基；人文求善，为人之本；科学人文，交融生"绿"；顺人之天，以致其性；等等。所谓"科学求真，立世之基"，指在从事教学、研究时，必须研究、认识、掌握、尊重研究对象的本来面目和客观规律，不能违背；一切违背客观实际、客观规律的，必遭失败，这是不以人的意志为转移的。所谓"人文求善，为人之本"，是指必须关心人、关心集体、关心国家、关心民族、关心社会、关心自然界，满足个人与社会的需要，抱有终极关怀的理念，这是研究者个体、群体高效工作和整个社会和谐运行的精神旨趣，是人之所以能成为人的根本之所在。在阐发科学与人文之间的内在关联时，提出科学必须以人文为导向，人文必须以科学为奠基。既符合客观实际及其规律，又符合人类长远发展的需要和终极关切，追求科学精神和人文精神的统一，充分体现人性与灵性的统一，这就是"科学人文，交融生'绿'"的内涵。此外，"顺人之天，以致其性"则是杨先生对柳宗元《种树郭橐驼传》中提出的"顺木之天，以致其性""八字方针"的引申，它意指以育人为宗旨，来引导人的内在因素合乎规律地向健康方面"发展"，做到既重视灵性、重视"智力"，又重视人性、重视"情感"。杨先生的讲话，是针对从事自然科学研究的工作者只顾一味搞科学实验和科学研究，忽略人文素质熏陶的实际情况提出来的。杨先生的讲话虽然是给自然科学工作者的忠告，同时也是对文艺美学工作者提出的要求。他的讲话提示我们：文艺美学工作者大有可为，大有用武之地。反观古今中外文艺美学研究大家和文艺美学教学名师的知识结构，追溯他们的理论及其构成，我们发现，科学教育与人文教育的交融，的确是文艺美学教学与科研奋进的方向。

二　绿色教学的经典范例

科幻小说是西方"舶来品"。作为新兴小说文类，其英文名称"Science Fiction"，是科学与文学结合产物，"是科学和幻想联姻后产生的文学宁馨儿"①，"是处理未来的科学发现中产生的人间的戏剧、斗争、冒险的小说"（《大英百科辞典》1964年版）。"科学""幻想""小说"是其构成要素，"科学"与"幻

---

① 吴岩：《科幻小说教学研究资料》，北京师范大学教育管理学院，1991，第20页。

想"是互为作用、互为制约的美学要素,其"幻想"是科学的"幻想",又是"幻想"中的"科学",它虽然建立在"科学"的基础上,却又不以普及科学知识为最终目的。因此,科幻小说既不是科学本身,也不是传统意义上的幻想文学,而是基于科学背景通过文学幻想表达出来的人们对科学理想的憧憬。其小说的审美价值,诚如英国科幻史家布里安·阿尔迪斯(Brian Aldiss)所说:"科学小说是一种文艺形式,其立足点仍然是现实社会,反映社会现实中的矛盾和问题。科学小说的目的并不是要传播科学知识或预见未来,但它关于未来的想象和描写,可以启发人们活跃思想,给年轻一代带来勇气和信心。"① 美国评论家伊哈布·哈桑也指出:"科幻小说提供了关于一个技术的人和一个正在扩展着的宇宙公民的神话。通过它的种种形式,能使人看见现有经验的创造性的或毁灭性的潜在力量。而想象力也找到了一条面对文化或意识领域中惊人变化的途径。"② 科幻小说"可能在哲学上是天真的,在道德上是简单的,在美学上是有些主观的,或者是粗糙的。但是,就它最好的方面来说,它似乎触及了人类集体梦想的神经中枢,解放出某些钻在我们人类这具机器中的幻想。就它最好的方面来说,它能够扩大人类能力所及的范围"③。

科幻小说因集科学、幻想和小说三种特质于一身,其魅力无穷,影响极大,已逐渐成为颇受欢迎的文学品种。美国弗瑞德里克·波尔的《人口调查员》(1956)、英国布赖恩·阿尔迪斯的《土木工程》、美国哈利·哈里森的《让出空地方,让出空地方》(1966)、美国约翰·布鲁纳的《站在桑给巴尔岛上》(1969)

① 吴岩:《科幻小说教学研究资料》,北京师范大学教育管理学院,1991,第34页。
② 黄伊:《论科学幻想小说》,科学普及出版社,1981,第225、229、226页。
③ 周孟璞:《科幻爱好者手册》,四川辞书出版社,2000,第23~24页。

等，将人口膨胀与人类的存亡联系起来，给读者更为深广的艺术冲击力。自 20 世纪 90 年代始，科技浪潮席卷全球，世界科幻文学蓬勃发展，给观众带来的冲击力度越来越大。如《侏罗纪公园》、小行星撞击地球、基因变异造成的食人鱼等科幻片，赚足了中国男女老少的眼泪；《哈里·波特》科幻系列，曾以迅雷不及掩耳之势，横扫东西方图书市场；《奥特曼》科幻系列小说，仍然以强劲的势头锁定着世界儿童的眼球。如果说国人对科幻小说的接受层，主要锁定在年轻人和青少年上；而在美国，上至 80 岁的老人，下至几岁的孩童，不仅都能找到自己喜爱的科幻作品，他们的平均年龄为 41.4 岁。有鉴于此，我们应该以哪种态势来应对这种文学新宠，使之有效、健康地进入高校课堂，让我们的学生既能分享科技成果的同时又能感受到人文文化的魅力呢？

（一）科幻小说的质素构成是科学与幻想的双栖地

我们首先得明确科幻小说的质素构成是科学与幻想的双栖地，兼具科学的幻想和幻想的科学两重特质，它天生就具有可供文艺美学教学和研究的细胞和因子。这是我们准确从事科幻小说研究的前提和基础。

科幻小说在引进之初，就是为介绍和阐发科学文化知识的。1902 年，梁启超在《新小说》杂志上发表《中国唯一之文学报〈新小说〉》一文，首次提到"哲理科学小说"时，就声明这类小说的作用是"发明哲学及格致学"。1903 年，包天笑在《铁世界译余赘言》中强调科幻小说是文明世界的"先导"。科幻小说进入中国后，得到鲁迅等文化名流的推崇。之后，鲁迅先生在 1903 年写的《〈月界旅行〉辨言》中，阐述了中国科幻小说的创作观念："盖胪陈科学，常人厌之，阅不终卷，辄欲睡去，强人所难，势必然矣。惟假小说之能力，被优孟之衣冠，则虽析理谭玄，亦能浸淫脑筋，不生厌倦。"鲁迅先生认为，在科学与文学的关系中，鉴于"胪陈科学"语言的枯燥而"常人厌之，阅不终卷，辄欲睡去"，选定小说方式来传播科学，是其必然，可一旦借小说之胎来还科学之魂，可"浸淫脑筋，不生厌倦"。

如何借小说之"尸"来还科学介绍之魂呢？鲁迅先生在同篇文章中指出，科幻小说当"经以科学，纬以人情，离合悲欢，谈故涉险，均错综其中"。鲁迅先生的观点被顾均正所继承和发展。在1939年出版的《在北极底下》的序言中，顾均正明确强调："……科学小说入人之深，也不下于纯文艺作品。那么我们能不能，并且要不要利用这一类小说来多装一点科学的东西，以作普及科学教育的一助呢？我想这工作是可能的，而且是值得尝试的。"① 顾均正认为，科幻小说能"普及科学教育"，必须利用"这一类小说多装一点科学的东西"，只有这样才能使"科学小说入人之深"。他说："科学小说中的那种空想成分怎样不被误解，实是一个重大的问题，希望爱好科学的同志大家来努力！"②

科幻小说在健康发展的过程中，无论是高歌"科学畅想曲"，还是描述"科技邪噩耗"，都没有偏离"科学"和"幻想"结合的内核。新中国成立之初，苏联伊林的作品被当成中国通俗科学读物的典范被大量译介过来。这些作品往往从平凡的日常事物入手，编撰出富含科学常识的情节，甚至能把极其枯燥无味的数字和图表变成生动有趣的故事，激发读者的心灵，

---

① 黄伊：《论科学幻想小说》，科学普及出版社，1981，第17页。
② 黄伊：《论科学幻想小说》，科学普及出版社，1981，第17页。

推动他们去思索。他的作品极大地丰富了少年读者的科学知识，成为中国科幻小说创作的重要范本。著名科幻小说家叶永烈在其《小灵通漫游未来》一书中，以自己的构思过程来阐述科学小说中内涵的小说质素："在 1959 年，我曾把当时世界科学技术的新成就，搜集了三百种，写成《科学珍闻三百条》。后来，觉得这本书只是罗列现象，缺乏艺术感染力，便从三百种中选择了一些作为科学幻想素材。接着，进行小说构思，设计了一个眼明心灵的小记者——小灵通，到未来市去采访，见到种种神奇的新事，写成了科学幻想小说《小灵通漫游未来》。"[1] 遵循这种原则创作出的《小灵通漫游未来》，摆脱了以往科幻作品停留在给孩子讲述科学童话的创作窠臼，表现手法趋向成熟，从而引发了读者的好奇心，激发了读者的求知欲，使他们热爱科学，向往科学，开阔眼界，拓展思维，真正达到了科普教育的目的。

（二）科幻小说教学的美学特质开掘

既然科幻小说身兼科学普及、审美教育和文学虚构三重身份，那它们到底具有哪些美学特质呢？从这些美学特质的发现与审美过程中，我们到底需要具备哪些素质呢？

纵观所有的经典科幻小说，它们大都具有如下审美特质：

第一，距离美学。时空旅行、科学历险是科幻小说常见的题材，它主要通过时间与空间的变形来构建其想象世界。它探讨科学和技术的进步对未来生活变革的影响，这种影响包括人类获得许多有效的工具，这种工具为人们穿梭时空提供了极大的便利。科幻小说发展初期的主要题材是环球旅行。如吴趼人在其科幻小

---

[1] 黄伊：《论科学幻想小说》，科学普及出版社，1981，第 53 页。

说《新石头记》中，贾宝玉就是乘坐"飞艇"到达"文明境界"的，郑文光的《飞向人马座》也是如此。而凡尔纳的《海底两万里》《80天环游地球》等也是如此。此后就是太空题材的开拓，如威尔斯的《月球上的首批人类》。这种题材与现实生活拉开了距离，时空在过去、现在、未来的互相易位、自由拉长缩短和顺流逆转，亦即在我们惯常的时空之外开辟了一片新的天地，给我们带来阅读的快感。当然，这类题材，在中国古代也有。《偃师造人》《能飞的木鸢》《发光的纸片》《返老还童的药》《自沸的瓦瓶》《除蚊药》《诸葛亮与木头人》等，反映了人类原始状态的科技萌芽和前人对未来科技的大胆幻想，从某种意义上说是现代科幻的萌芽。

第二，规则美学。科幻小说是建立在科学基础上对乌托邦的向往。这个反拨的虚幻世界寄寓着个人的理想，是对现世的理想疗救。既然现实世界是需要拯救的，而谁也无法把握世界的发展动态，只有制定一定的游戏规则才可便捷地解决这个问题。这样，只要你制定规则，世界就是由你缔造，许多棘手的问题与各种悖论就能被有效地整合。如徐念慈的《新法螺先生谭》中的"我"在金星上见到"换脑术"后，首先想到运用"换脑术"换中国国民之脑，"我国深染恶习之老顽固，亦将代为洗髓伐毛，一新其面目也"。小说中的"余"上天入地一番后，在上海开一个"脑电学习班"，以更新中国人的脑子。而阿西莫夫在1942年写的《躲避》里第一次完整地提出了"机器人三大规律"。此后，各类机器人不断地提出各种规则保证未来世界运行的顺畅和人类至高的统治地位。

第三，悖论美学。从科学探险到科学人性，是世界科幻小说的发展趋势。科幻小说的最初目的，是描写自由地获得利用各种科技武器进入另一天空后，它有效地使用规则为世界的新面貌做一番规约；但是当人们提出全新的规则来规约未来时，难题纷涌而至，而这又超出了我们创造制定的各类规则，悖论由此而生，甚至演变成"科技邪噩耗"。柳文杨的《外祖父的悖论》就是基于过去与现在的诸多错位巧妙地转化成哲学上的思辨来探讨，其实它深刻地概括出科幻小说作品中的诸多悖论问题。1924 年徐卓呆发表的《万能术》和 1940 年顾均正出版的科幻小说集《和平的梦》。《万能术》中的特异功能者陈通光在"吃饭总长"的指挥下，不仅毁灭了中国，而且毁灭了地球和宇宙；《和平的梦》更向前跨了一步，它明确地告诉读者：若科学为邪恶者所控制的话，科学就会变成"邪恶科技"。李谷尔的"催眠乐曲"（《和平的梦》）、卡梅隆的"人造铁合金磁矿"（《在北极底下》）、斯坦其尔的"空气化合物"（《伦敦奇疫》）等，显示了科技的神奇，其威力令人无法想象，然而它们并没有造福人类，却令人从五彩祥云上坠落到无底深渊。这些科幻小说不仅展示了科学的奥秘，还促使人类深刻地思考科学发展对人类发展的影响。人口膨胀、环境污染、能源危机、基因变异等各类困扰当今人类发展的问题，往往成为作家展开科学想象，找到思考人道、人性等深层次问题的通道。如 1968 年中国台湾作家张晓风写的《潘渡娜》揭示了人类的本性和科学性之间的矛盾。科学家在完美无缺的无性繁殖人潘渡娜面前精神崩溃，而潘渡娜却在"究竟我少了什么"的自责中死去。科学家醒来之后，说出如下发人深省的话："让一切照本来的样子下去，让男人和女人受苦，让受精的卵子在子宫里生长，让小小的婴儿把母亲的青春吮尽，让青年老，让老年人死。大仁，这一切并不可怕，它们美丽，神圣而庄严。"

三　前景光明的"绿色教育"

通过对科幻小说美质的开掘，我们发现，对这类科技含量较高的文艺新宠，唯有掌握现代科学技术文化，才能真正理解和读懂这类小说，切身体会其中的科技美韵。否则，面对包含如此丰富科学元素的科幻小说，我们就把握不了批评的尺度，也无法确立科幻文学的批评格局。有人在分析这种情形出现的原因时，将其归咎为教育机制的失误。在我国，自然科学与人文艺术之间隔着一条泾渭分明的界限。对从事科学技术的人来讲，他们看重科学之"真"，却很难用文学语言来传达其对科学的审美感受。许多文学艺术工作者则怀揣着"重人文，轻自然"的思想意识，对科学文化始终抱着冷漠的态度。他们认为："自己对于世界是'理解'而不是'说明'，从来也没有想到他们所认识的只是世界的表象，也就从来没有考虑人文学科与科学的同一性，他们十分惧怕科学会贬低人文学科的地位，会使文学艺术丧失光彩。他们从许多方面去确定科学和人文学科的相互独立和相互对立。"[1] 科学发展的必然趋势是二者走向统一，走向交融，而非不可跨越的对峙。这就需要文艺美学研究者和教育者走进科学，了解科学，提高科学素养。一个文艺美学研究者和教育者只有兼备深厚的文学素养和一定的科学素养，才能以科学的眼光深入剖析和品咀作品中文艺与科学的有机结合，发掘世界与人变化的本质以及人的精神嬗变的心理依据，从而有效阐释作品中本有的科学想象和艺术魅力。

总之，科学与人文交融，善性与理性结合，是人类快速发展

---

① 吴小美：《文学艺术与科学同一性的探讨》，《文学评论》2003 年第 2 期。

的必由之路；同时，无论是科学教育还是人文教育，归根结底，都是对人的教育，这是所有教育的终极价值。为此，在科技高速发展与高度发达的今天，科技与人文对人类与个人犹如双翼，只有双翼健劲，才能长空竞胜。文艺美学教学，唯有扎根于科技与人文的精深沃壤，汲取其精华，包孕其蜜酿，才能精深剖析中国文艺进展所面临的新情况、新问题，提出全新的见解，使文艺美学课堂成为学生"诗意的栖息地"，从而把我们的学生培养成既有高洁的人性，又有非凡的灵性；既掌握现代科学、人文知识及运用能力，又勇于开拓、善于开拓，为全面建设小康社会做出应有的贡献。"绿色教育"大有作为。

主要参考文献

（一）中国学者关于文艺美学的著述

1. 王梦鸥：《文艺美学》，台湾：新风出版社，1971。

2. 王世德：《文艺美学论案》，重庆出版社，1985。

3. 王世德：《文艺美学论集》，重庆出版社，1985。

4. 北京大学文艺美学研究会编《文艺美学 1985（1）》，内蒙古人民出版社，1985。

5. 《马克思主义文艺理论》编辑部：《美学文艺学方法论（上、下）》，文化艺术出版社，1985。

6. 杜书瀛：《文艺创作美学纲要》，辽宁大学出版社，1986。

7. 皮朝纲：《中国古代文艺美学概要》，四川社会科学院出版社，1986。

8. 张思齐：《中国接受美学导论》，巴蜀书社，1989。

9. 张少康：《古典文艺美学论稿》，中国社会科学出版社，1988。

10. 胡经之：《文艺美学》，北京大学出版社，1989。

11. 栾贻信、盖光编《文艺美学》，华龄出版社，1990。

12. 曹廷华：《文艺美学》，西南师范大学出版社，1990。

13. 杨守森：《审美本体否定论》，百花文艺出版社，1992。

14. 王元骧：《审美反映与艺术创造》，杭州大学出版社，1992。

15. 赵宪章：《马克思主义文艺美学基础》，南京大学出版社，1992。

16. 胡山林：《文艺欣赏学》，河南人民出版社，1993。

17. 徐亮：《文艺美学教程》，中央民族学院出版社，1993。

18. 陈永标：《中国近代文艺美学论稿》，广东人民出版社，1993。

19. 胡经之：《文艺学美学方法论》，北京大学出版社，1994。

20. 陈长生：《文艺美学论要》，河南人民出版社，1996。

21. 刘文斌：《马克思文艺美学研究》，内蒙古教育出版社，1996。

22. 杜书瀛：《文艺美学原理》，社会科学文献出版社，1998。

23. 陈伟：《文艺美学论纲：从马克思主义观点看文艺难题》，学林出版，1997。

24. 胡经之：《文艺美学论》，华中师范大学，2000。

25. 唐骅：《文艺美学导论》，文化艺术出版社，2000。

26. 黄洁：《中国近代文艺美学史纲》，重庆出版社，2001。

27. 邢建昌：《文艺美学的现代性建构》，安徽教育出版社，2001。

28. 曹顺庆：《雄浑与沉郁》，百花洲文艺出版社，2001。

29. 陈传才：《当代审美实践文学论》，暨南大学出版社，2002。

30. 胡雪冈：《意象范畴流变》，百花洲文艺出版社，2002。

31. 廖国伟：《艺术与审美的文化阐释》，中国社会科学出版社，2002。

32. 孔智光：《文艺美学研究》，中国戏剧出版社，2002。

33. 赵宪章：《文艺美学方法论问题》，暨南大学出版社，2002。

34. 谭君强、李森：《文艺美学与文化》，云南大学出版社，

2002。

35. 周来祥：《文艺美学》，人民文学出版社，2003。

36. 佴荣本：《文艺美学范畴研究》，南京大学出版社，2003。

37. 夏昭炎：《意境概说：中国文艺美学范畴研究》，北京广播学院出版社，2003。

38. 曾繁仁：《学科定位与理论建构：文艺美学论文选》，齐鲁书社，2004。

39. 邢建昌：《文艺美学研究》，河北人民出版社，2006。

40. 张晶：《文艺学的开拓空间》，上海远东出版社，2007。

41. 李咏吟：《文艺美学》，广西师范大学出版社，2007。

42. 赵连元：《文学理论的美学阐释》，昆仑出版社，2007。

43. 胡家祥：《心灵哲学与文艺美学》，中国社会科学出版社，2007。

44. 罗中起：《美与文学的理论探索》，辽宁师范大学出版社，2007。

45. 陈文忠：《文学美学与接受史研究》，安徽人民出版社，2008。

46. 邓国军：《中国古典文艺美学：表现范畴及命题研究》，巴蜀书社，2009。

47. 黄念然：《中国古典文艺美学论稿》，广西师范大学出版社，2010。

（二）新中国成立后至 20 世纪 70 年代末的西方文论著作（1949～1979 年）

1. 朱光潜：《西方美学史》（上、下），人民文学出版社，1963～1964（供高等学校文科有关专业使用）。

2. 伍蠡甫等：《西方文论选》（上、下），人民文学出版社上海

332

分社，1963～1964。

3. 汝信、杨宇：《西方美学史论丛》，上海人民出版社，1963。

4. 汝信：《西方美学史论丛续编》，上海人民出版社，1963。

5. 朱光潜：《西方美学史》（上、下）（第2版），人民文学出版社，1979（高等学校文科教材）。

6. 伍蠡甫等：《西方文论选》（上、下），上海译文出版社，1979（高等学校文科教材）。

（三）新时期出版的西方文论著作（1980～2010年）

1. 汝信、夏森：《西方美学史论丛》，上海人民出版社，1963（1980年5月重印）。

2. 北京大学哲学系美学教研室编《西方美学家论美和美感》，商务印书馆，1980。

3. 伍蠡甫、夏仲翼：《西方文论简史》，人民文学出版社，1982。

4. 伍蠡甫：《现代西方文论选》，上海译文出版社，1983。

5. 曾繁仁：《西方美学简论》，山东人民出版社，1983。

6. 伍蠡甫：《西方古今文论选》，复旦大学出版社，1984。

7. 涂途：《西方美学史概观》，漓江出版社，1984。

8. 潘翠菁：《西方文论辨析》，中山大学出版社，1984。

9. 朱狄：《当代西方美学》，人民出版社，1984。

10. 伍蠡甫：《欧洲文论简史：古希腊罗马至十九世纪末》，人民文学出版社，1985。

11. 伍蠡甫、胡经之：《西方文艺理论名著选编》（上中下卷），北京大学出版社，1985～1987。

12. 缪朗山：《西方文艺理论史纲》，中国人民大学出版社，1985。

13. 张隆溪：《二十世纪西方文论述评》，生活·读书·新知三联书店，1986。

14. 胡经之：《西方文艺理论名著教程》（上卷），北京大学出版社，1986。

15. 孙津：《西方文艺理论简史》，陕西人民出版社，1986。

16. 马清福：《西方文艺理论基础》，辽宁大学出版社，1986。

17. 汝信：《西方的哲学和美学》，山西人民出版社，1987。

18. 马奇：《西方美学史资料》，上海人民出版社，1987。

19. 赵宪章：《二十世纪外国文艺学美学名著精义》，江苏文艺出版社，1987。

20. 马新国：《西方文论选讲》，辽宁大学出版社，1987。

21. 伍蠡甫：《西方文论选》（上、下），上海译文出版社，1988。

22. 叶朗：《现代美学体系》，北京大学出版社，1988。

23. 金华炳：《西方美学》，延边大学出版社，1988。

24. 杨恩寰：《西方美学思想史》，辽宁大学出版社，1988。

25. 朱立元、张德兴：《现代西方美学流派评述》，上海人民出版社，1988。

26. 李醒尘：《西方美学简史》，上海文艺出版社，1988。

27. 刘鹤龄：《西方美学简史》，北京师范学院出版社，1988。

28. 胡经之、张首映：《西方二十世纪文论史》，中国社会科学出版社，1988。

29. 胡经之、张首映：《西方二十世纪文论选》（四卷本）（第一卷：作者系统；第二卷：作品系统；第三卷：读者系统；第四卷：社会文化系统），中国社会科学出版社，1989。

30. 胡经之：《西方文艺理论名著教程》（下卷），北京大学出版社，1989。

31. 李兴武：《当代西方美学思潮评述》，辽宁人民出版社，1989。

32. 曾繁仁：《现代西方美学思潮》，山东文艺出版社，1990。

33. 畅广元：《二十世纪西方文学理论》，陕西人民出版社，1990。

34. 张法：《二十世纪西方美学史》，中国人民大学出版社，1990。

35. 伍蠡甫、翁义钦：《欧洲文论简史：古希腊罗马至十九世纪末》（第2版），人民文学出版社，1991。

36. 曾繁仁：《西方美学论纲》，山东人民出版社，1992。

37. 石璞：《西方文论史纲》，四川大学出版社，1992。

38. 李思孝：《西方古典美学史论》，南开大学出版社，1992。

39. 汤龙发：《西方美学史纲要》，中国国际广播出版社，1992。

40. 庄其荣：《西方美学史探略》，南京大学出版社，1992。

41. 朱立元：《现代西方美学史》，上海文艺出版社，1993。

42. 刘纲纪：《现代西方美学》，湖北人民出版社，1993。

43. 毛崇杰等：《二十世纪西方美学主流》，吉林教育出版社，1993。

44. 张学仁：《西方文论概要》，西北大学出版社，1993。

45. 李秀斌：《西方文艺理论名著论要》，黑龙江文艺出版社，1993。

46. 胡经之、王岳川：《文艺学美学方法论》，北京大学出版社，1994。

47. 徐良：《二十世纪西方美学精神》，敦煌文艺出版社，1994。

48. 李醒尘：《西方美学史教程》，北京大学出版社，1994。

49. 马新国：《西方文论史》，高等教育出版社，1994。

50. 张秉真等：《西方文艺理论史》，中国人民大学出版社，1994。

51. 袁鼎生：《西方古代美学主潮》，广西师范大学出版社，1995。

52. 章安祺：《西方文艺理论史精读文献》（第1版），中国人民大学出版社，1996。

53. 牛宏宝：《二十世纪西方美学主潮》，湖北人民出版社，1996。

54. 朱狄：《当代西方美学》，人民出版社，1996年重印

55. 汝信：《论西方美学与艺术》，广西师范大学出版社，1997。

56. 周来祥：《西方美学主潮》，广西师范大学出版社，1997。

57. 朱立元：《当代西方文艺理论》，华东师范大学出版社，1997。

58. 周宪：《20世纪西方美学》，南京大学出版社，1997。

59. 董小玉：《西方文艺美学导论》，西南师范大学出版社，1997。

60. 凌继尧：《西方美学艺术学撷英》，上海人民出版社，1998。

61. 金华炳：《西方美学史论》，延边大学出版社，1999。

62. 周宪：《20世纪西方美学》，南京大学出版社，1999。

63. 毛宣国：《西方美学思想史》，湖南师范大学出版社，1999。

64. 蒋孔阳、朱立元：《西方美学通史》（七卷本），上海文艺出版社，1999。

65. 张玉能：《西方文论思潮》，武汉出版社，1999。

66. 单世联：《西方美学初步》，广东人民出版社，1999。

67. 朱立元：《二十世纪西方美学经典文本》（四卷本），复旦大学出版社，2000。

68. 吴琼：《西方美学史》，上海人民出版社，2000。

69. 程孟辉：《现代西方美学》，人民美术出版社，2001。

70. 张德厚：《西方文论精解》，吉林大学出版社，2001。

71. 朱立元、李钧：《二十世纪西方文论选》（上、下卷），北京：高等教育出版社，2002。

72. 马新国：《西方文论史》（第2版，修订版），高等教育出版社，2002。

73. 朱志荣：《古近代西方文艺理论》，华东师范大学出版社，2002。

74. 张玉能：《西方文论》，华中师范大学出版社，2002。

75. 张中载等：《二十世纪西方文论选读》，外语教学与研究出版社，2002。

76. 孟庆枢：《西方文论》，高等教育出版社，2002。

77. 孟庆枢：《西方文论选》，高等教育出版社，2002。

78. 赵炎秋：《西方文论与文学研究》，湖南师范大学出版社，2003。

79. 李思孝：《简明西方文论史》，北京大学出版社，2003。

80. 章安祺：《西方文艺理论史精读文献》（修订本），中国人民大学出版社，2003。

81. 杨慧林：《西方文论概要》，中国人民大学出版社，2003。

82. 胡经之、王岳川、李衍柱：《西方文艺理论名著教程》（上）（第2版），北京大学出版社，2003。

83. 段建军：《西方文论选读》，西北大学出版社，2003。

84. 戴茂堂、雷绍锋：《西方美学史》，武汉理工大学出版社，2003。

85. 伍蠡甫、翁义钦：《欧洲文论简史》，人民文学出版社，

2004。

86. 张玉能：《西方美学思潮》，山西教育出版社，2004。

87. 周宪：《20世纪西方美学》，高等教育出版社，2004。

88. 凌继尧：《西方美学史》，北京大学出版社，2004。

89. 章启群：《新编西方美学史》，商务印书馆，2004。

90. 王确：《西方文论选读》，东北师范大学出版社，2004。

91. 董学文：《西方文学理论史》，北京大学出版社，2005。

92. 彭锋：《西方美学与艺术》，北京大学出版社，2005。

93. 朱立元：《当代西方文艺理论》（第2版，增补版），华东师范大学出版社，2005。

94. 童庆炳、曹卫东：《西方文论专题十讲》，高等教育出版社，2005。

95. 章安祺：《西方文论经典名著选读》，中国人民大学出版社，2005。

96. 沈立岩：《当代西方文学理论名著精读》，南开大学出版社，2005。

97. 左金梅、申富英、张德玉：《当代西方文论》，中国海洋大学出版社，2005。

98. 乔国强：《二十世纪西方文论选读》（上、下册），复旦大学出版社，2006。

99. 李衍柱：《西方美学经典文本解读》，北京大学出版社，2006。

100. 朱立元：《西方美学范畴史》，山西教育出版社，2006。

101. 朱立元：《现代西方美学二十讲》，武汉出版社，2006。

102. 朱刚：《二十世纪西方文论》，北京大学出版社，2006。

103. 吕长发：《西方文论简史》（英文版），河南大学出版社，

2006。

104. 程孟辉：《西方文艺学美学论稿》，商务印书馆，2007。

105. 朱狄：《当代西方美学》，武汉大学出版社，2007。

106. 章安祺、黄克剑、杨慧林：《西方文艺理论史：从柏拉图到尼采》，中国人民大学出版社，2007。

107. 张法：《20世纪西方美学史》，四川人民出版社，2007。

108. 孟庆枢、杨守森：《西方文论选》（第2版），高等教育出版社，2007。

109. 孟庆枢、杨守森：《西方文论》（第2版），高等教育出版社，2007。

110. 宋占海、罗文敏：《西方文论史纲》，甘肃人民美术出版社，2007。

111. 朱志荣：《西方文论史》，北京大学出版社，2007。

112. 李卫华：《20世纪西方文论选讲：以"语言学转向"为视域》，河北人民出版社，2007。

113. 赵一凡：《从胡塞尔到德里达：西方文论讲稿》，生活·读书·新知三联书店，2007。

114. 汝信：《西方美学史》，中国社会科学出版社，2008。

115. 王岳川：《当代西方最新文论教程》，复旦大学出版社，2008。

116. 朱立元：《西方文论教程》，高等教育出版社，2008。

117. 赵宪章：《20世纪外国美学文艺学名著精义》（增订版），北京大学出版社，2008。

118. 胡经之、王岳川：《西方文艺理论名著教程》（下卷）（第2版），北京大学出版社，2008。

119. 朱志荣、杨俊蕾：《西方文论选读》（英汉对照），华东师范大学出版社，2008。

120. 邓晓芒：《西方美学史纲》，武汉大学出版社，2008。

121. 程孟辉：《现代西方美学》，人民美术出版社，2008。

122. 马新国： 《西方文论史》（第 3 版），高等教育出版社，2008。

123. 陈太胜：《西方文论研究专题》，北京大学出版社，2008。

124. 李秀云：《西方文论经典阐释》，中央编译出版社，2008。

125. 温越：《当代西方文论》，内蒙古人民出版社，2008。

126. 刘捷、邱美英、王逢振：《二十世纪西方文论》，外语教学与研究出版社，2009。

127. 赵一凡：《从卢卡奇到赛义德：西方文论讲稿续编》，生活·读书·新知三联书店，2009。

128. 朱立元：《西方美学思想史》，上海人民出版社，2009。

129. 赵一凡：《从卢卡奇到萨义德：西方文论讲稿续编》，生活·读书·新知三联书店，2009。

130. 王一川：《西方文论史教程》，北京大学出版社，2009。

131. 张贤根：《20 世纪的西方美学》，武汉大学出版社，2009。

132. 杜萌若：《20 世纪西方文论名著导读》，黑龙江大学出版社，2009。

133. 章安祺：《西方文艺理论史精读文献》（第 3 版），中国人民大学出版社，2010。

134. 田俊武：《从柏拉图到尼采：古典西方文论纵横》，四川大学出版社，2010。

后　记

　　本研究是国家社会科学基金全国教育科学"十二五"规划课题"我国高等教育文艺美学教育史研究"（BAA110011）的结题成果。其中部分研究成果已先后在《中国大学教学》《学术月刊》《文艺研究》《光明日报》《文艺报》等报刊上发表，并大多被《新华文摘》《全国高校文科学术文摘》、人大报刊复印资料等国内权威二次文献转载。本研究由课题主持人魏饴教授拟写提纲，全体课题组成员参与调查、研究和撰写，最后由魏饴审稿和定稿，张文刚、佘丹清教授协助统稿。

　　本研究具体分工如下：绪论：魏饴；第一章：桂强；第二章：肖学周；第三章：张文刚；第四章：佘丹清；第五章：李云安。在统稿过程中，魏饴教授对部分章节做了修改，就第二章、第三章增加了部分内容。

　　《武陵学刊》编辑部的田皓、张群喜、刘英玲等老师参与了最后的统稿校对工作；同时承蒙社会科学文献出版社恽薇主任对本研究的厚爱，使之得以顺利出版；责任编辑高雁博士为书稿的编辑及联络付出了辛勤的劳动，在此一并致谢！

"我国高等教育文艺美学教育史研究"

课题组全体同人

2013 年 10 月 27 日

图书在版编目（CIP）数据

中国文艺美学教学发展论纲/魏饴等著. —北京：社会
科学文献出版社，2014.1
ISBN 978 - 7 - 5097 - 5357 - 6

Ⅰ.①中…　Ⅱ.①魏…　Ⅲ.①文艺美学 - 艺术教育 -
美学教育 - 教育史 - 中国　Ⅳ.①I01 - 4

中国版本图书馆 CIP 数据核字（2013）第 286504 号

中国文艺美学教学发展论纲

著　　者／魏　饴等

出 版 人／谢寿光
出 版 者／社会科学文献出版社
地　　址／北京市西城区北三环中路甲 29 号院 3 号楼华龙大厦
邮政编码／100029

电子信箱／caijingbu@ ssap. cn　　　　　责任校对／张　超
项目统筹／恽　薇　　　　　　　　　　　责任印制／岳　阳
责任编辑／高　雁
经　　销／社会科学文献出版社市场营销中心（010）59367081　59367089
读者服务／读者服务中心（010）59367028

印　　装／三河市东方印刷有限公司
开　　本／787mm×1092mm　1/20　　　印　张／17.2
版　　次／2014 年 1 月第 1 版　　　　　字　数／261 千字
印　　次／2014 年 1 月第 1 次印刷
书　　号／ISBN 978 - 7 - 5097 - 5357 - 6
定　　价／79.00 元

本书如有破损、缺页、装订错误，请与本社读者服务中心联系更换
▲ 版权所有　翻印必究